AS MELHORES HISTÓRIAS DA MITOLOGIA

VOLUME 2

Deuses, heróis, monstros
e guerras da tradição greco-romana

Livros dos autores publicados pela **L&PM** EDITORES

Akhenaton e Nefertiti (**L&PM** POCKET)
As 100 melhores histórias da Bíblia
As 100 melhores histórias da mitologia
Deuses, heróis & monstros (infantojuvenil)
As melhores histórias da mitologia – volume 1 – (deuses, heróis, monstros e guerras da tradição greco-romana) (**L&PM** POCKET)
As melhores histórias da mitologia – volume 2 – (deuses, heróis, monstros e guerras da tradição greco-romana) (**L&PM** POCKET)
As melhores histórias da mitologia egípcia
As melhores lendas medievais

A.S. Franchini:
As 100 melhores lendas do folclore brasileiro
Resumo da ópera

Carmen Seganfredo:
As melhores histórias da mitologia chinesa
As melhores lendas chinesas

A.S. Franchini / Carmen Seganfredo

AS MELHORES HISTÓRIAS DA MITOLOGIA

VOLUME 2

Deuses, heróis, monstros
e guerras da tradição greco-romana

www.lpm.com.br
L&PM POCKET

Coleção **L&PM** POCKET, vol. 1004

Texto de acordo com a nova ortografia.

As histórias deste volume foram publicadas pela L&PM Editores em primeira edição no livro *As 100 melhores histórias da mitologia*, em formato 16x23cm, em outubro de 2003
Primeira edição na Coleção **L&PM** POCKET: janeiro de 2012
Esta reimpressão: outubro de 2022

Capa: Marco Cena
Revisão: Caroline Chang, Jó Saldanha, Flávio Dotti Cesa e Caren Capaverde

CIP-Brasil. Catalogação na Fonte
Sindicato Nacional dos Editores de Livros, RJ

F89a
v.2

Franchini, A.S. (Ademilson S.), 1964-
  As melhores histórias da mitologia: deuses, heróis, monstros e guerras da tradição greco-romana, vol. 2 / A.S. Franchini, Carmen Seganfredo. – Porto Alegre, RS: L&PM, 2022.
    352p.   (Coleção L&PM POCKET; v. 1004)

  Apêndice
  Inclui bibliografia
  ISBN 978-85-254-2563-8

  1. Mitologia - Ficção. 2. Ficção brasileira. I. Seganfredo, Carmen, 1956- II. Título. III. Série.

11-7426.	CDD: 869.93
	CDU: 821.134.3(81)-3

© A.S. Franchini e Carmen Seganfredo, 2003, 2012

Todos os direitos desta edição reservados a L&PM Editores
Rua Comendador Coruja, 314, loja 9 – Floresta – 90.220-180
Porto Alegre – RS – Brasil / Fone: 51.3225.5777 – Fax: 51.3221.5380

Pedidos & Depto. Comercial: vendas@lpm.com.br
Fale conosco: info@lpm.com.br
www.lpm.com.br

Impresso no Brasil
Primavera de 2022

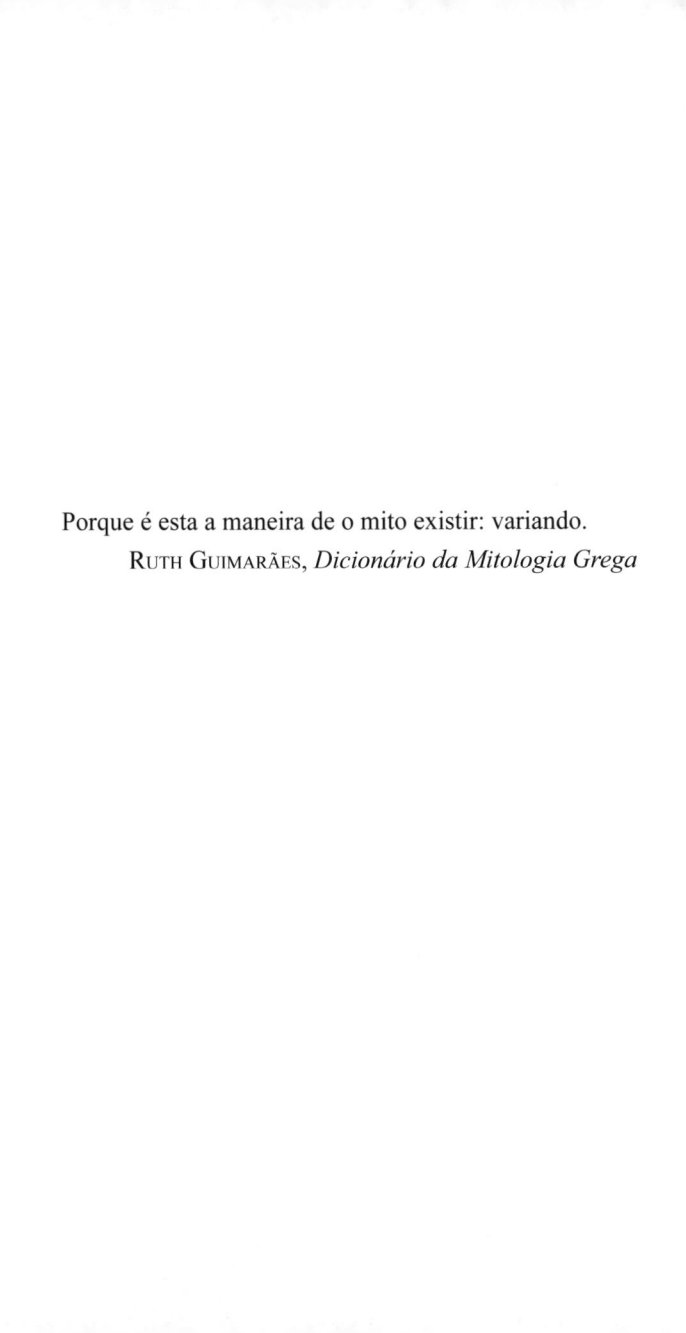

Porque é esta a maneira de o mito existir: variando.
   RUTH GUIMARÃES, *Dicionário da Mitologia Grega*

SUMÁRIO

Apresentação 9
O nascimento de Páris 11
O pomo da discórdia 16
O rapto de Helena 24
O sacrifício de Ifigênia 33
O assassinato de Agamenon 48
Orestes e as Fúrias 57
Menelau e Proteu 65
O castigo de Esculápio 69
O prêmio de Trofônio 72
Íxion, pai dos centauros 74
Ctésila e Hermócares 78
A cegueira de Dáfnis 81
Os gigantes Aloídas 87
Fedra e Hipólito 91
Aquiles e Escamandro 102
Marte, Deus da guerra 108
Hércules e Cicno 111
Aquiles na corte do rei Licomedes 113
A morte de Heitor 123
Aquiles e Mêmnon 133
A morte de Aquiles 137
Etéocles e Polinice 143
Antígona 152
Píramo e Tisbe 157
Ceix e Alcíone 162
Creúsa e Íon 170
Árion 176
Simônides 181
O cavalo de Troia 184
Helena, a demônia 203
Dido e Eneias 209
Niso e Euríalo 221
Eneias nos infernos 226
Jasão e o gigante de bronze 239

Os furores de Medeia 243
Ulisses e Polifemo.. 250
Ulisses e as sereias 262
O massacre dos pretendentes 268
Órion 284
Aristeu, o apicultor 287
Glauco e Cila.. 292
Cadmo e Harmonia 296
O mito de Sísifo 302
Calisto 305
A morte de Hércules 307

Glossário 317
Bibliografia 347

APRESENTAÇÃO

As histórias que você está prestes a ler são, além de deliciosas aventuras, a milenar espinha dorsal da civilização ocidental. Abarcando as principais raízes da mitologia antiga, o conjunto destes contos engloba a história da humanidade tal como ela era vista pelos antigos gregos e romanos: de onde surgiu o Universo, como apareceram os homens, a descoberta do fogo e variados estágios de desenvolvimento do ser humano – com um sem-fim de divindades diretamente relacionadas às forças primordiais da natureza orquestrando esta verdadeira sinfonia da vida.

As origens destas lendas povoadas por deuses e mortais perdem-se nas memórias do tempo. Elas surgiram de maneira espontânea, da imaginação popular, quando os registros da linguagem verbal eram muito diferentes da escrita de hoje, a caneta ou a computador: o conhecimento de então era passado oralmente através de gerações, daí a matriz necessariamente flexível da mitologia. Com o passar do tempo, tais lendas se cristalizaram em formas mais ou menos definidas, porém nunca acabadas, já que com a passagem dos milênios as histórias iam sofrendo alterações, eram levadas de um país a outro, adquirindo novo cenário, por vezes novo roteiro e até novos personagens. De modo que, hoje, temos à nossa disposição as mais diversas versões para os mais diferentes mitos – sem falar nas versões que por uma razão ou outra possivelmente tenham sido soterradas pelos anos.

Desse modo, a importância do mito está na sua maleabilidade – não em uma forma fixa –, que traz consigo o legado ancestral assim como os sinais de seu próprio tempo e espaço. Nossos personagens não são autômatos divinos, a repetir eternamente os mesmos atos e discursos. São mitos que têm a vida renovada conforme são reescritos e recontados, sendo tanto de hoje quanto da Antiguidade.

A maioria dos contos deste livro baseia-se em relatos que a tradição consagrou, recolhidos em coletâneas e livros específicos sobre o assunto. Embora tenhamos procurado nos servir das versões mais conhecidas dessas lendas, não desprezamos outras, menos populares.

Optamos por apresentar os personagens, na sua maioria, com os seus nomes latinos. Sem pretender desfigurar demasiadamente o conteúdo dos relatos, escolhemos recontá-los com o auxílio da ficção: atribuímos a cada história o estilo, a forma de contar, os detalhes circunstanciais, os diálogos etc. que mais favorecem o seu colorido, movimentação e fantasia.

Os autores

O NASCIMENTO DE PÁRIS

Príamo, o mais poderoso dos reis de Troia, tendo já sido abençoado pelos deuses com o nascimento de seu filho Heitor, estava às vésperas de ser pai outra vez.

– Hécuba querida – disse o rei à sua esposa –, alegre sua alma, pois parece que já não tarda o nascimento de nosso segundo filho, que os deuses haverão de fazer tão formoso quanto nosso amado primogênito!

A rainha, no entanto, acordara naquela manhã terrivelmente angustiada.

– Príamo, meu esposo e senhor! – disse ela, agarrada aos ombros do soberano. – Tive um sonho funesto que nada pressagia de bom quanto ao novo nascimento!

O rei, apreensivo, tomou as faces da rainha em suas mãos.

– Hécuba, querida, acalme-se e conte-me tudo! – disse ele com decisão, pois temia muito os presságios funestos.

A rainha, então, após enxugar as lágrimas que banhavam seu rosto, falou:

– Sonhei, meu esposo, que, no lugar de um belo menino, me saía das entranhas uma tocha, uma imensa tocha de labaredas ardentes!

– Como pode ser?! – exclamou Príamo, aterrado.

– E isto não é tudo! – acrescentou Hécuba, cujos lábios tremiam convulsamente. – Sonhei ainda que esta tocha ganhava vida e que alastrava suas terríveis flamas por todo o nosso reino, a ponto de só restarem ruínas após a sua passagem.

Príamo desvencilhou-se involuntariamente dos braços hirtos de sua esposa e dirigiu-se até a janela dos aposentos reais.

– É um aviso dos deuses! – disse ele, baixando a cabeça, como quem recebe dos deuses imortais um terrível e inapelável decreto. – Só pode ser...

Hécuba, no entanto, arrependida já de sua confissão e temendo as consequências de seu ato, tentou minimizar a situação:

– Príamo, querido, acalme-se... – disse ela, pondo-se em pé. – Talvez não passem de tolas premonições!

Mas era tarde, o rei já estava convencido de que aquele sonho era um aviso claro de que as Parcas sinistras tramavam algo terrível para si e seu reino. No mesmo instante foi consultar seu oráculo e ouviu dele a confirmação daquele terrível presságio. O novo bebê seria, de fato, a causa da ruína de sua Troia amada e de todos os seus cidadãos, caso vivesse.

– Só o sacrifício dessa criança evitará essa horrenda tragédia! – exclamara o adivinho, que pela primeira vez Príamo via proferir seu vaticínio de olhos esgazeados.

No dia seguinte a criança nasceu, forte e saudável. Contudo, nem bem saíra do ventre materno e foi arrancada dos braços de Hécuba por seu esposo, que surdo ao seu pranto a deixou desfalecida sobre o leito. Enquanto carregava a criança para um destino que somente ele, Príamo, conhecia, seus olhos estudavam as feições do garoto. Era um belo menino, não havia como negar, e o rei sentiu seu coração apertar-se dentro do peito. "É meu sangue, também, que corre neste pequenino corpo!", pensava, enquanto percorria os corredores gelados do seu palácio com seu pequeno fardo ainda manchado do sangue da batalha que travara pela vida.

"Não, não, desgraçado Príamo... Deves dar a este inocente o destino cruel que nos livrará a todos de um mal ainda maior...", pensou novamente, e com tanta força que temeu que suas últimas palavras reverberassem nas paredes imensas e nuas que levavam para fora do palácio real: "Um mal ainda maior... AINDA MAIOR... !"

Lá fora o aguardava o pastor Agelau, encoberto por um manto negro e vergado por uma chuva torrencial que o vento lhe atirava em cima com toda a fúria.

– Aqui está! – disse o rei, mirando o queixo do miserável pastor.

– Perdão, Alteza – disse o pobre homem, tomando o pequeno embrulho nas mãos vacilantes –, mas não quer refletir melhor sobre o destino que quer dar a este inocente?

– Cale a boca, maldito! – rugiu Príamo, temeroso de que sua consciência o obrigasse a retroceder. – Sabe bem o dever que lhe imponho, e o que lhe espera caso não o cumpra com todo o rigor.

Agelau introduziu, então, o pequenino embaixo de seu manto coberto de furos e lançou-se à estrada, que a chuva e a neblina misturavam com a floresta. Assim, o pastor escalou até o alto do monte Ida, conforme as instruções que recebera do rei, e tão logo alcançou seu destino sentou-se sob uma grande árvore, descobrindo novamente o rosto do garoto.

– Ainda... vive... Ainda... vive... – disse o bom homem, num tom baixinho e quase sem fôlego, como se temesse que de tão perto das nuvens Láquesis, a Parca que corta o fio da vida humana, o pudesse escutar. "Agora, entretanto, devo abandoná-lo!", pensou agoniado.

E assim fez. No fim do dia, entretanto, consumido pelo remorso, Agelau decidiu retornar ao local e, ao fazê-lo, deparou-se com uma cena espantosa.

– Por Júpiter, será isto possível? – exclamou.

Uma ursa enorme e marrom, deitada placidamente, amamentava o garoto!

– Só pode ser um sinal dos deuses de que não desejam mais a sua morte! – ponderou ele, contente.

Após perceber o afastamento da ursa, correu então até o bebê, colocou-o num cesto e levou-o para casa. Sua esposa ficou tão feliz com o novo filho que resolveu batizá-lo ali mesmo:

– Se chamará Páris, posto que veio num cesto! – exclamou ela, pois "Páris" significava "cesto" na língua dos antigos gregos.

O menino Páris virou em breve um belo rapaz e tornou-se pastor, tal como aquele que julgava ser o seu pai. Durante toda a sua juventude vagou pelos campos e encostas tangendo seus bois e levando uma vida amena, até o dia em que conheceu Enone, uma ninfa dos rios. Com ela manteve um relacionamento intenso, embora não pudesse dizer que a amava, pelo menos não tanto a ponto de poder retribuir o sentimento intenso que esta lhe devotava. Assim, prosseguiu em sua vida despreocupada, promovendo lutas entre os seus touros, a ponto de tornar este passatempo a principal ocupação de sua vida.

Estava nisto quando um dia viu chegar um soldado do rei Príamo, rei este que o jovem Páris nem desconfiava ser seu verdadeiro pai.

– Jovem pastor, o rei de Troia nos mandou aqui para que levemos até ele o melhor touro do rebanho.

– Por quê? – disse Páris, temendo que levassem justo o seu animal preferido.

– O rei pretende fazer um sacrifício funerário em honra de seu filho morto – disse o emissário.

Páris levou o soldado até o rebanho e, com efeito, viu-o escolher justamente o touro de sua predileção. Em desespero, o jovem pediu então ao soldado que lhe permitisse ir junto, para ver se conseguia recuperá-lo nos jogos que se realizariam concomitantemente com a cerimônia expiatória.

– Como quiser – disse o emissário, que já ia conduzindo o touro pela estrada.

Assim que chegaram em Troia, Páris foi correndo se inscrever em todas as modalidades de competição, na esperança de sair vitorioso ao menos em uma delas. Foi recebido com escárnio, porém, pelos outros competidores, pois eram todos filhos das melhores famílias. Entre eles, inclusive, estavam vários irmãos de Páris.

– Quem é este pastorzinho atrevido que ousa nos desafiar deste modo? – disse Deífobo, o mais encolerizado de seus irmãos.

Ninguém sabe dizer direito, senão que é um pobre pastor.

– Não se preocupe, Deífobo – disse um dos competidores. – Já na primeira disputa será esmagado como um piolho.

Páris, no entanto, acostumado às duras lides do campo, derrotou com facilidade o seu adversário da disputa de pugilato. E assim, sucessivamente, foi derrotando a todos nas demais modalidades, a ponto de encolerizar definitivamente o seu invejoso irmão:

– Basta, tocador de bois! – disse Deífobo a Páris, ao final da última disputa, sacando das dobras de sua túnica um afiadíssimo punhal. – Vai pagar agora por seu infame atrevimento!

Páris, desarmado, viu-se obrigado a buscar refúgio no templo de Júpiter, como última alternativa para salvar sua vida. Ao entrar lá, porém, encontrou Cassandra, também sua irmã, fazendo suas ofertas ao pai dos deuses. Esta mulher recebera de Apolo o dom da profecia, mas como desprezara o amor daquele deus, viu retirado de si o dom da persuasão, de modo que toda profecia que saía de seus lábios, apesar de verídica, não era jamais crida por ninguém.

– Você...! – disse Cassandra, reconhecendo logo no rapaz que entrara esbaforido o seu irmão funesto.

Páris, no entanto, como não a conhecia, pediu-lhe apenas que o socorresse, pois jovens perversos queriam privá-lo de sua vida. Mas nesse instante Deífobo e seus sequazes já haviam também adentrado o templo.

– Cassandra, afaste-se deste patife! – bradou o homicida, num terrível transporte de cólera. – Ele é um farsante, que por meio das fraudes mais vis pretende ter vencido o torneio instituído por nosso pai!

Justo no instante, porém, em que Deífobo estava prestes a enterrar o punhal no peito de Páris, ouviu-se um grito vindo da multidão que a tudo assistia, estupefata.

– Pare, Deífobo, filho de Príamo! Este que aí está não é outro senão Páris, sangue do seu sangue, em honra do qual se realizam estes jogos!

Era Agelau, o pai adotivo de Páris, que havia acompanhado todos os passos do jovem desde a sua saída dos amenos pastos até a sua vitória na última competição.

– O que diz este velho louco? – exclamou Deífobo, cuja mão continuava a apertar o ferro fatal com todas as suas forças, a ponto dos ossos dos dedos estarem prestes a romper a pele que os envolvia.

– Sim, Deífobo, acalme a sua cólera, pois este que aqui está é Páris, filho de nosso pai Príamo e nossa mãe Hécuba – disse Cassandra, interpondo-se entre o punhal e o irmão ameaçado.

Suas palavras, entretanto, por força da maldição que pesava sobre ela, não foram ouvidas.

– Cale-se, tola Cassandra! – gritou Deífobo. – Haverá aqui alguém ainda disposto a dar ouvido a seus disparatados delírios?

Num último recurso, então, o pastor Agelau sacou de sua túnica um chocalho que Hécuba, a mãe de Páris, pusera em suas mãos tão logo ele nascera.

– Levem-no até a rainha e lhes digo se sua mãe não será capaz de reconhecer o próprio filho numa única olhada.

Deste modo Páris foi levado à presença do rei e da rainha. E, de fato, tão logo Hécuba pôs os olhos em Páris sentiu seu sangue correr célere por todo o corpo.

– O que vejo, Príamo, meu esposo, diante de meus olhos? – disse a rainha, quase desfalecendo.

– Eis seu filho, que julgavas erroneamente morto! – disse Agelau, estendendo a Hécuba o chocalho.

Príamo, a seu turno, apesar de encolerizado com a desobediência do pastor, cedo viu este sentimento desaparecer por completo de seu peito, por força do orgulho que agora de si transbordava. Aquele bravo e destemido jovem, que vencera todas as competições, era seu filho. E que belo rapaz, digno da descendência sua e de Hécuba! E apesar de toda a oposição que os sacerdotes moveram para que Príamo se desvencilhasse daquele filho amaldiçoado, nada pôde mover o rei outra vez a levantar a mão contra seu próprio sangue.

– Que Troia venha abaixo! – rugiu ele, sobrepondo o pai ao soberano. – Que não reste amanhã uma única coluna em pé no meu reino, mas nem hoje nem nunca mais alguém ousará levantar um dedo contra este meu filho que vi de repente retornar do Hades sombrio para os meus braços.

E assim Páris tornou-se outra vez filho de Príamo, apesar de todas as funestas previsões que mais tarde o confirmariam como o causador da destruição do poderoso reino de Troia, também dito reino de Ílion.

O POMO DA DISCÓRDIA

— Isso é que é festa de casamento! – disse o cavalo Bálios a seu amigo Xantos, também um equino. – Que alegria nos rostos, que harmonia vibrando no ar!

– É, não resta dúvida. Isto é, pelo menos por enquanto... – respondeu Xantos, que guardava um ar de dúvida em meio ao alarido dos festejos.

– Como assim? – quis saber Bálios, arreganhando seus grandes dentes amarelos.

– Bem, se ela chegar, como imagino que deve estar para acontecer, você logo entenderá o que quero dizer... – respondeu o segundo cavalo, balançando a cauda e a grande cabeça.

Xantos referia-se a Discórdia, a única deusa que não fora convidada para as maravilhosas núpcias de Tétis com Peleu, rei de Ftia e futuro pai do grande herói Aquiles, que se realizava naquele momento em frente à caverna do centauro Quíron.

"Quem, aquela víbora da Discórdia?", dissera Tétis, ao ser sugerido o nome da desagradável divindade para integrar a lista dos convidados. "Nem morta esta praga colocará os pés na minha festa!", esbravejara a mais bela das nereidas a Júpiter.

Graças a isto a festa transcorrera até ali em maravilhosa harmonia. Por tudo só havia sorrisos, brindes e congratulações.

– Querida Tétis! – dissera Vênus, abraçando-a, banhada em riso. – Sua festa não poderia estar mais encantadora!

Peleu, por sua vez, recebia os efusivos cumprimentos de Apolo, o qual dedilhara momentos antes a sua afinada lira em homenagem aos noivos.

Quanto aos dois cavalos falantes que abrem esta narrativa, eram o presente que Netuno, o deus dos mares, havia ofertado ao novo casal. Ambos se mantinham juntos, a observar deliciados toda aquela alegria.

– Verdadeiramente uma festa divina! – disse Bálios a Xantos, num transporte de entusiasmo.

Este, no entanto, continuava a fremir desconfiadamente as suas narinas, com a intuição peculiar que têm os animais para farejar as grandes catástrofes.

– Vênus amada, venha até aqui! – disse Juno, esposa de Júpiter, que estava numa conversa animada com Minerva, a deusa que nascera da cabeça do pai dos deuses.

– Queridas, há quanto tempo! – exclamou a deusa do amor, parecendo felicíssima ao rever suas amigas. – Nossa, nunca as vi tão belas! – acrescentou enfaticamente.

– Ora, você é que está simplesmente deslumbrante! – disse Minerva, arregalando seus belos olhos, ao mesmo tempo em que ajeitava melhor a alça direita do seu peplo recamado de motivos guerreiros.

Enquanto essa encantadora troca de elogios prosseguia, algo de estranho ocorria sobre as cabeças das deusas. Uma grande sombra ocultara o sol, tornando a atmosfera gélida e opressiva. O cavalo Bálios, contudo, fora o único a perceber a estranha mudança. Em vão, porém, procurou divisar no céu a misteriosa nuvem.

– Não é nuvem – disse seu colega Xantos, com a placidez dos profetas quando veem confirmar-se as suas mais negras profecias. – É ela.

Sim, pairando acima das três amigas, lá estava a terrível deusa Discórdia, tornada invisível por suas artes mágicas. Os dois cavalos, no entanto, podiam vê-la perfeitamente, com os emaranhados cabelos de serpente presos por uma tiara ensanguentada encobrindo seu olhar desvairado. Ao mesmo tempo, de sua boca escorria uma espuma abundante que ela limpava a intervalos com as mãos de unhas tintas de sangue.

– Ora vejam, que detestáveis hipócritas... – grunhiu a repulsiva criatura, fazendo esgares de ódio que excediam em horror aos da temível Górgona. – Quem ouve pensa que são as menos vaidosas das criaturas!

– Não, não, queridas! – teimava Vênus – Vocês estão absolutamente imbatíveis!

– Argh, puáá! – fez a abominável deusa, cuspindo para baixo uma baba vermelha e espessa. – Vamos acabar já com este fingimento todo.

Imediatamente a Discórdia, sedenta por uma disputa, sacou de suas vestes uma maçã dourada que reluziu em suas mãos. Com a mais afiada de suas unhas inscreveu, então, no fruto, a seguinte frase: À mais bela.

– Muito bem, agora veremos até onde irão as tais cortesias – disse, perfidamente, largando o fruto descuidadamente no meio das deusas.

Vênus, Juno e Minerva ainda estavam trocando animados elogios, sentadas cada qual em um balanço de flores, quando a primeira escutou um ruído aos seus pés.

Tum-tum-tum-tum.

– O que é isto...? – disse a deusa do amor, atraída pelo ruído fofo do pomo rolando na relva.

Juno ergueu seus olhos e viu o fruto faiscar nas mãos de Vênus.

– Que maravilha é esta que aí tens? – disse a esposa de Júpiter.

Mas Vênus estava inteiramente absorta na contemplação do esplêndido fruto.

Minerva, por sua vez, deu um pulo de seu balanço e também foi ver mais de perto o que era aquilo que tanto brilhava.

– Uma maçã de ouro! – exclamou, aproximando o rosto.

– Esperem, há algo escrito nela – disse Vênus, girando o fruto na mão. Um brilho intenso banhou o rosto das duas.

– À mais bela! – gritaram as três, enlevadas.

Durante alguns minutos estiveram mergulhadas num estupor, até que Minerva finalmente quebrou o silêncio:

– Mas... de onde veio isto, afinal?

As três perscrutaram tudo ao redor, mas sem poder divisar ninguém, a não ser os dois cavalos, que de longe as observavam com as orelhas em pé.

Quando Vênus baixou os olhos de volta, entretanto, só encontrou um vazio entre os dedos, pois Juno já havia se apoderado avidamente do fruto.

– À mais bela...! – repetia ela, como que enfeitiçada.

– Sim, mas não traz o nome da eleita? – disse Minerva.

– Ora, querida, e precisa? – disse Vênus.

– Claro que não – disse Juno apoderando-se vivamente da joia. – Está claro que foi endereçada a mim.

Vênus e Minerva num primeiro momento perderam a voz, enquanto Juno esfregava em suas vestes o fruto, parecendo prestes a dar-lhe uma dentada.

– Só um momento, meu amor – disse Vênus, raptando o pomo das mãos de Juno. – Quem tiver o bom-senso de procurar direito o nome da homenageada irá logo descobrir que só pode ter sido enviado a mim.

As três então se reuniram avidamente em torno do pomo, tentando divisar cada qual o seu nome:.

– Ali está! – gritou Juno. – Vejam se não é a minha inicial gravada nitidamente.

Não, não era, contestaram decididamente as outras.

– Pfff... É apenas uma falha do fruto – disse Minerva com um muxoxo de desdém.

Enquanto a disputa prosseguia, a perversa Discórdia esfregava ao alto as suas grandes mãos, cheia de satisfação.

– Basta, suas idiotas! – bradou Vênus, mandando às favas o resto de sua boa educação. – Como ousam atribuir a si uma homenagem que está claramente dirigida a mim?

– Atrevida! – rugiu Minerva. – Cale a boca e devolva já o meu fruto!

A disputa se acendera definitivamente. Os olhos das três agora despediam chispas de puro ódio enquanto o pomo passava de mão em mão a cada descuido, o que só servia para inflamar ainda mais os ânimos. Ao mesmo tempo os dois cavalos continuavam a observar a disputa, que estava prestes a degenerar numa troca de tapas.

– Vamos avisá-las do que realmente se passa – disse Bálios ao seu colega equino.

– Está louco? – disse Xantos, valorizando sempre a prudência. – Se em briga de mortais não convém meter a colher, o que dirá de uma briga de deusas? Além do mais, sabe-se lá que castigo poderá nos impingir aquela megera, causadora de toda a discórdia.

E assim transcorreu o restante da festa, num clima de rancor indisfarçado. O fel já havia sido deitado na taça do hidromel e agora só restava todos regressarem desconsolados para suas casas. Quanto às deusas, teve início naquele dia uma desavença que se estendeu por vários anos, até que um dia Júpiter resolveu pôr um fim à amarga querela.

– Mercúrio, venha cá! – disse o deus supremo a seu filho dileto.

– Pois não, meu pai – respondeu o jovem dos pés ligeiros.

– É chegada a hora de pormos um fim nesta briga insensata que até hoje só nos trouxe desgostos.

– O senhor refere-se à disputa pelo pomo dourado? – disse Mercúrio.

– Exatamente – disse Júpiter. – Quero que você conduza as três pretendentes até o alto do monte Ida para que Páris, filho de Príamo, decida de uma vez a quem pertence este berloque maldito.

Páris era um jovem pastor, filho do poderoso rei de Troia, o qual fora abandonado às feras por seu pai logo ao nascer devido a uma funesta profecia que o apontava como causador da futura ruína da sua pátria. O menino, no entanto, sobrevivera, tendo sido primeiro alimentado por uma ursa e logo depois criado por um casal de pastores.

– Está bem, meu pai – disse Mercúrio, ajeitando já as suas sandálias aladas. – Mais alguma coisa?

– Está dito tudo – disse o deus supremo, pondo fim à conversa.

No mesmo dia, Mercúrio reuniu-se às três querelantes, que, mesmo emburradas umas com as outras, resolveram acatar judiciosamente a ordem de Júpiter.

Em breve chegaram ao alto do monte Ida, onde encontraram o jovem Páris apascentando seu rebanho. O jovem levara até ali uma vida sem grandes emoções, e neste dia mostrava-se especialmente aborrecido.

– A verdade é que esta calma toda começa já a me irritar... – disse ele, erguendo os olhos para o alto, depois de observar pela milésima vez as expressões sempre inalteravelmente aborrecidas do seu gado. De repente, porém, quando desceu os olhos de volta à Terra, viu postadas diante de si as figuras majestosas das três divindades mais belas do Olimpo e do divino mensageiro de Júpiter.

– Pelos deuses! – exclamou Páris, assombrado. – Estarei sonhando?

Mercúrio então adiantou-se, dizendo:

– Ó jovem Páris, você foi agraciado com uma honra que raras vezes terá cabido a um simples mortal.

– Que honra, ó mensageiro divino? – exclamou o pastor, assombrado.

– Meu pai decidiu, em sua soberana onipotência, que você será árbitro de uma árdua disputa, que tanta inquietude tem trazido ao antes ameno Olimpo.

Mercúrio então contou toda a história, que Páris acompanhou boquiaberto. As três deusas, a cada passo do relato, sentiam renovar-se em seus peitos as chagas da velha contenda, olhando umas para as outras com renovado ódio.

– Mas que justiça poderei dispensar eu, pobre pastor, a três deusas que por definição são sábias e justas?

Mercúrio deu um leve pigarro, algo desconcertado, interrogando o pastor:

– Júpiter confia no seu discernimento, e se lhe entregou esta tarefa é porque tem razões de sobra para pensar assim. Não cabe a você, pobre mortal, vasculhar os argumentos da divindade suprema! – acrescentou Mercúrio, pondo um fim nas recusas de Páris.

Páris, então, não tendo outro jeito, pensou um pouco e disse consigo: "Já sei como farei para contentar a todas e não incorrer na cólera de nenhuma!"

– Vou dividir o pomo em três – anunciou, aliviado. – Desta forma farei justiça à beleza de todas.

Mas nenhuma delas aceitou essa solução conciliatória. "Como?! E admitir que não sou a mais bela?", pensaram ao mesmo tempo as três deusas, iradas.

Além do mais, revelou-se impossível repartir o pomo dourado. Não vendo outra solução, Páris decidiu escutar os argumentos de cada uma das deusas, em separado. Primeiro chamou Juno, que se apresentou repleta de argumentos.

– Um dos atributos da beleza é ser justa, meu jovem – disse a esposa de Júpiter, que achava-se um exemplo de Justiça, sentando-se ao lado de Páris. – Por isto confio no seu julgamento.

O pastor, agora investido da autoridade de juiz, decidiu agir como tal, fazendo ouvidos moucos à lisonja da deusa. Juno, então, decidiu recorrer logo às suas razões:

– Sou esposa do soberano do Olimpo, lembre-se sempre disto, meu jovem. Por isto, posso oferecer-lhe o que nenhuma das outras jamais poderá. Saiba, pois, que farei de você soberano de toda a Ásia e o homem mais rico do mundo. Todas as cabeças se curvarão assim que for anunciada, por arautos magnificamente trajados, a sua augusta presença, e a sua vontade será tão importante que antes mesmo de manifesta será adivinhada por seus fidelíssimos súditos.

Páris escutou os argumentos de Juno com toda atenção e reverência; mas em seu íntimo já havia decidido que não cederia nem a honras nem a riquezas. "Tão somente Têmis, a deusa da justiça, irá inspirar os termos de meu julgamento", pensou o rapaz. Por isto, mandou chamar logo Minerva, não sem antes garantir àquela que partia que a mais cristalina justiça seria o farol cintilante de seu julgamento.

A deusa da guerra aproximou-se em seguida, e num passo firme foi logo dizendo:

– Belo pastor, bem sei que seu julgamento haverá de me ser favorável. Por isto afirmo que muito em breve você será pastor não mais de vacas ou de carneiros, mas dos mais bravos soldados que jamais um comandante guiou neste mundo. Ao menor comando que sair dos seus lábios, legiões inteiras de guerreiros levantar-se-ão como um único homem.

Mas Páris não desejava comandar exércitos, contentando-se em guiar com clareza e retidão os seus próprios instintos. Assim, depois de dispensar gentilmente a deusa da guerra, pediu que Vênus viesse até si para fazer a sua defesa.

A deusa do amor, mais ousada que todas, tomou então nas mãos o rosto do jovem Páris e o aproximou tanto do seu que os lábios quase se tocaram.

– Veja como sou bela – disse a deusa, com uma entonação absolutamente irresistível. – E no entanto tive de admitir, desde a primeira vez em que o vi, que minha beleza finalmente encontrara um símile digno dela, meu belo rapaz. Certamente, se eu fosse um homem, aspiraria a ter o encanto dos seus belos traços – completou a sedutora deusa, percorrendo com o dedo o desenho do rosto de Páris.

– Suas palavras não poderiam deixar, generosa deusa, de confirmar a beleza inteira da sua formosa natureza – disse Páris, procurando ser gentil diante de tamanho elogio. – Mas receio que excedam um pouco à verdade.

– Não, jovem encantador, digo apenas o que meus olhos podem confirmar – ajuntou Vênus, pronta para expor seu argumento principal. – Venho, no entanto, oferecer a você um amor que excederá a qualquer outro que homem algum jamais aspirou.

Páris bebia insensivelmente as palavras da deusa.

– Existe uma rainha mais bela que todas e que, a exemplo de mim, é também filha de Júpiter. Esta mulher foi gerada pela belíssima Leda, filha do rei da Etólia, e é hoje esposa de Menelau, rei de Esparta.

– Mas quem é ela, ó deusa? – disse o pastor, incrédulo.

– Ora, meu tolo efebo, estou falando da bela Helena, a mulher mais cobiçada de toda a Hélade! – disse a deusa, triunfante. – Se me der o pomo, farei com que ela se renda totalmente aos seus encantos. Você será, assim, o homem mais feliz a pisar sobre a Terra e invejado mesmo pelos deuses!

– Confesso que não sei de quem se trata... Mas não posso negar que já sinto meu peito incendiado por algo que não sei ainda definir – disse Páris, confuso.

Mal sabia, contudo, o jovem pastor, que Cupido, o filho de Vênus, estivera o tempo todo oculto atrás de uma árvore e que, a um sinal de sua mãe, havia acertado uma de suas flechas certeiras bem no seu coração.

– Mas ela é casada... – disse Páris, agoniado. – Como poderei esperar que ela deixe esposo, reino e súditos para ficar comigo, um pobre e ignaro pastor?

– Nada temas, meu tolo – disse Vênus com o mais sedutor de seus sorrisos. – Não é a própria deusa do amor quem se propõe a ser a fiadora e garantia do seu amor?

Páris, então, completamente rendido às razões da deusa, outorgou-lhe finalmente o prêmio do pomo dourado. Mal sabia, porém, que com isto iria acender a ira das outras duas deusas, Juno e Minerva, e que sua funesta paixão pela bela Helena seria o estopim da mais terrível guerra que a Antiguidade conheceria.

O RAPTO DE HELENA

— Helena... Helena... Helena...!

Dia após dia, o jovem Páris, filho de Príamo, rei de Troia, sussurra este nome, com a mesma persistência de um antigo coro trágico.

Este nome, na verdade, não lhe sai da cabeça desde o dia em que concedera a Vênus o pomo da Discórdia, recebendo desta, em troca, a promessa de que seria amado pela mulher mais bela da face da Terra.

– Ela será sua, eu lhe garanto! – lhe dissera a deusa com toda a força de sua sedutora argumentação. – Por você ela deixará marido, posição e riqueza. Que outra prova maior de amor poderia exigir um mortal?

Páris está imerso nestes pensamentos quando ouve um arauto declarar a seu pai que Menelau, rei de Esparta, está prestes a chegar a Troia.

– Menelau chegará? – exclama ele, involuntariamente.

– Sim, meu filho – diz Príamo, voltando-se para ele. – O oráculo de Delfos determinou que ele venha até nós para reaver os ossos de dois de seus soldados que aqui pereceram durante a expedição que Hércules fez à nossa pátria.

A notícia é importante demais para que Páris possa conter sua curiosidade.

– Ele virá sozinho, meu pai? – diz o jovem, fixando o grande tapete sob os seus pés. Ali está representada Europa, nua e aflita, que Júpiter, sob a forma de um magnífico touro branco, rapta virilmente para dentro do mar.

– Trará apenas uma pequena comitiva – diz simplesmente o rei.

Páris compreende então que não será ainda desta vez que saciará a sede dos seus olhos. Mas já será alguma coisa poder conhecer o homem que o destino investiu na condição de rival.

No dia seguinte chega o visitante com sua comitiva. O rei troiano o recebe com toda a pompa. Junto ao anfitrião estão seus filhos, Heitor, Deífobo e Páris. Este último não pode deixar de arregalar os olhos quando é finalmente apresentado a Menelau. O jovem sente que a palma de sua mão está suada quando o cumprimenta.

– Um filho que, sem dúvida, faz jus ao próprio pai, ó Príamo audaz! – diz Menelau, cujas palavras são sempre sinceras.

Páris abaixa a cabeça, um tanto encabulado, pois sabe que tem diante de si o homem que em breve deverá atraiçoar. Enquanto Menelau conversa com seu pai, Páris estuda-lhe melhor as feições, detendo-se em seus olhos de pupilas cristalinamente azuis. "Talvez haja nelas um pálido reflexo da efígie da mulher que um dia será minha!", pensa o rapaz, com a ingenuidade própria da juventude.

Durante os próximos dias Páris faz-se, então, anfitrião perfeito do rei espartano, ajudando-o a encontrar rapidamente os ossos dos seus soldados.

– Se não fosse a sua ajuda, hospitaleiro filho de Príamo – diz-lhe, ao fim da visita, Menelau –, não sei se teria obtido sucesso em minha missão. Por isso quero que você vá até o meu reino o mais breve possível, para que eu possa retribuir à altura o tratamento que me dispensou.

Essa oportunidade não tarda muito, pois algum tempo depois Príamo organiza uma expedição com destino à terra de Menelau, liderada por seu primo Eneias.

– Páris – diz o rei troiano –, quero que vá com meu primo a Esparta retribuir a visita que Menelau nos fez. Aproveite também a ocasião para trazer consigo minha irmã Hesíone, que lá se encontra há muitos anos.

Finalmente a ocasião se apresenta! Páris sente suas pernas vacilarem, e é a custo que as palavras de assentimento saem de sua boca:

– A sua vontade, meu pai, será sempre o leme dos meus atos.

Alguns meses depois, Páris, juntamente com Eneias, está prestes a partir. Do alto das naves, ambos comandam os últimos preparativos. Mas embora toda a balbúrdia do embarque, não é ela o bastante para impedir que se faça ouvir uma voz feminina que brada em terra, com todas as suas forças:

– Páris, meu irmão! Desista desta funesta expedição, pois ela será primeiro passo de nossa ruína!

– Vejam só! – diz um dos membros da expedição. – É Cassandra, a profetisa que os deuses privaram do dom da persuasão.

Um grasnar insolente de risos espalha-se no ar como um bando de aves barulhentas. Porém é logo reduzido ao silêncio pela voz poderosa de Páris.

– Silêncio, rufiões! Partamos logo de uma vez! – diz o filho de Príamo, do alto da proa de sua embarcação. – Quanto a você, minha irmã, serene sua alma, pois são bons ventos que nos levam até a pátria do generoso Menelau.

E, sem mais dizer, partem todos rumo a Esparta.

Alguns dias depois, na terra de Menelau, todos já estão na expectativa da chegada do filho de Príamo. O rei já concluiu todos os preparativos para receber à perfeição os seus hóspedes.

– Helena querida – diz ele à sua amada esposa –, é preciso que os recebamos como nunca antes visitante algum foi recebido. Façamos com que sua estada em nossa pátria seja lembrada ainda por muitos séculos como exemplo de cortesia e amizade.

Helena recolhe-se celeremente aos seus aposentos.

– Preciso, então, fazer-me ainda mais bela, se tal será a importância de nosso hóspede. Pois o que dirão da esposa de Menelau, se não sabe estar à altura da cortesia de seu marido?

Assim pensa Helena, desnudando-se inteira diante do grande espelho que enfeita seu quarto. Depois de admirar um quadro que somente o seu marido Menelau tem o privilégio de contemplar, faz com que uma delicada esponja percorra suas formas perfeitas, embebendo sua pele de um aromático perfume. Isto feito, veste seus melhores trajes e enfeita-se com as joias mais faiscantes que olho humano algum ousou contemplar.

Agora Helena está sentada, enquanto compõe sua maravilhosa cabeleira, cujos fios parecem ter sido descosidos da própria Noite e tecidos outra vez sobre a sua encantadora cabeça. Abaixo deles fulguram duas esmeraldas, que despedem o brilho intenso de duas estrelas, e logo em seguida, abrigada sob a arcada perfeita de um nariz aquilino, está harmoniosamente posta uma boca úmida, de lábios naturalmente escarlates.

Algumas horas mais tarde Menelau manda que a chamem, pois os visitantes já se aproximam do porto com seus imponentes barcos.

– Importa muito, minha amada, que os recebamos tão logo pisem o solo de nossa pátria – diz-lhe o esposo, que enverga seu traje mais esplêndido.

O cais está todo embandeirado. Músicos e povo estão misturados aos membros das melhores famílias. E adiante de todos está o casal real, Menelau e Helena.

– Eis que chegam, cara Helena! – diz o rei, cujos olhos luzem de expectativa.

A rainha, contudo, apesar de compartilhar da curiosidade de seu marido, está um tanto confusa com o alarido que a plebe promove ao redor, tirando-lhe a vista dos navios. Volta-se, então, para ver no rosto de seu esposo a satisfação que toda aquela alegre balbúrdia lhe traz. "Menelau é de fato um homem nobre!", pensa ela, enquanto admira as feições radiantes do rei. Envolvida, porém, com todos aqueles acontecimentos, não percebe que oculto atrás de uma das colunas do ancoradouro está Cupido, o filho de Vênus. Ele esquadrinha atentamente as menores reações da esplendorosa rainha.

– Se não fossem as ordens expressas de minha mãe, eu a faria apaixonar-se por mim, divina Helena! – diz o irrequieto arqueiro, também fascinado pela beleza daquela mortal.

Nesse instante os visitantes desembarcam e se aproximam do local onde Menelau e sua esposa estão. Contudo, antes mesmo que lá cheguem, os olhos ansiosos de Páris já encontraram os olhos serenos de Helena. A claridade insolente do dia que a cerca desaparece, então, diante do fulgor quase sobrenaturalmente divino que emana de si.

Páris a reconhece imediatamente como a mulher de sua vida.

"Eis Helena!", exclama interiormente o recém-chegado. "A mulher que povoou todos os meus sonhos é, então, infinitamente mais bela do que eu esperava!"

De repente, porém, ele descobre que tem diante de si o seu anfitrião.

– É com prazer infinito que meus olhos contemplam outra vez você, jovem filho de Príamo! – diz Menelau, estendendo-lhe generosamente os dois sólidos braços.

Páris, desconcertado, retribui as palavras do rei com um agradecimento improvisado. Enquanto isto, Helena aguarda a sua vez de cumprimentar o jovem, que até então não lhe provocara mais que uma natural admiração. Entretanto, o deus do amor já assesta a sua pontaria para o coração da rainha.

– Conhece já o amor, encantadora rainha – diz Cupido, esticando ao máximo a corda de seu certeiro arco. – Chegou, porém, a hora de conhecer a quintessência do amor!

Tão logo os olhos de Helena pousam nos olhos de Páris, uma flecha certeira que leva inscrita a palavra "paixão" vara implacavelmente o seu coração.

"Vênus soberana, o que sinto... ?", pensa Helena, aturdida. Uma chama ardente sobe do seu peito e tinge de vermelho suas faces quando seus olhos fitam pela primeira vez os olhos chispantes de Páris.

– Uma honra nunca imaginada me chega agora como uma dádiva dos deuses: a de poder contemplar neste instante a mais sublime rainha de quantas a Hélade inteira pôde gerar...! – diz Páris, curvando sua cabeça, num estratagema sutil que lhe permite recobrar um pouco o autocontrole.

"Oh, Júpiter supremo! Como ocultar doravante o amor divino que brilha em meus olhos, sem que mil outros olhos profanos o devassem?", pergunta-se Páris, aflitamente feliz com este novo e doce dilema.

Helena, a seu turno, está como que imersa num sonho e, sentindo agora que suas cores lhe fogem do rosto, abaixa também a cabeça. Quando a ergue novamente está misteriosamente sentada numa grande mesa, em algum lugar que lhe parece vagamente familiar. Reconhece a voz de seu esposo, que parece mencionar o seu nome. Quando se volta assustada para o lado, porém, quem seus olhos encontram é aquele mesmo jovem que a atordoara. Sim, ele está sentado entre ela e Menelau, que entretém uma conversa animada com Eneias, o companheiro de viagem que Páris trouxe consigo de Troia.

– Uma viagem é sempre um enigma, meu caro rei – diz uma voz indistinta.

Como quem desperta de um sonho, Helena vê rostos vagos começarem a se desenhar à sua frente. Comensais e glutões de toda espécie, que interesses políticos obrigam o soberano a manter em sua mesa, ali estão alegremente refestelados, erguendo brindes diversos, mas que no fundo são sempre os mesmos, pensando: "Felizes de nós, que privamos da mesa do rei!". O resto do banquete passa-se como num sonho acordado, e é a custo que Helena consegue voltar seu rosto para o lado, pois sabe que encontrará aqueles mesmos olhos que a enfeitiçaram. No entanto, pode sentir o tempo todo aquela presença viril, e cada vez que a voz de Páris soa é como se fosse dirigida a ela própria.

Ao final da recepção, Helena está exausta e vai direto para os seus aposentos.

– Então, o que achou de nossos convidados? – pergunta-lhe Menelau, enquanto observa as escravas despirem-na.

– Eneias parece ser um homem muito determinado – diz a rainha, com um ar distraído.

– E o que achou do filho de Príamo? – retorna Menelau.

– Não reparei... Talvez um tanto inexpressivo – gagueja Helena, deitando-se logo em seguida.

Os dias passam, e a rainha faz de tudo para não cruzar com o forasteiro, até que um dia as Parcas decidem armar-lhe uma cilada, que porá por terra todas as suas defesas.

– Helena querida, tenho de partir imediatamente – diz o seu esposo numa manhã.

– O que diz? – exclama a bela Helena, ao mesmo tempo apreensiva e involuntariamente feliz.

– Catreu, meu avô, faleceu. Devo partir ainda hoje para assistir aos seus funerais.

Em seguida ele a abraça fortemente.

– Confio que saberá entreter os nossos hóspedes de tal modo que não sintam a minha ausência!

– Volte logo, meu marido – responde Helena, sabedora de que, se assim não for, dificilmente poderá resistir à terrível tentação que se avizinha.

Antes do final do dia o rei já singra os mares em direção a Creta, enquanto a noite desce seu manto sobre Esparta. Helena está sozinha no palácio. Os dedos de suas mãos entrelaçam-se convulsamente, enquanto ela observa da janela um céu carregado de nuvens. De repente, sente que às suas costas alguém se aproxima. Ela não precisa voltar-se para saber quem é.

— Você! – exclama ela, fingindo-se surpresa ao fitar o rosto de Páris.

— Peço licença, amável rainha, mas preciso muito lhe falar – diz o jovem, alterado.

— A hora talvez não seja a mais propícia, jovem imprudente... – diz ela, com um meio sorriso, sem saber se leva a mal a pequena audácia do estrangeiro.

Ele, no entanto, não retribui o sorriso.

— Imprudência... Talvez seja isto mesmo, encantadora rainha. Os fados me obrigam agora a fazer uso desta perigosa palavra.

— Que diz? – fala ela, retomando sua apreensão.

— Não, imprudência não... Ousadia, talvez seja o termo apropriado, pois sem ela o amor será sempre uma palavra vã!

Helena põe-se em pé, retrocedendo alguns passos.

— Estrangeiro, você abusou dos dons de Baco? – diz ela.

— Não, divina rainha... Bebi foi a beleza de seus encantos... E esta embriaguez está prestes a me levar ao último extremo da ousadia e, quem sabe, mesmo, da perversidade.

Helena reconhece, então, que chegou a hora tão temida.

— Vamos, procure se acalmar – diz ela, mais para si mesma do que para ele.

— Deixe-me falar-lhe – diz ele, surdo a tudo e avançando na direção da rainha.

Helena baixa seus olhos, corando terrivelmente. Páris, a seu turno, percorre com os olhos todo o aposento.

— O que procura? – diz Helena, ao erguer novamente a cabeça.

— Não procuro, bela Helena... Eu temo... – diz ele, enigmaticamente.

— Não entendo... – sussurra a rainha, negaceando levemente a cabeça.

— Oh, como temo... – diz o jovem com o rosto aceso. – Temo os olhos de todos! Eu os vejo por toda a parte, me observando, me inquirindo, me espionando...

A rainha está agora aturdida, e sua mão cobre seu rosto. De repente, porém, ela sente que algo a afasta num brusco repelão. Por um breve instante enfurece-se com o visitante, até descobrir que não fora ninguém, senão ela mesma, quem afastara a própria mão. Ao mesmo tempo algo dentro dela a obriga a fixar as feições daquele homem.

– São meus olhos, jovem Páris... São meus próprios olhos, feitos em mil, que incessantemente lhe buscam! – diz, enquanto seus braços descaem lentamente, ao longo do corpo.

– Então... sente o mesmo que eu? – sussurra ele, tentando abafar a custo o seu entusiasmo.

Um silêncio afirmativo ilumina os olhos de Helena.

Então ele acrescenta, num jato:

– Helena, Helena... Só haverá esta oportunidade, Helena amada...

Durante alguns instantes ambos se estudam avidamente. Então, bruscamente, as bocas de ambos colam-se num sôfrego beijo.

– Sim... eu te amo... Páris adorado... – diz ela, rendida de vez àquele irreprimível desejo. Depois de trocarem mil beijos, Páris toma a cabeça da rainha em suas mãos.

– Helena, adorada! Venha comigo para Troia! – diz, inflamado.

– Não posso! – exclama ela, tentando desvencilhar-se daquelas mãos firmes. Mas ela sabe que seu destino já está selado.

– Serás, doravante, Helena de Troia! – diz Páris, feliz, pois já leu nos olhos da amada que nada a impedirá de unir-se a ele.

Durante toda a noite fazem-se, então, os preparativos para a fuga. Helena, quase histérica, tem a cabeça em fogo.

– Vênus suprema, proteja-me da fúria de Menelau! – diz ela, enquanto encaixota seus pertences com a ajuda de suas escravas, que também irão consigo.

– Levemos também os tesouros do reino! – exclama Páris, num gesto de tresloucado entusiasmo que Helena a princípio refuta. Porém, cedendo logo às instâncias de seu amante, reconsidera.

– Um crime... dois crimes... Ora, avante! – exclama a bela Helena, num delírio febril.

Assim, antes que Apolo rompa os portões do dia com seus cavalos de fogo, partem de Esparta os navios, levando consigo as riquezas do reino e a maior delas, Helena. A rainha sabe que deixa tudo para trás, em nome de uma paixão. Mas agora que deu o primeiro e fatal passo está disposta a tudo.

– Seja o que Júpiter, meu pai, e Vênus protetora determinarem... – diz ela, aninhada nos braços de Páris, um Páris mais forte, que tomou agora consciência do seu destino.

Enquanto isto, Cassandra, a profetisa cuja voz ninguém ouve, está caída diante dos degraus do templo de Júpiter, em Troia. Chove, e suas vestes estão em tiras. A cinza que recobre a sua cabeça lhe escorre pelo rosto, dando-lhe o aspecto de uma louca.

– Ai de ti, Troia infeliz! – exclama ela, com os lábios colados nos degraus frios da escada. – Eis que se aproxima a hora de sua perdição!

Um riso sarcástico ainda fica pairando longo tempo no ar, depois que o último ébrio passa por ela, aos tropeços.

O SACRIFÍCIO DE IFIGÊNIA

O Adivinho

O cais de um porto grego. Ao fundo estão as efígies gigantescas de diversos navios, compondo uma esquadra. Há um grande ir e vir de soldados e ruídos de armas que se entrechocam involuntariamente. Calcas, o adivinho do exército, está inquieto, observando as velas das naus, que estão caídas e perfeitamente imóveis. Ele as observa, preocupado, por um bom tempo, indo e vindo lentamente, enquanto esbarra nos soldados. Neste instante entram Agamenon e Ulisses, fardados para a guerra.

Calcas, *avançando para ambos*: – Nobre comandante! Os deuses dos ventos não parecem dispostos a nos auxiliar em nossa campanha. Veja como as velas de nossas naus colam-se aos mastros, como pendões inúteis.

Agamenon, *encarando o adivinho com firmeza, lhe diz rudemente* – Arúspice do óbvio, o que mais tem a nos dizer que já não o saibamos à exaustão?

Calcas *baixa a cabeça, ocultando o despeito* – Senhor, já consultei nosso oráculo, e ele sempre me repete o mesmo...

Um silêncio sobrevém por alguns instantes, até que o comandante o quebra.

Agamenon – Fica mudo... é isto, adivinho do silêncio?

Espocam alguns risos de pessoas que estão em torno.

Ulisses – Vamos, Calcas, não pode encadear uma frase na outra sem enfadar a alma de seus ouvintes com suas pausas aborrecidas?

Calcas, *erguendo a cabeça* – O que os fados têm a lhe dizer, valoroso capitão, talvez não sejam palavras que tragam muita alegria à sua alma.

Agamenon – Qualquer coisa me alegrará mais que este seu ar de mistério enfadonho. Vamos, diga logo o que suas artes mágicas disseram!

Calcas, *cobrindo o rosto com o manto* – Oh, mas são negras palavras...

Agamenon, *aproximando seu rosto do adivinho* – Negro ficará seu olho direito, postergador maldito! Vamos, diga o que tem a dizer ou retire já da minha presença a sua figura exasperante!

Calcas, *tomando coragem* – Comandante... O oráculo é categórico em afirmar que tal retardo dos ventos não tem outra causa senão a sua própria pessoa!

Calcas, *ainda, à parte* – Pronto! Está dito tudo!

Ulisses, *lançando o manto para trás* – Agamenon culpado pela ausência de ventos, que há dois anos nos retém neste porto de Áulis? E por que razão os deuses poriam empecilho à partida dele e de nossos exércitos, se causa mais nobre e mais justa nunca houve no mundo?

Agamenon, *bradando* – Um cão traiçoeiro, de nome Páris, vem até a pátria de meu irmão Menelau, rapta-lhe a mulher, a mais bela de quantas houve em toda a Hélade, levando-lhe ainda os seus tesouros. Eu, seu irmão, decido, então, empreender junto com ele uma expedição até Troia maldita para resgatar a sua esposa e a sua honra. Que há nisto tudo, adivinho insolente, que me indisponha contra qualquer divindade?

Algumas vozes levantam-se entre os ouvintes, que agora se apinham em volta dos três, ouvindo-se claramente esta frase – Basta! Voltemos para casa, pois não há mais dúvidas de que os deuses abominam tal expedição!

Agamenon, *voltando-se para a soldadesca* – Silêncio, escória! Se temos de levar tais soldados, que a qualquer pretexto renunciam à sua obrigação, vamos bem-arranjados!

Ulisses, *dispersando a multidão* – Eia, canalha! Esta conversa não é para orelhas de asno!

Agamenon, *pegando Calcas pelos ombros* – Vamos, adivinho de maus agouros, diga tudo o que ouviu do oráculo.

Calcas, *de espinha ereta, sentindo-se agora importante* – Nobre comandante! A Aurora de róseos dedos ainda não havia surgido de todo no negro empíreo, quando me aproximei naquele dia, repleto de maus pressentimentos, diante do oráculo...

Agamenon, *interrompendo-o* – Esqueça a Aurora maldita e ponha o sol bem no alto de seu relato, falador incansável, se não quiser adiar para sempre o seu palavreado!

Calcas, *algo frustrado* – Está bem, comandante, está bem. O oráculo me disse exatamente isto. – *Mudando o tom da voz para um tom gutural, mas à sério* – "Eis que os ventos cessarão de soprar, até que o presunçoso guerreiro se prosterne diante de Diana sublime!"

Agamenon – O "presunçoso guerreiro" sou eu, suponho?

Calcas, *encabulalado* – Temo que sim, audaz comandante...

Agamenon – Adiante, debulhador de enigmas!

Calcas, *retomando o fio* – A deusa Diana está enfurecida porque o senhor lhe fez há muitos anos uma promessa e está decidida a não aceitar mais postergações no seu cumprimento.

Ulisses, *intervindo* – Promessa? Que promessa?

Agamenon empalidece enquanto ambos aguardam a resposta.

Calcas – Outrora você prometeu à Diana valorosa que lhe sacrificaria o mais belo ser que nascesse em seu reino...

Agamenon *larga Calcas e afasta-se dele e de Ulisses, a passos lentos. Após alguns instantes de silêncio, volta-se para os companheiros e diz, com a voz alquebrada* – Sim, é verdade, Ulisses fiel... Há muitos anos fiz tal promessa insensata.

Calcas – A deusa determinou que esta expedição só deixará este porto quando a promessa for cumprida integralmente!

Ulisses – Mas quem é esse ser infeliz que deverá passar por tão terrível ordálio?

Calcas, *erguendo a voz, como quem finalmente pode revelar um terrível segredo* – A vítima não há de ser outra senão Ifigênia, a filha de Agamenon!

Agamenon *faz menção de voltar a discutir com Calcas, mas desiste. Depois diz a Ulisses* – Clitemnestra, minha esposa, jamais aceitará tal solução!

Um rebuliço desperta a atenção dos três: é Menelau quem chega, rodeado de seus generais.

Agamenon, *adiantando-se para ele* – Menelau, meu irmão!

Os dois imãos abraçam-se efusivamente.

Menelau – Agamenon, a situação está se tornando insuportável! A peste já começa a grassar entre os soldados!

Ulisses – Temos, também, a peste entre nós?

Menelau – Sim, já perdemos dezenas de homens. – *Vira-se, então, para o adivinho* – Calcas, já falou com meu irmão sobre o que precisa ser feito?

Calcas – Sim, comandante, mas receio que essa decisão custe mais do que possamos lhe exigir...

Agamenon, *procurando justificar-se perante o irmão* – Menelau, Diana está tomada pela ira e exige que lhe dê minha filha, sangue do meu sangue, para que deixe de nos perseguir!

Menelau – É desnecessário repetir a história, Calcas já me contou tudo. Vim atrás de você para saber que decisão tomará quanto a isto.

Agamenon – Bem sei dos deveres que me prendem à deusa, embora a dor que me dilacera o peito. No entanto, há Clitemnestra, minha esposa. Ela jamais aceitará ver-lhe tirada dos braços a própria filha, que é a luz dos seus olhos!

Menelau – Permitirá, então, que as choradeiras de uma mulher provoquem a ruína de seu irmão e de sua pátria? É isto, caro irmão?

Agamenon silencia. Depois de alguns instantes, acabrunhado, resmunga:

Agamenon, *humilde* – Se Clitemnestra concordar, acatarei a ordem da deusa.

Menelau, *enfurecendo-se* – Você se recusa a obedecer à deusa, isto é que é!

Um dos generais exclama: – Elejamos um novo comandante, ó Menelau!

Outras vozes aduzem:

Primeira voz – Isto! Isto! Um novo comandante!

Segunda voz – Morreremos todos da peste neste porto maldito!

Terceira voz – Cumpramos o que a deusa exige de nós!

Quarta voz – Que Palamedes seja, então, nosso novo comandante!

Ulisses, *fazendo menção de se retirar* – Se Palamedes assumir o comando, não tomarei parte nesta expedição.

Menelau, *tomando Ulisses pelo braço*: – Espera, filho de Ítaca! *Depois, voltando-se para Agamenon*: – Veja, Agamenon, a obra de sua fraqueza... Seus pruridos sentimentais começam a provocar a rebelião entre nossos próprios generais! Chegou a hora de tomar uma decisão.

Ulisses, *para Agamenon, tentando acalmá-lo*: – Compreendo seu dilema, Agamenon. Façamos isto, então: sua filha, bem como sua esposa, não saberá do que irá acontecer, senão no último instante, quando se fará o que a deusa exige de você.

Calcas, *à parte*: – Ó astuto Ulisses!

Agamenon – Um estratagema?

Ulisses – Exatamente. Vamos dizer a ambas que contratamos o casamento de Ifigênia com o valoroso Aquiles. Escreve à sua esposa e diga a ela que sua filha deve vir imediatamente até nós.

Agamenon – Está bem...

Ulisses – Mas, atenção: ela deve vir sozinha.

Calcas, *à parte* – Filho de Laerte, você será grande!

Ulisses – Diga a Clitemnestra que seria indigno da esposa de um rei aparecer diante dos seus exércitos.

Calcas, *à parte*: – Bem imaginado!

Menelau – Peça para ela que faça isto o mais rápido possível, pois aguardamos apenas a celebração deste casamento para partirmos para Troia.

Agamenon – Mas e o que dirá Aquiles disto? Não ficará aborrecido ao saber que usamos seu nome em vão?

Ulisses – Pode ser em vão uma artimanha que livrará seu irmão da ignomínia e restabelecerá a honra de sua família?

Calcas, *à parte*: – Ó engenho sutil!

Agamenon, *depois de algum tempo*: – Está bem, tudo será feito como quiserem.

Menelau estende a seu irmão uma tabuleta, onde este deverá escrever a carta. Agamenon a toma, arrasado, e começa a escrever, debaixo de um silêncio opressivo.

Cai o pano.

UMA TENTATIVA DESESPERADA

O interior de uma grande tenda de campanha. É noite. Agamenon está deitado de bruços e chora convulsamente. Depois volta para cima o rosto coberto pelas mãos e exclama:

Agamenon – Júpiter supremo, o que foi que fiz? Minha Ifigênia adorada ofertada em holocausto! Oh, crueldade atroz! Ter o peito rasgado pela lâmina do sacrifício! Como pude permitir tal monstruosidade?

Depois de chorar mais um pouco, no entanto, Agamenon cessa abruptamente as lágrimas. Uma ideia lhe ocorreu.

Agamenon, *pondo-se em pé, de um salto*: – Não, não permitirei tal coisa! Desfarei o que maus conselhos me induziram a fazer!

Imediatamente pega uma tabuleta e põe-se a escrever freneticamente.

Agamenon – Eis o que escreverei a Clitemnestra: "Minha esposa, atente bem para o que lhe digo: não mande para cá a nossa querida Ifigênia. *Guardou a tabuleta num invólucro e voltou-se para a entrada da tenda.* – Soldado! Venha já até aqui!

Um soldado entra rapidamente.

Agamenon – Está vendo esta mensagem?

Soldado – Sim, senhor.

Agamenon – Quero que a leve, sem mais perda de tempo, até a minha esposa. Não dê descanso a seu cavalo, nem faça pouso ou parada alguma sob pena de sua própria vida, entendeu?

Soldado – Sim, senhor.

Agamenon – Vamos, retirá-se e vá dar cumprimento à sua missão.

Agamenon fica só outra vez.

Agamenon, *caindo outra vez no leito*: – Que os deuses protejam minha Ifigênia e façam com que esse mensageiro chegue ainda a tempo!

As luzes apagam-se. Alguns instantes depois acendem-se novamente. Agamenon está adormecido. O dia amanhece. Menelau irrompe tenda adentro segurando algo.

Menelau, *em altos brados*: – Vamos, levante!

Agamenon *acorda, assustado*: – O que foi, meu irmão?

Menelau – "Irmão"! Falta pouco para que o proíba de me chamar por este nome, asseguro!

Agamenon – Por que as flamas da ira abrasam tanto seu coração?

Menelau, *lançando às faces do irmão a carta que este enviara às ocultas*: – Aqui está, tratante, o motivo de minha ira!

Agamenon reconhece o objeto e fica revoltado.

Agamenon – Então você ousou me espionar e interceptar uma carta que mandei à minha esposa? Com que direito o fez?

Menelau – Com mais direito que você, que torna atrás de um compromisso solene que assumiu diante de mim e de meus generais. Acaso está brincando com a minha honra? Quer espalhar o escárnio e o deboche na boca de meus soldados?

Agamenon, *tornando à humildade*: – Um pai não tem, então, o direito de tentar salvar sua filha da morte cruel?

Menelau – Você não tem o direito de sobrepor à honra do Estado os seus mesquinhos interesses pessoais! Ifigênia terá a honra de ofertar sua vida em prol de milhares de seus cidadãos e de restaurar a honra de sua pátria. É pouco? Não basta?

Agamenon – A mim bastaria tê-la ao meu lado, mesmo no infortúnio, pois o que é a alegria e a honra sob uma ausência terrível?

Menelau – Basta de choradeiras! Ifigênia deve chegar em breve. Devemos avisar o sacerdote para que prepare logo o local do sacrifício, diante de nossas tropas.

Menelau sai da tenda e Agamenon, prostrado pelo insucesso de sua tentativa, cai derreado ao leito.

Cai o pano.

IFIGÊNIA EM ÁULIS

Acampamento. A tenda de Agamenon está à direita. O céu está carregado e alguns relâmpagos clareiam esporadicamente o cenário, quase mergulhado nas trevas, iluminado apenas por alguns archotes. Um grupo chega, num grande alarido. De uma liteira desce uma moça de grande beleza.

Vigia – Comandante! Ifigênia, filha de Agamenon, já está entre nós!

Ifigênia, ansiosa: – Onde está meu pai? Morro de saudades!

Agamenon, saindo de sua tenda, às pressas: – Minha filha! Oh, minha adorada Ifigênia! Abraça-se dramaticamente à sua bela filha, em prantos.

Ifigênia, tomando o rosto do pai em suas mãos: – Meu pai, por que choras?

Agamenon – Não sei, minha filha, não sei... Só sei que as lágrimas caem-me aos pares dos olhos.

Ifigênia – Alegre-se, meu pai, pois venho para meu casamento. Teremos uma festa, pois não?

Agamenon – Festa... Sim... Um sagrado himeneu...

Aos poucos vão chegando os demais, Menelau, Ulisses e Calcas.

Ifigênia – E, então, onde está meu futuro marido?

Agamenon, quase divagando: – M-marido...?

Ifigênia, alegremente: – Sim, papai, o homem junto do qual sacrificarei a Vênus.

Agamenon – Sacrificará...!

Ifigênia – Que tem, afinal, meu pai? *Voltando-se para Menelau*: – Papai está doente, meu tio?

Menelau – Seu pai esteve um pouco doente, Ifigênia... A cólera tem dizimado muitos homens por aqui.

Ifigênia, *abraçando-se ao pai*: – Oh, meu pai, doente! Volte para a cama, papai!
Agamenon – Estou bem, minha filha... *À parte*: – Minha doença chama-se remorso...
Nesse instante, Clitemnestra surge repentinamente.
Clitemnestra – Ora, que tantos abraços e lágrimas são estes, afinal, que ouço desde lá de fora do acampamento?
Todos ficam estupefatos diante da presença inesperada da esposa de Agamenon.
Agamenon, *desvencilhando-se dos braços da filha*: – Clitemnestra! Que faz aqui?
Clitemnestra, *fazendo pouco caso do marido*: – Perguntar a uma mãe o que faz junto da filha no dia do seu casamento é uma pergunta que só um toleirão como você, meu marido, poderia fazer.
Agamenon – Casamento... Casamento de quem?
Ifigênia – Da sua distração com sua desatenção, por certo!
Menelau, *adiantando-se com um ar severo*: – Clitemnestra, não recebeu uma carta ordenando expressamente que não viesse juntamente com sua filha Ifigênia?
Clitemnestra, *olhando-o duramente*: – Naturalmente que resolvi desobedecer "expressamente" uma carta néscia e atrevida como esta. Esse disparate, aliás, é bem seu, caro Menelau! Se sua própria esposa Helena não lhe deu ouvidos! – *Depois, voltando-se para todos os lados*: – E o noivo, o belo Aquiles, onde está? Quero ver com meus próprios olhos se é mesmo tudo aquilo que dele dizem por aí.
Um relâmpago ofusca tudo, fazendo com que Ifigênia se encolha.
Clitemnestra – Ifigênia, querida, ao que vejo seu casamento se fará sob os auspícios de Júpiter tonante! Já sinto o cheiro da chuva errando no ar. *Aspira profundamente.*
Um trovão estoura, sacudindo tudo.
Clitemnestra – Viva! Adoro chuva! Vejam só que trovão. – *Depois, voltando-se para os demais*: – Onde estão as lonas de proteção? Não estão vendo que um temporal vai desabar em instantes?

De repente Clitemnestra identifica Calcas, o adivinho.

Clitemnestra – Ah, aí está o decifrador de oráculos! Então, faça uso dos seus poderes e traga logo Aquiles até nós. Vamos, velho charadista, dê logo um jeito nisto!

Calcas – A esposa de Agamenon há de entender que meus dons não são exatamente estes, senão os de receber e interpretar os oráculos sagrados que a mim são revelados...

Clitemnestra, *dando-lhe as costas*: – Adeus, charlatão. Não estou para dar ouvidos a um homem que fala mais do que a ninfa Eco!

Ifigênia, depois de deixar o pai no interior de sua tenda, reaparece em prantos.

Ifigênia, *abraçando-se à mãe*: – Mamãe, papai está mal! Às vezes diz que este é um momento de grande alegria, para logo em seguida cair num pranto convulso. Há algo errado com ele, deve estar muito doente!

Clitemnestra – Esqueça o seu pai. Deve estar bêbado. Eles sempre ficam nesse estado às vésperas de perder suas filhas.

Nesse instante, Aquiles, o noivo, aparece. Os demais já se retiraram.

Clitemnestra – E este, agora, quem é?

Aquiles – Perdão, não quis interrompê-las...

Clitemnestra – Esteja à vontade. – *À parte*: (Bonito deste jeito, bem poderia ser o eleito de minha filha!) – Sou a esposa de Agamenon e esta é minha filha, Ifigênia.

Aquiles – Encantado em conhecê-las.

Clitemnestra – E você, jovem guerreiro, quem é?

Aquiles – Sou Aquiles, filho de Peleu e Tétis.

Clitemnestra, *eufórica*: – Ora, então, o que achou de sua noiva?

Aquiles – Perdão, senhora, mas não entendo suas palavras.

Ifigênia – Mamãe, o que está havendo, afinal?

Clitemnestra – O que está havendo é que ou todos os homens deste acampamento enlouqueceram ou estão bêbados como a burra de Sileno!

Ifigênia, *para Aquiles*: – Eu sou a mulher que meu pai resolveu lhe dar por esposa.

Aquiles, *se irritando*: – Perdão, mais uma vez, bela jovem, mas nada sei de tal casamento. Devem ter-lhes feito uma burla.

Ifigênia oculta o rosto no ombro de sua mãe.

Clitemnestra, *tornando-se repentinamente séria*: – Escute aqui, rapaz, que espécie de tramoia estão todos armando para cima de minha filha? Vamos, conte logo o que sabe!

Aquiles – Estou nisto tão inocente quanto meus netos que estão por vir, minha senhora.

Clitemnestra – Está bem, meu jovem. Terei de lançar mão, então, de meus meios! Por Vênus sagrada que vou descobrir o que esses malditos tramam contra minha filha.

Clitemnestra olha para os lados e vê um de seus serviçais. Faz-lhe um sinal para que venha até ela.

Clitemnestra – Conheço você. É o serviçal direto de meu esposo, Agamenon, e sei que são íntimos o bastante para que ele de você nada oculte. Conte-me, então, tudo o que se planeja com relação à minha filha, ou vou armar uma intriga tão medonha para o seu lado que Agamenon em menos de vinte e quatro horas mandará fazê-lo em pedaços e lançar seus restos aos cães. Fui clara, lacaio?

Serviçal – Mas não posso trair a confiança de meu senhor.

Clitemnestra – Você já disse o principal. Realmente aquele cão trama algo contra minha Ifigênia. Diga o resto, vamos!

Serviçal, *intimidado*: – O oráculo da deusa Diana exige o sacrifício de sua filha para que os exércitos possam ter sucesso em sua campanha. Agamenon foi obrigado a ceder. Eis tudo.

Clitemnestra, *horrorizada, abraça-se à sua filha*: – Ifigênia posta sob a pedra dos sacrifícios! Estarei escutando isto?

Aquiles – Isto é terrível! Por que usaram meu nome para acobertar tal monstruosidade?

Ifigênia – Acalme-se, mamãe! Papai é contra esse sacrifício e impedirá que tal coisa aconteça!

Clitemnestra – Seu pai é um fraco, um joguete nas mãos daquele imbecil de seu tio! Além do mais sua vaidade falará mais alto quando tiver a oportunidade de ostentar seu poder perante essa canalha inteira. Ouça o que estou lhe dizendo!

Ifigênia – Não, mamãe, não diga tal coisa!

Agamenon sai de sua tenda e vem em direção ao pequeno grupo.

Serviçal – Meu senhor aproxima-se. Devo retirar-me.

Aquiles – Também vou junto com você.

Clitemnestra – Vejamos o que este pulha tem a nos dizer!

Agamenon – Vamos para dentro, minhas queridas. O temporal pode desabar a qualquer momento.

Ifigênia, *para seu pai*: – Meu pai, que mal fiz eu para Diana para que queira meu sangue em holocausto?

Agamenon, *arregalando os olhos*: – O que dizes, minha filha?

Clitemnestra, *enfurecida*: – Vamos, fingido, já sabemos de tudo! Como ousa oferecer sua própria filha em sacrifício para saciar a ambição e o despeito de seu irmão? Prefere, então, este pulha à sua própria filha?

Ifigênia, *tomando as mãos de Agamenon*: – Papai, você não permitirá isto, não é?

Agamenon, *completamente abatido*: – Pensa, minha filha, que não sofro diante desse terrível fado que pesa sobre você?

Clitemnestra – Monstro insensível! Quer levar avante, ainda, esse plano hediondo? Vai permitir que mãos assassinas enterrem o punhal do sacrifício no peito da filha que viu sair de minhas entranhas? Espera, então, que eu retorne para nossa casa sem ela? Que direi a todos? Que direi a Orestes, irmão dela, quando o pobre indagar de sua irmã? *Diz em falsete*: – "Orestes, meu filho, sua irmã casou, é verdade, mas em vez do belo Aquiles, tomou Caronte por esposo!"

Agamenon – Minha esposa... Desgraçadamente coube a mim a má sorte de fazer o primeiro grande sacrifício desta guerra! Muitos outros ainda virão, no entanto, e não cairão somente sobre nós. Os tempos são negros, e a cada qual caberá uma cota de sacrifício e de dor...

Ouvem-se vozes e brados distantes.

Primeira voz – Chegou a hora de aplacarmos a ira da deusa!

Segunda voz – Basta! Nossos homens morrem como moscas!

Terceira voz – Procedamos logo ao sacrifício!

Ifigênia corre aos prantos para os braços do pai, enquanto Clitemnestra permanece hirta, com o ar feroz e determinado.

Cai o pano.

O SACRIFÍCIO

Ainda no acampamento. Aquiles entra correndo e dirige-se a Clitemnestra e Ifigênia. Os relâmpagos estão mais intensos e trovões ribombam a todo instante.

Aquiles – Os soldados exigem que Ifigênia seja levada imediatamente ao altar!

Agamenon – Espere, tentarei ainda demovê-los.

Agamenon retira-se.

Ifigênia*, para Clitemnestra*: – É o fim, minha mãe! As Parcas cruéis já têm em suas mãos a tesoura que cortará o fio de minha vida.

Clitemnestra – Não, minha filha! Aquiles está aqui e há de proteger-te.

Aquiles – Infelizmente meus próprios homens se rebelam, Ifigênia! Mas nem por isso arredarei pé de seu lado. *Saca então sua espada e põe-se em posição de defesa.*

Ifigênia – É loucura, Aquiles amado! *À parte*: (Amado, que digo? Sim, amado, porque você me defendeu, ainda mais que meu próprio pai!)

O ruído dos gritos aumenta.

Ifigênia *desvencilha-se da mãe e de Aquiles e aponta na direção de onde vêm os gritos*: – Eles todos têm razão! É preciso que se proceda ao sacrifício sem mais demora!

Clitemnestra – Não, minha filha! Você não sabe o que diz!

Aquiles – Somente sobre o meu cadáver a levarão para a terrível pedra dos sacrifícios!

Ifigênia*, tornando-se serena*: – Guarde sua espada, nobre Aquiles. *Depois, voltando-se para Clitemnestra*: – Quanto a você, minha mãe, serene sua alma, pois a minha não pertence mais a ninguém, senão à deusa que a reclama. Nossos navios devem partir sem mais tardança para Troia, pois há uma infâmia que atinge a todos nós e deve ser a todo custo reparada. Esse ato infame perpetrado por Páris deve ser castigado, ou a ira divina voltar-se-á inteira contra nós mesmos.

Ifigênia compõe suas vestes e seu cabelo.

Ifigênia, *afastando com um gesto de mão Clitemnestra, que faz menção de se aproximar da filha*: – Não, minha mãe, fique aqui. Irei sozinha até o altar e, lá, na presença do sacerdote e dos exércitos, oferecerei meu sangue em holocausto a fim de que seja finalmente aplacada a ira de Diana.

Ifigênia faz menção de seguir, mas a meio caminho retorna, lançando-se aos braços da mãe.

Ifigênia – Adeus, minha mãe... Um dia a deusa permitirá que nos vejamos outra vez, estou certa. Sua cólera há de ser tão curta quão longa há de ser a sua clemência.

Ifigênia retira-se, enquanto Aquiles retém, a custo, Clitemnestra.

Aquiles – É inútil, sua filha já tomou a decisão, e receio que tenha sido a mais acertada...

Clitemnestra, *arrancando os cabelos*: – Jamais concordarei com o sacrifício de minha filha! Nenhuma disputa suja de ambições ou despeitos valerá jamais o sangue virgem e puro de Ifigênia! *Tenta desvencilhar-se, mas Aquiles novamente a retém.*

Clitemnestra, *de joelhos e nos braços de Aquiles, finalmente rendendo-se à fatalidade*: – Vamos, deixe-me! Vou me recolher à tenda e só sairei dali quando tudo estiver terminado...

Aquiles aguarda que Clitemnestra entre na tenda. Depois afasta-se, lenta e pesarosamente. Relâmpagos e trovões sacodem o céu. Então, tudo fica escuro.

Ainda sob a escuridão começa-se a escutar o sopro do vento, a princípio fraco, que vai avolumando-se até tornar-se quase um vendaval. Ouve-se o ruído da lona da barraca onde está alojada Clitemnestra sacudir e esbater-se. A cena clareia-se.

O serviçal visto anteriormente surge correndo.

Serviçal – Minha senhora! Um milagre espantoso aconteceu!

Clitemnestra sai de sua tenda, sacudida pelo vento. Seu rosto traz as marcas ensanguentadas de suas unhas. Ela nada diz.

Serviçal – Um milagre, minha senhora... Um milagre aconteceu!

Clitemnestra *move apenas os olhos na direção do lacaio. Sua voz é cava e quase sem emoção, embora se perceba nitidamente que o ódio ferve em sua alma:* – Julga, então, que sou surda, lacaio? Bem sei que minha filha já está morta. *Depois, olha ao redor:* – Os ventos são mais rápidos que os homens.

Serviçal – Mas senhora, sua filha não está morta! Eis o milagre!

Não vendo reação alguma de Clitemnestra, ele prossegue:

Serviçal – Ifigênia foi levada viva pela deusa! Após subir os degraus do altar e oferecer, com admirável coragem, o seu pescoço ao oficiante, vimos quando este finalmente ergueu o seu punhal. Todos viraram os rostos, pois ninguém, por mais rude ou valente que fosse, pôde sequer admitir a ideia de ver com seus próprios olhos tão terrível cena. Todavia, escutamos perfeitamente quando o punhal foi enterrado na vítima. Porém, quando erguemos nossos olhos, não era mais a doce Ifigênia quem estava no altar, mas um cervo, a se debater nos últimos estertores! "Milagre! Milagre!", gritamos todos. O sacerdote, então, ordenou que silenciássemos, dizendo em seguida: "Eis que a deusa compadeceu-se de Ifigênia e decidiu poupar sua vida! Prosternem-se todos à sua divina clemência!" Todos dobramos contritamente nossos joelhos, enquanto o sacerdote retomava a palavra, dizendo: "A deusa levou Ifigênia consigo para Táuris, para que lá seja, a partir de hoje, a sua sacerdotisa. Sua cólera está, enfim, aplacada. Regozijemo-nos!" Neste mesmo instante um forte vento começou a soprar e os soldados ergueram um grito de triunfo e alegria: "Viva! Podemos já partir para Troia!".

Nesse instante Agamenon surge em cena. Traz um ar de alegria no rosto e abraça-se à sua esposa.

Agamenon – Alegre-se, Clitemnestra, minha adorada esposa! Nossa filha está salva! A deusa bondosa levou-a, para que seja sua sacerdotisa! Tamanha honra jamais esperamos que um dia viria a nos caber! *Depois, voltando-se para o serviçal:* – Vamos, temos muita coisa a fazer. Veja, o vento sopra com força cada vez maior! Aproveitemos para lançar ao mar nossa frota e vingarmos, finalmente, a meu irmão Menelau!

Ele deixa sua esposa, após dar-lhe um beijo. O serviçal o segue.

Clitemnestra está agora só diante da tenda. Os relâmpagos cessam, bem como os trovões. Apenas o vento continua a esbater suas vestes e seus cabelos desgrenhados. Então, aos poucos, uma chuva, a princípio fina, começa a cair sobre a solitária figura. Sem perceber, ela permanece imóvel. A chuva aumenta, e Clitemnestra, dando-se conta do fato, ergue sua face ferida e a oferece à água que desce copiosamente do céu. Depois, ergue ambas as mãos e as esfrega na face, para ajudar a limpar o sangue acumulado.

Clitemnestra, *olhando para as mãos, que misteriosamente permanecem tintas do sangue, apesar da água que delas escorre, diz, então, com o ar malignamente determinado*: – Vingança, Agamenon... Amas, então, a vingança?... Pois seja assim...

Cai o pano.

O ASSASSINATO DE AGAMENON

—...Senhora... acuda...

Clitemnestra, rainha de Argos, estava ainda semiadormecida, sob a claridade baça das cortinas de seu quarto, quando escutou os gritos quase incompreensíveis de sua escrava.

– Como...? O que dizes aí, louca...? – disse a rainha, emergindo do sono.

– Minha senhora – repetiu a escrava –, acuda logo ao que dizem lá embaixo!

Uma forma indistinta remexeu-se abaixo das cobertas, ao lado da rainha, enquanto esta rumava inteiramente despida para a janela de seu quarto. Depois de encobrir a nudez com a cortina, espiou para fora.

– A guerra terminou, minha rainha! – disse o arauto do reino, montado num cavalo que reluzia de suor. – Troia está em ruínas, e Agamenon, nosso rei, está prestes a retornar!

– Escrava! – bradou Clitemnestra, voltando-se para dentro. – Mande o arauto subir até meu quarto. – Depois, lançando-se sobre a cama, sacudiu a forma que ainda permanecia adormecida e indiferente, sob as cobertas.

– Egisto, vamos, acorde! – disse a rainha, nervosa.

Um rosto sonolento emergiu dos lençóis.

– O que houve...? – murmurou.

– Vamos, levante-se de uma vez! – disse ela, vestindo-se. – Não é bom que o arauto veja você aqui dentro.

O homem ergueu-se, inteiramente nu, e depois de vestir às pressas seu manto desapareceu por uma porta secreta.

– Avise-me quando o arauto chegar – disse ela à escrava.

Dali a instantes ele adentrava a peça.

– Conte-me direito tudo quanto você soube – ordenou-lhe a rainha.

Ele contou, então, que os primeiros combatentes já haviam chegado às cidades próximas, com a boa-nova da vitória dos exércitos de Agamenon e Menelau sobre as forças troianas de Príamo e seus filhos Páris e Heitor.

– Nossos exércitos não tardam, rainha, a estar novamente entre nós! – completou ele.

– Então Menelau, meu cunhado, finalmente conseguiu trazer de volta sua querida Helena... E Páris, o raptor e causador de tudo, recebeu seu justo castigo?

– Páris está morto, bem como Heitor, seu irmão – disse o mensageiro, satisfeito. – Não resta uma pedra inteira em Troia, ao que dizem. Nossa vitória foi completa.

Clitemnestra, afetando uma alegria exagerada, rodopiou pelo quarto.

– Que maravilha...!

Depois, procurando dar um tom de alegre ansiedade à sua voz, perguntou finalmente por Agamenon, seu marido.

– Ele... *vive ainda*?

– Sim, rainha, Agamenon, embora ferido, está vivo e goza de boa saúde!

Clitemnestra deu largas, então, à sua decepção, chorando copiosamente. Em seguida fez um gesto brusco com a mão, despedindo o arauto.

– Foi sublime! – cochichou ele, ao cruzar na saída com a escrava. – A rainha não conseguiu conter as lágrimas...!

– Então adeus, arauto, pois já não consigo conter o meu riso! – disse ela, abafando as palavras ao cobrir a boca com a mão.

Clitemnestra ficou ainda um longo tempo andando de um lado para o outro no seu quarto. Uma leve dor começara a latejar no lado direito de sua cabeça. "O desgraçado retorna...!", pensava ela, nervosamente, no seu ir e vir. "Ele, o pulha, que entregou a própria filha, minha Ifigênia, ao carrasco, espera, então, que eu o receba em meu leito novamente?"

Enquanto Clitemnestra remoía seu ódio, o reino inteiro, no entanto, regozijava-se.

– Clitemnestra, o que faremos? – perguntou-lhe Egisto, seu amante, ainda no mesmo dia. – Seu esposo deve chegar muito em breve.

– Pois bem, que chegue, então! – disse-lhe Clitemnestra, afetando uma despreocupação que não sentia. – Preparemos-lhe uma bela recepção.

– Querida, não se faça de boba! – disse Egisto, tomando-a pelo braço. – Cedo ou tarde a notícia de nosso envolvimento chegará aos ouvidos dele.

Ambos ficaram um longo tempo em silêncio remoendo suas preocupações. Egisto esquadrinhava as paredes em busca de uma solução, quando Clitemnestra tornou a falar; seu tom de voz agora era sério e tinha um fundo de perversidade.

– *Uma bela recepção...*

– De novo essa bobagem? – disse Egisto, perdendo de vez a paciência. – Vamos, não temos tempo para graças!

– Não compreendeu ainda, seu tolo? – disse a rainha, abraçando-se ao usurpador.

– Não está pensando em... – disse Egisto, feliz ao ver que sua amante compreendera logo o que era preciso ser feito.

Afinal, ele tinha na história de sua família uma longa série de atos infames, que remontavam até Tântalo, seu remoto e cruel ancestral.

– Calemos a palavra... As paredes costumam criar orelhas quando ela soa de maneira inadvertida! – disse ela, acariciando o peito nu do amante.

Egisto sorriu, satisfeito. Depois, arrancando o manto de Clitemnestra, levou-a até o leito.

◆ ◆ ◆

Finalmente havia chegado o dia em que Agamenon pisaria novamente o solo de sua pátria. O povo, exaltado, enfeitara ruas e praças para recebê-lo. Por toda parte reinava a alegria mais franca. No palácio da rainha, no entanto, as coisas não se passavam exatamente assim: Clitemnestra, tendo passado a semana inteira que antecedera a chegada de seu esposo muito nervosa, havia brigado com seu amante e ofendido-o seriamente. Ela ainda podia sentir no rosto a força da mão direita de Egisto.

"Idiota que fui, também!", pensava ela, tentando dar alguma razão ao gesto tresloucado de Egisto. "Chamá-lo justamente de 'filho do incesto', lembrá-lo que era filho de Tiestes e da própria filha, Pelópia, a única injúria que verdadeiramente o põe louco...!"

– Ora, basta! – disse ela, abanando a cabeça, como quem afasta uma mosca importuna. – Esqueçamos isto, por enquanto, e retomemos nossa lição...

Rumou então para diante do grande espelho que ornamentava seu quarto. Ali, perfilada, recomeçou seus exercícios de cinismo, que dias antes uma alcoviteira escolada lhe havia ensinado.

– Pratique sempre, minha querida – dissera a megera, com seu peculiar esfregar de mãos aduncas. – Pratique dia e noite!

– "Aga... menon! Ó...! Benditos sejam os deuses...!" – disse ela, enquanto fazia um esforço tremendo para estender ao máximo a comissura dos lábios.

"Não esqueça da pausa", insistira a conselheira: "*Aga... menon!*"

Nesse instante, já quase noite, Agamenon finalmente chegou ao palácio. Estava todo suado da viagem e dos festejos em praça pública.

Clitemnestra, à porta, o aguardava de braços abertos. No seu rosto luzia aquele mesmo sorriso que uma semana de árduo treinamento lhe ensinara a improvisar.

– Aga... menon! Ó... Benditos sejam os deuses! – disse ela, à perfeição.

Agamenon abraçou, perdido de felicidade, a esposa, sob o olhar comovido de todos. Depois ambos foram para dentro do palácio. Junto dele vinha uma mulher de estranho aspecto, que arregalou os olhos de maneira medonha assim que os pôs sobre Clitemnestra.

– Quem é esta mulher, com ar de louca, que trazes contigo? – perguntou a rainha ao esposo, tão logo ficaram a sós em seu quarto.

– É Cassandra, filha do falecido rei de Troia – disse Agamenon, meio sem jeito. – Será, doravante, nossa escrava.

Nesse instante, porém, o rei avistara por uma fenda do manto um pedaço do seio branco da esposa, e isto foi o bastante para que começasse a arfar descontroladamente.

– Clitemnestra... – resfolegou o rei, despejando nas faces da rainha o seu bafo quente. Em seguida agarrou-a com os modos rudes da época, despiu-a brutalmente e consumou ali mesmo, de maneira cega e egoísta, o ato de amor há tanto tempo protelado.

– Agamenon! Acalme-se! – dissera Clitemnestra, tentando em vão aplacar os furores de Vênus que o dominavam por inteiro.

Após saciar seu desejo por várias vezes, Agamenon abandonou aquele corpo e estendeu-se ao largo do leito para recuperar o fôlego. Clitemnestra, por sua vez, sentindo o suor daquele homem grudado ao seu corpo, virou-se para ele e lhe disse, com a mais descuidada das vozes:

– Querido, não quer agora tomar um banho revigorante para recuperar as forças? Lembre que ainda temos um longo banquete pela frente!

– Banquete? – perguntou Agamenon, de olhos fechados e quase adormecido.

– Sim, meu esposo – disse Clitemnestra, voltando à carga. – Vamos comer e beber até que o flamante carro de Apolo surja outra vez no horizonte.

Aquelas duas palavras, comer e beber, haviam despertado outra vez os vigorosos instintos de Agamenon. Lançando para fora do leito suas pernas de músculos tesos como cordas, Agamenon estava logo em pé, outra vez.

– Tem razão, não podemos frustrar nossos convidados – disse ele, novamente disposto.

Clitemnestra ordenou, então, que Cassandra, a nova escrava, preparasse um banho para Agamenon. Este, reanimado, encaminhou-se para a sala de banhos que ficava no fim do corredor.

Neste mesmo instante Clitemnestra, ainda nua, correu ligeiro até aquela mesma porta secreta que dava acesso ao seu quarto e bateu repetidas vezes. Logo surgiu por uma fresta a cabeça sinistramente alerta de Egisto. Após vasculhar com os olhos a peça inteira, abriu a porta mais um pouco e por ela passou, espremendo o seu corpo robusto.

– Vamos, entre logo! – ciciou sua amante.

– Por que permitiu *tantas vezes*... ? – foi logo dizendo Egisto, todo alterado, com as unhas ainda enterradas nas palmas das mãos.

– Pssssiu! Que estás dizendo, louco? – disse Clitemnestra, baixinho.

Egisto ignorou-a e, após colar seus lábios úmidos aos ombros da amante, por alguns instantes, arremessou-a em seguida ao leito, com fúria.

– Puá! – fez ele, cuspindo para o lado. – Sua pele fede à saliva podre do cão!

– Cale a boca, idiota! – falou Clitemnestra. – Quer botar tudo a perder com seus ciúmes ridículos?

– Chamas de "ciúme ridículo" ter de assistir à mulher amada ser lambida por um bode asqueroso, feito um osso ordinário?

Algo disse à Clitemnestra que era hora de devolver aquela bofetada anterior, e ela não hesitou em aproveitar a ocasião.

– Veja como usa as suas comparações imundas para comigo! – disse, aplicando às barbas de Egisto uma sonora bofetada.

– Chamou, minha senhora? – disse Cassandra, a nova escrava, entrando abruptamente, alguns segundos depois do tempestuoso idílio.

– Sim, venha até aqui – disse Clitemnestra, cujos olhos despediam faíscas.

Cassandra aproximou-se e, tão logo esteve ao pé da rainha, recebeu desta, também, outra sonora bofetada.

– Isto é para você aprender, desde já, a não entrar em meus aposentos sem antes se anunciar! – disse Clitemnestra, escarlate de fúria. – Já para fora!

Para sorte do casal de amantes, Egisto, prudentemente, ocultara-se antes da entrada da infeliz Cassandra. Entretanto, também fora tudo em vão, pois a nova escrava já sabia do romance que ambos mantinham, mesmo antes de chegar à terra de Agamenon, agraciada que fora pelos deuses com o dom da profecia. Por várias vezes havia alertado inutilmente o rei, durante a viagem de retorno a Argos, que sua mulher o traía e que um dia haveria de tramar a sua morte, além da dela própria, Cassandra.

Infelizmente não pudera prever que isto se daria tão em breve.

– Vamos de uma vez! – disse Clitemnestra ao amante, que reaparecera como num passe de mágica, esquecido já da agressão.

Os dois puseram-se, então, porta afora. Egisto tomara uma rede de grossa e intrincada trama e a levava enrolada no braço, enquanto Clitemnestra segurava atrás das costas um pequeno machado de dois gumes.

Assim, pé ante pé e encostados à parede, atravessaram o corredor parcamente iluminado por um archote quase exaurido, que ainda bruxuleava, envolto na penumbra.

Escutaram a voz de Agamenon, que parecia devanear sob a água tépida do banho:

– A sombra do Hades... Silêncio, Cassandra... Um crime hediondo... Silêncio...

Sua barba brilhava, orvalhada pelos respingos da água, enquanto mais acima seus olhos cerrados moviam-se celeremente por baixo das pálpebras.

– Ele sonha...! – disse Egisto, com os lábios colados à orelha de Clitemnestra.

– Vamos acordá-lo, então! – replicou em surdina a mulher, a quem a piedade não consegue afrouxar um único músculo. Depois, erguendo a voz, exclamou, ainda no corredor:

– Agamenon, meu marido! Apresse seu banho que seus convidados lhe esperam!

O marido de Clitemnestra, subitamente desperto, mergulha então a cabeça mais uma vez no fundo da tina. Alguns segundos depois a retira, dando um longo hausto que espalha uma chuva de gotas d'água por toda a peça. Em seguida, põe-se em pé, procurando manter o equilíbrio. O ruído intenso da água que escorre através dos espessos pelos de todo o seu corpo, indo desaguar na tina quase repleta, dá a impressão de uma chuva abundante que cai naquela peça.

– Chegou a hora, Egisto... VAI! – ordena Clitemnestra a seu amante.

Egisto pula para dentro da peça e lança sobre Agamenon a rede de fios solidamente tecidos.

– O que é isto... ? – exclama Agamenon, debatendo-se feito um inseto na teia.

Nesse mesmo instante Clitemnestra, num salto de felina, põe-se às costas do marido e exclama, erguendo ao alto o machado recoberto de crostas de ferrugem:

– Para trás, Egisto! – diz ela, afastando seu cúmplice.

O machado desce velozmente, arrancando do ar um zunido.

Clitemnestra, entretanto, erra o alvo, acertando, em vez da cabeça de Agamenon, a sua clavícula direita. O rei lança um grito terrível e dobra um joelho, envolto sempre nas malhas da rede.

– Isto, celerado, é por ter me arrebatado Ifigênia! – diz Clitemnestra, num tom de voz claro o bastante para ser compreendido.

Com um puxão, Clitemnestra arranca das carnes de Agamenon o ferro imundo e, erguendo-o ao alto outra vez, desce-o em novo golpe feroz. Desta vez obtém sucesso, acertando a cabeça do esposo, que se fende como uma romã.

– Veja, Egisto! – diz ela, tomada por um furor quase báquico. – Com que profusão seu sangue negro verte pelo chão até esquentar os meus pés.

Agamenon já estertora, quando Clitemnestra aplica-lhe um terceiro e definitivo golpe sobre o peito.

Tudo consumado, Clitemnestra e o amante já se preparam para deixar o local do crime quando Cassandra, a filha de Príamo, surge à sua frente. Sua boca espuma e seus olhos esgazeados rebrilham sob a luz tremida do archote, que quase se apagara pela violência dos arremessos do machado.

– Assassina... Assassina... Oh, lugar de maldição! – diz Cassandra, horrorizada.

– Eis, então, a cadela que o porco trouxe de Troia maldita, para refocilarem juntos! – exclama Clitemnestra, segurando ainda o cabo do machado, agora completamente molhado do sangue que cai da lâmina.

Ato contínuo, desce a arma sobre a indefesa mulher, que cai morta ao chão.

– Vamos embora, Clitemnestra! – diz Egisto, o assassino de Atreu, que desta vez apenas assistira à consumação de mais uma infâmia.

Quando ambos chegam, enfim, ao quarto de Clitemnestra, a rainha abraça-se finalmente a Egisto.

– Está feito, querido! – diz ela, cujos olhos luzem de satisfação.

– Sim, minha amada! – responde Egisto, enterrando os dedos nos cabelos da rainha.

– "Sim, *minha cúmplice*"! – diz ela, pedindo com os olhos. – Vamos, repita!

Egisto reluta, a princípio, mas finalmente, rendido ao olhar de Clitemnestra, obedece:

– Sim, *minha cúmplice*. Sim, minha cúmplice adorada!

– Logo, meu amado Egisto, você será feito senhor de todo este reino – diz ela, acariciando o largo peito do amante com as mãos que empunharam a arma fatal.

Acostumado, porém, ao odor do sangue das suas vítimas, o ardente Egisto sequer percebe que é seu peito, agora, que está todo manchado de um vermelho escuro e sinistro.

ORESTES E AS FÚRIAS

— Orestes, filho de Agamenon e Clitemnestra! – disse a deusa Minerva, pondo-se em pé, ao alto da tribuna. – Você está agora diante dos doze juízes deste Areópago para que responda à acusação de ter dado morte cruel à sua própria mãe.

O acusado ergueu-se, vacilante, e deu um passo adiante. Atrás dele, contidas a custo por Apolo, o defensor de Orestes, estavam três horrendas figuras que, com os braços estendidos, procuravam agarrar e dilacerar o réu.

Eram as Fúrias, divindades infernais do ódio, da vingança e da justiça. Virgens caçadoras, eram filhas da Noite e viviam no Tártaro. Possuíam asas rápidas e horrenda fisionomia. Eram três: Megera, que personificava a inveja e o ódio, Tisífone, que açoitava os mortais com seu chicote, e Alecto, a mais terrível, que personificava a vingança.

— Para trás! – exclamou Minerva, algo impaciente, às selvagens criaturas. – Cessem por um momento a sua ira, para que ouçamos o que o réu tem a dizer em sua defesa.

— O que pode dizer o assassino da própria mãe? – exclamou Tisífone, fazendo estalar o seu chicote de cobras trançadas sobre as costas do acusado.

— Sim...! – acrescentou Alecto, outra das terríveis Fúrias, aproximando o facho do rosto do acusado. – Vamos inaugurar entre nós, então, o insano costume de conceder perdão aos parricidas?

— Irrisão! – gritou Megera, a terceira das irmãs infernais, com os olhos raiados de sangue. – Malditos todos aqueles que tomarem o partido deste cão odioso!

— Basta, filhas do Tártaro! – disse Minerva, silenciando as três. – Quero ouvir, a partir de agora, tão somente a voz do acusado.

Um silêncio pleno de expectativa desceu sobre o recinto, fazendo-se ouvir somente o estalar das flamas que ardiam nos archotes portados pelas sinistras irmãs.

– O que venho aqui pedir – disse Orestes, encarando os seus julgadores – é que ponham um fim aos meus tormentos, libertando minha consciência, afinal, da cruel perseguição que lhe movem estas terríveis criaturas desde o dia em que, funestamente, minha mão ergueu-se contra minha própria mãe! Eis, pois, a minha negra história – completou o acusado.

◆ ◆ ◆

"Meus tormentos começaram na terrível noite em que, ainda criança, fui acordado por minha irmã Electra, a me dizer com os olhos esgazeados:

– Meu irmão Orestes, tome suas coisas e parta o quanto antes desta casa!

Senti que algo me arrancava brutalmente da mais amena província de Morfeu para me lançar no mais horrendo dos abismos de Plutão.

– O que diz, Electra? – perguntei-lhe, com o sono ainda a cerrar minhas pálpebras.

– Nossa mãe, Clitemnestra, e o odioso homem que ela tomou por esposo tramam a sua morte! – disse ela, sacudindo-me, para espantar de mim os últimos vestígios de sono.

Em rápidas palavras, explicou-me, então, que, tendo ambos tramado e levado a efeito a morte de nosso pai Agamenon, planejavam agora desvencilhar-se também de mim – justamente aquele que, futuramente, poderia querer tirar deles uma sangrenta desforra! Bastaram algumas poucas palavras do infernal Egisto para que minha mãe, baixando a cabeça, concordasse. 'Faça o que tiver de ser feito, amado Egisto, para que nosso amor não corra perigo algum...!', dissera ela, simplesmente. – 'Eu amo você, um crime selou nosso destino, e nada neste mundo poderá nos separar! Nem mesmo nas sombras mais escuras dos mais profundos antros infernais – prometa-me! – você vai permitir que nos separem...'.

Sua consciência já a remetia, insensivelmente, aos lugares de tormento e maldição; porém, ainda assim, ela persistia no seu projeto insano de continuar a viver ao lado daquele crápula! 'Oh, Vênus suprema, pode o amor, então, estar associado à tanta baixeza?!', perguntava-me, enquanto arrumava minhas coisas para partir imediatamente.

Antes do dia clarear, já estava a caminho da casa de meu tio Estrófio, rei da Fócida. Ele era casado com a irmã de meu falecido pai, e ali eu podia estar certo de minha segurança. Quanto à minha irmã Electra, preferiu permanecer em Argos, pois, segundo o que ouvira, imaginava não correr tanto perigo quanto eu.

Ao chegar na Fócida, fui bem recebido pelo rei e a rainha e apresentado ao seu filho Pílades, este mesmo que aqui vem beber, com ansioso olhar, as minhas palavras.

Oh, fiel e dileto amigo Pílades! Desde então, como um irmão gêmeo, você jamais me abandonou... E mesmo neste momento de cruel provação, ainda uma vez me lança o olhar firme e leal da amizade! Que Júpiter supremo, ó meu irmão – pois sempre assim o chamarei –, possa velar incessantemente pelos seus passos, em todos os dias da sua vida!"

◆◆◆

Neste momento, Orestes, tomado pela emoção, viu-se obrigado a interromper sua narrativa, pois os próprios juízes haviam curvado as cabeças para ocultar as lágrimas. As Fúrias vingadoras, no entanto, ergueram ainda mais suas cabeças adungas.

Megera, dando um salto, arrepanhou suas tranças emaranhadas de víboras, após arremessar na direção de Orestes uma cuspida de negra bile, e em seguida passou os olhos, enojada, pelos doze julgadores:

– *Puá*... Se tais são estes juízes, que ocultam as lágrimas por qualquer bagatela, que podemos esperar, irmãs, desta pantomima?

Apolo, então, que protegia a causa de Orestes, interveio:

– E o que entendem vocês de amizade, abutres sinistros, para que emporcalhem de maneira tão vil as belas palavras de Orestes? Querem descer, então, ao nível das harpias hediondas, que empestam com sua baba imunda tudo quanto tocam?

– Até quando permitirá, Minerva, que este protetor de assassinos desafie a justiça, que clama unânime pela punição deste que aí está? – exclamou Tisífone, interrompendo o deus e apontando seu dedo adunco para Orestes.

– Acabemos com esta discussão e faça-se a justiça que todo o Olimpo espera! – bradou Aleto, a terceira das Fúrias, lançando aos pés de Orestes a sua tocha ardente.

– Basta, terei de lembrar a todos que não estamos num teatro? – disse Minerva, erguendo o braço e restaurando a ordem outra vez. – A palavra é devolvida ao acusado. Procure, apenas, ser mais direto em sua narração – disse ela, cochichando para Orestes.

Este, recobrado, pôde enfim retomar a sua narração.

❖ ❖ ❖

"Como estava dizendo, tão logo cheguei à corte de meu tio Estrófio fiquei conhecendo Pílades. Tal como eu, era ainda um garoto, e assim juntos crescemos, desfrutando das alegrias que ainda nos restavam da infância.

Os anos se passaram, e um dia, já adulto, fui impelido por Pílades a consultar um oráculo, para que esse pusesse fim, segundo ele mesmo disse, 'aos meus rancores ou às minhas protelações'. Fomos, então, para Delfos e ali escutamos o oráculo proferido por Pítia, sacerdotisa de Apolo. Este foi categórico no sentido de que eu devia, a qualquer custo, vingar a morte de meu pai, Agamenon, expulsando para as regiões infernais o infame usurpador, bem como minha desgraçada mãe. Partimos, então, imediatamente, eu e Pílades, para Argos, a minha terra natal.

Depois de vários dias de viagem, chegamos finalmente, sujos e cansados – pois íamos a pé, como qualquer um, para não levantar suspeitas –, à minha terra. A primeira coisa que fizemos foi ir logo ao túmulo de meu pai, para reverenciarmos a sua alma.

Lá chegando encontramos apenas uma jovem, que trazia a cabeça coberta por um véu, a qual não deu pela nossa presença. Sem me importar com ela, depositei um cacho de meus cabelos sobre a tumba, tomado pela emoção. Alguns instantes depois, no entanto, ela voltou-se para nós, ainda com o rosto velado, e disse:

– Não sabem, intrusos, que o acesso a este local é vedado a estranhos?

Pílades, que sempre teve melhor presença de espírito que eu, improvisou logo esta resposta engenhosa:

– Perdão, jovem, mas somos estrangeiros. Sem sabermos de tal proibição, julgamos que seria um ato de piedosa devoção virmos, antes que tudo, reverenciar a memória do falecido rei.

A moça, contudo, em vez de continuar a nos recriminar, descobrira a cabeça e, fora de si, me disse:

– Benditos sejam os deuses! Será mesmo meu irmão Orestes quem tenho agora diante dos olhos?

Imediatamente reconheci naqueles jovens e belos traços a figura de minha querida irmã Electra! E antes que pudesse responder vi-me em seus braços, num pranto incontido. Disse-lhe, então, após fazer o relato daqueles anos todos de nossa ausência recíproca, da razão de minha vinda. Ela concordou prontamente com meu plano de matar os assassinos de meu pai, pois não deixara um instante de nutrir um ódio profundo, tanto por Egisto quanto por nossa mãe. Assim, ocultou-nos em sua casa – pois não morava mais no palácio –, e ali planejamos todos os passos para a concretização de nossa vingança."

◆ ◆ ◆

"Alguns dias depois", recomeçou Orestes, em seu depoimento, "fomos eu e Pílades até o palácio real e nos fizemos anunciar como dois arautos do reino de meu tio.

– Temos uma triste notícia a dar sobre o filho de Clitemnestra – disse Pílades, que segurava, de maneira enigmática, uma grande caixa dourada.

Os dois não tardaram a aparecer. O primeiro a surgir foi o assassino de meu pai. Trazia o ar francamente esperançoso, pois havíamos plantado em seu coração, com nossas calculadas palavras, a certeza de que trazíamos a notícia de minha morte.

Em seguida surgiu minha mãe, Clitemnestra.

Que dizer do aspecto que trazia, então, em seu rosto? Como negar que, suspeitando de minha morte, não tivesse o direito de ostentar em seu rosto a piedade materna?

Oh, desde aquele dia não tenho pensado em outra coisa. Mil vezes, em pensamentos ou em sonhos (que digo?, em meus *pesadelos*!), revi e continuo a rever suas feições estranhamente familiares. Posso reconstruir um a um o desenho de seus traços, desde o conjunto amplo do seu rosto até os seus menores gestos: o franzir de sua boca, o brilho dúbio de seus olhos – tudo, tudo! Deem-me um carvão ou um bloco de mármore, e os reproduzirei todos, tais quais os vi, então! – e, no entanto, não saberia dizer, ainda neste instante, *o que expressavam ou escondiam*! Diferentemente de Electra, ela não me reconhecera.

Mais um sintoma de sua indiferença por mim? Ou talvez meu rosto não fosse mais o de um filho? Pode, então, um filho que germina durante longos anos no espírito a ideia de matar a sua mãe trazer ainda algo nas feições que o indique como tal? Pode uma mãe que um dia desejou a morte do filho pôr os olhos nele sem que seu coração se parta em dois? Seríamos, mesmo, ainda mãe e filho – ou já dois estranhos, que se defrontavam para um acerto final?

Só sei que quando dei por mim escutava a voz familiar de meu amigo Pílades, a qual me soava, entretanto, como que vinda de um sonho:

– Os maus fados abatem-se novamente sobre esta casa, pois eis que trazemos nesta urna as cinzas de Orestes, filho de Agamenon.

Nesse instante, meus olhos, temendo ver a alegria estampada nos olhos de minha mãe, desviaram-se involuntariamente e foram parar no rosto do impostor, o qual, eu tinha certeza, não conseguiria ocultar a satisfação.

Com efeito, vi imediatamente seus olhos brilharem. Em seguida, recuperando mal e porcamente o seu cinismo habitual, dirigiu-se a nós outra vez, velando, porém, a voz:

– São verdadeiramente funestas as novas que nos trazem...

Depois, voltando-se para Clitemnestra, gemeu sordidamente:

– Oh, Clitemnestra, que dia aziago é este, que Júpiter nos anuncia?

Não podendo, então, suportar por mais tempo essa farsa abjeta, Pílades abriu a caixa que mantinha em suas mãos, sem, no entanto, permitir que os olhos dele vissem-lhe o conteúdo. Maldito cão infernal! Se tivesse continuado a nos olhar, teria visto luzir, então, em nossos rostos, o reflexo do aço dos punhais.

Enquanto os dois assassinos entreolhavam-se, simulando um luto atroz, Pílades sacou da caixa o seu punhal, me estendendo rapidamente o outro. E quando o rei e a rainha dirigiram outra vez para nós os seus olhares, nos encontraram já de armas em punho.

– Mas... o que é isto? – exclamou o usurpador.

Pílades, então, sem dar uma única chance para o adversário, enterrou com toda a força o ferro no seu coração. Em seguida retirou-o do peito de Egisto, que cambaleou para trás, já com a fronte gelada pela mão da Morte. Quando caiu ao chão vomitava um sangue negro, que cobriu inteiramente o seu peito infame, agora descoberto.

Ouvi um grito sufocado – um terrível e mudo grito! – que as duas mãos de Clitemnestra foram insuficientes para abafar.

– Orestes, faça agora o que lhe cabe! – gritou-me Pílades.

Levantei meus olhos do corpo retorcido do vilão e finalmente defrontei meus olhos com os de minha mãe.

Oh, sim, éramos mãe e filho, embora ao nosso jeito!

– Você... meu filho... Orestes... – gemeu ela, branca como o mármore que pisava.

Nada respondi, nem tentei justificar o ato que estava prestes a cometer. Um tal ato traz a sua própria justificação. Ergui o punhal e, desde então, nunca mais vi o seu rosto. Sua voz, porém, tive de escutar uma vez mais:

– Orestes, filho meu... Perdoe o sangue do seu sangue...

Minha mão, suspensa no ar, hesitou por alguns instantes. Mas Pílades, enérgico, repetiu:

– Orestes, lembre-se do oráculo! Faça o que deve ser feito!

O reflexo de algo brilhou rapidamente diante dos meus olhos. A lâmina, porém, ainda estava no alto, na mesma posição. Era a mesma. O aço brilhava, igualmente. Mas luzia nele, agora, uma mancha vermelha, que descia em vários filetes pelo metal, até alcançar o cabo de prata. Olhando para a frente, vi, então, estupefato, o corpo de Clitemnestra, rainha de Argos, estendido no chão...!

– Está feito o que tinha de ser – disse meu companheiro e me puxou pelo braço, para me afastar daquele lugar, para sempre maldito.

Nesse instante, porém, meu entendimento se turbou, e meus olhos se nublaram. E dessa névoa funesta vi surgirem aos poucos, à minha frente, essas odiosas criaturas – essas mesmas que ainda agora ali se assanham, ávidas por dilacerarem meu corpo inteiro!"

◆ ◆ ◆

A deusa Minerva, entendendo que acabara a defesa de Orestes, deu, então, por iniciada a votação que condenaria ou absolveria o réu. Cada qual dos doze juízes ergueu-se de seu assento e dirigiu-se solenemente à urna de votação, acompanhados sempre pelos olhares ávidos dos demais presentes. Ocultamente, introduziam em uma urna uma bola branca ou preta, conforme a natureza do seu voto.

As Fúrias, sempre inquietas, sibilavam ameaçadoramente a cada julgador que por elas passava, agitando suas tochas. Apolo, que recebera Orestes em seu templo para proceder à sua purificação, consolava-o, incutindo-lhe ânimo.

Encerrada a votação, finalmente Minerva começou a retirar as bolas da urna. Por seis vezes sua mão colheu de dentro bolas brancas. E, por outras seis, as bolas pretas.

– Os juízes não chegaram a um acordo – anunciou a deusa, laconicamente.

Orestes, angustiado, não sabia o que dizer nem o que esperar. As Fúrias abriram suas negras asas e entoaram seu espantoso hino, no qual clamavam pelo castigo mais cruel.

Minerva, a justa, decidiu, então, proferir ela mesma o voto decisivo:

– Meu voto será irrecorrível – disse, olhando severamente para todos –, e ai daquele que ousar empregar palavras rudes para contestá-lo!

A deusa subiu os degraus até a urna e diante dela depositou secretamente o solitário voto. Em seguida, um dos juízes foi chamado para retirar dali o voto e proclamar a sentença.

– Minerva, deusa da sabedoria e magistrada suprema deste tribunal, decide agora pela absolvição do acusado! – disse, afinal, o juiz, retirando da urna a bola fatal.

– Parece que se encerra, finalmente, a época cruel das selvagens punições e das terríveis expiações – disse Apolo às Fúrias, com o semblante luminoso.

As três irmãs, contudo, esbravejavam, clamando contra o veredito:

– Que ninguém invoque, nunca mais, o nosso nome! Do antigo templo da justiça restam, agora, apenas destroços! Guardem bem estas palavras, pois exatamente isto repetirão futuramente os poetas.

– Que lhes disse, filhas do Érebo? – perguntou Minerva, encerrando a sessão.

Quanto a Orestes, abraçou-se ternamente a seu amigo e primo Pílades, sabendo que consigo encerrava-se, finalmente, o horroroso ciclo de crimes em sua família.

MENELAU E PROTEU

Menelau, regressando vitorioso de Troia, tem agora, diante de si, a ninfa Idoteia.

– Bela ninfa, que aqui me vês perdido com meus barcos e homens nesta costa do Egito, para nós tão inóspita e longínqua quanto a extremidade do mundo! – diz o audaz navegante. – Durante os últimos anos não temos feito outra coisa senão tentar regressar a nossos lares e retomar o doce remanso que eram nossas vidas antes dessa guerra cruel, que tantas vidas custou a vencidos e vencedores...

– Ó, bravo Menelau! – responde a suave ninfa. – A sua presença e a da sua esposa Helena só podem enobrecer estas águas que ora vos sustentam. Porém compreendo perfeitamente a razão das suas queixas. Por isso, vou dizer agora o que você deve fazer para alcançar o rumo de sua casa.

– Diga, ninfa gentil, e lhe seremos gratos por toda a vida! – exclama Menelau, redobrando a atenção.

– Filha sou de Proteu, o pastor dos rebanhos aquáticos de Netuno, de quem é filho, e somente da boca dele vocês poderão escutar o que as suas almas desejam ouvir. Ele tornou-se um grande adivinho, recompensado que foi por seu pai pelos serviços que continuamente lhe presta, e saberá perfeitamente indicar o caminho que vocês devem seguir.

Os rostos de Menelau e de seus homens refulgem.

– Porém, cuidado! – diz a ninfa, suspendendo um alvo dedo. – Meu pai, por ter sido tão importunado em razão desse seu dom, tornou-se o mais esquivo dos seres. Eis por que de nada valerão as artes da eloquência se você desejar dele se aproximar.

Depois de orientado, então, acerca dos artifícios de que deveria valer-se para arrancar do fugidio Proteu a informação que precisava, Menelau e seus barcos partiram com a velocidade do vento.

◆ ◆ ◆

O dia amanheceu e segue já o seu curso. Escondidos ao pé de uma gruta não menos oculta estão Menelau e três de seus companheiros.

– Atenção, todos! – declara o comandante. – Devemos agora munir-nos de paciência e aguardar até que Proteu faça sua aparição.

O sol está a pino, e é nesse exato instante que a figura imponente do filho de Netuno surge das profundezas do mar. A água salgada escorre em cachoeiras de seus longos cabelos e lhe desce em ondas sinuosas pelo corpo escamado. Um rebanho imenso de peixes e animais marinhos turbilhona ao seu redor, parecendo disposto a segui-lo em terra.

– Estejam silentes, agora, inquietas criaturas! – esbraveja Proteu. – Chegou a hora de meu descanso, na qual terei por companheiro apenas o discreto Silêncio.

Com efeito, Harpócrates, a divindade do silêncio, ali está postada à entrada da gruta. Proteu, sabedor da natureza discreta da divindade em questão, sabia também que o melhor jeito de homenageá-la é passar por ela sem nada dizer.

– Vamos atrás – diz Menelau aos três companheiros.

Os quatro carregam a oito mãos uma corda extraordinariamente grossa, arrancada de suas embarcações. Mais tarde, tão logo escutam um forte ressonar dentro da gruta, adentram-na, sem serem importunados pelo Silêncio, que já partiu adejando, aborrecido com aquele som pavoroso. Uma vez lá dentro todos são obrigados a tapar os ouvidos com as mãos, tão forte o ronco do deus.

– Pelos deuses! – exclama um dos homens. – Parece que escuto seu ronco nas profundezas de uma enorme concha marinha!

– Silêncio, ou daqui a pouco o escutará nas profundezas escuras do seu estômago! – adverte o prudente Menelau.

Mas Proteu está mergulhado num sono pesado, e nada além do estrépito de seu ressonar poderá tirá-lo do estado que os poetas chamam de irmão da morte.

Menelau ordena a seus homens que amarrem fortemente os membros do deus. Depois de o imobilizarem, agarram-se ainda, com todas as suas forças, aos seus braços e pernas.

– Ó Proteu, digno pastor dos rebanhos de Netuno! – lisonjeia Menelau, agarrado ao pescoço do deus. – Perdoa nossa rudeza, mas foi-nos dito que doutro modo as suas sábias palavras não se fazem ouvir.

O deus, acordando, dá-se conta de sua desafortunada situação.

– Como, então, se atrevem, reles mortais? – ruge Proteu, tentando desvencilhar-se.

Mas é tudo em vão. Sentindo seus membros completamente imóveis, o deus recorre, então, a um espantoso recurso: numa fração de segundos, ei-lo transformado em um pavoroso leão.

– Agarrem-no, ainda uma vez! – exclama Menelau, de músculos retesados.

A fera debate-se com fúria, porém inutilmente. Vendo seu insucesso, o deus muda-se agora em dragão.

– Segurem-no, mais uma vez! – exclama novamente o audaz Menelau.

O dragão debate-se horrivelmente, cuspindo labaredas para todos os lados. Mas é ainda em vão: continua solidamente preso às amarras e aos braços dos cinco homens robustos.

– Por quanto tempo resistiremos ainda a este dragão? – exclama um deles a Menelau.

Mas já é um leopardo que agora todos abraçam.

– Força, ainda uma vez!

Dentro em pouco um enorme javali escoiceia sob as cordas, arremetendo com suas presas afiadas contra os seus captores.

– Comandante! – diz agora outro homem, numa dúvida assustada. – Se é verdade que ele pode também tomar a forma da água, como faremos para mantê-lo preso em nossas mãos?

– O primeiro passo é afrouxar o músculo solto de sua língua e retesar os demais! – exclama Menelau, rubro do esforço de manter imóvel o deus.

Felizmente, porém, Proteu dá-se por vencido.

– Vamos, satisfaçam logo sua curiosidade e deixem-me em paz! – exclama o deus, furibundo. A entonação de sua voz é a de quem dá uma ordem e jamais a daquele que admite, humilhado, a derrota.

E foi assim que Menelau obteve a sua resposta acerca da direção que devia seguir para chegar en casa e partiu de volta para o seu reino. Junto dele seguia Helena, sua adorável mulher, que em artes de mutabilidade excedeu o talento de qualquer outro deus.

O CASTIGO DE ESCULÁPIO

— Júpiter, meu pai – disse Mercúrio, filho e ágil mensageiro do pai dos deuses. – Caronte, o barqueiro dos infernos, vem subindo das profundezas do Tártaro para lhe falar.

– Caronte?! – exclamou Júpiter. – O que vem fazer aqui o condutor de almas?

– Boa coisa não há de ser, pois seu semblante está carregado e sua voz, desde longe, ecoa asperamente.

Dentro de instantes o velho barqueiro adentrava o palácio de Júpiter, brandindo com fúria o seu imenso remo.

– Onde está aquele infernal Apolo? – disse Caronte, espumando negro pela boca.

– O que houve, meu delicadíssimo ancião? – inquiriu Júpiter, cofiando a sua imensa barba branca.

– O que há é que Esculápio, filho deste folgazão, anda arrebatando despudoradamente os meus passageiros, que são também os súditos de seu irmão Plutão, isto é que é! – exclamou o barqueiro infernal, sacudindo o punho. – Já há alguns dias vinha notando que minha barca andava inativa, por falta de passageiros, o que já muito me intrigava. Mas agora, definitivamente, a coisa extrapolou de vez, pois desde ontem tenho sido obrigado não só a atravessar o Estige com a barca completamente vazia, como também a trazer de volta da outra margem as almas dos mortos que há muito eu já havia levado para a Morada das Sombras!

– Chame Apolo – disse Júpiter a Mercúrio, ao ver que o caso era grave.

Dentro em pouco o luminoso deus adentrava os soberbos paços de Júpiter.

– Eis o tal...! – disse Caronte, com um muxoxo de desdém.

– Apolo, explique já o que seu filho Esculápio anda aprontando lá embaixo – disse Júpiter, pondo uma nota mais forte de autoridade em sua voz.

– É simples, meu pai – disse Apolo, que já estava ao par de tudo, graças à língua eficiente de Mercúrio, que parecia ter asas como suas famosas sandálias. – Esculápio vem adquirindo tamanha eficiência em sua arte curadora, pois deves saber que é o melhor médico de quantos o mundo possa haver um dia gerado, que, além de curar seus pacientes, conseguiu agora descobrir um modo de ressuscitar aqueles que a Morte lhe raptou em embates anteriores.

– Isto é formidável... – exclamou Mercúrio.

– E como faz para realizar tamanho prodígio? – inquiriu Júpiter, francamente alarmado.

– A receita somente ele possui – disse Apolo, com uma ponta de orgulho do filho –, mas sabe-se que se utiliza, dentre outras substâncias, de um filtro poderoso extraído do sangue de Medusa, uma das Górgonas malditas.

– Ah, o sabichão! – exclamou Caronte, tomado pela cólera. – Pretende então subverter a ordem do Universo, misturando mortos com vivos, até esvaziar as regiões subterrâneas de seus habitantes?

– E por que não? – disse Apolo, imaginando, por alguns instantes, um mundo sem velórios nem funerais.

Caronte, escutando isto, falou:

– Ouçam todos! Antes de subir para cá encontrei no caminho a Morte, debruçada miseravelmente sob a carcaça apodrecida de um antigo cipreste. Que figura lastimável apresentava, então! Escutando seu pranto, lhe disse: "Velha amiga, que choradeira toda é esta?". Ao erguer sua cabeça vi que um pranto copioso descia de suas duas órbitas vazias. Seu sorriso, que dizem eterno, me pareceu apenas o esgar grotesco das faces golpeadas pela desgraça! "Caronte, amigo!", disse-me ela, soluçando sua voz fina e esquálida. "Sinto que finalmente chega para mim, também, o último suspiro!" A Morte frente a frente consigo mesma! Eis ao que meus olhos incrédulos estavam assistindo! Ao lado dela, sob um monte de folhas mortas, vi negrejar o pedaço adunco de sua outrora tão operosa foice. Que lástima! Agora ali estava convertida num pedaço inútil de ferro, que um juntador de trastes atirou para a carroça com um sacrílego bocejo de tédio. Quando me voltei para minha pobre amiga, acreditei-a, então, finalmente acabada. Sua face, sempre sadiamente pálida, agora trazia a lividez espectral dos mortos.

"Morte, amiga, vamos, reaja!" Massageei vigorosamente suas costelas proeminentes e consegui, graças aos deuses, chamá-la de volta à vida!...

– Isto é sério... ? – cochichou Mercúrio a Júpiter.

– Silêncio, leva e traz! – exclamou Caronte, que tinha os olhos cheios de água. – Tão logo a Morte readquiriu um pouco da sua saudável palidez, ergueu um pouco a cabeça e, depois de puxar para trás as suas trancinhas de víboras disse-me: "Caronte, só você pode me ajudar! Acabe com aquele curador de doenças insolente ou perecerei! E você ficará para sempre sem o seu emprego e seus queridos óbulos!" Eis, Júpiter, o que o filho deste aqui prepara para nós todos!

Júpiter, o deus dos deuses, o juiz supremo, dispensou todos, menos Mercúrio, a quem disse:

– Vá até as forjas e peça aos ciclopes que fabriquem o melhor raio que conseguirem. Mas atenção, que seja um raio o menos indolor possível...

Mercúrio, entrevendo tudo, lamentou a sorte que se preparava para o pobre Esculápio. Ainda assim, foi cumprir sua missão. Ao fim do dia retornou com a peça maravilhosamente confeccionada.

– Ótimo! – exclamou Júpiter, admirando o desenho do raio.

Em seguida procurou um bom local para sua pontaria e, mirando no pobre filho de Apolo, aqui na Terra, desferiu sua mortífera seta. Esculápio caiu morto no mesmo instante e logo estava no Olimpo, diante de Júpiter:

– Desculpe, meu neto, mas não havia outro jeito – disse Júpiter, pondo a mão sobre o ombro de Esculápio. – Você estava prestes a provocar uma revolução na terra, no céu e nos infernos. Mas não se preocupe, a partir de agora será imortal como nós, e farei de você uma bela constelação no firmamento!

– Grande coisa... ! – disse Esculápio, já longe dos ouvidos do deus supremo. – O velho ainda acha que tem graça essa brincadeira de transformar alguém em constelação!

Enquanto isto, entre os mortais, o culto de Esculápio apenas começava a germinar.

O PRÊMIO DE TROFÔNIO

Trofônio, filho de Apolo e Epicasta, era um dos mais célebres arquitetos da Antiguidade. Junto com seu padrasto Agamedes, ergueu belíssimas construções, tais como o quarto nupcial de Alcmena, mãe de Hércules, e o templo de Netuno, na Arcádia.

Sabedor disso, Apolo mandou chamar Trofônio e Agamedes imediatamente.

– Quero que construam um magnífico templo para mim – disse o deus.

Padrasto e enteado aceitaram o desafio. Desde aquele dia debruçaram-se sobre a planta com seus utensílios de desenho, erguendo arcadas, projetando abóbadas e imaginando mil e uma volutas e arabescos para os pilares.

– Vai ser uma obra-prima – dizia Trofônio ao padrasto, que concordava, ajustando o compasso.

Depois de um mês de intenso labor, finalmente apresentaram a Apolo o projeto.

– Nada menos que magnífico – disse o deus, dando uma palmada de alegria no joelho. – Mãos à obra, imediatamente!

Trofônio e Agamedes gastaram os próximos seis meses numa labuta infernal para erguer do chão a esplendorosa construção. A cada dia uma nova maravilha surgia ante os olhos deliciados dos pedreiros.

– Que beleza! – exclamava um, de colher parada na mão.
– Um estupor! – exclamava outro, com o queixo caído.
– Vamos lá, vamos lá! – gritava Trofônio, num azáfama incessante, o que não o impedia de exclamar a Agamedes, quando ambos eventualmente cruzavam um pelo outro:
– Vai ficar daqui, ó!

E o outro concordava, suado e sobraçando as suas plantas.

Ao fim do prazo a obra estava pronta. Apolo foi chamado, e uma venda foi colocada sobre os seus olhos – sugestão do próprio Trofônio, que apreciava mais que tudo ver o brilho de espanto e alegria nos olhos dos clientes.

Assim que a venda foi retirada e Apolo pôde contemplar a maravilha que os dois arquitetos haviam erguido em sua homenagem, chegou quase a perder os sentidos.

— Rápido, tragam-lhe um pouco de hidromel! — exclamou Agamedes, que tinha sempre à mão esse recurso para trazer de volta a cor ao rosto dos clientes estupefatos.

— Vocês são estupendos, mesmo! — disse Apolo, enquanto bebericava o reconstituinte. — Excederam tudo quanto o projeto prometia...

O resto do dia o deus passou adorando seu novo templo, e há quem diga que tenha mesmo passado a noite ali, em atônita e muda contemplação.

No dia seguinte Trofônio e Agamedes compareceram diante de Apolo para receber o seu pagamento.

— Quanto acham que vale o serviço perfeito que ambos fizeram? — perguntou o deus.

Os dois entreolharam-se, confusos.

— Bem, divindade, não saberíamos estipular... — respondeu Trofônio, encabulado.

— Vamos, deixem de modéstia! — disse Apolo. — Qual pode ser o melhor prêmio para um mortal?

Os dois atrapalharam-se ainda mais.

— Vamos, tomem isto — disse Apolo, estendendo a ambos uma enorme sacola, repleta de moedas de ouro. — Nos próximos sete dias gastem-na inteira, fazendo tudo quanto gostariam de ter feito e ainda não puderam. No oitavo dia receberão, então, o pagamento.

— Mas, divindade... já não é o pagamento? — exclamou Agamedes, cujo rosto refletia a cor dourada das moedas.

— O prêmio maior que um mortal pode ambicionar ambos terão apenas no oitavo dia — disse o deus enigmaticamente. — Vão e, até lá, aproveitem!

Nos sete dias seguintes deram largas, então, à sua vontade:

No primeiro dia comeram tudo quanto enxergaram, até ficarem verdes de cólica.

No segundo dia encharcaram-se de vinho até caírem desmaiados sobre as mesas.

No terceiro dia viajaram por inúmeros lugares numa liteira de ouro, até ficarem vesgos de tanto ver paisagens.

No quarto dia dançaram loucamente em todas as tavernas, como bufões enlouquecidos, até incharem os pés de bolhas.

No quinto dia escutaram as mais belas músicas que o gênero humano pôde compor, até não suportarem mais um único acorde.

No sexto dia, tendo contratado os maiores sábios do mundo para que lhes explicassem os segredos do Universo, adormeceram antes que todas as sumidades pudessem chegar a qualquer conclusão.

No sétimo dia juntaram em casa quantas mulheres belas o dinheiro pode pagar.

E aí foi demais: a sacola finalmente se esvaziou, até a última moeda.

No oitavo dia toda a cidade aguardava Trofônio e Agamedes no templo de Apolo, para ver o que seria, afinal, aquele prêmio maravilhoso que a divindade lhes prometera. "O prêmio maior que um mortal pode aspirar", segundo a promessa.

Porém, como não aparecessem nunca, correram todos até a casa dos dois. Não obtendo resposta aos seus chamados, invadiram-na e encontraram os dois deitados, de orelhas tapadas, cada qual em sua respectiva cama.

Dormiam o imperturbável sono eterno e tinham nos lábios um sorriso que vivo algum pode igualar.

ÍXION, PAI DOS CENTAUROS

Dois homens andam pelas ruas de uma cidade grega. De repente, um deles:

– Não acredito, veja só quem vai ali! Me alcança aquela pedra, vai.

Uma pedra do tamanho de um punho assobia no ar e vai acertar em cheio as costas de um homem imundo e esfarrapado.

– Por que fez isto? – exclama, atônito, o amigo.

– Ora, não sabe, então, quem é aquele cão?

– Nem imagino, desfigurado daquele jeito.

– É Íxion, ex-tirano dos lápitas, agora caído em desgraça.

– Nunca ouvi falar dele.

– Como não? Você deve ser, então, o único que não conhece a sua perfídia. Não há lugar onde ele ponha os pés do qual não seja cuspido e escorraçado.

— Mas qual foi o seu crime? – diz o que alcançara a pedra.

— Tudo começou quando o canalha resolveu casar-se com a pobre Clia, filha de Deioneu – respondeu o outro. – E só conseguiu isto porque prometeu ao pai da noiva uma verdadeira fortuna em presentes.

— Comprou a filha?

— Exato. Mas no final das contas não pagou uma moeda por ela.

— E o pai deixou a coisa assim?

— Não, foi cobrar a conta, naturalmente. Mas Íxion recusou-se a recebê-lo tantas vezes que o sogro retomou alguns cavalos que dera ao novo genro, em represália. Isto deixou Íxion possesso. Um dia mandou chamar o sogro, sob o pretexto de que iria lhe pagar o preço da pobre Clia, afinal.

— Não pagou, imagino.

— Muito pior! Após receber o sogro com toda a hipocrisia, levou-o até um local onde se abria a boca de um grande fosso repleto de carvões acesos e lançou o pobre velho lá para dentro, dizendo: "Aí está, velho, o seu preço".

— Que horror!

— O pior é que a própria esposa, a doce Clia, já havia sido lançada ali, momentos antes. Quando o velho caiu sobre as brasas, ainda pôde vislumbrar, em meio às dores atrozes, um esqueleto carbonizado. Queira Júpiter que antes de morrer não tenha reconhecido naqueles negros ossos os restos mortais da própria filha.

— Toma, desgraçado! – disse o que alcançara antes o pedregulho ao amigo, lançando ele próprio sobre o maltrapilho Íxion uma pedra duas vezes maior.

Íxion, com mais duas manchas roxas nas costas, ergueu-se do pó e recomeçou a fugir. Andou aos tropeços por toda a cidade até cair diante das portas do templo de Júpiter. Ali, arrojado de bruços ao chão, clamou:

— Júpiter hospitaleiro! Perdoe meus crimes! Limpe minha alma de toda a infâmia, pois só as suas mãos poderosas podem fazê-lo!

O pai dos deuses, penalizado com a situação miserável daquele pobre homem que descera da altíssima condição de rei da Tessália a de um reles mendigo, apiedou-se, afinal, e elevou-o até os céus. Íxion, o vil mendigo, estava agora diante de Júpiter, soberano do mundo.

– Tome, coma deste alimento e beba desta bebida! – disse o deus, alcançando-lhe uma taça de prata e um recipiente dourado.

Íxion saboreou aquelas delícias e sentiu algo maravilhoso agitar-se em suas entranhas.

– Eis que agora também é imortal, pois todo aquele que come da ambrosia e bebe do néctar adquire o nosso divino dom – disse Júpiter, solenemente.

Nesse momento, Juno, a esposa de Júpiter, entrou no grande salão dos olímpicos.

"Nossa, é ela, a poderosa Juno!", pensou Íxion, atordoado. "Nunca imaginei que fosse tão bela!"

Tem gente que sai de uma encrenca para entrar em outra. Íxion era desses.

Júpiter, entretanto, hábil nas artimanhas da conquista e da traição amorosa, sabia perfeitamente reconhecer quando o jogo virava contra si mesmo.

"Este sujeito... Não sei, não!", pensou.

Resolveu, no entanto, dar uma chance a Íxion, para não parecer ingrato.

Mas o tempo passava, e Íxion sentia aumentar a cada instante a atração pela deusa. Um dia, não suportando mais, resolveu declarar a ela o seu amor – ou seu desejo insano, mas que fazia seu peito cruel agitar-se da mesma maneira que o peito dos apaixonados. Juno, ofendida, deu-lhe as costas e no mesmo dia foi queixar-se ao divino esposo.

– Vou pôr à prova este sujeito! – disse Júpiter à mulher.

No mesmo instante tomou uma nuvem e formou nela a imagem da esposa: rosto, seios, braços, pernas, pés, em tudo a nuvem era uma cópia exata de Juno.

Ao final do dia, quando a Noite lançara seu manto perolado sobre os últimos restos do crepúsculo, o simulacro de Juno rumou para os aposentos de Íxion. Ele estava repousando e pensando, é claro, na esposa de Júpiter. "Oh, Juno querida! Quando serás minha, afinal?", pensava ele, febril.

Nesse instante a cópia da deusa surgiu pela porta. Vestia apenas um manto diáfano, que ela fez deslizar para o chão com um imperceptível movimento de seus ombros delicados. Pronto. Ali estava Juno como verdadeiramente era – assim pensava o incrédulo Íxion –, inteiramente nua e à sua disposição!

– Mas, então... você também me quer? – balbuciou o ex-tirano.

O espectro, porém, nada disse, colando apenas seu corpo ao do apaixonado.

– Amemo-nos! – disse a visão, com seus lábios de algodão.

Para um crápula e um tirano, pode-se dizer que ele amou-a ardentemente. E ela, para um simples espectro, também não se saiu nada mal.

Júpiter, sabedor de tudo, deixou que aquele simulacro de traição prosseguisse ainda por diversas vezes, dando sempre uma nova chance ao ingrato para que se arrependesse, uma vez extinta a chama ardente do primeiro desejo. Não fora sempre assim com o próprio deus?

Mas por muitas vezes, ainda, repetiram-se os encontros. Íxion prometia a si mesmo que aquela seria sempre a última vez, mas quando ela ressurgia novamente, a cada noite, com a doce palavra "Amemo-nos!" nos lábios rubros e úmidos, e esfregava em seu corpo aquela pele extraordinariamente alva e macia, via ruir aos seus pés a resistência premeditada.

Destas uniões sucessivas formou-se uma série de seres horrendos, monstruosos e brutais como o pai, que a tradição batizou de "centauros".

Ao ver o resultado funesto desses encontros, Júpiter finalmente resolveu dar um basta a tudo aquilo. Expulsou Íxion do seu palácio, dando-lhe ordens expressas para que nunca mais lhe aparecesse pela frente.

A coisa teria saído barata deste jeito, mas um canalha nunca se redime. Tão logo se viu de volta à Terra, começou a se vangloriar de sua conquista – mesmo que ilusória – aos amigos, dizendo a todo instante: "A esposa de Júpiter foi minha. É, sim senhores, a tive em meus braços, noite após noite".

Júpiter, então, sabendo de mais essa torpeza, tomou de um de seus terríveis raios e lançou-o sobre Íxion, fulminando-o no mesmo instante. Depois chamou seu filho Mercúrio e disse:

– Vá até o Tártaro tenebroso e cumpra à risca estas instruções.

Lá nas profundezas do inferno estava o pérfido Íxion.

– Mercúrio! – gemeu o tirano. – Vieste me levar de volta para o Olimpo?

O jovem deus, sem dizer nada, agarrou-o e o amarrou numa roda cercada por serpentes de fogo. Depois, dando um impulso com a mão, dele se despediu:

– Assim são premiados os ingratos, que semeiam a desonra no céu.

E desde aquele instante o pérfido Íxion, atado de pés e de mãos, gira sem nunca cessar naquela girândola infernal.

CTÉSILA E HERMÓCARES

Hermócares, rapaz pobre, mas justo, estava apaixonado por Ctésila, filha do poderoso Alcidamo. Naquele dia celebrava-se uma festa em honra de Vênus, e o jovem, vendo a amada mais bela que nunca, tomara uma maçã e nela inscrevera esta singela inscrição: "Prometo, por Vênus suprema, que serás minha esposa".

– Oh, que atrevimento! – disse Ctésila, lançando fora a maçã e abandonando a festa.

– Ctésila, Ctésila... Confesse que seus dentes nunca provaram maçã mais saborosa do que essa que sua alma agora provou! – gritou o audacioso Hermócares, enquanto a via perder-se entre os demais devotos de Vênus.

A audácia de Hermócares não parou aí. No dia seguinte tratou de procurar o pai da jovem e, com o destemor que somente o amor pode infundir, pediu a mão dela em casamento.

Alcidamo, no mesmo instante, lhe deu a resposta:

– Comigo as coisas se resolvem num tapa! Concedo-lhe, pois, a mão de minha bela Ctésila.

De fato, o velho Alcidamo tinha um bom olho para tudo, e enxergou logo no rapaz o genro ideal.

– Bom, honesto e trabalhador! – disse, animado, logo que ele saiu.

Ctésila ficou logo sabendo do pedido e, depois dos primeiros encontros deu a mão à palmatória: Hermócares era, de fato, um bom homem. O casamento foi marcado para logo em seguida.

– Comigo é assim: querem casar? Casem-se logo, num tapa! – disse o pai, dando uma grande palmada no joelho, vaidoso de sua determinação.

A data aproximava-se rapidamente. Os preparativos evoluíam celeremente.

Um dia, no entanto, às vésperas da famosa data, Alcidamo chegou diante da filha e lhe disse assim:

– Ctésila, querida.

– Sim, meu venerável pai – respondeu ela, com os olhos radiantes.

– Você se casa, então, daqui a alguns dias?

– Se Vênus suprema assim permitir e desejar...

– Eu também, mais que ninguém, o desejo – respondeu o pai. – Mas prepare-se para uma pequena mudança: o seu noivo não será mais o desgraçado Hermócares.

– Não, papai? – exclamou a filha, estarrecida.

– Estive conversando com um amigo e ele me propôs seu filho para genro – disse Alcidamo, com o ar perfeitamente natural. – Não pude negar-lhe; é um belo rapaz e muito mais rico do que o miserável Hermócares. Bom, honesto e rico!

– Não, papai, quero casar-me com Hermócares.

– Silêncio! Já está decidido, minha filha. E você sabe: quando quero, decido a coisa num tapa. Não me obrigue a convencê-la pelo mesmo método – disse o cruel Alcidamo, suspendendo no ar a sua mão gigantesca.

E a partir dali, aqueles poucos dias, antes tão ansiosamente aguardados, agora eram vistos com tremendo pavor. Ctésila, desesperada, correu até o templo de Vênus e clamou, lavada em pranto:

– Vênus, proteja o meu amor!

Naquele mesmo instante Hermócares entrou pela porta do templo.

– Ctésila! – exclamou o jovem. – Seu pai me proibiu de ver você e não me quer mais para genro. O que faremos?

As bocas de ambos silenciaram. Mas eles sabiam que só havia uma alternativa.

– Vamos fugir! – exclamaram ao mesmo tempo.

"É isto?" "Claro!" "Vamos, mesmo?" "Será?" "Não será?" – toda a lista infinita das vacilações, nas quais o desejo se tortura continuamente desde o começo dos tempos, surgiu num tropel nas mentes dos amantes. Muito diferente da firmeza e decisão do velho Alcidamo, eles iam e vinham em seus receios.

Mas, ao cabo, chegaram à conclusão que estava lá no começo: fugiriam, afinal.

E fugiram mesmo. Na véspera do malfadado casamento, Ctésila e Hermócares partiram, na calada da noite, para serem felizes. Alcidamo, colérico dos pés às palmas vermelhas das mãos, arrancava os cabelos:

– Vasculhem tudo debaixo do céu! Quero Ctésila de volta, num tapa, compreenderam?

Mas Alcidamo jamais tornaria a pôr os olhos em sua filha. Um dia chegou um mensageiro esbaforido, que disse:

– Alcidamo, eis que a sua filha já é mãe!

– Mãe? – indagou Alcidamo, colérico. – Mãe? – repetiu Alcidamo, abatido. – Mãe... – repetiu, quase conformado. – Mãe! – afirmou, já sorridente.

Não foi tão rápido quanto das outras vezes, mas Alcidamo acostumou-se logo, também, a essa ideia – quase num tapa.

– Alcidamo, eis que a sua filha está morta! – disse outro dia o mesmo mensageiro, novamente esbaforido.

Essa notícia o pobre Alcidamo não pôde suportar, e num tapa caiu desmaiado, enquanto o mensageiro tentava reanimá-lo – bem, vocês sabem como.

O enterro da bela Ctésila deu-se alguns dias depois. Mas Vênus, que protegera sempre o amor do jovem casal, fez com que no último instante Ctésila se transformasse na mais alva das pombas e viesse pousar sobre os ombros do enternecido Hermócares e de seu filhinho.

A CEGUEIRA DE DÁFNIS

Dáfnis era filho de Mercúrio e de uma obscura ninfa da Sicília. Desde cedo foi para os bosques, onde se tornou amigo de Pã, o deus amante da música. Com ele aprendeu a compor versos e executar em sua flauta as mais belas melodias que ecoavam pelos vales, trazendo alegria a todas as criaturas dos bosques.

– Dáfnis, quando é que você vai se apaixonar de verdade? – perguntava-lhe sempre o deus dos pés de bode.

– Por que me diz isto todos os dias? – quis saber o pastor.

– Suas canções são belas, e sua música, insuperável – respondeu Pã, reclinado sob a sombra de uma árvore. – Mas falta o amor nos seus versos, e a sua poesia só será perfeita no dia em que você viver um grande e inesquecível amor.

– *Inesquecível*, divino Pã? – perguntou o pastor, com um sorriso. – E há tal coisa?

O deus lembrou-se, então, da ninfa Siringe, que havia amado e perdido há muito tempo.

– Essa flauta que você tem aí é a melhor prova do que afirmo – disse Pã, silenciando a sua dor, que ameaçava retornar mais uma vez.

Dáfnis observou a flauta: vários caniços, de vários tamanhos, unidos com cera. Sim, o velho Pã já havia lhe contado várias vezes que eram feitos do corpo de sua amada, que convertera-se em um grande junco ao tentar escapar de seus rudes afagos. Para tê-la sempre consigo, ele arrancara o junco do solo e o transformara naquela flauta. Uma bela história, pensou Dáfnis, mas ele não tinha tanta pressa de amar, como tinha de cantar. Por isso, recomeçou a tocar a sua flauta, alegre e despreocupado como sempre.

Mas um dia sua bela música atraiu uma ninfa chamada Lice até o bosque.

– Quem é esse pastor que canta e toca de maneira tão bela? – perguntou Lice às amigas ninfas.

– É Dáfnis, filho de Mercúrio – respondeu uma delas.

O pastor havia se deitado na grama, às margens de um pequeno córrego; uma brisa suave e refrescante aliviava o calor da tarde. Tendo despido o manto, mantinha agora uma de suas pernas mergulhada dentro da água corrente, enquanto escutava, de olhos fechados, o dia passar.

De repente, porém, sentiu atrás de si uma presença.

– Não, não abra os olhos... – disse a ninfa Lice, pousando suas mãos sobre as vistas do jovem pastor.

Dáfnis sorriu; a ninfa que tivesse uma voz cristalina e mãos de seda como aquelas não poderia deixar de ser bela; por isso decidiu obedecer cegamente àquela suave imposição. Em seguida escutou um ruído quase imperceptível, de algo muito volátil e delicado que escorresse do alto por uma superfície macia até ir embolar-se na relva. Sentiu ainda que aquilo – um provável véu – fora depositado sobre o seu manto, que estava ao seu lado. Finalmente, sentiu nas costas, que estavam em contato com o solo, um ligeiro tremor, como se alguém houvesse estendido um corpo, quase diáfano, ao lado do seu.

– O que temos aqui? – disse a mesma voz, pousando a mão sobre o ventre de Dáfnis. Este, num reflexo, movimentou suas pálpebras, mas aquela doce mão, num gesto veloz, as cerrou outra vez. – Não... lembre-se de nosso trato! – disse a voz feminina, docemente impositiva.

Pousada sobre o ventre do pastor estava sua flauta de vários tubos, presente do deus Pã, que se movimentava ao sabor de sua respiração – talvez um pouco mais apressada, agora, do que antes da chegada daquela excitante intrusa.

Tomando a flauta em suas mãos, a ninfa Lice tentou tirar dela algumas notas, que não soaram nada mal aos ouvidos de Dáfnis.

– Nada mal, para quem se exercita pela primeira vez... – disse Dáfnis, estendendo a mão para retomar o instrumento.

Mas em vez da flauta, suas mãos tocaram as de sua misteriosa companheira. O pastor tentou novamente abrir suas pálpebras, mas a ninfa persistia em sua atitude proibitiva. Sem meios, então, de resistir às ordens da ninfa, Dáfnis decidiu permanecer deitado lado a lado com ela na relva, conversando e cantando, enquanto ia desenhando mentalmente o seu retrato.

De repente um trovão rolou pelo céu e uma chuva intensa desabou sobre seus corpos nus. Dáfnis e Lice deixaram que as gotas se espalhassem pelos seus corpos, numa divertida brincadeira de cócegas, até que a chuva, tornando-se muito forte, obrigou finalmente a ninfa a erguer-se. Dáfnis aproveitou, então, para abrir os olhos.

Pela primeira vez enxergava a imagem da ninfa, ainda que pouco nítida por causa da chuva. Era como se a visse por detrás de um espelho lavado por um jato constante de água. Mas mesmo assim não havia a menor dúvida: era exatamente a mulher que imaginara, traço por traço.

No mesmo instante Dáfnis e Lice uniram seus corpos e suas almas, e a partir daí as suas vozes unidas alegraram duplamente os bosques, com canções que falavam de um amor profundo e real.

Mas havia uma nota de melancolia na voz de Lice que somente um ouvido bem treinado podia perceber: ela denunciava o medo da separação – temor constante que ronda todas as uniões, porque nada há neste mundo que não esteja sujeito a ela. Lice, contudo, pressentia a separação para muito em breve, sem saber dizer o porquê.

– Dáfnis, meu amor – disse ela, um dia, ao pastor –, prometa que jamais me esquecerá.

– Claro, Lice querida – disse-lhe o pastor, com ar despreocupado. – Como poderia esquecê-la?

– Espere – disse ela, pondo a mão em sua boca. – Preciso escutar isto dos seus olhos.

– Mas Lice, querida, desde quando os olhos convers... – tentou completar o pastor, porém sem sucesso; Lice havia selado os lábios de Dáfnis com um beijo, e agora, encarando firmemente seus olhos, buscava neles a confirmação de suas palavras.

– Lice, querida – disse, afinal, o pastor, tentando acalmar seus temores. – Se algum dia eu ousar esquecê-la, quero que os seus olhos sequem a luz dos meus! Assim, impedido de enxergar outro rosto, só terei o seu para relembrar eternamente.

E com essa promessa renovaram seus votos de um novo e ardente amor.

O tempo passou, e Lice foi acalmando suas apreensões.

Um dia Dáfnis, cansado de tanto conduzir seus rebanhos, sentou-se, como da outra vez, debaixo da sombra de uma árvore frondosa. Tomando de sua flauta, começou, então, a tocá-la. Era uma melodia que compusera especialmente para sua amada. Toda vez que a tocava podia enxergá-la perfeitamente nítida – seu corpo nu, seus cabelos naturalmente esvoaçantes, sua boca úmida e seus olhos cálidos, embora sempre com aquela pequena nota angustiada, bem lá no fundo das pupilas da imagem amada.

Mas o pastor havia se afastado mais do que o habitual e, por isto, não percebeu que logo além de onde estava havia um palácio, e que em uma de suas janelas havia uma princesa que ninguém queria. E ela estava atônita com a beleza de Dáfnis e da sua melodia.

– Em quem pensará? – perguntava-se a princesa indesejada, desejosa de ser a inspiradora daqueles belos acordes.

Mas logo em seguida teve sua visão atraída por um brilho estranho. Um pouco acima da copa das árvores que davam sombra ao pastor, formava-se, cada vez mais nítida, a efígie vaporosa de uma mulher.

– É ela, a dona da sua inspiração – exclamou a mal-amada princesa.

À medida que a música se tornava mais apaixonante, mais a bruma adquiria o contorno definitivo do corpo de uma mulher, formado pela lenta evaporação das notas ardentes que subiam da mata, feito a fumaça de um desejo incandescido.

– Por Vênus, como é bela – sussurrou a princesa.

Suspensa acima das ramas verdejantes e revirando-se inquieta sobre seu leito esverdeado flutuava a imagem de Lice. Estava inteiramente nua, e pelo modo inquieto como se mexia, fazendo deslizar pelo corpo as pontas dos seus dedos aquilinos, logo deu a entender à princesa que dormia, presa de um sonho intenso de amor. E os dedos, apesar de serem os delas, tinham o toque evidente de um homem apaixonado.

Então a ilusória imagem da ninfa virou o rosto em sua direção: de fato, nem de longe tinha os pobres traços da rica princesa.

"Não, não sou eu...", pensou ela, desconsolada.

Abatida, a princesa abandonou a janela e foi encostar-se à parede, do outro lado do quarto. Suas costas deslizaram insensivelmente para baixo até deixá-la sentada no chão, abraçada aos joelhos. "Não, não sou eu", repetiu, sentindo sua respiração arfante umedecer seus ossudos joelhos. De repente, num impulso, fechou também os olhos e beijou ardentemente os próprios joelhos! Mas seja por eles não terem respondido ao seu desejo ou por ela não ter lá muita imaginação, o fato é que os mordeu com fúria, logo em seguida.

– Pois se é uma visão, farei com que desapareça! – exclamou, pondo-se em pé, num salto, tomada pela raiva.

Sem perceber que seus joelhos sangravam, correu outra vez até a janela. Seus olhos, contudo, foram brindados agora com uma alegre visão: o pastor vinha vindo justamente em direção ao palácio!

Dáfnis chegou até o pé da janela e gritou:

– Por favor, gentil princesa, poderia me alcançar um gole de água?

– Claro, pastor, já desço com ela!

Infelizmente esta gentil princesa tinha o hábito de distrair a sua solidão da pior maneira, pois também era uma terrível feiticeira. Assim, antes de levar o copo com a água, introduziu nele um pouco do sumo da erva mágica do esquecimento.

– Aqui está! – disse ela, estendendo a beberagem maldita ao sedento pastor.

Dáfnis bebeu a água de um só trago e no mesmo instante sentiu que a imagem de sua amada Lice desaparecia de sua mente. Apavorado, estendeu as mãos, como que para agarrá-la, mas ela retrocedia cada vez mais, até esfumar-se definitivamente no ar.

A princesa, percebendo o efeito de sua poção, perguntou-lhe:

— O que houve, belo pastor?

— Não sei — respondeu Dáfnis, passando a mão pela testa. — Tenho a impressão de que esqueci algo muito importante...

— Venha, entre comigo — disse a princesa, pondo na voz o pegajoso mel da luxúria. — Tratemos, então, de fazer algo de que não esqueçamos jamais.

No dia seguinte Lice foi informada de que seu amado Dáfnis ainda estava nos braços da terrível princesa. Desesperada, correu até os portões e tentou forçá-los, mas foi expulsa rudemente pelos sentinelas.

Da janela surgiu, então, Dáfnis, com ar de sono.

— Quem é esta louca, soldados, e o que deseja de nós?

— Nós?! — exclamou a ninfa.

Com a mão ressequida, que ainda assim bastava para cobrir seu peito mirrado, a radiante princesa veio logo postar-se atrás do pastor.

Era esta a resposta!

Lice, dali mesmo de onde estava, encarou os olhos de Dáfnis, profundamente. E nesse exato instante o pastor lembrou-se de tudo: da ninfa que amara, dos momentos felizes que haviam gozado e também da terrível promessa que lhe fizera.

Desta vez, porém, não foi somente o rosto da ninfa que desapareceu diante de seus olhos, mas a própria luz de tudo que o envolvia. Dáfnis estava cego — irremediavelmente cego para o resto da vida!

E assim passou o resto de seus dias, vítima de uma cilada e de um deslize, vagando cego pelos bosques e montanhas. Nunca, porém, suas canções e melodias haviam sido tão belas — horrenda contradição do amor, que mais pungente se torna quanto mais tenazmente o destino o persegue! —, a ponto do deus Pã reconhecer que agora — e somente agora — sua arte se tornara absolutamente perfeita.

Por toda parte onde Dáfnis errava, com efeito, podia-se ver pairada no ar, por alguns breves instantes, a imagem sempre evanescente de sua amada Lice, que morrera de infelicidade.

Até que um dia o pastor, cansado de tanto sofrer, subiu até o mais alto penhasco e ali estendeu os braços para o alto, na tentativa enlouquecida de agarrar as formas vaporosas daquela que ainda amava – pois a única coisa que ainda enxergava neste mundo era a efígie ilusória da ninfa perdida. Falseando o pé, entretanto, mergulhou no abismo, feliz de pôr um fim involuntário a tanta desdita.

Diz a lenda, contudo, que seu pai, Mercúrio, que a tudo assistia, calçou rapidamente as suas velozes sandálias e raptou sua alma antes que o corpo se esmagasse nas rochas. Indo além, diz-se ainda que no mesmo dia o pastor deu entrada no Olimpo, para fazer companhia aos deuses, tendo ao lado sua amada Lice, que ao cabo de tudo o perdoou, afinal.

OS GIGANTES ALOÍDAS

Quando Aloeu e Ifimedia viram no berço os seus dois filhos recém-nascidos, ficaram encantados, como todos os pais.

– Este se chamará Oto – disse Aloeu.

– Este se chamará Efialtes – disse Ifimedia.

Eram dois belos garotos, embora um pouco crescidinhos demais.

– Isto é saúde – dizia Ifimedia ao impressionado marido.

Mas Ifimedia sabia que havia uma explicação para aquilo – uma explicação que não convinha ao marido saber. Pois tanto Oto quanto Efialtes não eram filhos do mortal Aloeu (embora o nome pelo qual ficariam conhecidos, "Aloídas", fosse uma homenagem ao pai postiço), mas, sim, filhos de Netuno, deus dos mares.

Ifimedia ainda se lembrava da época em que se apaixonara pelo poderoso deus. A tática que usara não fora das mais originais, mas tivera lá seu encanto: um belo dia, chegando à beira da praia, tomou a água na concha das mãos e derramou-a sobre o seio. No dia seguinte, repetiu a operação, e assim foi até quebrar a resistência do deus, que acabou por unir-se a ela. O resultado foram aqueles dois belos garotos, embora, é verdade, fossem um tanto exageradamente grandes.

No primeiro ano, por exemplo, já haviam atingido, cada qual, meio metro de largura e dois metros de altura. E assim, a cada ano, iam crescendo nessa mesma proporção, até o ponto em que, antes dos dez anos de idade, já tinham cada qual dezoito metros de altura e quatro metros e meio de largura. Ambos eram agora perfeitos gigantes, descabelados e sujos, pérfidos e sinistros.

"Definitivamente, isto não é normal", pensava Aloeu, a cada novo dia.

Mas o que mais constrangia aos pais era o ódio que tanto Oto quanto Efialtes nutriam contra os mortais. Não havia dia em que não esmagassem alguém por pura diversão. Mas quando sua mãe os recriminava, sorriam perversamente e respondiam apenas:

– São só mosquinhas, mamãe.

– É, mamãe, mosquinhas sem asas.

E assim continuavam alegremente a matar as suas mosquinhas, até que um dia conceberam uma nova diversão, infinitamente mais ousada.

– Mano, que tal declararmos guerra aos deuses? – disse um dia Oto a seu irmão, num momento de tédio.

– Que ótima ideia! – exclamou Efialtes, cujo cérebro, a exemplo do irmão, não havia se desenvolvido tanto como o restante do corpo.

Ambos já haviam, na verdade, brigado com um deus, alcançando um bom resultado. Após uma discussão com Marte, o deus da guerra, haviam-no aprisionado dentro de um tonel durante treze meses, debaixo de algemas e correntes. Como fora divertido ver todos os dias o presunçoso deus das armas todo dobrado dentro do pote, como um inseto em um jarro! Se não fosse o sagaz Mercúrio libertá-lo de sua vergonhosa prisão, ainda hoje estaria lá, com toda a certeza.

Mas agora o projeto dos aloídas era maior, infinitamente maior: nada menos que a conquista do céu, morada dos deuses.

No mesmo dia Oto arrancou do chão o monte Ossa e empilhou-o sobre o monte Olimpo. Efialtes, entusiasmado, arrancou o monte Pélion pela raiz e lançou-o sobre a pilha. Escalando, então, essa massa pedregosa, ambos chegaram ao topo. Nunca haviam se sentido tão gigantes quanto agora, olhando tudo daquela alta imensidão. O céu estava ao alcance dos seus olhos; é verdade que ainda tinham de ficar na pontinha dos pés, mas já era o bastante para verem o que se passava lá em cima, na vastidão celestialmente azul da morada dos deuses.

— Veja, mano, que beleza! — disse Oto. — Ali está o palácio de Júpiter!

— Sim, e ali estão duas deusas! — exclamou Efialtes. — Quem serão?

Eram Juno, a esposa de Júpiter, e Diana, a deusa da caça. As duas conversavam animadamente, gozando daquele fim de tarde verdadeiramente paradisíaco.

Efialtes concebeu logo uma paixão ardente por Juno, enquanto Oto perdeu-se de amores pela bela Diana.

— Vamos casar com elas, assim que destronarmos Júpiter e sua cortezinha! — disse Efialtes, esfregando as mãos.

— Mas será que não nos vencerão? — perguntou Oto, em um de seus raros momentos de vacilação.

— Ora, mano! — disse Efialtes, dando um tapa na cabeça do irmão. — Esqueceu que somos imortais e que a única maneira de sermos mortos é nos matando um ao outro?

— Sim, bem sei — disse Oto. — Você nunca irá me matar, não é?

— Claro que não! — respondeu Efialtes. — E você?

— Também não, é claro.

Mas o ruído todo que haviam feito para escalar a pilha das montanhas já havia despertado a atenção de Júpiter, que há muito os trazia sob vigia. Diana, então, se ofereceu para pôr um fim às loucas pretensões dos dois perversos irmãos.

— Deixe comigo, papai — dissera ela a seu pai, Júpiter. — Darei um jeito nos dois.

Assim, convidou um dia Oto e Efialtes para uma caçada. Os dois aceitaram imediatamente, especialmente o primeiro, que pretendia desvirginar a sua amada naquele mesmo dia.

Embrenhados na mata, Diana soltou, então, uma ágil corça — a mais rápida de quantas havia em todo o mundo.

— Eis a caça, poderosos irmãos! — exclamou Diana, aos dois, que portavam com arrogância seus arcos. — Se você matá-la primeiro Oto, terá a minha mão! E se for você, Efialtes, receberá por prêmio a bela Juno, que o aguarda, ansiosa, em seu leito formoso.

Oto e Efialtes saíram aos trancos e barrancos, derrubando árvores e chutando montes atrás da pequena e ladina corça. Mas por mais que corressem só podiam ver seu frágil e pequenino vulto embrenhar-se pelas moitas e vegetação.

– Não consigo fixar meus olhos nela além do instante de um relâmpago! – queixava-se Efialtes, lançando as flechas para todos os lados.

– É uma corça mágica! – esbravejava Oto, com a língua gigantesca pendendo para fora da boca.

– Ei, vocês dois! – gritou-lhes a bela Diana, com sua aljava às costas.

Os dois gigantes aproximaram-se, desanimados. Haviam despido as suas peles de tigres (trezentos tigres mortos para cada traje!) e estavam inteiramente nus, cobertos apenas por uma grossa camada de pelos molhada de suor.

"Hum, gigantes, é?...", pensou Diana, com um sorrisinho de desdém.

– Como faremos, bela Diana, para acertarmos essa diabólica corça? – disse Oto.

– Estão vendo aquele desfiladeiro logo adiante?

Sim, ambos estavam vendo.

– Vi a corça dirigindo seu ágeis passos em direção àquela estreita garganta – disse Diana das belas pernas. – Se eu a encurralar, ela não terá outro jeito senão atravessar a estreita passagem. Postados, então, cada qual de um lado do desfiladeiro, será muito fácil que um dos dois a alveje.

Oto e Efialtes apertaram as mãos, satisfeitos: estavam no papo (a corça e as deusas)!

Assim, cada qual foi para um lado do desfiladeiro. Misturados às árvores, ficaram de atalaia durante o restante do dia, até que ao cair da noite surgiu a corça na curva que dava entrada à garganta. Os dois gigantes empunharam seus sólidos arcos e engancharam neles quatro flechas cada um.

"Cinco é melhor, mano!", fez Oto, espalmando sua gigantesca mão e mostrando seus gigantescos quatro dedos.

Efialtes, sorrindo, fez um sinal de ok, com o dedão erguido.

A corça, parecendo exausta, adentrou o estreito corredor e foi neste passo lento até estar exatamente entre os dois. Quando escutou, porém, o primeiro sibilar dos dardos, que partiam velozes dos retesos arcos, a corça disparou em tal velocidade que antes pareceu haver sumido diante dos olhos dos dois gigantes. As dez flechas – cinco vindas de cada lado – cruzaram-se velozmente entre si, sem se tocarem, e foram alcançar os dois hábeis caçadores.

Oto e Efialtes caíram mortos, cada qual com cinco flechas cravadas no rosto, e os deuses olímpicos viram-se livres dos gigantes aloídas.

FEDRA E HIPÓLITO

A Morte, segundo Hipólito

O destemido Hipólito sabe que a morte se aproxima; seu carro desgovernado, puxado por quatro cavalos enlouquecidos pelo medo, ameaça tombar a qualquer momento. O touro monstruoso e incansável que o persegue desde as primeiras horas do dia queima agora suas costas com o hálito incendiado.

De onde terá surgido aquela horrenda criatura? A mando de quem o perseguia?

Um pedaço rompido das rédeas está solto e chicoteia o ar, dificultando ainda mais o controle do carro. Quem dera Hipólito pudesse abandonar as frágeis rédeas e, num pulo ágil e certeiro, ir cair diretamente sobre o cachaço negro do touro, para então domá-lo e alcançar mais esta vitória retumbante. Já não fizera o mesmo, certa feita, durante as Festas PanatEneias, ao domar com sucesso um corcel soberbo e furibundo – e também negro, como a fera que agora o ameaça?

Não, desta vez não há mais plateia alguma; não haverá palmas nem risos de satisfação. Tampouco o cercarão olhares cobiçosos. Parece que os deuses, para não humilhá-lo em sua derradeira aventura, quiseram que o teatro de sua inevitável derrota fosse a amplidão desértica dos imensos Rochedos Cirônicos que o rodeiam, em silêncio.

E Diana? Onde estará a deusa e amiga, neste instante derradeiro?

Uma árvore ressequida está logo adiante; seus galhos nus, esticados em todas as direções, parecem braços esquálidos que imploram por uma ajuda humana ou divina. O carro de Hipólito ruma celeremente em sua direção, enquanto a rédea solta agita-se cada vez mais, sob o impacto da vertiginosa velocidade.

Hipólito vai, sem volta, de encontro ao seu destino.

A Paixão segundo Fedra

Fedra, esposa de Teseu e madrasta de Hipólito, está em Atenas para participar da Procissão das PanatEneias. Essa é a "Grande Festa", que se realiza de cinco em cinco anos, em oposição às "pequenas" PanatEneias, realizadas anualmente.

Minerva, deusa homenageada, é reverenciada por meio de procissões náuticas e pedestres, às quais afluem milhares de atenienses e peregrinos de todo o mundo helênico, em busca de proteção às suas vidas e de alívio às suas tribulações.

Mas Fedra, mulher de Teseu, não consegue dar alívio à sua aflição: postada ao lado do enteado, está tomada pela inquietude. Seu esposo e rei, o grande Teseu, está em terra cuidando de outros afazeres.

— Nunca houve uma festa com tanto brilho, não lhe parece, minha madrasta?

Fedra ouve a pergunta que sai dos lábios de Hipólito, mas sua língua não consegue movimentar-se dentro de sua boca. Os dois estão ombro a ombro, e o contato daquele braço musculoso com o seu ombro nu impede qualquer outro pensamento.

"Seu ombro é cálido e viril", ela reflete, enquanto os hinos a Minerva levantam-se de todas as partes; pode mesmo sentir, perfeitamente, a contração e relaxamento dos músculos rijos do braço do jovem a cada vez que ele ergue ou abaixa a mão para acenar ao povo. Somente quando suas peles se descolam é que a brisa vem alisar e secar em seu ombro o suor misturado de suas epidermes.

"Não posso mais aguentar esta tortura!", pensa a mulher de Teseu.

Quando a procissão termina, Fedra, desvencilhando-se de todos, dirige a palavra ao enteado:

– Hipólito, filho de Teseu...

O rapaz volta-se para ela.

– Engraçado, minha madrasta – diz ele, dando-se repentinamente conta de algo que antes não percebera. – Por que me chama, desde há algum tempo, de "filho de Teseu"?

– Como? Não o entendo... – balbucia Fedra, sentindo um rubor vívido tingir as suas faces.

– Antes chamava-me de "meu filho", como se fosse minha mãe, ou simplesmente de Hipólito – diz o jovem, com um sorriso alegre em seu rosto. – Por que esta mudança?

Fedra, atrapalhada, diz apenas, como se nada tivesse escutado:

– Vou subir para meus aposentos, no palácio. Faça as honras a Minerva como manda e pede a piedade.

A esposa de Teseu sobe, então, até o terraço de seu palácio. Mas nem mesmo o vento que sopra no alto pode apagar a flama do desejo que arde em seu peito.

– Hipólito, filho de Teseu... – balbucia ela, esfregando os dois ombros, como se, longe do contato daquele ombro jovem e viril, se sentisse desamparada.

– Filho de Teseu... Sim, ele é filho de Teseu... – prossegue ela em seu devaneio. – Não, não é meu filho! – exclama, de repente, num misto de alegria e revolta. – Posso, então... Se é assim, posso então amá-lo, Hipólito adorado...

Fedra, descontrolada e excitada, erra de um lado para o outro, como quem foge de algo que deseja loucamente perseguir.

– Sim, posso amar-lhe, Hipólito! Por que não, filho de Teseu? – exclama, de repente, de maneira impensada.

Dando-se conta, então, da audácia dessa proclamação, cerra com as duas mãos a barreira dos seus lábios. Lá embaixo, entretanto, soam os gritos frenéticos da plebe ajuntada.

Numa arena armada, está um grande corcel negro, que cinco cavalariços trazem a custo para o centro. Escoiceando e espinoteando, o animal derruba três deles, que são levados em braços para fora da arena. Uma grande mancha redonda de sangue brilha sobre o solo, iluminada pelo sol – metálica e escarlate como um pequeno escudo tingido de vermelho que jaz perdido em meio ao fragor de uma batalha.

De repente Hipólito – sim, é ele! – adentra a arena. Fedra sente o coração dar um pulo dentro do seu peito, como se o seu próprio órgão tivesse adquirido quatro rijas patas e ameaçasse escapar pela sua boca.

– Hipólito, meu querido e amado... oh, amado, amado Hipólito! – sussurra Fedra, agoniada.

Desde que tomou a coragem de dizer a si mesma, com seus próprios lábios, as palavras tão temidas, Fedra as repete sem parar em sua gelada solidão. As mãos que ainda comprimem sua boca são agora um selo inútil e despegado, incapazes de reter as palavras que sua boca teima em repetir com a mesma determinação exaustiva de um coro que os fiéis endereçam a Minerva.

Fedra assiste a toda a luta, a todos os lances de vigor e valentia que seu enteado protagoniza para dobrar a vontade do corcel imenso e insubmisso como a noite, até que finalmente a vontade e a inteligência humanas acabam por triunfar sobre o rude primitivismo do animal.

A madrasta de Hipólito, lá do alto, está radiante. Nunca admirara tanto a exuberância e vigor da juventude daquele jovem como naquele instante – naquele preciso instante em que admitira, finalmente, que o amava, para a dor ou a alegria, para a morte ou para a vida.

E quando Hipólito retorna ao palácio, com o corpo suado e exausto do prodígio, Fedra lança-se – a louca! – em seus braços, sem considerar mais nada.

– Hipólito, Hipólito amado! – diz ela, a sós com o enteado, beijando sua boca como quem bebe o alimento que lhe falta desde sempre.

– O que diz, Fedra, minha madrasta? – diz Hipólito, tentando desviar seus lábios daqueles outros, rubros e inchados, que os caçam com sofreguidão.

– Hipólito, amo você, meu adorado jovem! – exclama Fedra, descontrolada. – Ouça: seu pai nada mais representa para mim! Não amo mais Teseu, não o quero mais!

– O que diz, louca? – repete o jovem, sem ter outras palavras.

– Não, não quero mais o afeto insosso e cansado de seu pai, entende? Por que deveria, se não o quero mais? Quero os seus beijos, somente, meu jovem! Os seus, unicamente!

– Mulher maldita! – exclama Hipólito, irado com aquela injúria feita a seu pai. Depois, enxergando um pedaço da nudez do corpo de sua madrasta, que o acidente do encontro desnudara, diz a ela, num excesso de rigor: – Vamos, cubra de pudor a sua alma, já que o seu corpo o despiu de vez!

Fedra, recuando dois passos, permanece com a parte superior do tronco desnudo, em mudo desafio. Depois, recobrando lentamente o bom-senso, ergue outra vez a parte de seu manto que havia descido até os laços que o prendiam na cintura. Correndo, a esposa de Teseu mete-se em outro aposento. Aos poucos vai-se dando conta da gravidade daquilo que perpetrara.

"Cubra sua alma de pudor!", é o que soa ainda em seus ouvidos.

Ela cobrira a alma de desejo, mas o mundo queria o pudor. Jamais a perdoariam. O filho dileto iria levar logo a notícia a Teseu, rei e esposo, prestes a se tornar vítima de terrível e injuriosa afronta.

Cega agora pela ira, ela diz de si para si:

– Fique, pois, o mundo maldito com o seu pudor! Levarei comigo apenas meu desejo!

Sua mão rabisca uma carta, na qual acusa o enteado da infâmia horrenda que ela mesma perpetrara e, depois, arrancando fora o laço de seu manto, prende-o num laço sobre uma das vigas do teto. Sabe que não poderia enfrentar de outro modo a censura do marido, do rei e daquela horrenda sociedade, que pune o desejo raivosamente e às claras, mas o reverencia loucamente em segredo.

E enquanto seu corpo balançava-se, ainda com um resto de vida, seu manto desceu outra vez até a cintura, como em um protesto final contra a impossibilidade de amar que as Parcas sinistras lhe haviam decretado.

O ciúme, segundo Vênus

Hipólito e Diana haviam sido criados juntos. Habituado a conduzir seu carro com invejável maestria, ele e a deusa haviam simpatizado tão sinceramente um com o outro, que passearem juntos era a coisa mais normal deste mundo para ambos.

Mas este era um privilégio que a casta deusa – todos sabemos – concedia a bem poucos imortais e a nenhum mortal. Seu cortejo compunha-se invariavelmente de algum punhado de belas ninfas, e toda vez que algum mortal ousava tentar algum contato, era severamente punido, como aconteceu com o pobre Acteão, ao flagrá-la nua durante o banho.

Mas com aquele jovem era diferente: Hipólito era tão casto quanto sua divina amiga, e por isso o mundo acostumou-se com a notícia de sua fraterna amizade.

Mas havia alguém que não pensava assim.

– Veja, meu filho, como ela o abraça tão ternamente! – disse Vênus, um dia, encolerizada pelo ciúme, a seu filho Cupido. – Haverá somente pureza ali?

– Quem sabe, mamãe... – disse o jovem arqueiro, afetando despreocupação.

– Mas seu descaso para comigo passou de qualquer limite! – esbravejou a mais bela das deusas. – Nunca mais o vi render ofertas aos pés de minhas estátuas, nem frequentar os paços de meus templos. Não, ele precisa ser punido!

Determinada a este fim, ordenou, então, que seu filho procurasse a madrasta de Hipólito, a bela Fedra, e alvejasse seu coração com a mais venenosa de suas setas.

– Quero que ela o ame como mulher nenhuma amou um homem antes.

Cupido saiu em sua procura. Chegando em Tebas, dirigiu-se, às ocultas, ao palácio de Teseu, esposo de Fedra, e encontrou-os no leito.

O rei parecia sedento dos abraços e carícias da esposa, pois recém retornara de uma longa expedição militar. Quanto a ela,

Cupido não pudera observar direito, pois o corpo forte e espadaúdo do marido cobria o da mulher em toda a extensão.

Terminado o amor, Cupido sorriu baixinho.

Fedra, contudo, voltara-se de bruços, cobrindo a nudez com o lençol.

"Acho que minha tarefa não é tão necessária aqui!", pensa Cupido outra vez, pondo, ainda, nova malícia em seus pensamentos. "Por que não deixar que as coisas sigam simplesmente o seu rumo?"

Mas a recomendação de sua mãe ainda soa bem forte em seus ouvidos.

No dia seguinte, Cupido aguarda que o rei abandone os aposentos, ficando só com a rainha. Ela parece pensativa, mas sem dar importância demais ao produto de suas elucubrações matinais. Cupido, que tem o dom da clarividência, observa o desfile monótono dos pensamentos da rainha. Na maioria futilidades do dia a dia, que ela relembra, intercalando esse pobre desfile com um bocejo ou dois.

"Opa!", exclama mentalmente o deus arqueiro ao flagrar um pensamento mais indiscreto. Sim, a imagem de Hipólito surge agora em sua mente. Inadvertidamente, ela parece fazer uma comparação entre os dois, pai e filho – que ela também considera seu –, mas sem nenhuma malícia.

"A hora é agora", pensa Cupido, sacando a sua mais afiada seta. Após embebê-la no filtro do Amor, assesta a pontaria para o coração de Fedra, que está inteiramente a descoberto debaixo da pele clara do seio quase desnudo. E quando a imagem de Hipólito retorna, finalmente, às suas cogitações, o deus dispara a seta, certeira como todas as que arremessa.

Fedra, sem saber como, vê-se de repente entontecida.

– O que é isto que sinto, Júpiter poderoso? – exclama, cobrindo instintivamente o peito com o lençol.

E durante o resto do dia ficará com esta angústia na alma, sem saber o porquê de tanta inquietação, até que seu enteado aparece, ao cair da noite, com o rosto radiante de quem se exercitou bravamente em seu carro puxado pela parelha dos velozes corcéis.

"Como é encantadoramente belo o filho de Teseu!", exclama mentalmente Fedra, como se o visse pela primeira vez. Depois repete baixinho, algo assustada: "O filho de Teseu!"

Cupido parte pela janela, satisfeito, mais uma vez, de sua eficiência.

A IRA, SEGUNDO TESEU

– Teseu, a rainha matou-se!

É com esta terrível notícia que o rei é recebido.

– Estão todos loucos? – grita Teseu, correndo até o local onde está o cadáver ainda quente de Fedra.

Abraçado ao corpo pendente da mulher, Teseu dá largas a sua dor.

– Por quê? Quem foi o responsável por este gesto? – pergunta.

A escrava aponta para a carta que Fedra deixara. Teseu a toma com suas mãos trêmulas.

– Onde está Hipólito? – diz ele, erguendo os olhos.

Um brilho frio torna ainda mais gelado o azul de suas pupilas.

Hipólito surge diante do pai.

– Ousou, então, na minha ausência, levantar a mão para esta que tomou o lugar de sua mãe? – diz Teseu; sua voz é bem articulada, mas seus membros agitam-se como os músculos dos cavalos quando estão postados para a corrida.

Hipólito silencia. Sabe que nada que disser poderá fazer seu pai acreditar em sua inocência. Abandona o recinto e, mandando atrelar os cavalos à sua biga, parte no mesmo dia para o Peloponeso.

Teseu, a sós, ferve de ódio. Não há mais Fedra nenhuma a seu lado para acalmá-lo; nenhuma palavra, nenhuma carícia, nada poderá agora refrear o seu ódio. Os problemas políticos também se avolumam: Menesteu, seu rival, disputa com ele o poder, apoiado por nobres insatisfeitos – ou seja, por traidores.

Traidores por todos os lados!

Pondo-se em pé, Teseu chama por seu pai, Netuno.

– Meu pai, deus poderoso, é a ti que clamo neste momento! – diz, cerrando os punhos. – Na condição de seu filho, peço agora que punas Hipólito ingrato, e que jamais possa ele chegar ao seu destino!

O jovem, nesse momento, atravessava os caminhos ásperos e íngremes de sua jornada, conduzindo sua biga, puxada por fogosos corcéis. Em sua cabeça agitavam-se pensamentos de dor e remorso: dor por haver levado o próprio pai a fazer um tão mau julgamento de si mesmo, e remorso por haver provocado uma morte, ainda que a morte de uma mulher perversa e lúbrica, que tramara a sua perdição e de sua casa.

Ao mesmo tempo em que torce as rédeas na mão, com o coração tomado pela raiva, não pode deixar de relembrar as carícias da madrasta, os beijos ardentes, as mãos que percorriam seu corpo em todas as direções, como que vasculhando uma escuridão em busca do acesso à liberdade, que para ela era somente um: a realização do seu nefando desejo.

Nesse exato instante Hipólito é surpreendido com o surgimento inesperado, vindo das profundezas do mar – situado um pouco abaixo da ravina que ele percorre velozmente –, de um monstro marinho assemelhado a um grande touro negro, que lança flamas ardentes pelas duas narinas frementes.

"Por Júpiter, o que é isto?", pensa Hipólito, atônito com aquela monstruosidade. Algo, porém, lhe diz que ele vem como o mensageiro da destruição e do castigo. Sim, do castigo, também, pois fora ele, Hipólito, o causador, ainda que involuntário, de toda aquela tragédia.

Enquanto luta para se desvencilhar, desviando com mão firme o seu carro das investidas da terrível fera, Hipólito é assaltado por uma estranha visão, pois quando o temível touro aproxima-se, colocando-se quase ao seu lado, pode ver nas feições da fera o desenho do rosto de sua madrasta.

"O que é isso, estarei delirando?", pensa, em meio ao tumulto da fuga e da poeira que os cavalos levantam.

Às vezes, da própria poeira surge Fedra, dissociada do monstro, inteiramente nua e de braços estendidos, para dali a instantes dissolver-se outra vez no turbilhão do pó. Hipólito não está sendo perseguido apenas por seu fado.

Quem sabe descobre em si mesmo, também, tardiamente, um sentimento até então estranho, que justifica agora, plenamente, o destino que se desenhava para si? No último instante, porém, lembra-se novamente de Diana, a sua amiga e companheira.

Onde estava ela?

A amizade, segundo Diana

Diana, a casta deusa. Diana, filha de Latona e irmã de Apolo. Diana, que se afeiçoara pela primeira vez a um mortal – através de um sentimento absolutamente casto, como requeria a sua natureza –, estivera afastada durante todo este tempo. Não eram estes assuntos, com os quais inadvertidamente acabara por se envolver o seu amigo Hipólito, dignos de lhe despertar a atenção e o interesse.

Durante todo o episódio dos amores proibidos de Fedra e Hipólito, Diana procurara se manter ausente. Seu amigo estava prestes a ser engolfado no turbilhão de uma paixão, e ela, deusa castíssima entre as deusas, temia ser envolvida naquela atmosfera que tanto temia. Alvo, certa feita, dos desejos indiscretos de Acteão, ele bem soubera dos desgostos que podiam acarretar a um mortal – e mesmo a uma divindade poderosa como ela – os furores inspirados por Vênus.

Mas ao saber, finalmente, dos trágicos rumos que tomara aquela funesta paixão, Diana resolvera intervir e tentar ainda, desesperadamente, salvar a vida de Hipólito, uma vez que contra ele se levantava a ira de dois pais: a de Teseu, seu irado pai, e a de Netuno, pai implacável de seu pai.

– Teseu, modere a sua ira – disse-lhe a deusa, surgindo diante do rei, após o terrível pedido que este endereçara ao deus dos mares.

– É você, deusa severa, que me vem aqui falar em moderação? – disse-lhe Teseu.

Mas Diana, intransigente na defesa do amigo, não arredou pé.

– Vamos, Teseu, bem sabe que o seu filho é inocente.

Conduzindo, então, o rei até o espelho d'água do palácio, fez com que se desenrolassem ali as cenas da tragédia. Diante dos olhos estupefatos de Teseu surgiu uma nova Fedra, como ele nunca havia visto: a Fedra inquieta da procissão, a mulher desesperada no alto da sua torre desolada, os votos secretos de amor e o grande momento da sua declaração, quando seu seio desnudo agitava-se ao sabor de suas palavras ardentes.

– Hipólito, filho meu! – exclamou Teseu, cobrindo o rosto com as mãos.

– Acalme o seu coração e prepare-o para coisas ainda piores, pois o seu filho está à morte! – disse Diana, mostrando a cena do confronto, que se desenrolava naquele instante, entre Hipólito e a terrível fera marinha.

O rei, descolando as mãos da face, mirou o espelho onde se desenrolava a cena mais cruel que seus olhos poderiam esperar um dia contemplar. Assistia, então, à cena da morte de seu próprio filho.

A morte, segundo Hipólito

O carro de Hipólito avança rumo à arvore de galhos nus. Em seu delírio, Hipólito enxerga nela o corpo de Fedra – uma Fedra deformada, de corpo nu e enrugado como a casca da velha árvore, agitando seus vários braços descarnados.

Fedra-árvore o chama, engelhada, com as mãos de galhos estendidas.

A rédea partida chicoteia o ar; Hipólito só tem nas mãos a outra, insuficiente para deter a marcha enlouquecida dos cavalos. O monstro o está quase alcançando. Suas vestes chamuscadas roçam por suas feridas abertas.

Então o carro conduzido por Hipólito ultrapassa a árvore fatal. Um dos galhos roça por seu rosto, porém sem feri-lo. Dir-se-ia que uma mão macia e quente deslizara por suas feições. Mas logo em seguida aquela rédea solta que se agitava loucamente no ar prende-se – ou é segura? – por um dos galhos secos da árvore.

Um baque impressionantemente brusco faz com que Hipólito seja arrancado do comando da biga. Os cavalos, perdendo o passo bruscamente, enovelam suas patas umas nas outras, parecendo que uma força maléfica os tentava unir num único e monstruoso equino de mil patas desencontradas. A biga volta-se no ar e tomba sobre os animais, matando-os instantaneamente, enquanto que Hipólito tem seu corpo arrastado por vários metros sobre o solo pedregoso, repleto de pedras rudes e afiadas como navalhas. Hipólito ainda se volta, uma última vez, sobre a poeira e os detritos, deixando erguidos para o céu as suas feições marcadas e o seu corpo dilacerado.

Hipólito, filho de Teseu, que um dia seria rei, agora está morto.

Diana, impotente para reverter um decreto mais forte que seu desejo, toma o corpo do amigo e o leva para Trezena. Ali, junto a um templo em homenagem a ela própria, Diana, está colocado para sempre o túmulo do mortal Hipólito.

AQUILES E ESCAMANDRO

A Guerra de Troia, travada pelos gregos para recuperar Helena de belos braços das mãos de seus raptores, ainda ardia em seu furor.

O irado Aquiles já se reconciliara com o chefe da expedição grega, Agamenon, para quem perdera a posse de uma escrava, abstendo-se, em revanche, de participar da maior parte da guerra. O herói estava de volta à luta, com todo o furor de sua alma.

Como o lobo ferido que, estando longo tempo retirado na floresta por não ter condições de perseguir e dilacerar com seus afiados dentes a presa ambicionada, retorna, enfim curado, com redobrada voracidade, assim era Aquiles, semelhante aos deuses, quando, empunhando sua lança e o escudo forjados por Vulcano, colocava outra vez seus pés de sólidas grevas sobre o campo de batalha.

– Eia, gregos de longas cabeleiras! – gritava o heroico filho de Tétis, a deusa dos pés argênteos. – Assolemos o inimigo até que, recuando às portas Ceias, os obriguemos a nos dar entrada na sagrada cidade de Príamo, semelhante aos deuses!

Aquiles de pés velozes, louco de fúria por haver perdido seu fiel amigo Pátroclo, morto às mãos de Heitor de elmo reluzente, matava troianos sem fazer a conta. Seu carro, avançando com fragor, esmagava os corpos e escudos dos inimigos abatidos, de tal forma que o pelo alvo dos seus cavalos estava agora todo tinto do sangue dos guerreiros mortos.

– Aqui, às margens do Escamandro, misturarei as suas águas cristalinas com o sangue torvo destes cães! – bradava sempre.

De fato, cumpria o guerreiro grego regiamente o que dizia: após encurralar os troianos assustados até as margens do rio que nasce no monte Ida, começou a passá-los na sua comprida lança, assim como fazem os pescadores quando os peixes em desova, na estação dos calores, abundam, atropelando-se uns aos outros sobre as margens espumosas dos férteis rios.

As águas do torrentoso Escamandro absorviam o sangue que jorrava dos corpos ajuntados em seu leito, quando, de repente, do centro das águas escarlates e revoltas, ergueu-se aos poucos, bem em frente a Aquiles de insaciável lança, a cabeça e o corpo de um velho descabelado. Seu semblante era irado e suas vestes, antes alvas e orladas de franjas espumosas, agora estão tintas do sumo amargo das batalhas.

– Basta, Aquiles! – grita o velho e iracundo Escamandro. – Vá saciar a sua sede nas planícies, pois não posso mais beber o produto amargo da sua ira!

– Silencie suas queixas, portentoso rio que desce do elevado Ida! – diz Aquiles de sólidas grevas, afrontando de espada erguida o próprio rio de sagradas águas. – Minha vontade já decidiu que o curso de suas espumosas águas será interrompido até que os peixes que nelas sobrenadam tenham despido com as bocas toda a gordura que reveste os ossos desses inimigos!

Escamandro, rio irado, mergulha de volta às torvas águas. Dali a instantes um turbilhão furioso começa a sacudir o leito inteiro do rio, e ondas altas como aquelas que o proceloso mar ergue em dias de tempestade começam a sublevar-se também por todo o seu majestoso curso.

Assim como as águas dos rios nas épocas de cheia expulsam de si os corpos dos animais mortos, tragados pela correnteza em sua inconsiderada sede, tal é o furor com que o Escamandro de revoltas águas lança para o alto os corpos dos troianos de fundas feridas, fazendo no ar um horrendo concerto de armaduras e escudos que se entrechocam.

– Aquiles, semelhante aos deuses! – exclama o velho rio, cuja face engelhada e gigantesca surge misturada às revoltas águas. – Sua sede de sangue ultrapassou todos os limites e agora infringe também os sagrados limites do temor aos deuses. Por isto, farei desabar, agora, sobre você, a força de meus milhares de braços embebidos pela ira!

Uma tremenda cortina de ondas espumosas envolve, então, o valoroso filho de Tétis, fazendo com que desapareça diante de seus olhos a luz que o carro do Sol ainda esparge generosamente por todo o azulado empíreo.

Assim como o caminhante descuidado, que se metendo por ravinas pouco conhecidas mete o pé por tudo, de maneira inconsiderada, indo acabar por cair no profundo fosso, cercado pelas paredes úmidas e impossíveis de serem escaladas, assim Aquiles de grande cabeleira vê-se cercado pela parede sólida das águas do irado Escamandro.

– Rio divino, por que se mete em um assunto que não lhe diz respeito? – brada Aquiles, de espada luzente ao punho.

Mas Escamandro de cenho franzido não se digna mais em responder e faz desabar sobre o herói, filho de Peleu, todo o fragor de suas águas. Aquiles de pés velozes, dando um salto, põe-se então a correr, após furar a cortina d'água com um golpe furibundo de sua cortante espada.

O rio, afrontado ainda mais por este golpe que uma mão mortal ousa lhe desferir, convoca todas as suas águas para que, deixando o leito onde até então descansavam mornamente, se ergam como uma só corrente para esmagar o agressor de longas cabeleiras. Aquiles de pés velozes faz então valer a sua alcunha: virando o escudo para as costas, corre com quantas pernas tenha para longe das ameaçadoras águas.

Uma onda gigantesca, com o formato de um poderoso braço, ameaça abater-se sobre o escudo que Aquiles de sólidas grevas traz preso às costas.

– Por mais que corra, bravo Aquiles, não poderá fugir ao meu fero braço, que só busca vingar a torva ofensa que fez aos deuses! – ruge o proceloso e irado rio. – Mesmo que seus pés ligeiros tentem levar-lhe adiante, com este imenso escudo preso às costas você parecerá sempre, diante de minha rapidez, como o lerdo animal de que a ira de Juno soberana se serviu para castigar Quelone, a preguiçosa ninfa!

Assim como o braço do gigante aborrecido serve para espantar a pequena e frágil mosca que teima em lhe perturbar o sono, assim o braço líquido do Escamandro, de forte corrente, abate-se sobre o audaz guerreiro.

Aquiles de longas cabeleiras é lançado longe, mas ainda tem vigor bastante nos pulsos para agarrar-se ao robusto galho do olmo alto e frondoso que está à sua frente. Mas nem as sólidas raízes da portentosa árvore, metidas nas profundezas da terra dura, são fortes o bastante para parar o curso impetuoso das águas do encolerizado rio, que leva adiante a árvore, as raízes e o guerreiro valoroso, que em um de seus galhos segue preso, a mal de sua sina.

Então, estirando os braços de sólida musculatura, Aquiles, filho de Peleu, lança-se com um grito de guerra ao peito portentoso do Escamandro irado, bracejando em suas águas temperadas pelo sangue dos troianos de sólidas armaduras. Após travar rude combate, num corpo a corpo viril com o próprio rio, alcança com seus pés cansados a planície, que agora serve de margem às águas expandidas do revoltoso Escamandro.

– É debalde, Aquiles semelhante aos deuses, que procura a planície ou outra elevação qualquer para escapar à minha ira – diz o rio, insaciável de furor –, pois onde as pegadas fundas de seus velozes, porém já cansados pés, pisarem, em seguida as farei apagar com o curso furibundo de minhas niveladoras águas.

Neste momento, Aquiles, apoiando-se a um rochedo, ergue os olhos até a morada de Júpiter celestial e clama, assim, em sua voz:

– Pai dos deuses, por que permite que a fúria de um deus menor se sobreponha ao seu poder infinitamente maior? Por que consente que o filho da sua querida Tétis, esposa de meu pai Peleu, passe pela vergonha de ter de morrer afogado como um reles pastor, que tomando pé errado afunda sobre as águas de um córrego raso e acaba por entregar ao Hades sombrio, de maneira esquecida e vexatória, a sua alma reles? Quer dar, então, este mesmo e lastimoso fim ao rompedor das muralhas de escudos que troianos de sangue audaz erguem todo dia à sua frente, e que os rompe com o poder de sua incansável lança?

Enquanto diz tal, os joelhos de Aquiles avançam a custo sobre a água, que já lhe sobe pelas fortes grevas. Os corpos e armaduras dos troianos mortos batem a todo instante em seus desprotegidos flancos, magoando-os. E assim como os astros brilhantes rodopiam sobre o éter, despedindo sua fulva luz, assim os escudos dos vencidos, brilhando e rodopiando ao sabor das ondas, parecem pequenos sóis a girar seu curso errante sobre a planície inundada.

Quando Aquiles já está prestes a ser engolido em definitivo pela imensa boca do Escamandro, cujos dentes são os vorazes peixes que degustam a carne apodrecida dos guerreiros mortos, eis que Juno, esposa de Júpiter, surge ao lado do pai dos deuses.

– Basta, meu tresloucado esposo! – grita a deusa de olhos brilhantes.

E dando-lhe as costas vai buscar seu filho coxo, Vulcano, artificioso deus.

– Vai, filho e artífice soberano! – diz Juno, de altivo ar. – Libera, desde já, sobre o tormentoso rio, o fogo inteiro de suas forjas, até que Escamandro, engolfado pela ira, veja-se obrigado a refluir as águas aos seus antigos e prescritos limites.

Vulcano, do portentoso fogo, sobe então de suas escuras furnas e empunhando seus foles vigorosos faz surgir rios de fogo e pez, que lança incontinenti sobre as águas do revoltoso Escamandro.

As águas do rio, iradas, erguem-se como colunas prateadas e avançam para fazer frente às labaredas que avançam, também, em ordenada fila.

– Escamandro, deus decrépito, pretende fazer frente, então, ao fogo insaciável de meus foles? – brada Vulcano, sacando de sua portentosa aljava os raios que os ciclopes forjaram a noite inteira, em suas escuras e fuliginosas furnas.

O choque dos dois exércitos, do fogo que escalda e da água que enregela, abala o céu e a terra. E assim como as aves, postadas em alegre cantoria durante o dia inteiro, suspendem suas vozes, voltando suas cabeças para o horizonte de onde rola o trovão furibundo que prenuncia a faiscante tempestade, assim, dentro e fora das muralhas da cidadela disputada cessam os gritos de ira e de dor, para que aqueus e troianos unam seus olhares atemorizados para o terrível fragor de armas que se fere quase ao lado.

O fogo tremendo de Vulcano artificioso calcina toda a planície, depois de haver secado as águas invasoras que a afogavam, queimando e consumindo as carnes, os ossos e mesmo as armaduras e escudos que ali jaziam abandonados. Uma massa líquida, ainda fumegante, mistura de ossos negros e bronze derretidos, ainda coalha a campina como o vômito infecto que alguma fera das batalhas, descomunal e largamente saciada, houvesse regurgitado sobre o chão.

As águas do impetuoso Escamandro agora chiam, lançando para os céus uma gigantesca nuvem de vapor, enquanto os peixes, que nele fazem sua morada, sobem mortos aos milhares, cozidos a ponto de romperem-se suas peles, flutuando sobre a linha d'água como um manto ondulante e cintilante de escamas.

A figura do velho Escamandro rompe, finalmente, a superfície das suas próprias águas, sem poder mais nelas se ocultar. E assim como o mergulhador, que após percorrer as profundezas do rio consumiu gota a gota o último alento dos pulmões, tal é o estado que o Escamandro apresenta quando põe para fora da água a sua cabeça de longas, úmidas e prateadas cãs.

– Vulcano, artífice supremo! – clama Escamandro, de faces afogueadas que refulgem como o pomo avermelhado das macieiras, quando o sol nelas incidiu o dia inteiro. – Cessa a ira de suas forjas, eis que minhas águas não são fortes o bastante para deter o fragor insaciável das línguas de fogo que você expele com tanto ímpeto!

Escamandro, como quem ferve e referve dentro de um caldeirão, abrasado de maneira incessante pelo basto lenho incendiado que arde em sua base, sente que suas forças o abandonam, e antes que cesse toda a vida de suas águas pede trégua ao inimigo, que não cessa nunca de cuspir mais e mais o produto ígneo de suas forjas.

— Vulcano, filho amado — diz finalmente Juno, a deusa de olhos brilhantes —, que as palavras de clemência de um velho e vencido rio bastem para acalmar a sua ira.

O deus artífice, no entanto, ainda esparge por todo o leito do rio o conteúdo flamejante de seus foles. Vulcano brande os seus pesados foles até que nem mais uma única faísca reste dentro deles.

Enquanto isto, na planície, Aquiles empunha novamente a sua lança e com um berro descomunal já arremete outra vez contra os troianos, os quais, diante do avanço inexorável do mais terrível dos aqueus, se precipitam e atropelam, com todo o vigor de seus pés e joelhos, em direção às muralhas seguras de Troia, mãe-pátria protetora.

MARTE, DEUS DA GUERRA

As crônicas não referem nenhum detalhe maravilhoso ou extravagante a respeito da concepção ou do nascimento do velho Ares grego, senão que era filho de Júpiter e Juno. Uma versão apócrifa, entretanto, pouquíssima referida, diz que Juno concebeu o turbulento deus de um contato que teve com uma flor cultivada nos campos de Oleno, na Acaia. Flora, a deusa da vegetação, teria sido a inspiradora da terna ideia. Mas como conciliar esta concepção lírica e bucólica, em meio aos pássaros e às flores, com o caráter rude e atrabiliário deste deus brutal e sanguinário?

Quanto ao aspecto físico, todos são unânimes em atribuir a Marte um belo porte marcial, e de ostentar com galhardia em seu peito uma soberba e reluzente armadura. E afora isto, pouco mais de bom há para ser dito a seu respeito. O fato é que nenhum de seus pares de imortalidade parecia lhe devotar a menor simpatia, nem mesmo seu suposto pai, Júpiter, que lhe teria dito: "Não me venha com seus choramingos, ó inconstante! É para mim o mais detestável dos deuses que habitam o Olimpo, pois ama unicamente a discórdia, a guerra e os combates. Tem o espírito intratável e teimoso de sua mãe, Juno, que só a custo consigo reprimir com palavras. (...) Se fosse filho de qualquer outro deus, já há muito teria sido rebaixado entre os filhos do céu!" (Ilíada, canto V). Apenas a bela Vênus, deusa do amor, nutria uma afeição por ele – desconcertante paradoxo.

Marte, pois, na condição de deus da guerra, anda sempre na companhia de seus dois filhos de tremenda figura, o Medo e o Terror. Quando seu carro ardente surge, precedido por estes pavorosos arautos, anunciando que a fúria das batalhas está prestes a se desencadear, poucos, com efeito, podem reprimir um espasmo de medo e terror. A Discórdia, com cabelos de serpentes que estão sempre a verter incessantemente uma baba infecta, vai um pouco mais adiante, espalhando a intriga e a calúnia. Porque tal é a sua vocação: onde houver dois interesses minimamente contrapostos, é sua obrigação torná-los irreconciliáveis.

Se adiante vai esse perverso conjunto de arautos, fechando o cortejo estão aquelas que recebem o espantoso apelido de "cadelas de Plutão". São as Queres, deusas sanguinárias, antecessoras dos nossos modernos vampiros, que mergulham sobre as vítimas abatidas para dilacerar suas carnes e beber seu sangue, arrastando-as depois para a morada das sombras.

Tais são as agradáveis companhias de que desfruta o belicoso deus.

Paradoxalmente, as histórias das derrotas sofridas por Marte são muito mais abundantes do que os relatos de suas vitórias. O pior dos seus fracassos seria quando Marte viu-se aprisionado durante treze meses dentro de uma jarra de bronze por causa de uma afronta feita aos dois gigantes Aloídas, filhos de Aloeu e Ifimedia.

Durante a Guerra de Troia, também não se saiu melhor com Diomedes, guerreiro aqueu, que o feriu com uma lança, dirigida pela mão de Minerva – talvez o maior dos desafetos que Marte encontrou pela frente. Quando se retirou a lança, contudo, Marte não se portou com tanta bravura quanto se poderia esperar, pois lançou aos céus um grito tão alto quanto o de "nove ou dez mil guerreiros", conforme Homero. Compreende-se, contudo, o motivo dessa divina rixa: é que Minerva, irmã de Marte e deusa também associada à guerra, representa a tática e a diplomacia, apelando sempre ao instinto nobre do guerreiro, enquanto que seu tresloucado irmão representa unicamente o aspecto sanguinário das contendas, apreciando, simplesmente, a morte pela morte.

Essa rixa culminou com um enfrentamento de ambos, ainda diante das muralhas da disputada Troia: Marte lançou um dardo contra a irmã, que se desviou dele com facilidade, remetendo em seguida uma pedra sobre o pescoço do agressor que o deixou estendido ao solo, sem sentidos. Como se isto não bastasse, ainda teve de escutar os deboches que Minerva vencedora lhe lançou.

Mas seus fracassos pessoais não acabam aqui: sua coragem naufragou, também, quando, por duas vezes, teve de fugir vergonhosamente da fúria do invencível Hércules; depois, ao pretender vingar a morte da amazona Pentesileia, morta por Aquiles, recebeu na cabeça o raio irado do próprio pai, Júpiter.

Esse é Marte, deus menor e privado de qualquer virtude, que só foi verdadeiramente cultuado com fervor pelos romanos, povo imperialmente bárbaro que só soube alcançar a grandeza através do rude ofício de pilhar e assassinar.

Mas como esta cruel divindade pôde inspirar amor a Vênus e dar a ela um filho como Cupido? Talvez porque sendo o amor também uma batalha, com todos os lances e estratégias de uma guerra, fosse natural que dois deuses tão opostos acabassem por se sentir inevitavelmente atraídos. O fato é que, mesmo no amor, o atrapalhado deus não se saiu tão bem quanto esperava, pois apesar de ter conseguido render a sua amada Vênus, teve que passar pelo dissabor de ser flagrado em pleno leito pelo marido desta, o não menos truculento Vulcano, deus das forjas. Aprisionados ambos numa rede indestrutível, confeccionada pelo próprio Vulcano, Marte ardoroso e Vênus infiel foram expostos à execração pública, diante de todos os deuses do Olimpo.

HÉRCULES E CICNO

Cicno, filho de Marte, estava um dia sentado e – coisa rara – pensativo.

– Todos os deuses têm um templo, e somente meu pai, o bravo Marte, é que não dispõe de um. Ora, isto é injusto! – exclamou, pondo-se em pé.

Cicno decidiu, então, pôr mão à obra. Mas ele queria que o templo fosse original e fizesse menção direta ao ofício de seu pai. Depois de muito pensar, Cicno, que tinha o corpo de um gigante, chegou à seguinte e brilhante conclusão:

– Já sei! – disse, dando um grito de alegria. – Farei com que, em vez de pedras, sejam utilizados ossos na confecção do templo.

Depois de analisar o número e o tamanho dos ossos que seriam necessários, Cicno, armado de sua poderosa clava, saiu à cata de seu material de construção. Por onde quer que passasse, ia abatendo as pessoas que julgava terem ossos de boa qualidade, arrastando-as em seguida até o seu covil. De um lado ia empilhando as caveiras, branquinhas, para fazer o teto – um teto maravilhoso, com crânios unidos uns aos outros! –, e de outro deixava separados os ossos longos, que reunidos em feixes da espessura de colunas dariam futura sustentação ao prédio.

– Absolutamente genial! – exclamava ele toda vez que retirava do caldeirão um novo monte de ossos limpinhos.

Um dia, Cicno, que havia se tornado o terror de toda a região, estava à procura de mais algumas vítimas, quando se deparou com ninguém menos do que Hércules, o mais famoso herói de toda a Grécia. "Que ossos enormes deve ter!", pensou, dando uma cuspida em sua clava. E arremeteu em direção ao herói, pois, mal informado que era, nem desconfiava de quem se tratava.

– Muito bem, grandalhão, vamos ver agora! – disse Cicno, dando uma tremenda bordoada na cabeça de Hércules.

O gigante, entretanto, apenas passou de leve a mão sobre o cabelo e a estendeu para o céu, dizendo calmamente:

– Teremos chuva?

Cicno, sem se dar por vencido, tomou duas clavas e desferiu dois novos golpes sobre a cabeça da sua vítima.

– É, já são duas gotas! – resmungou Hércules, ligeiramente contrafeito.

Quando se virou, no entanto, deu de cara com Cicno, que investia contra si pela terceira vez. Entendendo, então, o que se passava, Hércules tomou o agressor pela garganta e o arrojou de encontro a uma montanha. E foi assim que Cicno, desastrado, baixou à casa de Plutão.

Seu pai, Marte, contudo, ao saber da notícia, muito se amargurou:

– Me vingarei deste cruel, que matou um filho que só queria me homenagear!

Marte, contudo, não se saiu melhor que o filho, e por pouco um imortal não perde a vida às mãos do poderoso Hércules, que o golpeara rudemente com a sua lança.

– Só me resta fazer por meu filho o que ele pretendia fazer por mim – disse Marte, machucado, decidido a reparar o erro de Cicno com o mesmo erro.

O deus da guerra ordenou, então, a Ceix, sogro de seu filho morto, que reconstruísse o templo que ficara pela metade, agora em honra do falecido:

– Quero que fique tão belo quanto estava destinado a ser.

Outra vez montanhas de ossos foram empilhadas e dispostas harmoniosamente para que se cumprisse uma mesma desastrada e funesta vontade. Depois de alguns anos, Ceix invocou o poderoso deus.

– Está pronto, ó Marte divino, senhor supremo das batalhas!

Uma grande festa foi realizada, embora nenhum deus tenha comparecido. Na verdade, Marte, com suas extravagâncias, não era lá muito querido pelos seus colegas de imortalidade.

A festa já estava quase no fim, quando se ouviu um ruído avolumar-se, vindo ninguém sabia exatamente de onde. Aquilo parecia o zumbido de um besouro – mas que gigantesco besouro devia ser!

– Descubram logo o que é isto, pois meus ouvidos não podem suportá-lo mais! – esbravejou Marte, tapando as orelhas.

Ao invés de diminuir, o ruído mais e mais aumentava, até que finalmente a coisa se revelou: descendo do alto das montanhas, vinha a toda fúria o rio Amaro, convocado pelos deuses para destruir aquele templo infame.

Marte escapuliu a toda pressa, enquanto o deus-rio, furioso, investia sobre as colunas do templo, arrancando-as pela base e fazendo desmoronar, até a última caveira, o malfadado templo. E naquele dia o ameno Amaro levou em suas torrentes tantos ossos de gente morta, que quem via suas águas passarem em turbilhão pelos vales pensava antes que era o próprio Estige infernal que subira à superfície para regurgitar seus mortos.

AQUILES NA CORTE DO REI LICOMEDES

Aquiles era filho de Peleu, rei de Ftia, e da ninfa Tétis.

Ainda bebê, o pequeno herói fora levado pela mãe ao rio Estige, onde a filha de Nereu pretendia mergulhá-lo em suas águas miraculosas, pois dizia-se que elas tinham o poder de tornar invulnerável todo aquele que nelas se banhasse.

Estige, vale dizer, era uma poderosa ninfa que ajudara Júpiter na guerra contra os Titãs, a primeira guerra que o Universo conheceu. Por isto, fora recompensada com uma fonte da Arcádia, de águas sombrias e de longo curso que entravam terra adentro, desaguando nos submundos infernais.

– Estige, rio de águas mágicas e misteriosas! – dissera Tétis, enquanto mantinha o filho pendurado pelo pé sobre aquelas revoltosas águas. – Invoco agora o seu poder sagrado para que torne meu pequeno Aquiles forte e invulnerável durante todos os dias de sua vida!

Tétis, a ninfa dos pés de prata, relutara muito antes de tomar esta atitude; mesmo naquele momento, enquanto segurava o pé de seu filho com toda a força e escutava o ruído intenso da correnteza naquele cenário escuro e desolado, tinha dúvidas sobre se estava fazendo a coisa certa. Mas desde o parto, a deusa fora tomada por um sombrio pressentimento: o de que seu filho teria uma vida demasiado curta.

– É meu dever fazer de tudo para protegê-lo – disse ela, afinal, como que a justificar-se perante o rio que turbilhonava à sua frente.

O calcanhar, contudo, por um descuido da ninfa, permaneceu seco, e um dia tanto ela quanto seu filho descobririam o preço de tão grave descuido.

Tão logo o pequeno Aquiles sofreu este batismo, foi entregue aos cuidados do centauro Quíron, que fora o preceptor de muitos outros heróis – tais como Hércules, Jasão, Esculápio e até o deus Apolo –, e passou a ser alimentado com uma dieta rica em miolos de feras: de leão, para adquirir coragem, de urso, para ganhar força, e de gazela, para tornar-se veloz.

Quando o jovem Aquiles completou nove anos – sendo, a essa altura, quase um homem, tanto no porte quanto na virilidade –, sua mãe, Tétis, decidiu levá-lo para uma consulta com o adivinho Calcas.

– Preciso saber o que o destino reserva para ele – disse a mãe ao adivinho, pois ainda permanecia inquieta com o futuro do seu filho.

O sábio Calcas, após consultar seus augúrios, declarou, finalmente:

– Troia poderosa jamais será conquistada sem o valor do seu braço.

Mas completara a previsão com outra, agora funesta:

– Seus pés, contudo, jamais pisarão o chão da cidade sagrada, eis que antes disso baixará à casa de Plutão.

Desde aquele instante, então, Tétis concebeu um plano: "Se o destino de Aquiles está em perecer diante das muralhas de Troia", pensou a deusa, "então a sua salvação estará em jamais participar de tal campanha".

◆ ◆ ◆

Aquiles está agora com dezessete anos de idade. O jovem já retornou à casa de seu pai, Peleu, e graças à sua precoce vocação para as armas é comandante do poderoso exército dos mirmidões, povo de bravos guerreiros oriundos da Tessália.

Há um grande burburinho e alvoroço em toda a corte. As notícias desencontradas fervem por todos os recantos da Ftia, indo desaguar no seu escoadouro natural: o palácio real, onde reinam os soberanos Peleu e Tétis.

– A notícia parece ser mesmo verdadeira – diz Peleu à sua apreensiva esposa. – O troiano Páris, infringindo todas as regras da hospitalidade grega, raptou Helena, esposa de Menelau, em sua própria pátria!

O jovem Aquiles, um pouco afastado, mantém seus ouvidos atentos.

– As últimas notícias – ou boatos – dão conta de que todo o reino de Argos já está em pé de guerra, e que as tropas comandadas por Agamenon, irmão do ultrajado Menelau, estão prestes a partir para Áulis, onde os côncavos navios já as aguardam.

Tétis, desorientada, retira os pés argênteos de seu escabelo e põe-se em pé.

– Mas por que tanto alvoroço em nosso reino? – exclama a rainha. – Que parte devemos tomar nisto tudo, afinal?

– Já lhe expliquei mil vezes, Tétis, que há um pacto entre os diversos povos gregos – replica Peleu, adivinhando a apreensão da esposa. – Desde que Helena dos belos olhos fora indicada para ser esposa de Menelau, todos os demais pretendentes ficaram obrigados a defender a sua honra, em qualquer circunstância.

– Então, sem dúvida, chegou esta circunstância! – bradou Aquiles, como quem está pronto para embarcar.

– Calado, menino! – gritou Tétis, que ainda não conseguia enxergar no jovem um homem pronto para as batalhas e para a própria morte.

Peleu fez um sinal ao filho para que se calasse, enquanto Tétis, com os olhos rasos de água, correu para os seus aposentos.

– Júpiter poderoso! – clamou ela, de mãos postas, ao chegar lá. – Faça com que meu querido Aquiles desista de participar desta funesta guerra.

Mas a deusa confiava ainda mais em sua argumentação; por isto mandou chamar imediatamente o filho ao seu quarto.

– Aquiles, é preciso que você saiba que há algo de muito terrível ligado a esta guerra – disse Tétis, violentando-se para revelar algo que ocultara do filho a vida inteira.

– Não estou entendendo... – responde o jovem.

– Aquiles, se você for para Troia, morrerá muito, muito cedo!

O jovem ficou pasmo, e seus lábios tremeram levemente quando falou:

– Quem lhe disse esta bobagem?

– Calcas, o adivinho – respondeu Tétis, com firmeza. – Você era muito pequeno e não podia entender. Mas agora chegou a hora de saber e de fugir ao seu destino.

Aquiles ficou abalado, pois sabia que os oráculos de Calcas eram infalíveis, e, apesar de valente e destemido, não tinha vontade alguma de morrer tão cedo.

– E o que a minha mãe sugere que eu faça para escapar de tão negro destino?

– Vou levá-lo, já, para a ilha de Ciros – disse Tétis, como quem já soubesse há muito o que fazer. – Já preveni anteriormente o rei Licomedes de que você irá se esconder em sua corte por algum tempo, até que esta guerra funesta se acabe.

Aquiles sentiu triunfar em si a vontade da vida, que era ainda mais forte do que o desejo de guerrear. Afinal, jovem como era, ainda teria muito tempo para provar o amargo, ainda que vibrante, sabor das batalhas.

Na noite do dia seguinte, Tétis levou o filho até o ancoradouro. Aquiles, no último grau do enrubescimento, ia vestido de... mulher! Sim, só havia um jeito de impedir que ele acabasse reconhecido em uma corte imensa como a de Ciros: introduzindo-o no harém do próprio rei.

– Mãe, isto é uma humilhação, uma infâmia... – disse o jovem, momentos antes de embarcar.

– Ninguém jamais saberá de nada, eu prometo! – respondeu a mãe, ajeitando o laço que prendia o delicado peplo ao ombro do rapaz. – Ali você viverá cercado pelas mais belas mulheres de toda a Grécia; que mais pode querer a sua virilidade? Mas, atenção: não permita jamais que o desejo por uma delas o faça revelar a sua real identidade, pois então estará perdido e o seu destino acabará sendo aquele que o velho Calcas vaticinou, o de perecer diante das muralhas da pérfida Troia.

Aquiles, em seus trajes de mulher, partiu naquela mesma noite para Ciros e, depois de vários dias de viagem, chegou, finalmente, à corte do rei Licomedes.

◆ ◆ ◆

– Pirra, o que você tem, que parece tão aborrecida?

Deidâmia, filha de Licomedes, rei de Ciros, entrara nos aposentos onde estavam instaladas as mulheres e concubinas do seu poderoso pai.

Aquiles estava deitado sobre um pequeno leito; suas vestes, um pouco arrepanhadas, deixavam entrever um pedaço de sua perna direita, lisa e suavemente torneada. Os longos cabelos da cor do fogo – que ele já usava antes de ali chegar – haviam crescido ainda mais. Sua pele, após longos anos sendo tratada pelas essências mais suaves e balsamizantes, adquirira um tom claro e uma textura que fazia lembrar a do mais tenro pêssego da Arábia. Seus lábios, um pouco abertos, estavam mais rubros que o normal.

– Pirra, você está dormindo? – insistiu a bela Deidâmia, preocupada com sua melhor amiga, a bela Pirra dos rubros cabelos.

A filha do rei – como de resto ninguém, além do próprio Licomedes – não sabia ainda que a jovem Pirra, na verdade, era o jovem Aquiles, filho do valoroso Peleu, rei da Ftia. Mas por um instinto mais forte que tudo, Deidâmia sentia que a cada dia uma ligação cada vez mais forte a reunia àquela bela e estranha moça.

A princesa acariciou os cabelos rubros de Pirra. Aquiles-Pirra, voltando o rosto em outra direção, preferia não encarar a companheira. Também ele, a cada dia que passava, sentia-se mais e mais atraído pela suavíssima Deidâmia.

– Você está braba comigo? – perguntou a filha do rei.

Pirra levantou-se e foi procurar refúgio em outro canto da peça, numa cadeira comprida de espaldar. Deidâmia, aflita, correu atrás da amiga.

– Pirra, não fuja de mim, sua tola! – disse a jovem, enchendo a boca e o rosto da companheira com seus beijos.

Pirra colocou sua mão entre os lábios de Deidâmia e os seus próprios.

– Deidâmia, devemos evitar certos... certos contatos – disse Pirra.

– O que foi, por quê...? – disse Deidâmia, fazendo-se rubra como os cabelos da amiga. – Minhas carícias a aborrecem?

– Bem, não é isto... – disse Pirra, tentando não ofendê-la.

– Meu hálito está ruim? – disse Deidâmia, brincando e assoprando no rosto da amiga o puro ar que saía de sua boca, perfumado pelas mais delicadas folhas aromáticas.

Mas a própria Deidâmia, apesar de tentar levar a coisa na brincadeira, sentia também que a afeição que ligava as duas amigas há muito transcendera o nível da simples amizade. De repente fez-se séria e resolveu, também, dar vazão às suas dúvidas.

– Pirra... Pirra... O que está acontecendo conosco, minha querida? – perguntou Deidâmia, de olhos assustados.

Era uma situação absolutamente nova e imprevisível aquela que aos poucos ia tomando corpo diante de si.

– Já tinha ouvido falar de coisas assim, sabe... as histórias que contam sobre a ilha de Lesbos... e das coisas que se passam lá...

– Do que você está falando? – perguntou Pirra, voltando a cabeça.

– Sim, falo de afeições estranhas... entre amigas... Você me entende?

Aquiles, novamente, sentiu um ímpeto de tomar a bela Deidâmia em seus braços e esclarecer logo aquela torturante dúvida.

– Não, não há nada de estranho... – tentou consertar Pirra, a falsa donzela.

– Há sim, há sim... – disse Deidâmia, cobrindo o rosto com as mãos. – Não podemos mais fingir, Pirra querida... Oh, Vênus suprema, como meu pai iria encarar este absurdo? Mas eu não posso mais esconder o que sinto, não posso!

Deidâmia havia tomado a cabeça da amiga e acariciava o seu rosto, sem saber que percorria com seus suaves dedos os traços do rosto de Aquiles. O jovem, então, não podendo mais suportar um desejo que reprimia há anos, tomou Deidâmia em seus braços e começou a beijá-la fervorosamente, no rosto, nos lábios, nos braços e no alvo colo.

– Pirra... Não, não, Pirra! – dizia Deidâmia, tentando esquivar-se da boca insaciável da amiga, sentindo ao mesmo tempo uma ternura e um desejo imensos de retribuir aquelas carícias proibidas.

Pirra começou a despir as vestes de Deidâmia, enquanto esta, assustada, sentia pela primeira vez a força insuspeitada dos braços do futuro guerreiro. Ao mesmo tempo, a filha do rei, não podendo mais resistir às carícias irrefreáveis da amiga, entregara-se àquele decreto das Parcas, ao mesmo tempo sinistro e delicioso. Suas mãos rasgaram, também, as vestes de Pirra dos rubros cabelos, mas ao perceber que a amiga nada tinha sobre o peito liso, estranhou. "Sempre me pareceu... oh!... que minha adorada Pirra... tivesse pouca abundância de seios...", pensava ela, de maneira entrecortada, entre os ardores que Cupido lhe inspirava, "mas o que vejo agora... é que nada tem... como pode ser isto...?"

Aquiles, entretanto, retomando seus gestos masculinos, que sempre haviam estado guardados dentro de si, prosseguia, com fúria, no resgate de sua virilidade há tanto tempo afrontada. Assim estiveram, nus e se amando, até que Deidâmia teve a prova definitiva que desfez todas as suas culpas e tormentos.

– Pirra, querida... oh, você é um homem!

Aquiles ergueu-se, sorrindo, e ficou parado diante dela: seu orgulho viril estava, outra vez, estampado em seu rosto.

◆ ◆ ◆

Enquanto isso, em Argos, Agamenon, encarregado de chefiar a expedição que deveria resgatar Helena dos braços dos troianos, conversava com seu irmão Menelau.

– Calcas, o adivinho, esteve falando comigo ontem à noite – disse Agamenon, com o ar sombrio – e afirmou que há um oráculo infalível, o qual determina que Troia de sólidos muros jamais será conquistada se Aquiles, filho de Peleu e de Tétis, não estiver combatendo lado a lado com nossos homens.

– Mas ninguém sabe por onde anda esse desgraçado! – disse o marido de Helena, quase gritando. – Peleu, rei de Ftia, perdeu o contato com seu filho, e Tétis refugiou-se junto a seu pai, Nereu, nas profundezas do mar. Ela simplesmente se recusa a dizer onde Aquiles está, pois diz que isto seria a sua perdição.

– Ela prefere, então, a perdição de todos nós? – bradou Agamenon, perdendo também a paciência. – Deseja ver o labéu infame da vergonha estendido sobre todos os povos gregos?

Neste instante adentraram o grande salão real Ulisses e Diomedes, dois dos mais importantes guerreiros destacados para a campanha de Troia.

– Ulisses, o que descobriu? – perguntou Agamenon.

– Já sabemos onde ele está! – disse Diomedes, adiantando-se.

Por meio de fontes seguras, ambos haviam descoberto o paradeiro de Aquiles.

– Sabemos, no entanto, apenas isto: que ele está escondido no reino de Ciros.

– Então, hoje mesmo, vocês dois partem para lá – exclamou Menelau, que ansiava por ver seus navios lançados ao mar para recuperar sua amada esposa Helena dos belos traços.

Mal sabia que ainda teria de esperar dez longos anos de batalhas e cruéis sofrimentos para tê-la, outra vez, em seus braços.

◆ ◆ ◆

Ulisses e Diomedes chegaram à corte de Licomedes numa manhã clara e ensolarada. Exaustos da viagem, ainda assim acorreram logo aos salões do rei de Ciros. Ali, em entrevista franca com o soberano, instaram com ele para que lhes revelasse o paradeiro de Aquiles, mas Licomedes, temeroso de faltar com a palavra dada a Tétis, e mais ainda da reação do jovem filho desta, preferiu ocultar o que sabia.

Diomedes, tomando-se de cólera, tentou obrigar o rei a dizer a verdade, e já ia sacando sua espada quando Ulisses travou o seu braço.

— Calma, Diomedes! – disse o astuto filho de Laertes. – Daremos um jeito de descobrir onde Aquiles se esconde; ao menos isto a hospitaleira generosidade de Licomedes não haverá de nos negar, não é?

O rei não teve outro jeito senão permitir que ficassem em seu reino e procurassem o jovem o quanto quisessem; não sabendo do segredo maior, jamais iriam achá-lo, pensava ele. "Aquiles em tudo é uma perfeita mulher... Não lhe tem faltado, na verdade, nem alguns pretendentes...", pensou, com um sorriso divertido.

Aquiles, na verdade, já era pai de um garoto chamado Neoptolemo, filho de seus amores com a filha de Licomedes. Deidâmia fora afastada do convívio do amante após a descoberta de seu relacionamento e desde então vivia retirada com o filho numa casa afastada, no campo.

Ulisses e Diomedes andaram por tudo na grande cidade de Licomedes. Entretanto, por mais que pesquisassem e indagassem, andando pelos locais frequentados pelos homens, não acharam nem sinal do jovem Aquiles.

— Estará no campo? – disse Diomedes, imaginando o quanto teriam de andar ainda para descobrir o esconderijo do filho de Peleu.

Mas o astuto Ulisses não respondeu à sugestão do companheiro; após observar um grupo de mulheres indo em direção ao palácio, seus olhos se iluminaram.

— Voltemos imediatamente ao palácio – disse ele, dando as costas ao surpreso Diomedes.

Ao chegar ao palácio real, Ulisses reuniu-se com alguns de seus homens e mais tarde comunicou ao rei que tinha alguns presentes para dar às mulheres da casa.

— Pirra, vamos! – disse uma das suas amigas, quase histérica. – Os belos estrangeiros vão distribuir presentes para nós todas.

Aquiles, que ainda permanecia com suas vestes femininas, acorreu junto com as amigas para ver o que estava acontecendo. Ao chegar ao grande salão, descobriu ao centro um grande tapete estendido repleto de roupas e joias.

As jovens lançavam-se sobre os presentes como as pombas sobre o milho em um dia ensolarado. Gritos de alegria se misturavam a gritos de rancor, produto das amargas disputas pelas melhores peças.

– Vamos, Pirra, escolha logo algo para você! – disse-lhe a amiga, impaciente.

Mas o jovem Aquiles não podia mais fingir interesse por nada daquilo que se esparramava à sua frente: vestidos, braceletes, brincos, colares – tudo isto lhe provocava uma repulsa cada vez maior desde que exercitara pela primeira vez a sua virilidade com a bela Deidâmia.

De repente, porém, Aquiles teve a sua atenção despertada por um brilho verdadeiro que viu faiscar em meio às dobras do grande tapete. Uma magnífica espada prateada dentro da sua bainha, lavrada com finos engastes, surgira em meio aos trapos e quinquilharias! Ao seu lado estava um belo escudo dourado, de cinco espessas camadas – as três primeiras de couro de boi, sobrepostas por uma de bronze e por cima de todas uma última, reforçada, de ouro – com sua correia de prata presa no interior. Aquiles, fascinado, viu surgir aos poucos o grande escudo, como um maravilhoso e redondo disco solar, enquanto as tolas moças retiravam rapidamente de cima dele os odiosos trapos e bijuterias. Como se isto não bastasse, ainda podia-se perceber magnificamente gravada sobre a faiscante face do escudo a cena de uma grande batalha: Júpiter, montado em seu carro, abatendo os gigantes de longas caudas serpenteantes.

Mas isto não era tudo: além do escudo e da espada, ainda havia uma couraça azul-ferrete – que, sob a ação da luz, ora tomava um aspecto completamente negro, ora se anilava num azul escuro intensamente luminoso – e a última peça, um elmo prateado de estonteante beleza, que se ajustava perfeitamente às têmporas com duas douradas saliências laterais, encimado pelo penacho mais negro e mais sedoso já visto por um olho humano.

Aquiles teria ficado o dia inteiro ali, paralisado diante das armas nuas, se Ulisses – o homem das mil astúcias – não tivesse engenhado um último estratagema. Pois dali a pouco alguns homens seus do lado de fora do palácio começaram a bater espadas e escudos e a dar grandes brados de guerra:

– Às armas, valorosos guerreiros! – diziam as vozes, altaneiras. – Às armas, que o palácio inteiro está sob o ataque de cruéis invasores!

Aquiles, como quem desperta de um sonho, avançou para as armas e, após envergar a couraça e tomar da espada, correu em direção à porta do palácio.

– É ele, Ulisses, veja! – bradou Diomedes, tomando o braço do amigo.

Ulisses, contudo, permanecia parado, com um sorriso tão satisfeito que nem mesmo suas barbas hirsutas podiam ocultá-lo.

Aquiles, aliviado, embarcou no mesmo dia para Argos. Ia ao encontro do destino irrevogável que as Parcas sinistras desde sempre lhe haviam prescrito.

A MORTE DE HEITOR

As ruínas de Troia ainda fumegam.

Assim poderia pensar algum desavisado que chegasse àquele lugar desolado, onde algumas finas e esparsas colunas de fumaça sobem aos céus, como esguias e vaporosas serpentes. Sua imaginação, entretanto, logo sofreria um abalo, pois na verdade elas não são mais o produto dos incêndios que lavraram por todos os cantos no dia fatídico em que a cidade sagrada de Ílion foi finalmente invadida e conspurcada pelo cruel invasor.

Não, muitas e muitas luas se passaram, desde então.

Troia, agora, não é mais do que um caminho inóspito e pedregoso, podendo-se contar nos dedos um muro ou uma coluna que ainda estejam inteiros. Seu solo está completamente juncado de pedras e tijolos, tornando ainda mais acidentado o terreno.

Sentado sobre uma grande pedra e recostado num pedaço de muro semelhante a um imenso dente quebrado, está um pobre e imundo andarilho. De cabeça baixa, o velho coberto de trapos cozinha qualquer coisa sobre uma minúscula fogueira de alguns poucos gravetos. Enquanto espera, cavouca o chão com seu bastão, um velho galho de árvore um pouco menos torto e nodoso do que ele próprio. Seus olhos quase fechados, de pregas cerzidas, vasculham algo em meio aos seus pés. De repente, um pequeno brilho se destaca em meio ao pó revolto. O velho, todo curvado, inclina o corpo para diante e como que ameaça cair de boca no pó. Mas graças aos deuses e seu bastão, tal coisa não acontece. A mão encarquilhada junta do chão um pequeno pedaço de bronze pontiagudo.

– Ora, vejam só... – diz o velho, deliciado. – Uma velha ponta de lança...

Na verdade, a ponta aguda pode ser de uma lança como pode ser de outra coisa qualquer. Mas neste exato momento a atenção do velhote é distraída pelo ruído de um outro bordão que se aproxima, vindo exatamente em sua direção. Trata-se de outro velho andarilho, vestido com trapos que têm o mesmo corte fresco e arejado do outro. O primeiro tenta avivar as chamas da sua fogueira, mas percebe, finalmente, que os olhos do intruso não têm mais necessidade de luz, eis que são cegos.

O velho maneta estende ao recém-chegado a sua tigela, e os dois entregam-se, então, ao grande momento do dia: paz e sustento sob o manto cálido da noite.

A refeição, a partir daí, se passa em reverente silêncio, até que o velho maneta puxa um assunto trivial – o mais trivial dos assuntos. Então o outro responde; o outro funga; o outro aduz; o outro comenta; o outro tosse; o outro questiona; o outro rezinga; o outro escarra; e chegam assim, sempre voltando no tempo, à conclusão de que – imaginem! – são inimigos mortais.

– Você... um maldito troiano! – diz o maneta, pondo-se em pé.

– Você... um maldito aqueu! – diz o cego, também erguido.

O grego é o maneta; o troiano, o cego.

Depois de algum tempo, durante o qual uma hostilidade latente permaneceu pairando entre ambos, até ir desaparecendo aos poucos, o grego finalmente pergunta:

– Então também esteve na grande guerra?

– Sim, era um moleque, ainda – responde o troiano, ainda de má vontade.

– Eu servia no abastecimento – diz o grego, tentando apaziguar.

– Eu limpava as armas e polia as armaduras – diz o troiano, frisando o bigode.

Os dois começam, então, a relembrar os lances da guerra, até que chegam ao ponto em que o grande Pátroclo, companheiro de armas de Aquiles, foi à presença deste para exigir que retornasse ao campo de batalha. Heitor, o comandante audaz dos troianos, havia empurrado os gregos de volta aos seus navios e começado a incendiá-los com suas flamejantes tochas.

– Eu estava na tenda do grande filho de Peleu, quando Pátroclo a adentrou, esbaforido – diz o grego, pondo imenso orgulho na voz.

– Você... um moleque... assistiu ao diálogo dos dois? – pergunta o troiano, com um tom rabugento de incredulidade.

– Claro! – diz o grego, sentindo-se superior ao inimigo, pois sente que desde alguns instantes uma nova batalha principiara. – Lembro perfeitamente das palavras que Pátroclo disse ao bravo filho de Peleu: "Aquiles, eis que a ruína se aproxima de nossos navios. O terrível Heitor, bebedor do sangue grego, vem devastando tudo o que encontra pela frente e agora pretende incendiar os nossos côncavos navios, de tal forma que pereceremos antes mesmo de podermos tentar uma fuga". – Mas Aquiles estava pouco disposto a retornar à luta – prosseguiu o grego –, pois ainda estava irado por conta do desentendimento que tivera com Agamenon, chefe das forças gregas – uma ninharia, na verdade, acerca da posse de uma escrava. "Aquiles, dê-me sua armadura", bradou o bravo Pátroclo, desesperado. "Talvez os troianos, ao me verem vestido com sua armadura, pensem que sou o próprio Aquiles, que retorna à luta, e desistam assim de seu assalto."

– Então foi assim que se deu a decisão? – pergunta o cego, alisando a barba.

– Exatamente assim, tal como lhe conto – afirma o maneta, das hostes gregas. – Vi, então, com estes meus olhos, Pátroclo nutrido pelos deuses vestir a armadura de Aquiles para ir combater Heitor de feroz catadura. Depois, saiu da tenda e chamou aos berros o condutor do carro de Aquiles, o inigualável Automedonte.

– Automedonte... – exclama o troiano, sem poder conter o espanto.

– Sim, ele mesmo – diz o grego, tomando nova vantagem sobre o troiano. – Quem não viu o cocheiro de Aquiles de rédeas em punho, conduzindo seu carro por entre os guerreiros, no fragor da batalha – oh!, por Marte! –, não viu nada neste mundo.

– Eu vi, sim... – brada o velho cego, agitando com fúria o seu bastão. – Eu também vi muitas e poderosas coisas, maldito violador das mulheres troianas, antes que o justo Júpiter me tirasse a luz dos meus olhos.

O grego silencia, percebendo que cometera uma indelicadeza. E depois de pedir desculpas, retoma o seu discurso.

– Pátroclo subiu ao carro, enquanto Automedonte ajustava as rédeas em Xantos e Bálios, os cavalos imortais que o pai de Aquiles recebera no dia em que se casou com a divina Tétis.

– Xantos e Bálios... os cavalos falantes? – resmunga o pobre cego, derrotado diante de tantas maravilhas que o outro acumula à sua frente.

– Eles mesmos. E assim partiu Pátroclo, vestido com a armadura de Aquiles, para enfrentar Heitor, matador dos gregos. Com que bravura lutou este herói. Quantos troianos abateu com sua lança! Quantos corpos esmagou com as rodas de seu carro!

– ... até cair morto sob o golpe fatídico de Heitor! – exclama o troiano cego. – Sei porque estava lá e tudo vi, pois ainda via, então.

O grego entende, a contragosto, que chegou a sua vez de escutar.

– Pobre Pátroclo, achava que podia medir forças com o valoroso Heitor... – diz o troiano.

– Pátroclo foi abatido por um golpe traiçoeiro vindo de um troiano, pelas costas, depois de Apolo haver lhe retirado as armas.

– Bobagem... – diz o cego, cujos olhos rebrilhavam, como se positivamente enxergasse agora tudo quanto afirmava. – Os dois duelaram e Heitor cravou-lhe com força a lança no flanco, lisa e honestamente. E isto é tudo.

– Mas Homero diz bem outra coisa! – retruca o grego.

– Homero, um cego...? – diz o troiano, sem dar-se conta do véu em seus olhos. – Vi, então, quando os dois bandos lançaram-se sobre o corpo de Pátroclo abatido. Heitor, conseguindo apossar-se da armadura do inimigo, esbravejava, desafiando os gregos. Ao mesmo tempo ouviu-se um grito vindo das falanges gregas, dado por Menelau, esposo da maldita Helena, que tantas mortes causou: "Gregos valorosos, não permitam que o corpo de um bravo aqueu seja vilipendiado!". – Uma legião de gregos arremessou-se sobre os nossos guerreiros, e muitos, de ambos os lados, tombaram sob a chuva de dardos e pedras. O corpo de Pátroclo, irreconhecível em sua sujidade de pó e de sangue, ainda foi disputado duramente até que os gregos conseguiram levá-lo para suas tendas.

– Ah, os gritos de dor de Aquiles quando o corpo chegou... – atalhou o velho grego, chamando para si o discurso. – Seus urros, levados pelo vento, hão de mais de uma vez ter chegado até os ouvidos de vocês, dentro da cidadela sagrada.

– Gritos... os gritos de dor de Aquiles? – pergunta o troiano.

– Sim, os seus lamentos, terríveis lamentos!

– Oh, sim, claro... Escutei-os perfeitamente.

– A partir deste instante o filho de Tétis decidiu entrar na batalha – diz o grego, como quem relembra um momento inesquecível. – Deixando de lado a sua dor, Aquiles, cuja armadura havia ficado em poder de Heitor – que a arrebatara de Pátroclo morto –, deu um grande grito de raiva e jurou matar o troiano e todas as suas hostes apenas para vingar a morte do leal amigo. Montado no carro – ainda guiado por Automedonte, que conseguira fugir à sanha de Heitor –, Aquiles estava pronto para dar início à sua vingança quando Xantos, um dos cavalos falantes, lhe profetizou da seguinte maneira...

– Xantos... Você escutou mesmo as palavras lhe saírem da boca?

– Claro! Ele disse, então: "Nós dois, eu e Bálios, correremos com a velocidade do vento, ó Aquiles poderoso, mas quanto a você, é preciso que saiba que, mesmo que não seja ainda desta vez, será morto, mais adiante, por um dardo disparado pelo braço de um homem e guiado pela vontade de um deus." Aquiles – prossegue o grego – lamentou sua sorte, mas nem por isso deixou de seguir o que lhe prescreviam os fados, pois sentia que também seria sua a glória de poder antes matar Heitor, o mais valoroso e cruel dos troianos. "Adiante, cavalos, pois falais de mais e correis de menos!", bradou Aquiles, açoitando os animais. O filho de Peleu chegou com seu carro numa nuvem de poeira. Quando estacionou diante das hostes inimigas, Bóreas de grande fôlego deu um forte assopro e a nuvem de poeira desvaneceu-se ao redor dele e de seu rosto, fazendo com que sua figura surgisse inteira, terrível e ameaçadora! Automedonte agitou as rédeas e Aquiles, de espada em punho, começou, então, a operar um verdadeiro massacre nas hostes troianas. Graças aos deuses, eu presenciei tudo isso!

– Eu também, pois estava do outro lado! – interrompeu o cego troiano. – Meus olhos juvenis viram perfeitamente como se deu a briga. Sim, ele era verdadeiramente terrível, e embora tenha havido uma brava resistência por parte dos nossos, devo admitir, contudo, que a fúria de Aquiles sobrepujou toda valentia que se abrigava nos peitos troianos...

O velho cego parecia relutante em fazer esta confissão, mas assim fora, de fato. O próprio grego silenciou e, ainda que orgulhoso – diga-se isto em sua honra, jamais tripudiou companheiro vencido; ele sabia que os homens de Troia também haviam se portado bravamente, e por várias vezes haviam estado a um passo de alcançar a vitória diante da frota grega estacionada na praia.

– Vi-me, então, metido numa louca correria em direção às portas Ceias – disse o cego de Troia –, levando atrás o enfurecido Aquiles. Sua armadura refulgia com o reflexo escarlate do sangue aspergido sobre ela, e seu rosto era o de um perfeito demônio. Pequeno como eu era, corria ao lado dos guerreiros em fuga, sob uma nuvem de pó, enquanto escutava o ruído ensurdecedor dos escudos e grevas troianas chocando-se ao meu redor. Mas lá estavam, finalmente, as portas escancaradas da muralha. Aquiles teve sua atenção distraída por Apolo – glória a ele! – e todos os nossos puderam adentrar, em segurança, a cidadela.

– Todos...? – pergunta o grego.

– Todos menos Heitor... – corrige o troiano. – Eu estava ao alto das muralhas, próximo do rei e da rainha troianos; vi perfeitamente quando o pavor se desenhou no rosto de Príamo e sua esposa Hécuba ao verem o filho postado em frente à muralha, de lança enristada, pronto para enfrentar o terrível – e, àquela altura, invencível – Aquiles dos pés ligeiros.

– E então começou a perseguição – disse o grego. – Júpiter instalou o pavor na alma de Heitor, que pôs-se a correr, fugindo de Aquiles. Quem haveria de dizer...

– Não foi fuga, foi uma retirada... estratégica – balbuciou o cego, nervoso.

– Que seja! – disse o grego, eufórico com a lembrança. – Três voltas! Sim, três voltas inteiras deram ao redor da muralha: um forte correndo adiante, e outro, ainda mais forte, em seu encalço.

–... até que Heitor, abandonado pelos deuses, parou para enfrentar o inimigo – disse o troiano, abatido. – O suor gelou as frontes de todos os troianos que assistiam àquele terrível enfrentamento. Ouvimos perfeitamente quando o bravo Heitor sugeriu que, qualquer que fosse o resultado do embate, o corpo do vencido deveria ser entregue aos seus familiares, evitando-se o vilipêndio do cadáver.

– Disse isto porque sabia que ia morrer e temia a cólera vingativa de Aquiles – disse o grego.

– Não, os deuses ainda não haviam decretado quem seria o vencedor – exclamou o cego, irado. – Mas depois ficou evidente que os deuses tomaram, afinal, o partido inequívoco de Aquiles. As lanças que Heitor lançou desviaram-se todas, como se a mão de Minerva ali estivesse para apará-las, uma a uma. De súbito, então, Aquiles ergueu a sua lança invencível, a lança de sólido freixo que o centauro Quíron forjara para seu pai, Peleu, e que somente ele, Aquiles, sabia manejar. E, divisando uma fenda na armadura de Heitor (na verdade, a sua própria armadura, que o troiano tomara anteriormente a Pátroclo), enterrou a ponta aguçada bem no pescoço do herói. Um rugido partiu de sua garganta e Heitor tombou. Aquiles, filho de Peleu, vingara finalmente a morte de seu amigo Pátroclo.

– Ó vilão cruel! – gritou o cego troiano. – E precisava ter feito o que fez em seguida?

– A ira habitava a alma de Aquiles – disse o grego maneta.

– Foi com infinito horror que todos nós, do alto das muralhas, vimos o pérfido Aquiles perfurar os tendões de Heitor morto e, após prender seus pés ao carro, arrastar o corpo do maior dos troianos diante das portas de Troia – disse o cego, com os olhos marejados de água.

– Foi uma demasia, admito – diz o grego, penalizado. – Mas estávamos numa guerra, e nestas circunstâncias os excessos são inevitáveis.

A noite já caíra sobre os dois mendigos, que discutiam, sob as estrelas, feitos gloriosos de dias antigos. A pequena fogueira ainda ardia sob seus pés, e era para ela que o grego voltava seu olhar, invariavelmente, para enxergar de novo tudo aquilo quanto afirmara ter visto. Quanto ao cego troiano, tinha uma grande tela branca dentro de si para projetar todos os lances do tremendo drama que se discutia.

– Então, naquela mesma noite, Príamo, pai de Heitor, domador de cavalos, recebeu a visita de uma deusa: era Íris, mensageira de Júpiter. "Eis que o pai dos deuses apiedou-se da dor sua e de Hécuba, sua esposa", disse a alada divindade. "Esta noite irá até o acampamento dos aqueus com uma carroça repleta de vistosos presentes, para que Aquiles, abrandado em sua cólera, devolva o corpo de Heitor, e você possa assim dar a seu filho as honras fúnebres devidas."

– Você viu, mesmo, a Íris de asas variegadas?

– Com estes dois olhos – disse o cego, apontando as órbitas inquietas. – Partimos, então, durante a noite...

– Partimos?

– Sim, eu fui junto com Príamo, rei troiano, para conduzir as mulas.

– Não, esta é demais! – disse o grego, surpreendido pela audácia do companheiro.

– Saímos sob a escuridão da noite – disse o troiano, retomando o seu relato. – Não havia estrelas no céu, e nosso caminho era iluminado apenas pelos relâmpagos saídos das mãos do deus dos trovões. Depois de atravessarmos um longo trecho, paramos eu, Príamo e mais o conduto de carroça, para dar água às mulas. Ao lado do córrego estava postado um jovem: era Mercúrio, mensageiro que Júpiter enviara para facilitar a entrada no acampamento aqueu. Seguimos todos juntos, protegidos pela noite e pelo mau tempo, pois começara a cair uma chuva torrencial, ótima para nós, que fez com que até as sentinelas do acampamento se retirassem para seus abrigos. Restaram somente duas delas, que o deus das aladas sandálias fez mergulhar num sono profundo ao brandir o seu caduceu. Adentramos a tenda e, pasmem!, Aquiles já nos esperava.

– Eu sei – disse o grego abruptamente. – Eu estava lá.

Um silêncio terrível pairou sobre ambos: os dois haviam chegado a um verdadeiro impasse. As lanças agudas de suas histórias agora estavam terçadas e não havia como destrinçá-las sem que algum deles caísse em contradição. O troiano poderia muito bem ter dito: "Você, lá? Não lembro de tê-lo visto!".

O grego, por sua vez, não podia voltar atrás do que afirmara.

– Eu estava escondido – disse este, finalmente.

Um alívio divino desceu sobre ambos.

– Havia muitas cortinas e tapetes pendurados, você deve lembrar – acrescentou o grego, balançando o coto do seu pulso, como se afastasse vários véus.

A história podia prosseguir.

– Príamo, então, levando aos lábios a mão rude que matara seu filho mais querido, assim clamou: "Aquiles, lembre do seu velho pai, Peleu, que o espera em sua pátria, vergado pela odiosa velhice! O que diria se soubesse que seu filho, morto e vilipendiado, nunca mais estará diante de seus olhos? Que nem sequer os ritos fúnebres poderá pronunciar, abraçado à esposa, sob os olhares consternados de todos os súditos?".

– Verdadeiramente, seus olhos vertiam grande abundância de água! – ajuntou o grego.

– Aquiles, então, tomando o velho pelos ombros, juntou a dor dele à sua própria, acalmando com isto a dor de ambos. Assim estiveram chorando, abraçados, até que o filho de Tétis, enxugando as lágrimas, disse ao velho rei: "Grande coragem demonstra ao vir prosternar a sua velhice diante de mim em nome do resgate do corpo sem vida do seu filho Heitor, domador de cavalos. Vá, acalme a sua dor, que eu tratarei de acalmar a minha". Depois, mandou que lavassem do corpo insepulto do audaz troiano a sujidade do sangue e do pó que o recobriam, pois Aquiles ainda arrastara por diversas vezes aquele corpo nutrido pelos deuses ao redor do túmulo de Pátroclo.

– Fez-se, então, uma refeição, com libação de um perfumado vinho, que serviu para acalmar ainda mais a dor e a mágoa que pudessem nutrir um pelo outro – disse, agora, o grego –, e Aquiles mandou que estendessem peles e cobertores para o velho passar o restante da noite num recanto isolado, e assim fazia para que nenhum dos nossos percebesse a presença do rei inimigo dentro de suas próprias hostes, o que lhe seria morte certa.

– Mas enquanto dormíamos – retomou o troiano –, fomos alertados por Mercúrio de pés ligeiros, que disse para o velho rei: "Que louca imprevidência é esta, velho, que o faz ficar enrolado em peles de cordeiros sob os olhos do leão, cuja fúria pode acordar de novo a qualquer momento? Vamos, levante e siga logo para dentro de seus muros!" E foi assim que retornamos à Troia, onde foram feitos os funerais de Heitor, domador de cavalos.

A conversa terminou: ambos já haviam ido longe demais e temiam um novo e constrangedor reencontro nas brumas do passado. O cego troiano recostara-se no pedaço de muro, enquanto que o velho grego, deitado sobre o pó do chão, apoiava a cabeça sobre a mão restante. Aos poucos foram sendo envolvidos pelo manto aconchegante de Morfeu, deus do sono, o qual, não percebendo nas proximidades as presenças ruidosas da Preocupação e da Ambição, podia aproximar-se livremente, sem o menor receio de ver-se violentamente expulso.

Os dois, agora, ressonavam ruidosamente. E por debaixo de suas maltratadas barbas errava um quase sorriso – um sorriso de crianças que escutam, deliciadas, histórias contadas e recontadas por velhas e infatigáveis amas.

AQUILES E MÊMNON

Mêmnon era um gigante negro, filho de Titono e Aurora. Ao saber que Príamo, irmão de seu pai, estava em apuros em sua Troia sitiada, acorrera com todos os seus exércitos para ajudar a defender a cidade.

— Meu filho Aquiles – dissera sua mãe, Tétis, ao saber da chegada do guerreiro. – Não luta contra este terrível inimigo, pois se o fizer, haverá de vencê-lo...

— E daí...? – perguntara o herói grego. – Que mal haverá em vencê-lo?

— Você não me deixou terminar, adorado filho – disse Tétis, silenciando Aquiles. – Está determinado pelos deuses que após matar Mêmnon será você o próximo a baixar às sombrias moradas de Plutão.

Aquiles, então, decidiu combater em outra frente, a fim de evitar um confronto que, mesmo lhe sendo favorável, seria o primeiro passo para a sua própria morte.

Porém, se Aquiles tinha uma mãe previdente para velar por seus atos, o gigante etíope não lhe ficava atrás, pois sua mãe Aurora logo acorreu, também, ao campo de batalha, para lhe dar a alegre notícia.

— Nada tema, meu querido Mêmnon – disse a deusa de róseos dedos. – Siga ceifando vidas à vontade, eis que o cruel Aquiles, em lhe matando, estará matando a si próprio!

Mêmnon, com um sorriso que iluminou suas faces negras como o ébano, empunhou com mais vigor e gosto a sua lança banhada do sangue grego e retornou à luta, sem temer que a mão poderosa do invencível Aquiles se abatesse sobre ele.

Ora, entre os combatentes aqueus – nação predominante entre as hostes gregas – havia um de inexcedível valor: Antíloco, filho de Nestor, rei de Pilos, o mais velho dos gregos. Fora Antíloco quem levara a Aquiles a notícia da morte de seu querido amigo Pátroclo, morto pela fúria do troiano Heitor. Desde então, tornara-se o amigo dileto do grande guerreiro.

Antíloco estava à frente das muralhas da sagrada Troia, junto com seu pai Nestor, quando Mêmnon começou a destroçar os exércitos gregos.

– Cuidado, meu pai! – alertara Antíloco ao pai, por diversas vezes, ao perceber que este se expunha demais à lança inimiga. O velho Nestor, apesar da idade, estava enfurecido pela maneira com que o gigante negro exterminava os gregos.

– Ainda resta um pouco de força em meus velhos braços para afrontar este cão negro! – bradou o velho Nestor, brandindo a custo a sua espada.

Mêmnon, arreganhando os dentes, investiu, então, contra o velho.

– Grande glória caberá a mim por haver matado Nestor, o homem que já reina sobre a terceira geração de súditos!

Antíloco, vendo que a funesta mão da morte se aprestava a dar cabo da vida de seu pai, lançou-se entre o peito de Nestor e a lança que inevitavelmente o trespassaria.

– Melhor assim! – exclamou Mêmnon. – Terei a glória de matar, antes do pai, o próprio filho. – E empurrou com toda a força sua lança de cabo comprido no peito de Antíloco, após atravessar o escudo de três couros de boi superpostos e mais uma camada de duro bronze.

Antíloco caiu morto aos pés de Nestor, mas, graças aos seus homens, Nestor de alvas barbas foi salvo da mesma lança assassina que ceifara a vida de seu filho.

Enquanto isto Aquiles, combatendo noutro lado, após matar muitos troianos, recebia finalmente a notícia da morte do amigo.

– Mãe Tétis! – bradou Aquiles, desvairado. – Outra vez as Parcas decidem me submeter à mesma dor! Depois de ter de suportar a perda de Pátroclo fiel, terei agora de suportar, também, a de Antíloco audaz?

Tétis, assustada, correu até o filho, pois pressentia o pior.

– Aquiles, não queira vingar a morte de seu amigo – disse ela, agarrando o braço do amado filho. – Lembre-se de minha advertência e suspenda o ódio que levanta agora a sua espada!

Mas Aquiles estava, outra vez, tomado pela ira – e todos haviam aprendido, desde a morte de Heitor, o quanto a sua ira, uma vez acesa, era cruel e implacável.

Dirigindo seu carro para lá, chegou a tempo de presenciar encarniçada batalha.

– Já vejo, por entre os reluzentes elmos de escuros penachos, um elmo ainda mais alto e brilhante que todos! – gritou Aquiles a Automedonte, seu valoroso condutor.

– Sim, Aquiles de pés ligeiros, é Mêmnon, o cruel carniceiro da nação dos etíopes quem lavra a morte em nossas fileiras – disse Automedonte, com o ódio a arder dentro de sua couraça.

Aquiles, desmontando do carro, fora a pé com suas armas e seu escudo enfrentar, em combate singular, o terrível sobrinho de Príamo, nutrido pelos deuses.

– Ah! – bradou Mêmnon, erguendo a cabeça de elmo flamejante. – Eis que o filho de Tétis, criado entre virgens e delicadas moças, deixa finalmente o medo e vem me enfrentar!

Aquiles, empunhando a lança, bradou também ao gigante:

– Funesto momento é este que se prepara para você, cão etíope, onde o seu sangue negro haverá de se misturar à sua pele escura!

E arremessou incontinenti a sua lança. Mas pela primeira vez Aquiles errou o seu arremesso – pois tinha pela frente desta vez, um inimigo verdadeiramente à sua altura.

– Agora é a minha vez! – disse Mêmnon, com um grito de triunfo.

Mêmnon arremessou a sua lança: o comprido dardo fendeu os ares, lançando ao ar um assobio assustador, indo atingir a mão direita de Aquiles. O grego, entretanto, que só era vulnerável no calcanhar, com a mesma mão sacou sua espada e desferiu um golpe terrível sobre o ombro do gigante negro, que deu um grande grito de dor.

Enquanto os dois guerreiros trocavam seus terríveis golpes, Tétis e Aurora, as mães dos dois, correram, aos prantos, até os pés de Júpiter, pai dos deuses, para implorar pela vida de seus respectivos filhos.

– Pai supremo, que nutre os nervos e os ossos dos dois combatentes! – disse Tétis. – Poupa a vida de meu Aquiles, eis que é o maior dos guerreiros que combatem diante destas malsinadas muralhas!

– Se é por isto, então que vença meu amado Mêmnon, eis que ousa enfrentar o maior e mais capaz dos guerreiros! – brada Aurora de róseos dedos.

Júpiter, então, tomando da balança, fez pesar o destino dos dois combatentes, e o peso de Mêmnon baixou mais que o de Aquiles.

– As Parcas decidem que o fio da vida do sobrinho de Príamo deve ser rompido – diz o deus supremo, comunicando o decreto irrevogável.

Nesse instante Aquiles vibrou um golpe com sua poderosa espada, lançando para os céus o gigantesco escudo de Mêmnon – tão grande que por um instante pareceu haver dois discos solares pairados no ar. Depois, tendo à sua mercê o inimigo, largou fora a espada e, tomando da sua lança de freixo, herança de seu pai, Peleu, avançou para o gigante com destemor na alma.

O gigante, mesmo assim atrevido, expôs sua couraça aos temíveis golpes de Aquiles, dizendo:

– Escolha um lugar, mosquito arrogante, e ainda assim vibrará seu golpe em vão, pois que minha armadura é invulnerável como a sua, produto que é da arte consumada de Vulcano, deus das forjas!

Aquiles aproximou-se e, divisando uma fenda na parte inferior do queixo, desprotegida pelo capacete de negro penacho, empurrou, de baixo para cima, a sua lança de ponta brônzea e aguçada, a qual entrou pela boca adentro de Mêmnon, cortando sua língua e indo além até abrir uma cratera em seu capacete, na parte de cima. Pedaços de miolos do gigante negro espirraram para o alto e ele permaneceu em pé, apoiado à lança.

– Agora cai, gigante, como cai o alto cedro! – disse Aquiles, retirando a arma.

O gigantesco Mêmnon caiu do alto, e sua armadura retiniu intensamente sobre o chão cobrindo-se de pó misturado com seu próprio sangue.

A deusa dos dedos róseos lançou um grito estridente que atroou os céus: seu filho Mêmnon estava morto, enquanto sua alma, apesar de tudo coberta de glória, uma vez que o fazia pela mão de Aquiles, o maior dos guerreiros, baixava rapidamente ao Hades sombrio.

Mas antes que os gregos se apoderassem do corpo do audaz Mêmnon, Aurora correu até Tétis, mãe do vencedor Aquiles, e clamou:

– Tétis, deusa e mãe como eu, provará em breve a mesma dor que agora provo; por isto peço que afaste seu irado filho do corpo do meu, que jaz ali abatido – ai, em quão miserável estado! – e que permita que o leve para sua terra, para que lá possa receber as lágrimas dos seus e gozar dos ritos fúnebres a que tem direito.

Tétis, penalizada, concedeu, e assim, Aurora, de dedos tornados escarlates, tomou nos braços o corpo ensanguentado do filho para levá-lo até as margens do rio Esepo. Ali os seus súditos juntaram seus lamentos aos de toda a natureza, e desde aquele dia Aurora, inconsolável, derrama ao amanhecer as suas lágrimas copiosas conhecidas pelos humanos como orvalho, sobre os campos.

A MORTE DE AQUILES

A Guerra de Troia estava no auge da sua fúria. Após nove anos de cerco à cidade de sólidas muralhas, Aquiles, o maior dos gregos, já havia imortalizado o seu nome por meio de diversas façanhas. Fora ele, por exemplo, quem matara Heitor, filho do rei Príamo, o maior dos troianos; fora ele quem vencera Pentesileia, rainha das Amazonas, em duelo singular; fora ele, também, quem vencera o gigantesco Mêmnon, filho de Aurora e guerreiro da nobre estirpe dos etíopes.

Aquiles, após abater Mêmnon, sobrinho de Príamo, estava agora tomado por uma grande cólera, como até então jamais havia experimentado – nem mesmo quando da morte de seu amigo Pátroclo, que tanta dor e mágoa lhe causara.

– Agamenon – disse Aquiles ao chefe dos aqueus –, meu coração não pode mais suportar tanta arrogância por parte desses troianos, que já há quase dez anos nos mantêm humilhados do lado de fora destas malditas muralhas! Sim, meu coração anseia por derrubar de uma vez estas portas que nos impedem o acesso à cidadela! Ele anseia também pela volta à nossa casa, com os côncavos navios repletos das riquezas que Ílion inteira esconde em suas casas, templos e palácios!

Nesse instante, Tétis, deusa marinha e mãe de Aquiles, inspirou ao chefe grego estas palavras:

– Aquiles, audaz e implacável filho de Peleu, lembre-se do funesto presságio que paira sobre a sua cabeça: desde sempre foi predito que você jamais viria transpor as portas Ceias, que resguardam as mulheres e os tesouros da sagrada Troia.

– O que tiver de ser repousa sobre os joelhos dos deuses – disse Aquiles, cuja impaciência chegara ao limite. – Jamais um guerreiro deixou de cumprir os mandamentos de seu peito por receio de meros presságios ou vaticínios. Aos adivinhos, os presságios; aos guerreiros, a espada. Além do mais, uma nova morte pesa sobre meu coração, a de Antíloco, filho de Nestor e leal companheiro que a crueldade troiana fez baixar recentemente à morada das sombras.

E tomando de sua lança, Aquiles ordenou aos seus mirmidões – guerreiros da Tessália, seus comandados – que o seguissem de lanças em riste.

Uma nova carnificina começou, então. Os cadáveres dos troianos juncavam o chão em frente às muralhas de Troia, fazendo transbordar as águas do rio Escamandro, que corre perto com suas águas revoltas.

– Adiante mirmidões de sólidos escudos! – bradava o filho de Tétis. – Grandes recompensas os aguardam atrás destas paredes erguidas por duas divindades!

No alto das muralhas, Príamo, rei da Tróada, acompanhava apavorado o massacre dos seus homens. Ao seu lado estava seu filho Páris, raptor da bela Helena, que abandonara seu esposo Menelau, em Argos, para ir viver com o belo irmão de Heitor.

– Páris, meu filho, parece que desta vez aquele terrível homem transporá as sólidas portas de nossa sagrada Troia! – disse Príamo, aterrado com a aproximação de Aquiles e de seus furiosos mirmidões.

Páris, sem responder, cogitava sobre as terríveis consequências que estavam prestes a se abater sobre si e toda a cidade fundada por Ilos, de nobre memória. As recriminações de seus irmãos e os olhares de ódio de seus compatriotas ainda estavam bem presentes em sua mente. Agora que tudo parecia perdido, podia perceber, mais do que nunca, aqueles mesmos olhares acusativos caírem sobre si como pequenos dardos envenenados.

Na verdade, o esbelto Alexandre – como também era conhecido – já tentara anteriormente, de algum modo, chamar a si a responsabilidade para a solução daquele conflito, quando propôs a Menelau, o marido ultrajado, um combate singular entre ambos, como forma de resolver a disputa. Entretanto, levara a pior, e se a própria Vênus não o tivesse ocultado em uma nuvem e levado para seus aposentos, dentro das muralhas protetoras, estaria agora morto – tão morto quanto a maioria de seus muitos irmãos, entre os quais Heitor, que tanto o censurara por suas atitudes levianas.

Enquanto Páris refletia sobre tudo isso, o bravo Aquiles, surdo a tudo, continuava a investir com fúria nunca vista, cortando braços, arrancando cabeças e pisoteando os corpos abatidos, como um leão que quando avança sobre um redil de ovelhas se atraca em todas, indiscriminadamente, movido apenas pela gana de enterrar as compridas unhas no pelo fofo de suas vítimas, até torná-lo tinto do sangue negro e inebriante.

Aquiles estava agora diante das portas Ceias. Apenas alguns bravos combatentes troianos ainda restavam diante da sua fúria incontrolável. Então uma voz, que não era humana, partiu do alto das muralhas:

– Aquiles, temerário! Volta os passos para trás, eis que já foi determinado pelos deuses que jamais vai colocar os pés dentro destas muralhas!

Era Apolo, filho de Júpiter e Latona, quem lhe dirigia essas acerbas palavras.

Tétis, mãe de Aquiles, oculta sob a forma de um de seus soldados, tentava fazê-lo retroceder:

– Eia, Aquiles valoroso, voltemos ao nosso acampamento, pois é voz mortal quem lhe adverte de grave dano à sua pessoa!

– Cale-se, covarde, e retroceda sozinho, se assim lhe apraz! – disse o filho de Tétis, empurrando rudemente o soldado, sem saber que afastava a própria mãe de chorosos olhos. – Hei de arrancar estas portas com meus próprios braços, e não serão vãs ameaças, ditadas por lábios mortais ou imortais, que me impedirão de levar adiante um ato de justa vingança que clama aos céus!

– Aquiles, a ira faz você blasfemar e invocar os deuses ao mesmo tempo! – disse Apolo, enfurecido pela audácia daquele homem. – Lembre que, ao fim e ao cabo, é mortal como todos os outros que vibram as lanças e os escudos junto de você. Até Sarpedon, filho do deus supremo, também baixou, de há muito, às sombrias moradas. Se você teimar na impiedade, terá, ainda com mais razão, o mesmo destino.

Aquiles, contudo, permaneceu surdo às funestas advertências: de espada em punho avançava resolutamente para as imensas portas, enquanto sua mãe, Tétis, de pés prateados, afastava-se, vencida pelos fados inexoráveis.

– Eia, mirmidões, arremetam às portas com este aríete feito de sólido carvalho e afiadíssima ponta! – disse o herói, pondo todo o empenho em sua voz.

Páris, ao alto, penava em seu desespero, pensando no que poderia fazer para deter aquele terribilíssimo homem, quando escutou a voz de Apolo soar a seu lado:

– Páris, nutrido pelos deuses, apreste ligeiro o seu arco e escolha a melhor das flechas!

– Aquiles é invencível!... – bradou Páris ao filho de Latona. – Seu corpo, banhado nas águas do Estige, é invulnerável, e seta alguma poderá feri-lo.

Tétis, num último gesto de amor materno, aproximou-se, então, de Apolo, e lhe disse estas palavras:

– Apolo, filho de Júpiter soberano! Toma antes uma de suas próprias flechas, se queres, para alvejar meu filho, eis que suas flechas tiram a vida sem causar dor.

O filho de Júpiter acedeu e, estendendo a Páris uma de suas próprias flechas, lhe disse em seguida:

– Toma e faz o que digo. Quanto ao rumo que a seta seguirá, não se preocupe, pois cabe a mim dar-lhe o rumo correto.

Páris ajustou a seta fatal ao seu arco e espichou a sólida corda até que as duas extremidades do arco, feito de fina e maleável madeira, se unissem.

– Dispara agora, filho de Príamo! – ordenou o deus solar.

Os dedos de Páris largaram a extremidade do dardo, e este partiu com um terrível assobio em busca do seu alvo. Apolo, arremessando-se junto com o dardo, foi conduzindo-o até o seu alvo, que era o calcanhar direito de Aquiles. O guerreiro, alvejado pela seta mortal, sentiu o pé fraquejar, embora dor alguma lhe lancinasse as carnes.

– Fui alvejado... – gritou Aquiles, compreendendo, num instante, que seu fim se aproximava.

Arrancando o dardo do calcanhar, que sangrava copiosamente, mesmo assim o filho de Peleu ainda encontrou forças para continuar batalhando. "Hei de cair somente depois que meus mirmidões tiverem rompido as portas que dão acesso à cidadela!", pensava ele, brandindo com fúria redobrada a sua espada encharcada de sangue inimigo.

Aquiles avançou, cada vez com maior dificuldade, pois a sombra da Morte começava a descer sobre seus olhos e, após haver semeado o pânico entre os troianos, apoiou-se sobre o madeiro sólido e instransponível de uma das gigantescas portas Ceias. Seus joelhos fraquejaram pela última vez, e sentiu que sua alma começava a descer ao Hades sombrio para ir fazer companhia aos companheiros mortos.

– O destino de Troia está, desde sempre, também decretado! – bradou Aquiles, nos últimos arrancos de sua vida quase extinta. – E tão certo quanto agora cumpro meu negro fado, chegará muito em breve a vez de vocês também cumprirem o seu! Não terão como escapar, e então sentirei espumar em minha boca, mesmo nas moradas sombrias, o sumo feliz da vingança!

Aquiles cerrou seus lábios e sua armadura finalmente retiniu sobre o chão, com imenso estrondo, cobrindo-se de seu próprio sangue ajuntado ao pó.

Grande júbilo ergueu-se do alto das muralhas: Príamo, aliviado, via exterminado, de uma vez por todas, o flagelo grego, matador de troianos e de seu querido filho Heitor.

Começava nesse instante, porém, uma outra batalha, agora pelos despojos do maior dos aqueus. Ájax e Ulisses, companheiros fiéis, arremessaram-se ao corpo para impedir que mãos inimigas o raptassem, apossando-se de sua armadura gloriosa, fabricada pelas próprias mãos de Vulcano, inexcedível artífice, e levassem seu corpo para dentro das muralhas, para ser esquartejado e lançado aos dentes corruptos dos cães de Troia. Era a vez, agora, de Aquiles ter seu corpo arrastado de um a outro lado e coberto de sangue e de pó, como acontecera a tantos outros desde o começo daquela terrível e cruenta guerra.

Eneias, pelos troianos, forcejava junto com os seus para apoderar-se do corpo, enquanto que Ájax e Ulisses os repeliam com toda a fúria. Glauco, primo de Sarpedon morto, conseguira laçar os pés esfolados de Aquiles e já ia arrastando o corpo até as hostes troianas, quando Ájax, arremessando um dardo certeiro, prostrou-o sem vida no chão.

E assim, ao redor do corpo ensanguentado do filho de Tétis, foram caindo, às dezenas, os guerreiros que lutavam em busca do prêmio mais ambicionado: o corpo e as armas de Aquiles, filho de um mortal e uma deusa.

Finalmente, os gregos levaram a melhor e conduziram o corpo de Aquiles para as suas tendas. Lá o herói recebeu os rituais fúnebres devidos, sendo queimados seus despojos numa imensa pira, sob o choro de todos os companheiros, e até dos deuses, que do alto lamentavam a morte do maior guerreiro que o mundo já vira. Tétis, sua mãe, veio das profundezas do mar, junto com suas nereidas, coberta de luto, e durante toda a cerimônia não cessou de lamentar a morte de seu querido filho. Depois, as cinzas de Aquiles foram depositadas junto às de Pátroclo, amigo e fiel companheiro de armas, conforme o seu desejo.

Há uma ilha na foz do Danúbio que a tradição chama de Ilha Branca; para lá Aquiles teria sido levado pelos deuses, onde estaria vivendo até hoje, juntamente com seus companheiros Pátroclo e Antíloco, cercados de adoráveis ninfas e exercitando-se nas armas e esportes viris. E todo marinheiro que se preza, se alguma vez contornou aquelas costas, gaba-se sempre de haver escutado, ao longe, o retinir das armas se entrechocando e o riso e o canto dos amigos soando harmoniosamente em lautos banquetes.

ETÉOCLES E POLINICE

— Por que, pai desgraçado, ainda relutas em partir de Tebas, um lugar eternamente maldito para ti? – disse um dia Polinice a seu velho pai Édipo, retomando pela milésima vez um assunto incômodo para todos. – Sua presença, maldita aos deuses, será nefasta também para nós, e cedo ou tarde uma nova calamidade se abaterá sobre nossa família...

Édipo, de cabeça baixa, escutava as terríveis palavras do filho, sem nada dizer. "Uma nova calamidade...", pensava ele. Como seria possível isto? Já não bastava, então, ter assassinado involuntariamente seu pai Laio, rei de Tebas, e se casado inadvertidamente com sua própria mãe, provocando com isto o seu suicídio? Que espécie de infortúnios mais terríveis do que estes, afinal, poderiam os deuses imortais lançar às costas suas e de seus filhos?

— Você também pensa assim, meu filho Etéocles? – perguntou o velho Édipo, voltando para o outro filho as suas órbitas vazias.

— Sim, meu pai, receio que Polinice tenha razão... – respondeu Etéocles, nervoso, arriscando um olhar para o rosto enrugado do pai.

— Já renunciou ao trono, meu pai; por que teima, então, em permanecer numa cidade que lhe foi tão funesta? – disse ele, tomando-se de ira, pois este sempre fora um bom recurso para abafar o remorso. – Parte logo, então...! Ou vai esperar que Tisífone implacável, uma das Fúrias, venha estalar também os seus cruéis açoites em cima de nós?

— Calem-se, vocês dois! – disse Antígona, irmã de Etéocles e Polinice, que acompanhava a conversa com os olhos marejados postos sobre o pai. – São vocês próprios que acabarão por atrair, com estas insensatas palavras, a ira das Fúrias vingadoras; se não há entre todas elas uma única que não seja de consolo para nosso pobre pai, melhor farão em manter fechadas as suas bocas.

– Você sabe muito bem, Antígona, que pesa sobre nosso pai uma terrível maldição! – respondeu Polinice.

– Não, ele é inocente! – gritou a filha de Édipo, alçando a fronte. – Todos sabem que os crimes que praticou involuntariamente não foram mais do que duas fatalidades decretadas desde sempre pelas Parcas fatais. E mesmo não tendo passado de um infeliz instrumento do destino, preferiu arrancar, seus próprios olhos para expiar um crime do qual não teve a menor culpa.

Antígona cortou o curso de suas palavras ao ver seu velho pai erguer-se do assento e tomar resolutamente o seu cajado.

– Basta, vocês todos! – disse o velho, com o semblante carregado. – Desde a minha renúncia ao trono tenho percebido, dias após dia, que minha presença nesta casa se tornou cada vez mais indesejada... Sim, bem dizem que "foi-se o cetro, foi-se o afeto"... Oh, bem vejo agora a rude verdade que se esconde atrás destas amargas palavras. Basta, pois, de discórdias e rancores: parto agora mesmo para o exílio...

– Para onde dirige os seus frágeis passos, meu pai...? – disse Antígona, alarmada. – É noite agora, e a escuridão cobre os campos e as estradas.

O velho sacudiu a cabeça branca e deu um sorriso irônico.

– Minha filha, a escuridão para um cego será sempre uma vantagem, pois está mais habituado a ela do que os que vivem na luz.

– Mas há uma tempestade lá fora! – disse ela, agarrada ao manto do pai.

– Mais forte rugem os trovões aqui dentro destas altas paredes do que lá fora, sob a abóbada dos céus – disse Édipo, ganhando a saída do palácio.

– Meu pai, não pode sair deste jeito, sem um alforje ou uma capa sobre os ombros – gritou Antígona.

– Há tudo isto lá dentro – disse Polinice friamente. – Apresse-se, e que um escravo o conduza até um lugar qualquer para fora dos limites de Tebas, para que nossa pátria esteja finalmente livre da ameaça de um novo desastre.

Antígona ergueu a mão para esbofetear o irmão, que a interrompeu:

– Deixe que ele faça o que deve ser feito, sua tola! – disse Polinice, segurando o braço da irmã. – São muitos os inimigos que Tebas sagrada tem entre os mortais para que possa dar-se ao luxo de ser odiada também pelos próprios deuses.

Antígona desvencilhou-se dos braços rudes do irmão e correu para ir buscar uma capa e um alforje para seu pai. Quando retornou, envergava ela mesma, também, uma grossa capa.

– Aonde pensa que vai? – disse Etéocles, tentando impedir que a irmã seguisse junto com o pai.

Antígona nada disse, e ninguém duvidou que ela faria uma loucura caso alguém tentasse impedi-la de sair. Polinice, entretanto, fez um sinal com a mão para o irmão para que a deixasse partir. Antígona saiu dos portões sob uma grossa chuva que descia dos céus relampejantes; graças aos clarões podia avistar o pai, que se afastava, tropeçando sobre as pedras e as poças de água que juncavam a estrada que levava para fora de Tebas.

– Meu pai, espere! – gritou ela, com a cabeça descoberta. – Deixe que eu siga ao seu lado!

Édipo, a princípio surpreso, acabou entretanto por aceitar o braço que Antígona lhe oferecia, rumo à estrada áspera e enlameada que se estendia à frente.

– Ó, filhos ingratos... – lamentou-se ele, misturando suas lágrimas àquelas outras, abundantes, que desciam do céu como uma espessa cortina d'água. – De todos os maus fados que assaltaram a mim e à minha família, quis o destino que o pior ficasse para o fim. Pois que desgraça maior pode haver para um pai do que assistir à negra ganância se apoderar da alma de seus filhos? Logo eles, que um dia, imaginei, viriam a ser o arrimo e o consolo de minha negra velhice.

– Meu pai, esqueça de uma vez seus infortúnios – disse Antígona, tentando consolá-lo; sua voz soava alta e límpida, pois somente assim podia sobrepô-la ao rugido da chuva e dos trovões. – Ainda que tudo pareça lúgubre ao seu redor, não levaram as Parcas fatais tão longe a sua cruel pertinácia a ponto de não lhe deixarem ao menos esta filha, como último consolo à sua alma combalida. Perdoe meus desventurados irmãos: como você e eu, eles não passam, também, de pobres fantoches do destino.

Entretanto, no salão imperial, os dois fantoches ainda não haviam se dado conta disso, pois a conversa prosseguia no mesmo tom altivo e soberbo.

– Antígona não nos fará falta alguma – disse Polinice, tão logo viu da janela a irmã e o pai desaparecerem no negror da noite. – Agora vamos pensar no destino do trono de Tebas, que é o que importa.

Durante muitas horas estiveram os dois discutindo este assunto sumamente importante: a quem caberia o cetro de Tebas, a Polinice ou a Etéocles? Apesar de tudo, a conversa começara com um tom um pouco mais ameno e conciliatório, pois suas almas sentiam-se leves, uma vez livres da presença incômoda do pai e da irmã.

– Naturalmente que a mim caberá ocupar o trono deixado vago – disse Polinice, tentando convencer pacificamente o irmão –, pois tenho por mim o inalienável direito de primogenitura.

– Direito de primogenitura, entre filhos do incesto? – disse Etéocles, com um sorriso escarninho. – Ora, meu irmão, deixemos de gracejos e falemos de preparo e competência, pois é isto que se exige daquele que pretende exercer um cargo tão importante como o que agora disputamos.

– Ora, se vamos a isto, de todo modo caberá a mim empunhar o cetro, pois sou infinitamente mais atilado e capaz – disse Polinice, com ar de mofa.

– É muito competente para expulsar de casa um velho cego e sua filha desequilibrada, tornando ambos mendigos; é a isto que se refere, por certo? – disse Etéocles, arreganhando os dentes numa risada de puro deboche.

Polinice sentiu o sangue subir-lhe às faces; sua mão instantaneamente ergueu-se e, antes que pudesse evitar, já havia vibrado uma bofetada no rosto do irmão.

– Eu tornei-o mendigo? – rugiu Polinice, feroz e ao mesmo tempo aliviado por poder se desvencilhar da incômoda pose de um homem calmo e argumentador. – Com que frágil argúcia, meu irmão, você se desvencilha dos seus atos inconvenientes.

Etéocles, com a marca da mão de Polinice estampada no rosto, deu dois passos para trás e sacou um punhal que mantinha sempre oculto por baixo do manto.

– Já não há mais pai caduco algum aqui dentro, vilão, para que eu tenha de sofrer insultos seus ou de quem quer que seja! – disse Etéocles, vibrando o bronze afiado na direção do irmão.

Polinice, temendo que ambos pudessem estar já sob a maldição de seu pai, resolveu, então, acalmar as coisas.

– Muito bem, caro Etéocles, perdoe minha ira incontida – disse ele, estendendo os braços em sinal de concórdia. – Procuremos um acordo vantajoso para ambos, em vez de perder nosso valioso tempo com provocações e agressões que só servirão para adiar uma rápida solução.

– Enfim, palavras sensatas, meu caro... – falou Etéocles, em tom conciliatório. – Façamos o seguinte, então: primeiro governarei eu, pelo período de um ano; tão logo ele expire, me comprometo a passar cordialmente o cetro para você, e assim iremos reinando alternadamente, como bons e leais irmãos. Então, que acha?

Polinice, ainda sob o efeito do remorso por causa da bofetada que dera no irmão, aceitou o arranjo, ainda que a contragosto. "Um ano passa rápido, afinal!", pensou Polinice, fingindo estar satisfeito com o acordo. "Quando for a minha vez, darei um jeito de permanecer para sempre no trono. E, então, ai dele se ousar discordar de minha vontade!"

Mal sabia que nesse preciso momento seu irmão pensava a mesma coisa, antecipando desde já a negra perfídia.

De qualquer modo, o acordo foi imediatamente selado. Etéocles foi coroado em uma magnífica cerimônia, perante os deuses e os homens. Mas, passado o prazo de um ano, Etéocles não se deu por achado quando o irmão veio reclamar o poder.

– Preciso de uma pequena prorrogação, caríssimo irmão – disse ele, tomando as mãos do irado Polinice. – Há alguns assuntos pendentes que devo resolver antes de passar o poder.

Etéocles, tendo provado uma vez o néctar do poder, tomara gosto pela coisa – pois quem, afinal, deixa arrebatar dos seus dentes um petisco já abocanhado? Etéocles, assim, foi reinando indefinidamente, até que Polinice convenceu-se, afinal, de que jamais iria tomar assento no trono. E quando foi reivindicar, pela última vez, o seu direito, foi recebido pelos soldados do palácio com rudes palavras.

– O seu irmão, o poderoso rei Etéocles de Tebas, nutrido pelos deuses, quer lhe comunicar o seguinte – disse o arauto de semblante impassível –: que desde esta data não reconhece mais a você nem a ninguém o torpe direito de pretender alijá-lo de um poder justamente adquirido e referendado pelos deuses. Sendo assim, o melhor que sua augusta majestade o aconselha a fazer é tomar a estrada real que leva para fora de Tebas, a exemplo do que, com desusada crueldade, você fez ao pai e à irmã do glorioso rei tebano, e procure por aí o que você chama de "meus direitos", que não passam, afinal, da mais odiosa e sórdida usurpação; talvez desta forma, afirma o soberano, possa limpar a mácula que recobre a sua alma e torná-la digna não de empunhar o cetro de um tão alto reino, que não será jamais digno de tanto, mas de tomar uma enxada para plantar algo com que possa acalmar a aflição de seu estômago. Nada mais tem a dizer aquele que dorme e acorda sob a proteção absoluta e ininterrupta de todos os deuses.

Polinice, dominado pela ira – mas também pelo receio, pois temia ver-se alvo, a qualquer momento, de um horrendo atentado –, decidiu procurar refúgio junto ao rei Adrastos, no reino vizinho de Argos. Uma vez lá, caiu nas graças do rei e, após contrair núpcias com a filha dele, conseguiu convencê-lo também a conceder-lhe ajuda militar para destronar o irmão Etéocles.

Mas o destino parecia não sorrir nunca ao infeliz Polinice, pois tão logo a expedição foi anunciada em Argos, o cunhado do rei Adrastos, um certo adivinho chamado Anfiarus, opôs-se a ela terminantemente.

– Não se atreva a se lançar em tal aventura, meu soberano e dileto cunhado – disse o mago Anfiarus, de olhos acesos –, pois desde já ela está fadada ao fracasso: nenhum dos chefes, com exceção de Vossa Alteza, voltará vivo dessa insensata expedição.

– Caríssimo cunhado – respondeu o rei, que parecia mais aliviado depois de escutar a última parte daquele presságio –, admiro e respeito o dom que os deuses verteram sobre sua cabeça, mas respeito ainda mais os tratados firmados por homens de palavra irredutível.

– Adrastos, ouça-me: são profecias terríveis estas que agora deponho a seus pés... – disse ainda Anfiarus, tentando demover o rei daquela louca empresa.

– Basta, colega adivinho, eis que sou adivinho também o bastante para saber que irá repetir-me agora, como sempre, as mesmas razões, sem acrescentar uma palavra de novo à velha arenga! – disse o rei Adrastos, enfadado daquela presença. – Como falei que aqui nada se faz sem que se observem os pactos, procure então a sua mulher, minha irmã Erifila, pois desde o casamento de vocês ficou acertado que qualquer divergência entre nós seria resolvida somente por ela.

Polinice, que ouvia atentamente o diálogo entre o seu sogro e o adivinho, afastou-se sorrateiramente e tratou de ir procurar logo a influente Erifila.

"Que poder tem tal mulher, de levar ou não um reino à guerra!", pensava ele, enquanto imaginava um meio de fazer Erifila inclinar-se a favor da expedição contra Tebas. Depois de pensar um pouco chegou à inevitável conclusão: seria preciso corrompê-la. Para tanto, vasculhou os seus pertences até encontrar o valioso colar que Vulcano dera de presente à sua antepassada Harmonia, esposa de Cadmo.

– Bela Erifila, irmã de meu valoroso sogro! – foi dizendo Polinice, assim que adentrou os aposentos da mulher do adivinho. – Surgiu uma disputa entre seu amado esposo e seu irmão dileto, e creio que juntos poderemos encontrar uma solução para essa amável desavença.

Polinice sacou então das dobras de sua túnica o magnífico colar, fazendo escorrer por entre os dedos, com um ruído delicioso, as encadeadas contas douradas.

– Fascinante... Realmente um colar digno de enfeitar o colo de qualquer deusa! – exclamou Erifila, a "deusa" de Argos.

Seus dedos apoderaram-se da joia com a mesma rapidez da cascavel quando lança o bote certeiro de suas presas aduncas.

– Vossa Alteza, falo agora com inteira franqueza: ele será todo seu, se convencer o seu marido a concordar com nossa expedição – completou Polinice, lançando na mesa todas as cartas.

– Adoro franquezas desta natureza... – disse Erifila, e desde então nunca mais olho humano pousou outra vez sobre o magnífico colar, pois Erifila logo correu a enterrá-lo nas profundezas de seus baús mais secretos.

Desta forma, a guerra estourou inevitavelmente. O rei de Argos, com seu exército, ajudou durante muito tempo Polinice a sustentar sua pretensão ao trono, naquela que ficou conhecida como a famosa expedição dos "Sete contra Tebas", pois tratava-se de uma empreitada de sete generais contra as sete portas da cidade de Tebas.

Anfiarus, o adivinho, participou valentemente da luta, embora soubesse que jamais retornaria vivo para a sua pátria. De fato, quando passava com seu carro ao longo de um rio, viu-se metido em uma terrível emboscada, obrigando-se a retroceder. Mas durante sua fuga, Júpiter, irado não se sabe por que, lançou adiante das rodas de seu carro um pavoroso raio que abriu uma fenda enorme na terra, engolindo para dentro do abismo o adivinho, seu carro e seus cavalos. Júpiter, entretanto, premiou-o depois com a imortalidade, concedendo-lhe um oráculo que posteriormente se tornaria muito famoso na Ática.

Etéocles, enquanto isto, também resolvera consultar-se com um adivinho, Tirésias, talvez o mais famoso de todos os videntes que a Grécia já conhecera. Havia muitas histórias a seu respeito, mas a mais importante dava conta de que tendo visto em sua juventude, por um infeliz acaso, a bela Minerva inteiramente nua durante o banho, a deusa, furiosa, privara-o da visão; no entanto, posteriormente arrependida, a deusa lhe concedeu, além de um bastão que o conduzia por toda parte como se olhos tivesse, o maravilhoso dom da profecia.

O adivinho Tirésias declarou, então, após a consulta de Etéocles:

– A vitória caberá a Tebas, se Menoceu, filho de Creonte, for sacrificado.

Creonte era tio dos dois irmãos e tomara o partido de Etéocles, rei de Tebas. Apesar de seus protestos, o jovem Menoceu aceitou fazer o papel de vítima expiatória, e tão logo colocou o pé no campo de batalha foi morto num piscar de olhos. Mas tal fato não foi decisivo, e a luta prosseguiu sem que nenhum dos lados alcançasse a vitória, até que um dia, exaustas as duas partes após o longo e infrutífero cerco que as forças de Polinice haviam imposto a Tebas, decidiu-se que a pendenga seria resolvida através de um duelo singular entre os dois irmãos: Etéocles, rei de Tebas, e Polinice, o pretendente ao trono.

Nunca as Parcas cortaram o fio da vida de dois bravos soldados com tanta grandiosidade como fizeram naquele dia, diante das portas de Tebas. Desde o começo a luta mostrara-se parelha: cada qual do seu lado, rodopiando um ao redor do outro com seus escudos e lanças enristadas, mostrava destemor e valentia jamais vistas. Ora um acertava uma valente cutilada ao ombro do outro, ora o outro devolvia o golpe no braço do primeiro, até que Etéocles, num salto ágil e imprevisto, investiu decididamente contra o peito do irmão. Polinice, entretanto, desviou-se com uma semipirueta que desnorteou o irmão. Quis ainda Etéocles tentar outro golpe audaz, mas Polinice, atento e muito mais ágil, contra-atacou num golpe preciso e fatal, desarmando o irmão e enterrando-lhe nas entranhas a sua lâmina dura e gelada. Quando a retirou, um breve e violento espirro de sangue esguichou no seu capacete.

Etéocles, ferido de morte, rastejou para tomar a arma de volta, mas Polinice, com a espada erguida, preparava já o golpe de misericórdia. Porém, antes que pudesse completar o gesto, Etéocles sacou seu punhal – aquele mesmo que mantinha escondido sob as dobras do manto – e num esforço sobre-humano arremessou-o contra o pescoço do adversário. Polinice caiu ao lado do irmão já esvaído, vomitando pela boca um sangue negro e espesso. E assim ambos se acabaram, unidos fraternalmente sobre uma mesma poça de sangue.

Como o combate terminara empatado, com a morte de ambos, os exércitos rivais reiniciaram a luta, que se estendeu ainda por um longo tempo, ora com a vitória pendendo para um lado, ora para o outro. Mas Meneceu não morrera em vão, afinal: os tebanos, depois de muita luta, acabaram vencendo as forças inimigas e expulsando os invasores de Tebas. A profecia de Anfiarus, enfim estava cumprida: dos sete chefes guerreiros, o único a sair com vida foi o rei Adrastos, o qual foi obrigado a fugir com seu exército desbaratado e refugiar-se em Atenas, deixando seus mortos insepultos às portas de Tebas.

ANTÍGONA

Édipo, expulso de Tebas pelos próprios filhos, vagava pelos caminhos com sua filha Antígona. Ele, um velho cego perseguido pelo infortúnio; ela, uma mulher determinada a não deixar que o pai perecesse ao desamparo.

– Pai, veja, estamos chegando a Colona! – disse Antígona, quase feliz.

Em seguida, no entanto, cobriu a boca com a mão.

"Maldita gafe!", pensou ela, lembrando da cegueira do pai e revoltada consigo mesma. "Quantas vezes vou repetir, ainda, esta bobagem?!"

Édipo, no entanto, percebeu tudo e deu uma sonora gargalhada – a primeira, na verdade, que conseguia dar desde que ambos haviam deixado o palácio de Tebas, expulsos pela ambição de Etéocles e Polinice, seus filhos e irmãos de Antígona.

– Filha querida! – disse ele, acariciando a cabeça de Antígona. – Não se agaste com essas pequenas distrações; não tenho mais olhos, mas ainda posso ver tudo, e que outra visão melhor poderia ter do mundo do que vê-lo pelo filtro dos seus olhos justos e abençoados?

Antígona sorriu e, abraçada ao pai, adentrou os limites de Colona, pequena aldeia nas proximidades de Atenas. Lentamente ambos chegaram a um bosque consagrado às Fúrias benévolas. Ali estiveram abrigados por vários dias no interior do pequeno mas severo templo, até que os moradores, irados com aquela presença profana, resolveram expulsá-los dali.

Mas Teseu, rei de Atenas, informado disso, resolveu interceder.

– Édipo está aqui próximo! – disse ele a seus conselheiros. – Tragam-no até mim, pois há um oráculo célebre, que diz que o túmulo de Édipo em nossas terras garantirá eterna vitória contra nossos inimigos.

Édipo e sua filha foram, então, bem recebidos por Teseu e gozaram da hospitalidade ateniense durante um bom tempo, até que um dia Creonte, tio de Antígona e regente do trono de Tebas, chegou a Atenas para suplicar a Édipo que retornasse à sua pátria.

– Édipo, filho de Laio, é sua ausência que provoca esta guerra odiosa em nosso reino – disse Creonte, implorativo. – Os oráculos são unânimes em afirmar que enquanto durar sua ausência, Tebas estará entregue à disputa de seus dois filhos, Etéocles e Polinice.

Estas e muitas outras palavras disse Creonte, mas Teseu, temeroso de que Édipo fosse morrer longe de suas terras, levando assim, consigo, a proteção que os atenienses esperavam, recusou-se terminantemente a ceder o seu hóspede.

– Creonte, se veio aqui só para ver atendido este seu pedido, pode desde já retornar para sua Tebas de nome glorioso, posto que as coisas por lá, como bem sei, não andam nada tranquilas – disse Teseu, de maneira categórica. – Vá e tente resolver os problemas que aqueles dois criaram ao expulsar o próprio pai da casa paterna. Além do mais não há garantia alguma de que ele não sofrerá algum infortúnio ainda maior por parte dos dois ambiciosos, caso volte a colocar seus pés de volta numa terra que só lhe trouxe desgraças. Aqui, ao contrário, ele será sempre bem tratado até encontrar o descanso final sob o solo ateniense.

Creonte, frustrado, deu as costas a Teseu, sem se despedir, e retornou imediatamente a Tebas, onde a guerra alcançara furor nunca visto. De um lado Etéocles, de posse interina do cetro tebano, combatia ao lado dos exércitos de sua própria pátria; de outro, seu irmão Polinice, que, exilado, unira-se aos exércitos da vizinha Argos, comandados por seu sogro Adrastos, para derrubar aquele que ele chamava de usurpador do poder régio. Entretanto, nenhum dos dois alcançou seu objetivo, pois acabaram mortos um pela espada do outro, às portas de Tebas.

Creonte, que tomara desde o começo o partido de Etéocles, ordenou então que recolhessem para dentro dos muros o corpo do rei morto, e que lhe fossem prestadas o mais breve possível todas as honras fúnebres devidas.

– Quanto a Polinice, que ousou aliar-se a um estado estrangeiro para atacar sua própria pátria, que permaneça insepulto, do lado de fora de nossas sagradas muralhas – disse Creonte, friamente. – Os cães e abutres de além muros que se encarreguem de lhe dar a sepultura conveniente.

No mesmo dia, o rei de Tebas lavrou um decreto no qual proibia qualquer cidadão tebano de enterrar o corpo do infeliz Polinice, sob pena de morte.

Antígona, enquanto isto, ainda permanecia em Atenas. Tendo recém-acabado de enterrar seu pai, Édipo – que falecera de maneira branda, numa tarde cinzenta e fria, encerrando assim o longo cortejo de infortúnios e tribulações que fora a sua triste vida –, sentia agora que era mais do que hora de retornar para Tebas, para ver se ainda era possível pacificar a ira dos dois irmãos em luta e instaurar em sua pátria um período de paz e tranquilidade. Mas quando chegou teve a surpresa e a infelicidade de encontrar seus dois irmãos mortos, e um deles insepulto.

– Por que meu irmão Polinice jaz aqui, insepulto, do lado de fora dos muros da cidade? – disse ela, horrorizada, ao soldado que mantinha o cadáver exposto ao sol e aos cães, num estado de horrível mutilação e ignomínia.

– Para longe! São ordens de Creonte, novo rei de Tebas – disse o soldado, impedindo com a lança que Antígona se aproximasse do corpo do irmão.

Inconformada, ela foi correndo procurar o auxílio de sua irmã Ismênia, que também lamentava a ordem cruel. Mas ao ver que ela não manifestava nenhuma intenção de tentar reverter aquela situação, irou-se também contra ela.

– Antígona, pense bem, minha irmã! – disse Ismênia, com o rosto molhado pelas lágrimas. – O que podemos fazer, pobres mulheres, diante de um decreto tão inexorável? Cumpre-nos acatá-lo, se tivermos bom-senso e amor à própria vida.

– Você é uma covarde, isto sim – exclamou Antígona, encolerizada.

– Creonte não voltará atrás, esteja certa! – disse Ismênia.

– Você bem sabe que uma pessoa que permanece insepulta está condenada a vagar para sempre, sem descanso nem paz, pelas margens do sombrio Aqueronte! – disse Antígona, inconformada. – É isto que deseja para nosso pobre irmão, que permaneça diante dos olhos da plebe, entregue aos dentes dos cães e ao bico imundo dos abutres? E que no outro mundo sua alma gema, vagando em eterno tormento?

Antígona procurou, ainda, convencer o novo rei de Tebas, mas este a expulsou de sua presença com palavras iradas, ameaçando prendê-la por sedição.

Mas Antígona estava determinada a não deixar que seu irmão Polinice permanecesse naquele miserável estado. Assim, durante uma forte tempestade de areia que se abateu sobre Tebas, aproveitou para deixar os portões da cidade e, ludibriando a atenção do guarda de Creonte, enterrou o corpo do irmão com as próprias mãos, realizando secretamente os rituais que a tradição prescrevia.

– Ah, meu pobre irmão, que triste fim o nosso – lamentava-se ela, coberta de pó e de lágrimas, enquanto jogava a areia sobre o corpo do irmão. – Não devíamos ter permitido, jamais, que a discórdia se instalasse em nossas almas...

Porém, mal havia terminado de encerrar os rituais de sepultamento, quando foi surpreendida e detida por um guarda, que a conduziu ao rei Creonte:

– Criatura insensata, não conhecia, então, o teor do meu decreto? – perguntou o rei de Tebas avançando para ela, tomado de cólera.

– Bem conheço o teor do seu decreto, meu tio e poderoso rei de Tebas! – disse Antígona calmamente, porém de fronte erguida. – Mas um é o decreto dos homens, e outro, o decreto dos deuses. Escolho obedecer aos deuses, em vez dos homens.

– Ousas, ainda, desafiar meu poder soberano, atrevida? – disse Creonte, dando-lhe uma bofetada no rosto.

Antígona permaneceu imperturbável e prosseguiu com suas razões:

– Sim, meu tio, escolho as leis do céu, porque elas me soam justas e perenes, enquanto que seu infame decreto padecerá sempre da perenidade das coisas mutáveis; como posso, pois, colocar à frente das coisas eternas, as coisas humanas e efêmeras? Se me dá a morte por isto, saiba que, assim como seu decreto, sua vida será efêmera. Você e eu pereceremos: um hoje, o outro amanhã; mas os deuses e seus decretos, estes permanecerão válidos e sagrados para todo o sempre.

– Conduzam esta louca para a prisão! – disse Creonte, colérico, a um dos seus guardas. – Que sua boca não prove água ou alimento qualquer até que sua vida pereça, para que aprenda antes de morrer o quão longo pode ser o tempo, uma vez desafiado o meu "efêmero" poder temporal.

De repente Ismênia adentrou o salão real, aos gritos.

– Creonte, eu a ajudei a sepultar o nosso irmão...

Mas Antígona não deixou que ela continuasse.

– Não, é mentira! – disse ela. – Minha irmã nada tem a ver com isso; tudo o que fiz, fiz sozinha...

Depois, voltando-se para a irmã, lhe disse, serena:

– É tarde, Ismênia. Você escolheu a vida; eu, a morte.

Antígona foi levada até a caverna onde ficava o túmulo de seus ancestrais; ali deveria permanecer encerrada, em completa escuridão, na companhia dos mortos, tão logo a grande pedra que vedava a entrada da tumba fosse rolada. A terrível fome, então, ficaria encarregada de corroer suas entranhas, e a sede, de ressecar sua pele viçosa, até que a Morte, penalizada diante de um tão longo martírio, a viesse libertar, enfim, de seus padecimentos.

A grande rocha moveu-se, afinal: Ismênia observava, aos prantos, a efígie de sua irmã desaparecer aos poucos – e para sempre – de seu olhar. E quando a última fresta de sol deixou de iluminar o interior da negra caverna, Antígona viu-se finalmente a sós com seu negro destino.

Algum tempo depois, quando a pedra foi removida, encontraram-na morta, com efeito, mas não como se esperava: Antígona antecipara-se à morte, pendurando-se ao teto por um laço firmemente atado ao pescoço.

PÍRAMO E TISBE

— Ah, muro maldito, quem foi o infeliz que empilhou um a um os seus tijolos gelados e intransponíveis?

Assim lamentava-se todos os dias Píramo, jovem e belo assírio que o ódio dos pais havia encerrado longe dos olhos de sua amada Tisbe, a mais bela virgem de todo o Oriente. Apesar de morarem um ao lado do outro, isto era para ambos quase o mesmo que estarem em lados opostos do mundo, pois um muro intransponível e indestrutível fora erguido entre as duas casas.

– Que um raio o parta em dois, que os deuses o façam evaporar, que meu amor o derreta como um sol dardejante!

Assim dizia o infeliz Píramo, de punho erguido, a maldizer o dia inteiro, desta e de muitas outras maneiras, a funesta parede.

– Não sejamos tão injustos, meu amor! – balbuciava a bela Tisbe, por sua vez, do outro lado do muro. – Não fosse esta estreita fenda que o construtor desavisado deixou aberta, jamais poderíamos conversar assim, livremente. Não, não culpe o muro, nem seu construtor, mas apenas nossos pais, que de maneira insensível nos consomem a alma nesta cruel agonia.

Tisbe parou um pouco; o ruído de um longo suspiro chegou até os ouvidos de Píramo apaixonado.

– Píramo, precisamos ter muita paciência...

– Paciência?! – exclamou a voz emparedada. – Minha paciência esgotou-se, minha amada Tisbe. Que mal fizemos nós? Que crime cometemos? Como posso me conformar diante de tanto despotismo? Já não suporto mais viver apenas das doces palavras que me diz, sem poder ver a maravilhosa boca que as pronuncia, nem ler os bilhetes que introduz pela fenda, sem poder ver a alva mão que os escreve.

Píramo tentou, então, pela milésima vez, ver se conseguia enxergar um pedacinho, por mínimo que fosse, de sua adorada Tisbe. Mas a parede era muito espessa, e a fenda, muito estreita.

– Oh, pudesse agora tomá-la em meus braços... – exclamou Píramo, agoniado, afagando as heras que cobriam o muro como se fossem os cabelos de sua amada.

– Píramo amado, não se exalte, podem nos ouvir – sussurrou Tisbe, com a boca grudada no pequeno vão do elevado muro.

"Se pudesse ao menos escalá-lo... ", pensou o jovem assírio, enterrando os dedos nas poucas saliências e reentrâncias do sólido anteparo. Oh, mas o perverso construtor fora sábio o bastante para fazê-lo de pedras suficientemente lisas e escorregadias. O jovem não conseguiu enterrar mais do que a ponta de suas unhas entre as saliências, sempre estrategicamente afastadas umas das outras.

– É um maldito deboche! – disse ele, retirando as unhas escalavradas, ao descobrir finalmente, após detida inspeção, que eram todas fendas falsas.

"Será que até isto o perverso construtor arquitetara?", pensou Píramo.

O jovem ergueu, então, os olhos para o alto, mas por mais que elevasse as vistas não conseguia divisar o fim do muro: as pedras lisas e inconsúteis perdiam-se nas nuvens, tornando impossível ver-lhes o fim, ao mesmo tempo em que do alto descia a água das nuvens, escorrendo sempre pelo muro, como uma parede que na estação das chuvas verte a umidade sem cessar, tornando impossível até mesmo às lagartixas escalarem-no.

E que fera monstruosa haveria lá no topo? Que medonho obstáculo estaria à espera do audaz que enfim o alcançasse?

– Oh, minha paixão e meu tormento! – exclamou o jovem, por fim, com seus lábios ardentes colados à pedra molhada, como se beijasse os lábios úmidos da própria Tisbe. Mas sabe Júpiter quantas pedras sobrepostas ainda separavam seus ardentes lábios! Oh, se ao menos fossem feitas de blocos de gelo duro, para que o calor de seus lábios acabasse, cedo ou tarde, por dissolvê-los...

– Quando poderei beijá-la de verdade, tocar seus lábios, sua pele macia, envolver seu corpo lindo e encantador num abraço infinito? Teremos de esperar, então, até que estejamos velhos, ao ponto de meus olhos não poderem mais distinguir a sua beleza? – exclamava Píramo em seu estado febril.

Neste momento foi abruptamente interrompido por Tisbe.

— Ambos velhos...? Eu e você...? – repetia ela, como se não conseguisse acreditar que isto um dia aconteceria. – Mas você é tão belo, não há jovem de maior beleza em toda a Babilônia!

— Por enquanto, minha bela e fascinante Tisbe... O tempo, porém, é veloz e desapiedado para com os mortais.

— Realmente, você está ficando diferente. Está mais maduro e sua voz mais grave, embora mais desanimada, também... Ah, tem razão, meu belo Príamo... Basta! Isto não pode continuar assim – disse Tisbe, revoltando-se, afinal, com aquela situação.

— Isto mesmo! – repetiu ele, entusiasmando-se. – Ah, minha doce Tisbe, enfim me ouve... Tenho pensado muito nisto e já tenho um plano concertado para nós. É muito simples. Amanhã à noite, quando todos estiverem dormindo, fugiremos.

— Oh, Píramo, mas será muito perigoso...

— Não, basta que tenhamos um pouco de cautela e outro tanto de audácia – disse Píramo, colando a boca ao muro. – Vamos nos encontrar junto ao túmulo de Nino, fora dos limites da cidade. Você logo o reconhecerá, pois ele é protegido por uma imensa amoreira, com frutos brancos como a neve, bem ao lado da fonte. Aquele que chegar primeiro aguardará o outro, sob os galhos daquela bela e frondosa árvore.

— Por Vênus! – exclamou Tisbe, estupefata. – Então você já tinha tudo planejado?

— Sim, foram os fervores da bela deusa, protetora dos amantes, que me inspiraram a arquitetar este desesperado plano – respondeu Píramo, mais aliviado.

Os dois aguardaram, então, que Apolo terminasse de recolher no horizonte o seu flamejante carro e a Noite estendesse sobre o céu o seu negro e estrelado véu.

Tão logo escureceu, Tisbe levantou-se da cama, cautelosamente, e, após certificar-se de que todos na casa dormiam, deslizou furtivamente pela janela até alcançar o portão de saída. Antes de cruzá-lo, deu uma última olhada no muro maldito, cujo topo nem as aves altaneiras podiam divisar.

— Maldito muro, maldito construtor – ela praguejava, colocando a capa e dando-lhe as costas para sempre.

Depois de ter atravessado o campo, sob o sopro úmido e frio de Bóreas incansável, avistou finalmente a gruta; com um pouco de dificuldade subiu pela encosta até alcançar, enfim, o famoso túmulo. Sentou-se, pronta para esperar o amado, que não deveria tardar.

Tisbe assim permaneceu, encostada sob a amoreira, durante um bom tempo, até que de repente viu surgir, à luz difusa da noite, uma leoa – sim, uma terrível leoa que avançava a largos passos em sua direção. Suas mandíbulas estavam ensanguentadas, pois havia recém abatido uma presa, e buscava agora aliviar a sede junto à água da fonte. A moça, assustada, esgueirou-se por trás da árvore e, antes que o animal percebesse sua presença, já havia se misturado à noite escura. Na pressa, entretanto, deixara a capa para trás, caída junto à amoreira de alvos frutos.

A leoa, depois de saciar a sede com a água fresca da fonte, virou seus passos, agora lentos e pesados, em direção ao bosque, em busca de repouso. No entanto, ao avistar a capa caída ao chão, começou a brincar com ela, enterrando nas dobras as unhas ainda tintas de sangue, e a rasgar-lhe as franjas com seus dentes amarelos e afiados, até reduzi-la a um monte de tiras ensanguentadas.

Píramo chegou bem depois, após a leoa haver partido. As coisas para ele não haviam corrido tão fáceis como para Tisbe, pois os cães haviam começado a latir assim que ele pusera os pés no jardim. Trepado nos galhos de uma árvore, tivera de aguardar que o cão e o vigia se afastassem outra vez para poder reencetar a sua fuga.

Assim que chegou ao túmulo, viu, sob o clarão ofuscante da lua, as fundas pegadas da leoa impressas na areia.

– Tisbe, Tisbe! – gritou ele, com os olhos atônitos pousados sobre os farrapos ensanguentados da capa da amada. – Ó deuses, o que significam estas tiras ensopadas pelo sangue? – bradava Píramo, cobrindo de lágrimas o que restara da malsinada capa. – Oh, Tisbe infeliz, a que funesta desgraça a arrastei? Como pude deixá-la aqui sozinha, à mercê de feras cruéis e selvagens?

Píramo ergueu-se, então, e relanceando o olhar por tudo gritou, aos prantos:

– Vamos, venham, leões malditos! Venham completar sua negra tarefa! Abandonem os rochedos e venham terminar de saciar seus estômagos, despedaçando com seus dentes afiados este corpo que já não tem mais vida!

Píramo urrava, batendo no peito em desespero. Então, sacando da bainha o seu punhal, fez com que o bronze afiado se enterrasse em seu próprio coração.

O sangue que espirrou da ferida esguichou com uma profusão tal que acabou por tingir de vermelho as amoras brancas que pendiam da árvore, penetrando terra adentro pelo caule até atingir suas raízes.

Enquanto isso, Tisbe, abraçada aos joelhos trêmulos, aguçava os ouvidos, com a sensação de ter ouvido Píramo chamá-la. Imaginou-o sozinho, esperando-a sob a amoreira, com a leoa a lhe rondar os passos. Encheu-se enfim de coragem e resolveu arriscar-se a voltar, mas estacou surpresa ao se deparar com a amoreira de frutos vermelhos, em vez dos frutos brancos e reluzentes.

– Que milagre os deuses preparam aqui? – disse, impressionada.

Seus passos vacilaram, pois achava que havia se enganado de local, até que, ao fixar melhor a vista, avistou o corpo de Píramo caído ao chão, lutando contra a morte. Correu até ele com o coração aos saltos e apertou-o nos braços trêmulos:

– Píramo, amado, sou eu, a sua terna Tisbe! – gritava ela, beijando sem parar aqueles lábios já lívidos e frios. – Vamos, beije-me também e deixe que eu lhe comunique meu alento!

Ao ouvir a voz de Tisbe, Píramo abriu pela última vez os seus exaustos olhos; um sorriso efêmero iluminou seus lábios, e logo em seguida sua alma renunciou à vida. Ela avistou, então, sua capa toda esfarrapada e a bainha vazia do punhal.

– Matou-se por minha causa – exclamou, alterada. – Oh, funesto engano! Oh, Parcas fatais! Perdemos um ao outro antes mesmo de nos possuirmos.

Assim esteve lamentando a desdita sua e de seu amado, até que, erguendo a cabeça, pareceu tomada por uma irredutível decisão.

— Já que a vida foi implacável em seu propósito sinistro de nos manter afastados, que seja a morte agora a nos unir para sempre! – disse, apanhando o punhal que caíra da mão de Píramo e enterrando-o em seu próprio peito.

E assim ficaram os dois corpos juntos, unidos como um só, até que Aurora divina retornou, tingindo o céu com seus rosados véus.

Algum tempo depois surgiram os pais dos fugitivos, mergulhados em aflição. As mães abraçaram-se, soluçando agoniadamente o seu desconsolo, ao descobrirem os corpos dos dois amantes, abraçados ao pé da árvore fatal. Cada mãe jogou-se, em desespero, sobre seu próprio filho, mas eles estavam tão unidos que, ao fazê-lo, cada qual se viu obrigada também a abraçar o outro. E ao erguerem, finalmente, seus olhos nublados de lágrimas, perceberam ao alto, sob os galhos balouçantes, os frutos, antes brancos como a neve, agora tingidos de um vermelho intensamente vítreo e brilhante.

Píramo e Tisbe, separados em vida, foram finalmente unidos pela morte e, desde então, repousam no mesmo túmulo, sob a sombra das amoras escarlates.

CEIX E ALCÍONE

— Vamos cavalgar pelo campo, meu querido? – convidou uma manhã a rainha Alcíone, filha de Éolo, já conduzindo pelas rédeas o seu cavalo.

– Ah, minha amada, me desculpe! – respondeu o esposo Ceix, rei da Tessália. – Amanhã, talvez. Hoje estou sem ânimo algum, pretendo ir descansar um pouco.

– O que está havendo? – disse ela, encurvando suas negras sobrancelhas. – Cadê aquela alegria radiante que você herdou do seu pai? Há dias que anda perambulando pelo jardim, como se grande tristeza o afligisse...

Alcíone entregou o animal de volta ao cavalariço e seguiu com o marido.

– É verdade, minha doce Alcíone, não estou sendo uma boa companhia para você – disse Ceix, desanimado. – Desde que meu irmão morreu muitas coisas mudaram aqui na Tessália; tenho a triste impressão de que os deuses me hostilizam. Por isso, resolvi fazer uma viagem a Carlos, na Jônia, para consultar o oráculo de Apolo; só assim descobrirei que motivos têm os deuses para estarem desgostosos comigo.

Alcíone abraçou-se ao marido e seguiu com ele até o palácio:

– É natural que se sinta assim, meu querido! – disse ela, tentando confortá-lo. – A morte de um irmão, afinal, não é coisa que se supere de um dia para o outro. Mas daí a pôr-se em mar aberto, sob a inclemente fúria dos ventos e dos mares, apenas para consultar um oráculo, já me parece um exagero.

Ceix escutou calado, mas seu semblante denotava uma obstinação ferrenha.

– Não vejo com bons olhos essa viagem, ela me soa como um terrível presságio – disse Alcíone, voltando à carga. – Conheço perfeitamente a força dos ventos e das tempestades, pois sou filha do deus dos ventos. Quantas vezes vi de meu palácio, nas altas montanhas da ilha Eólia, navios serem jogados sobre os penhascos, sendo feitos em mil pedaços, enquanto os destroços e os cadáveres trazidos pelas ondas se espalhavam horrivelmente mutilados pela praia.

– Muito embora tudo isto, Alcíone querida, ainda assim devo partir – disse Ceix.

– Muito bem, então irei junto – respondeu Alcíone, decidida.

– Nada me daria maior prazer, acredite! – disse Ceix, tomando o rosto da esposa em suas mãos. – Mas justamente pelas razões que você acabou de citar é que não posso me arriscar a levá-la. Mas prometo que pelos raios de meu pai, Vésper, irmão de Japeto e de Atlas, que, assim que resolver tudo, voltarei, antes da lua ter girado duas vezes sobre sua órbita.

Ceix entrou no seu reluzente palácio, que neste momento lhe pareceu apenas um local triste, ermo e sombrio.

O dia seguinte amanheceu nublado e cinzento. Ainda assim o rei tratou de fazer os preparativos para a viagem. Mandou que lançassem às águas o navio de côncavas madeiras e que substituíssem as antigas velas por outras, inteiramente novas.

Quando tudo finalmente ficou pronto, Ceix abraçou fortemente a esposa e embarcou no navio. Alcíone, em terra, ficou observando seu amado esposo desaparecer por detrás das lágrimas que afogavam seus azulados olhos. Permaneceu ainda ali por algum tempo, olhando para o vasto mar que se estendia triste e solitário a sua frente. Com um esforço sobre-humano girou devagar sobre o próprio corpo e voltou para o palácio, com as lágrimas descendo pelo rosto.

Enquanto isso, os marinheiros manejavam os remos e alçavam as velas. A viagem transcorria tranquila, sem incidente algum. Porém, quando chegaram ao meio do caminho, o tempo mudou de repente, e o vento leste começou a soprar forte como um furacão, deixando o mar encapelado e recoberto por um manto de espuma.

– Recolham as velas, marinheiros, rápido! – gritou o mestre, mas o ruído dos ventos e das ondas impedia que se ouvissem as ordens de comando. Os marinheiros começaram a agir por conta própria, mas seus esforços eram baldados diante da fúria dos ventos, que erguiam até o céu as suas paredes espumosas, para em seguida fazerem-se ruir como um bloco de montanha que se desprende do alto com todo o peso. Em meio a isso, a chuva torrencial caía com tanta força, em cortinas quase sólidas de água, que parecia que o céu estava prestes a se fundir com o próprio mar.

De repente, o mastro foi despedaçado por um raio; em seguida o leme foi arrancado do seu lugar pelo golpe decidido de uma onda, que pareceu agarrá-lo com seus dedos liquefeitos, arrojando-o ao mar, sem piedade. As ondas invadiram o navio com tamanha fúria que, quando retornavam, a embarcação já estava feita em pedaços.

Alguns dos marinheiros, petrificados pelo choque, caíram na água e não tiveram mais forças para se erguer; outros, boiando, tentavam manter-se à tona agarrados aos destroços, mas desapareciam em seguida no meio da noite tempestuosa, lançando terríveis gritos de desespero.

Ceix agarrou-se a uma tábua, clamando pela vida ao próprio pai, mas foi tudo em vão: depois de ver-se engolido por duas ondas, sucumbiu, afinal, à uma terceira, que o arrastou para o fundo, sem dar-lhe chances de retornar à superfície. Quando finalmente deu-se conta de que não havia mais salvação, dirigiu seus últimos pensamentos a sua amada Alcíone, que permaneceria para sempre, lá longe e sozinha, a lhe esperar:

– Oh, minha amada! Que as ondas se apiedem de mim, levando ao menos meu corpo até você, para que possa, assim, fazer meus funerais e chorar pelo marido que nunca mais irá contemplar!

Enquanto isto, na Tessália, Alcíone contava os dias para a volta de Ceix. Escolheu mil vezes os trajes que usaria quando seu amado Ceix desembarcasse de volta, com bons augúrios trazidos do oráculo, na distante Jônia. Rezava o tempo inteiro, a todos os deuses – em especial para Juno, esposa de Júpiter, na esperança de que lhe trouxesse de volta o marido, feliz e com saúde.

Mas a deusa, não suportando mais escutar as preces inúteis da infeliz Alcíone, penalizou-se afinal e mandou chamar Íris, sua alada mensageira.

– Íris, fiel mensageira – disse Juno –, vá até o palácio do Sono e diga-lhe para enviar uma visão a Alcíone, para que ela saiba de uma vez por todas do naufrágio e da morte do marido; somente assim poderá, então, recomeçar a vida sem estar presa a uma enganadora promessa.

Íris partiu pela estrada do arco-íris, agitando sua capa multicor, até que o primeiro bocejo a alertou para o fato de que devia estar chegando, enfim, aos domínios do Sono, na isolada região dos Cimérios. O palácio desse silencioso deus estava situado numa montanha, nas profundezas de sua maior caverna, para que nenhum ruído alterasse o seu maravilhoso estado.

– Quanto silêncio! – disse ela, baixinho, levando nas mãos as suas sandálias.

Com efeito, nunca Íris, mensageira celeste, havia visto em suas andanças um lugar mais calmo: nada parecia perturbar o majestoso silêncio daquelas plagas. A natureza inteira parecia muda, ainda que viva, sob uma noite sempiterna. Chovia, e o ruído da chuva caindo era o único que se escutava, como que convidando ao sono. As árvores permaneciam com seus galhos e folhas escuras perfeitamente imóveis, sem fazer o menor ruído. Os passarinhos eram mudos, pois não precisavam nunca saudar o alvorecer de um novo dia. Uma vez por mês, porém, uma ligeira pátina azulada recobria as coisas como um véu muito fino, por um período muito breve de tempo; neste momento a noite eterna tomava uma sutilíssima refração amarelada, produto de alguns raios esmaecidos do sol que erravam feito aves douradas perdidas nos céus cimérios – único reflexo do dia que conseguia penetrar naquelas regiões umbrosas. Então suas criaturas despertavam molemente para um simulacro de dia e partiam para suas brevíssimas ocupações mundanas. Mas mesmo estas revestiam-se de uma tal espectralidade onírica que os habitantes do lugar preferiam antes acreditar que o Sono cedera o cetro, por alguns brevíssimos momentos, ao Sonho, seu irmão mais agitado, do que imaginar que aquilo pudesse ser um dia verdadeiro e integral.

Mas ouvindo melhor escutava-se um outro ruído, sim, além da chuva.

Íris voltou sua cabeça e, depois de afastar os fios molhados dos olhos, avistou, serpenteando por entre o vale, lá embaixo, o rio Letes, o maravilhoso rio do Esquecimento. Mas não, seria uma injustiça dizer que o murmúrio de suas águas produzia um ruído; não, era antes um zunido. Sim, o antiquíssimo curso d'água, que a tradição chamava de rio de azeite, escorria mansamente as suas águas num murmúrio quase hipnótico, que ainda mais predispunha os seres e as coisas ao maravilhoso esquecimento de si mesmas.

– Deve ser esta a gruta... – disse baixinho, outra vez, a bela Íris de pés de lã.

Antes de entrar, Ísis atravessou um imenso campo de papoulas, com a sua capa colorida espremida contra o delicado nariz, para que não viesse a cair desmaiada devido ao aroma intensamente inebriador que subia daquelas flores misteriosas. Uma vez dentro da gruta, Ísis errou por diversos caminhos, escuros e, claro, silenciosos, até que finalmente encontrou o enorme recinto onde estava instalado o leito do deus do Sono – um leito todo feito de um ébano lustroso, cercado por imensas plumas negras e cortinas da mesma cor. Ao seu redor estavam postados os sonhos, alguns belos e confortadores, outros tétricos e assustadores; estes últimos mantinham-se quase sempre afastados, somente às vezes conseguindo aproximar-se do leito do deus, por um descuido de seus ajudantes, que não raro acabavam por adormecer à cabeceira do leito do grandioso deus.

Assim que a deusa entrou, a luz de suas multicoloridas vestes iluminou o ambiente. Os sonhos, espavoridos, puseram-se a correr em todas as direções, metendo-se por baixo da cama, pulando a ampla janela, que dava do escuro quarto para a escuridão da noite, ou simplesmente agachando-se com as vaporosas mãos a recobrirem os olhos. O deus do Sono abriu os olhos pesados; seus longos e alvos cabelos revoltos misturavam-se às suas barbas brancas, que lhe desciam até o peito.

– Quem é você e o que quer aqui? – disse o Sono, entremeando à pergunta um gigantesco bocejo que abalou toda a montanha. Era este o único ruído alto que se podia escutar em todo o reino.

– Venho a mando de Juno, esposa de Júpiter, pai dos deuses e senhor do trovão – disse Ísis, fazendo uma grande reverência. – A deusa soberana ordena que envie um sonho a Alcíone, na cidade de Traquine, na gloriosa Tessália, revelando-lhe a morte... do marido... que ocor... reu num trágico... naufrágio.

Íris começara a bocejar terrivelmente e sentia que um sono poderoso, como nunca antes havia sentido em seus membros, começara a se apoderar de si. Por isto, tratou de dar cumprimento à sua missão e de ir dando logo o fora daquele lugar.

– Morfeu, acorde! – disse Sono ao seu filho, que tinha a rara capacidade de se metamorfosear em qualquer coisa.

O velho Sono sabia, no entanto, que despertar Morfeu não era tarefa fácil. Precisou usar de muita paciência – e de infinitas ameaças – para retirar o filho de seu fofo leito. Mas, enfim, conseguiu, e depois de ter-lhe dado todas as recomendações e de o filho ter partido, ainda que relutantemente, pôde, enfim, o velho Sono recostar-se novamente sobre o seu travesseiro, espichar-se de lado em seu espaçoso leito e cobrir de novo sua orelha com os pesados cobertores.

Morfeu cortou a vasta escuridão com suas asas silenciosas e logo chegou à cidade de Alcíone, adquirindo a forma do falecido Ceix. Foi então até o leito da rainha e, com a barba encharcada e a água a lhe escorrer pelos cabelos, debruçou-se sobre ela, dizendo:

– Alcíone, veja! Sou eu, seu amado Ceix! Realmente, você estava certa nos seus pressentimentos. Aqui você vê apenas a sombra daquele que um dia teve a felicidade e a honra de ser seu marido. Os ventos furiosos desencadeados por seu pai (não sei por que razão) destroçaram e afundaram meu navio. A morte me levou, sim, mas até o último momento seu nome esteve impresso em meus lábios. Mas agora nada mais há que se possa fazer. Não espere mais por mim, minha querida.

Alcíone, gemendo e soluçando, procurava em seu pesadelo abraçar o corpo do marido.

– Não fuja, meu amor! – exclamava ela, estendendo os braços. – Assim como quis ir com você naquela funesta viagem, deixe-me ir também nesta outra, porque sei – ai! – que desta você jamais vai retornar! Partamos juntos!

Alcíone foi despertada por sua própria voz. Assustada, olhou em torno, para ver se o marido ainda estava presente, mas só viu os criados que, alarmados por seus gritos, haviam acorrido, trazendo uma luz. Não encontrando o marido, Alcíone esmurrou o peito como se o apunhalasse e fez em tiras suas vestes.

– Ceix está morto! – lamentou-se. – E com ele, também, a minha razão de viver.

Todos tentavam convencê-la de que tudo fora apenas um sonho ruim, mas Alcíone não queria discutir.

– Basta, calem-se todos! – disse ela, silenciando as vozes. – Ceix naufragou e está morto para todo o sempre, ai de mim! Eu o vi, reconheci-o. Não pude tocá-lo, e isto é mais uma prova da veracidade do que afirmo, pois assim são as sombras quando andam nas mansões de Plutão e mesmo fora dela, intangíveis e impalpáveis. Sim, era ele, estou perfeitamente certa disto.

Alcíone olhou ao redor, como se ele ainda pudesse estar por ali.

– Oh, quantas vezes alertei-o! Por que não me ouviu, amado esposo?

O sofrimento impediu-a de continuar, e assim permaneceu a rainha, jogada sobre o leito, com os soluços a lhe sacudirem o corpo até que Aurora de róseos dedos viesse abrir as cortinas ensolaradas de um novo dia.

Quando as primeiras luzes da manhã inundaram o seu rosto, Alcíone, esgotada de chorar, dirigiu-se à praia e procurou o lugar onde vira o marido pela última vez. Contemplava o vasto mar, que nunca lhe parecera tão sinistro e solitário como agora, quando avistou algo que subia e descia ao sabor das ondas, vindo em direção à arrebentação.

– É um corpo, o corpo de um náufrago! – disse ela, correndo para as úmidas areias.

Sim, era Ceix, seu marido. Alcíone, em desespero, lançou-se às águas, bracejando em direção ao cadáver que rodopiava de braços abertos como uma estrela marinha.

– Meu amado Ceix! – gritava ela entre as ondas revoltas, que a cada instante ameaçavam submergi-la.

Então, como se uma mão invisível a fisgasse, sentiu que seu corpo tornava-se leve, a pairar sobre as ondas. "Estarei também morrendo, afogada pelas ondas cruéis, a exemplo de meu amado esposo?", pensou ela.

Mas aos poucos foi se convencendo de que não estava morrendo, mas renascendo – renascendo para uma outra vida. Alcíone agora pairava sobre as ondas. Seus braços se transformaram em alvas e graciosas asas, enquanto o restante de seu corpo recobria-se das mesmas e macias penas. Alcíone agora era uma ave, uma maravilhosa ave! Rapidamente ela voou em direção ao corpo do marido, lançando estridentes gritos de dor, que cortavam os céus como um lamento fúnebre e tristonho. Quando se aproximou do corpo, bicou-o em sua boca e subiu outra vez para o alto, lançando novos gritos de dor. Ceix, entretanto, também havia readquirido a vida e agora, transformado numa bela e majestosa ave da mesma espécie daquela que o acariciara, subia aos céus atrás de sua amada Alcíone.

E desde então, uma vez por ano, durante uma semana, o mar fica calmo e sereno como um lago. São os dias em que Alcíone desce dos céus para chocar seus ovos, produto dos amores seus e de seu marido, sobre a água plácida do mar. Tão logo nascem os belos filhotes, os ventos voltam a agitar o mar.

CREÚSA E ÍON

— Pronto, meu cesto já está tão abarrotado de botões de açafrão que já posso voltar para casa; nem Prócris nem Orítia jamais colheram tantos em suas vidas – disse, entusiasmada, a bela Creúsa, referindo-se às suas duas irmãs.

Creúsa já se preparava para sair da profunda caverna onde colhera as plantas quando foi brutalmente agarrada por um jovem que surgira do nada. Ele era divinamente belo, mas Creúsa não teve tempo de perceber isto, tal o inesperado ataque do jovem, que fez os açafrões voarem para todos os lados, enfeitando de amarelo as pedras da caverna. Gritou por socorro, chamando por sua mãe e pelas irmãs, mas em vão, pois o viril Apolo já a arrastava selvagemente para dentro da caverna escura.

Creúsa lutou com todas as suas forças, cheia de aversão e repulsa, mas os seus esforços resultaram inúteis diante da força e da perspicácia do deus. Alguns minutos depois estava a sós com seu ódio e sua vergonha. Sentia-se tão aviltada em seu corpo quanto em sua alma. A partir daquele dia seu desprezo pelo Deus estendeu-se a todos os mortais, aumentando ainda mais quando descobriu que esperava um filho daquele funesto relacionamento, e quando Apolo soube, nem por isso se abalou para auxiliá-la em sua terrível e solitária gestação.

Os meses passavam, e a jovem, disfarçando a gravidez entre as dobras de seus longos e complicados vestidos, nada contou, nem à própria mãe. Não podia prever qual seria a reação dos pais; ouvira muitas histórias de jovens que acabaram sendo mortas, simplesmente, ou expulsas de casa ou do próprio reino. Assim, quando sentiu que o bebê ia nascer, foi até uma caverna escura e ali deu à luz o seu filho. No começo ficou algum tempo parada, com o bebê nas mãos, sem saber o que fazer; mas passado o choque do parto, limpou a criança e envolveu-a nas roupas que havia tecido para este propósito. Depois a cobriu com sua bela capa e partiu, deixando-a ali.

O resto do dia andou sem destino, até que, arrependida, retornou aos prantos à caverna para resgatar o pobre inocente, que havia deixado entregue à própria sorte. Porém, quando chegou, o bebê não estava mais lá.

– Oh, deuses, não! – exclamou Creúsa, cujo instinto maternal falava agora com mais força do que o sentimento da vergonha e o medo da morte reunidos. – Não pode ter sido devorado pelas feras selvagens, ou haveria aqui algum terrível indício – disse ela, procurando algum pedaço de roupa ensanguentada. – A menos que tenha sido arrebatado por uma grande águia ou um abutre... Oh, deuses, o que terá sido feito dele? Por que fui deixá-lo aqui?

O tempo passou, e um dia o pai de Creúsa, o rei Erecteu, casou-a com Xuto, um estrangeiro que o auxiliara numa guerra. Esse homem era certamente grego, mas, como não tinha nascido nem em Atenas nem na Ática, era visto como estrangeiro e, por isso, desprezado pelos atenienses. Por esta razão, ninguém viu como uma infelicidade o fato de ele e Creúsa não terem filhos. Xuto, no entanto, desejava-os ardentemente. Foram, então, para Delfos, o refúgio dos gregos em seus momentos de dificuldade, para saber do Deus se ainda teriam filhos.

O marido estava na cidade se aconselhando com um dos sacerdotes quando Creúsa decidiu ir sozinha para o santuário de Apolo. No jardim externo, encontrou um belo jovem que, em trajes sacerdotais, purificava o lugar sagrado com uma água que tirava de um vaso de ouro, enquanto cantava hinos em louvor ao deus. Olhou com brandura e admiração para a bela senhora que tinha à sua frente. Creúsa sorriu, por sua vez, e começaram a conversar:

– A julgar pelo seu aspecto, a senhora deve ter uma ascendência nobre e ser protegida pelos deuses – disse Íon, timidamente, depois de cumprimentá-la.

– Protegida pelos deuses? – disse Creúsa, com um sorriso amargo. – Melhor diria "perseguida pelos deuses".

– Suas palavras beiram a impiedade; não devia permitir que elas escapassem com tanta facilidade de seu coração – disse o jovem, surpreso com a amargura da mulher.

Ela nada respondeu, mas seu olhar perdido lembrou o terror e o sofrimento de tanto tempo atrás e a angústia contínua pelo filho que jamais voltara a ver. Contudo, ao ver nos olhos do jovem o espanto provocado pela sua reação, perguntou-lhe:

– E você, quem é? Possui tão rara beleza que parece mesmo o filho de um deus. Como pode, tão jovem, já estar a serviço de um dos templos mais sagrados de toda a Grécia?

– Me chamo Íon – disse o jovem –, mas de minha origem pouco sei além do fato de que fui encontrado por uma sacerdotisa de Apolo, certa manhã, instantes após haver nascido, nas escadas do templo. Ela criou-me com tanta devoção e ternura como se fosse minha própria mãe. O trabalho aqui no templo muito me orgulha e me satisfaz. É mais gratificante servir aos deuses do que aos homens.

– Servir nunca é gratificante – disse Creúsa, cuja voz ainda denotava claramente a amargura que lhe pesava na alma. – Gratificante é termos nossa vontade entregue ao nosso exclusivo arbítrio.

– Está blasfemando outra vez – disse Íon, sorrindo bondosamente. – Por que seus olhos, tão divinamente belos, mostram-se tão amargurados? Não é neste estado que os peregrinos costumam chegar a Delfos; pelo contrário, chegam todos alegres e cheios de ânimo por poderem estar diante do santuário de Apolo, o deus da verdade.

– Apolo! – exclamou Creúsa. – Jamais me aproximarei de seu templo com alegria. – Depois, respondendo ao olhar de espanto e censura de Íon, disse-lhe ainda: – Meu marido veio a Delfos com um único objetivo: saber, por meio do oráculo sagrado, se ainda poderemos ter ou não um filho. Minha finalidade, porém, é bem outra: preciso saber o que aconteceu com um bebê, que era o filho... – Creúsa deteve sua voz por um instante, abafada pelo cruel remorso – ... filho de uma amiga minha, uma pobre criatura a quem o seu piedoso deus fez um terrível mal. Uma vez gerado o filho que ele a obrigou a conceber, a infeliz mãe viu-se obrigada a abandoná-lo em uma caverna escura e fria... e desde então essa mãe não teve mais um instante de paz. É possível que a esta altura seu filho já tenha até morrido, pois se passaram muitos anos. Mesmo assim ela precisa saber o que foi feito daquela pobre e inocente criança. É por isto que vim consultar Apolo, em nome dessa desafortunada mulher.

– Que palavras terríveis você disse agora! – falou Íon, escandalizado. – Estas acusações, perdoe-me, são por demais levianas para que as possa levar a sério. Deve ter sido um homem qualquer que seduziu a sua amiga, e ela, envergonhada, lança agora a culpa sobre os ombros de uma divindade.

Íon falara duramente, ofendido com a acusação feita ao deus de sua predileção.

– É tudo verdade! – disse Creúsa, acusativamente. – Foi um deus, sim, o autor da negra perfídia, e nenhum outro mortal.

Íon calou-se; depois, abanando a cabeça tristemente, disse a Creúsa:

– Ainda que fosse verdade, o que pretende fazer é uma grande loucura: ninguém pode aproximar-se do altar de um deus para ofendê-lo com injúrias.

Creúsa baixou a cabeça. Sim, nem mesmo tendo sido tratada daquela maneira tinha ela o direito de pretender afrontar um deus.

– Talvez você esteja certo – disse ela, finalmente, olhando para o jovem com uma ternura que jamais sentira por ninguém. – Estou ficando louca. Louca de ódio e desespero. É melhor eu ir embora.

Enquanto se despedia do jovem, percebeu que o marido se aproximava.

Xuto vinha com o rosto transbordando de entusiasmo e contentamento. Num gesto impulsivo, estendeu os braços para abraçar Íon, mas este repeliu-o com virilidade. Ainda assim, Xuto conseguiu envolvê-lo em seus braços.

– É meu filho! – disse-lhe Xuto, com os olhos enternecidos. – Foi o próprio Apolo quem o disse, através de seu oráculo.

– Ele, seu filho? – perguntou Creúsa, sem poder acreditar. – E quem é a mãe?

– Não sei – respondeu Xuto, entre alegre e confuso. – A única coisa que me foi dita é que este belo jovem é meu filho!

Pairava, agora, entre os três, o mais absoluto constrangimento. Íon estava distante e indiferente, enquanto que Xuto continuava confuso, mas feliz. Creúsa permanecia atônita. Nesse exato momento entrou a velha sacerdotisa e profetisa de Apolo. Apesar de sua enorme preocupação, Creúsa não pôde deixar de olhar fixamente para as roupas que a sacerdotisa trazia nas mãos. Uma delas era um véu, e a outra, uma capa de donzela.

– O sacerdote pede que vá até ele – disse a sacerdotisa a Xuto.

Assim que este saiu, ela aproximou-se tristemente do jovem Íon e disse:

– Meu querido! Você deve ir a Atenas com o pai que acabou de conhecer. Leve consigo essas roupas que o envolviam quando o encontrei, e que Apolo o proteja! – concluiu a sacerdotisa, triste com a renúncia que se via obrigada a fazer.

– Oh, as roupas de meu nascimento! – exclamou Íon, levando-as aos lábios. – Tenho certeza de que um dia elas me ajudarão a encontrar minha verdadeira mãe, onde quer que ela esteja.

Creúsa olhava para o garoto e, para o véu e para a capa tão emocionada, que as lágrimas, a tanto tempo contidas, explodiram num incontrolável acesso de emoção.

– Ah, meu filho, meu pobre filho! – disse ela, lançando os braços em volta do pescoço do jovem, enquanto chorava com o rosto encostado ao dele.

"Ela deve estar louca!", sinalizou o jovem à velha sacerdotisa, sem nada entender.

– Não, não estou louca, meu filho! – disse Creúsa, ao vê-lo fazer aqueles gestos. – Esse véu e essa capa são meus! Enrolei-os em você, quando você nasceu. A amiga de quem falei não era outra senão eu mesma... Ouça meu querido, sou a sua mãe, não tenha dúvida alguma sobre isso e... Apolo é o seu pai.

– Oh, por favor! – disse Íon, recuando. – Isso tudo é muito absurdo!

– Desdobre estas roupas – disse Creúsa – e veja que posso descrever todos, um por um, ponto por ponto, os bordados que enfeitam as roupinhas e o agasalho, pois foram feitos por minhas próprias mãos. Procure e achará também duas pequenas serpentes de ouro pregadas na capa. Eram minhas, fui eu que as coloquei ali.

Íon desdobrou as roupas e ali estava tudo conforme Creúsa descrevera, os bordados e as duas serpentes de ouro. Depois de examinar tudo, olhou para Creúsa como se a visse pela primeira vez.

– Mas então é tudo verdade – disse, maravilhado com a mãe e ao mesmo tempo decepcionado com o deus. – Você é a mãe que procurei a vida toda...

Íon jogou-se nos braços da mãe, vencido pela mesma emoção.

– Mas então o deus da Verdade é falso? Disse que eu era filho de Xuto! – continuou ele, confuso.

– Apolo não disse que você era filho de Xuto, e sim que o oferecia a ele como uma dádiva – esclareceu a sacerdotisa, com uma entonação severa na voz.

De repente, porém, mãe e filho viram surgir do alto uma maravilhosa visão: envolta num halo de intensa luz, uma deusa de celestial beleza descia dos céus, diante de seus olhos!

– Sou Minerva, filha de Júpiter – disse a aparição. – Apolo pediu-me que aqui viesse para confirmar que Íon é filho de Creúsa e dele próprio. Foi ele quem o tirou da caverna quando ela lá o abandonou. Leva-o contigo para Atenas, Creúsa. Ele é digno de governar meu país e minha cidade.

A deusa desapareceu em seguida. Mãe e filho trocaram um olhar cheio de amor e alegria.

– E quanto ao deus? – perguntou Íon para Creúsa. – Ainda guarda no coração algum resquício de ódio pelo que ele fez?

Creúsa sentia-se quites, apenas isto. Sabia lá ela o que era bem e o que era mal, em se tratando dos deuses? Tudo isto agora pouco importava. Seus olhos estavam voltados para o futuro, de onde via sempre a lhe sorrir o rosto jovem e feliz de Íon, seu filho.

ÁRION

Árion, músico favorito de Periandro, rei de Corinto, andava muito aborrecido, perambulando tristemente pelos corredores do palácio.

– O que está havendo, querido Árion? – disse o rei, encontrando-o por acaso. – Por que razão anda tão macambúzio pelos cantos do castelo?

Foi só então que Periandro percebeu que seu músico favorito estava sem a sua amada harpa. Santo Júpiter! A coisa, então, era realmente séria!

– Caro rei e amigo, o que me leva a perambular pelas torres do castelo é a ansiedade e a impaciência – disse Árion, inconsolado. – Há poucos dias fiquei sabendo de uma importante competição musical que ocorrerá na distante Sicília. Poucas coisas desejei na vida tão ardentemente quanto disputar este prêmio...

O rei, entretanto, temendo que pudesse acontecer ao poeta algum desastre no caminho – pois seria preciso fazer uma longa viagem marítima para se chegar à Sicília –, tentou dissuadi-lo do projeto.

– Não vá, meu amigo, lhe peço! – disse Periandro. – Desista dessa ideia, pois desde já ela me soa fúnebre como a morte. Por que ir buscar tão longe, e a tão alto risco, uma fama de que você já desfruta aqui mesmo?

– Um poeta verdadeiro, caro rei e amigo, é como uma ave de possantes asas – disse Árion, que, como bom poeta, não podia falar sem intercalar imagens no discurso. – Assim como ela precisa de outros ares para expandir a força de suas asas, assim um poeta precisa de outros ouvidos para afinar seu canto. O talento que os deuses me presentearam não deve ficar restrito aos ouvidos das mesmas pessoas, por mais caro que seja ao meu coração alegrar a sua alma com meus versos.

Árion, em pouco tempo, convenceu o rei a liberá-lo para a viagem. Em menos de um dia estava já a bordo, apesar dos protestos que Periandro ainda lhe fazia.

– Árion, pense bem! – gritava o rei, em terra. – Ainda há tempo de desistir!

Mas o navio já singrava o alto-mar, e Árion não podia mais escutar suas sombrias advertências. Quando uma glória inédita e ambicionada acena adiante, dificilmente um coração jovem e aventureiro deixará de segui-la, só porque uma advertência costumeira lhe acena às costas para que covardemente retroceda.

O zéfiro de largo fôlego tornou bojudas, noite e dia, as velas possantes de sua nau, impelindo-as decididamente para a frente. E enquanto a quilha cortava as ondas, repartindo-as em duas com a meticulosa precisão de uma navalha, o poeta, abraçado à sua lira, entoava alegres notas.

Os maus presságios, apesar de tudo, não se confirmaram. Árion chegou à Sicília como saíra: alegre, bem-disposto e muito confiante em seu sucesso. E não deu outra: sagrou-se vitorioso na disputa e aplaudido e admirado por todos os habitantes daquele grande reino. Mas apesar de todos os convites para que lá permanecesse, Árion, ainda assim, preferiu retornar à corte de seu amigo Periandro, pois prezava, acima de tudo, a amizade e a lealdade.

Depois de uma semana de festejos, retornou no mesmo barco em que partira, rumo a Corinto. Alguns dias depois de partir, o vento ainda soprava suave e favorável, tal como na viagem de ida.

– Oh, querido Periandro! – disse o poeta, contemplando o espelho liso do mar. – Quisera que você estivesse agora comigo para ver como foram vãs os seus temores e as suas apreensões! Bem, mas não importa. Assim que eu desembarcar no doce solo de Corinto, você vai ver dissipadas todas as suas preocupações, tão certo como vejo agora se desfazerem no céu aquelas alvas tranças, feitas de leves e vaporosas nuvens!

Realmente, nenhuma nuvem cobria o firmamento e nenhum vento forte sacudia as águas plácidas do mar. Entretanto, se tudo ia em paz com o oceano, com o coração dos homens as coisas não se passavam da mesma maneira. Uma tempestade começara a se armar dentro do peito dos marinheiros que conduziam o poeta de volta à casa.

– O desgraçado do versejador traz consigo infinitas riquezas, só para si! – disse um dos revoltosos, cujo coração remordia-se de inveja.

— Trabalhamos uma vida inteira ao leme e na escova para termos de ver depois um poeta efeminado recolher num dia o produto que nem em mil anos de árduo trabalho lograríamos alcançar! – disse outro, mordendo os dedos.

— Sim, os deuses são injustos... – disse ainda outro, menos viril na inveja.

A intriga ferveu durante vários dias até desembocar no seu estuário natural: a sedição. Reunidos no tombadilho, os cabecilhas da revolta avançaram para o poeta, de ferro em punho e dispostos a tudo. "Tudo" para eles era isto: matar o poeta e se apoderar de suas riquezas.

— Decidimos que deve morrer, cantorzinho! – disse o chefe da revolta, um marinheiro ruivo. – Escolha agora de duas uma: ou morre agora, com um golpe certeiro de meu punhal, ou se joga ao mar.

— Oh, marinheiro, você é ruivo e rude como o fogo que arde em seu peito! – disse o poeta, que nem nesse momento podia fugir ao lirismo.

Vendo, no entanto, que a hora não era para graças, reconsiderou o tom:

— Vamos, deixem-me viver e podem ficar com todo o ouro – disse, tentando apaziguar os ânimos. – É um preço que bem vale a minha vida.

— Nada feito! – rugiu o rude ruivo. – Cedo vai dar com a língua nos dentes e nossos pescoços encompridarão em menos de um mês. E mesmo que nada dissesse, como poderíamos ter a certeza de que, cedo ou tarde, não descobririam nosso ato infame?! Vamos, ilustre poeta, encomende a sua alma, porque o seu corpo já está morto.

— Concedam-me, ao menos, um último pedido – disse Árion. – Uma vez que meu fim já está decretado, que ao menos eu possa chegar a ele como sempre vivi, ou seja, como um verdadeiro poeta. Pegarei minha harpa e entoarei meu canto de morte. Assim, partirei sem queixas desta vida e chegarei cantando à casa dos mortos.

A maioria dos celerados não queria saber de protelações, pois pretendiam empalmar logo os baús cheios de ouro. O comandante, entretanto, curioso para conhecer o canto de tão célebre poeta, disse:

– Está bem, pode cantar, mas que seja um canto breve.

Árion vestiu sua túnica dourada para que Apolo o favorecesse; depois, tomou a sua lira com a mão esquerda e, com a direita, ergueu sua varinha de marfim, com a qual tirava os sons maviosos do seu instrumento. Em sua testa havia uma coroa dourada, enquanto que as dobras da túnica, recamadas de pedras preciosas, balançavam-se sob a brisa do mar. Assim paramentado, Árion deu início ao seu lamento fúnebre, que excedeu a qualquer coisa que já se tivesse executado. Mesmo a natureza ao redor – mar, nuvens aves e peixes – parecia hipnotizada com os divinos acordes da lira e com a voz triste que fluía da boca do poeta que se despedia da vida.

Árion finalmente encerrou seu canto e, avançando até a amurada, disse:

– Agora a vós, divinas nereidas, entrego meu corpo, esperando que minha lira venha a repousar junto à do divino Orfeu, no fundo do mar!

Árion arremessou-se ao mar. Sua túnica abriu-se de par em par, como se fossem duas asas, e ele finalmente desapareceu, engolido pelas ondas. Os marinheiros ficaram ainda alguns minutos a sondar o mar, mas nada veio à tona.

– Acabou-se! – disse o líder da revolta, acreditando-se livre para sempre do importuno poeta.

A música de Árion, porém, tinha atraído para as proximidades uma infinidade de golfinhos, habitantes das profundezas do mar, que saltavam ao redor do navio, encantados pelo som harmonioso que vinha daquele navio. Dentre esses havia um, em especial, que se destacou dos demais e se aproximou do poeta, oferecendo suas costas para carregá-lo. Assim, agarrado à barbatana, Árion chegou à terra firme. Estava de volta à sua amada Corinto, a salvo nas brancas areias da praia.

– Ah, golfinho, meu salvador, que Galateia, ninfa dos mares, o receba em seu próprio carro, como justa recompensa pelo bem que você me fez! – disse o poeta assim que se separaram, dirigindo-se cada qual para seu elemento.

Árion ficou ainda algum tempo olhando o Golfinho aparecer e desaparecer por entre as ondas e depois sumir nas profundezas do oceano. Afastou-se, então, da praia e em breve se viu diante das torres de Corinto. Cantava enquanto se dirigia ao castelo, cheio de satisfação e felicidade, esquecido dos prejuízos e voltado apenas ao que lhe restava: o rei e amigo Periandro e sua amada lira. Entrou no palácio de Periandro, que o recebeu de braços abertos.

– Ah, meu amigo, quase não posso acreditar que você está aqui, são e salvo, diante dos meus olhos, desafiando meus tolos presságios – disse o rei, com os olhos afogados em lágrimas.

– Nem tão tolos assim, meu amigo – disse Árion, reconhecido. – Graças às Musas, no entanto, pude reverter o curso funesto destes presságios.

Árion empunhou a sua lira, então, e contou, sob a forma de uma bela canção, a narrativa inteira da sua aventura – desde a partida e o triunfo na competição até o feliz resgate das ondas revoltas pelo golfinho salvador.

– Malditos traidores e assassinos! – disse o rei, ao descobrir a perfídia dos marinheiros. – Quando chegam do mar esses calhordas? Quero lhes dar uma bela recepção!

Assim que o navio atracou no cais, os homens do rei já estavam lá, aguardando para levar os marinheiros à presença de sua alteza. Quando se apresentaram diante de Periandro, que pedira para Árion esconder-se, ele perguntou:

– Onde está o meu amigo Árion? Por que não veio com vocês?

– O tratante deixou-se seduzir pelas promessas dos potentados da Sicília e resolveu ficar por lá com todo o tesouro que amealhou com sua voz melíflua – disse o cínico malfeitor.

O crápula mal havia terminado de dizer suas mentiras quando Árion surgiu vestido em sua dourada e resplandecente túnica. Os marinheiros caíram de joelhos aos seus pés como se um raio os houvesse fulminado.

– Justos céus, eis que o poeta morreu e os deuses o transformaram em um deles! – disseram os malfeitores, arrependidos.

Periandro falou, então:

– Árion está vivo, patifes! Os deuses decidiram proteger a vida do mais extraordinário dos poetas! Quanto a vocês, escravos da cobiça, agradeçam a Árion por ainda estarem vivos; o único castigo que terão será viver bem longe desta terra, sem poder jamais desfrutar da beleza e do encanto que a poesia infunde às almas superiores.

Um castigo do qual eles fizeram muito pouco caso.

SIMÔNIDES

Havia, certa feita, um poderoso rei chamado Escopas. Seu reino era o da Tessália e não havia ninguém audaz o bastante para contestar o seu poder. Riquezas choviam dia e noite sobre sua cabeça, potentados de reinos vizinhos vinham quase todos os dias prestar-lhe vassalagem, e ainda assim isto não era o bastante para ele sentir-se completa, suficiente e absolutamente feliz.

"O que falta ainda?", perguntava-se todos os dias Escopas.

Um dia, entretanto, escutando a música que saía da lira de Simônides, príncipe dos poetas de toda a Grécia, Escopas compreendeu tudo:

– É isto: um poema épico! – disse ele, dando um pulo de alegria.

Imediatamente mandou chamar o poeta.

– Simônides, príncipe dos poetas! – disse o rei, ao vê-lo. – Quero que componha para mim um magnífico poema, que celebre em versos inesquecíveis as minhas gloriosas e inexcedíveis façanhas. Quero que seja de tal forma extraordinário que seja cantado e repetido por todas as gerações futuras. É capaz disto, por certo?

– Sem dúvida, poderoso rei! – disse Simônides, já elaborando mentalmente os primeiros versos da imensa epopeia. Seria uma longa peregrinação, que abarcaria desde os feitos gloriosos dos mais antigos ancestrais do rei, entremeada de muitas digressões, que, por comparação, somente elevariam o mérito do homenageado, até chegar ao cerne do poema, um longo e exaltado canto que ergueria até as nuvens as virtudes e méritos do maravilhoso rei.

Simônides, entretanto, consumiu o cérebro durante um ano inteiro para achar alguma virtude naquele amontoado de crimes e barbáries que era a história dos antepassados do rei. Ambição, inveja, ciúmes, assassínios, estupros, parricídios – havia de tudo naquelas antigas crônicas, menos um feito justo e humano, por mais singelo que fosse, para ser narrado. Mas graças ao seu talento superior conseguiu transformar em beleza todas aquelas selvagens atrocidades.

No dia aprazado para a primeira audição de seu maravilhoso poema, estavam reunidos, enfim, num imenso salão, o rei e toda a sua corte. O tirano Escopas, refestelado em seu trono, sentia um friozinho agradável no estômago. Um gongo soou e o poeta maravilhoso adentrou o recinto sob uma chuva calorosa de aplausos.

– Escopas, poderoso rei da Tessália, temido e amado pelos súditos e pelos reis de toda a Grécia! – disse Simônides, alteando a voz. – Aqui está o produto do meu suado labor, que não tem outro fim senão o de contar em versos perfeitos a trama sublime que as Parcas divinas teceram para compor o tapete glorioso de vossa vida!

Tão logo os aplausos silenciaram, Simônides deu início à leitura da sua maravilhosa epopeia. Todos os circunstantes bebiam suas palavras como quem sorve um saboroso vinho, até que o poeta entrou numa vereda do seu poema, uma longa divagação acerca dos irmãos Castor e Pólux, exaltando as suas virtudes guerreiras, mas que pouco tinham, na verdade, a ver com as do homenageado.

Tais divagações não eram raras no poeta, e seria de se supor que um mortal comum se sentisse feliz em ver-se comparado aos dois famosos filhos de Leda. A vaidade do rei, porém, não admitia comparações, mesmo com os filhos de um deus.

Escopas, sentado à mesa de banquete, entre seus cortesãos e aduladores, resmungava insatisfeito:

– Que têm a ver as proezas dos gêmeos com as minhas?

Simônides, entretanto, entregue à recitação da comprida ode, continuava, imperturbável, a exaltar os feitos sublimes dos Dióscuros.

A leitura do poema estendeu-se, ainda, por longo tempo, até que finalmente o poeta pôs um ponto final na brilhante epopeia. Os aplausos espocaram, entusiásticos, por todo o salão, mas ficara bem evidente a todos – em especial, ao próprio rei – que Castor e Pólux saíam da declamação muito mais exaltados e glorificados do que ele, objeto primeiro da homenagem.

Era hora, agora, do rei ofertar ao poeta a sua prometida paga. Simônides, ainda ofegante da longa recitação, aproximou-se reverentemente do trono do rei, que havia aberto o seu baú de riquezas. Para sua surpresa, entretanto, Simônides viu o rei lhe entregar apenas a metade do conteúdo, ficando com o baú e a outra metade para si próprio.

– Aqui está o pagamento pela minha parte na sua obra – disse Escopas, com um sorriso irado no rosto. – Castor e Pólux, sem dúvida, pagarão pela parte que lhes diz respeito.

Uma gargalhada feroz e ululante estourou em todo o recinto, fazendo com que o poeta, corado e humilhado, retornasse cabisbaixo ao seu lugar.

Durante o resto da noite Simônides esteve assim, abatido e envergonhado, e por onde quer que andasse escutava sempre pelas costas risinhos fungados de deboche. Ninguém ousou fazer-lhe qualquer elogio, com medo de que a imprudência pudesse chegar aos ouvidos do rei insatisfeito.

Assim estava perambulando o poeta pelos corredores do palácio quando viu um lacaio se aproximar e lhe dizer:

– Senhor, há dois homens lá fora, a cavalo, que desejam lhe falar com toda a urgência.

– Quem são e o que desejam de minha pessoa? – indagou Simônides.

– Não se identificaram, senhor – disse o lacaio –, mas disseram que a sua vida depende de ir procurá-los, e a toda pressa.

Simônides saiu para os jardins, mas não encontrou ninguém à sua espera.

– Estranho... – disse o poeta, pensativo. – Estarão alguns gaiatos armando outra brincadeira para me ridicularizar ainda mais?

Simônides estava já regressando ao palácio quando escutou um ruído terrível partir lá de dentro. Diante de seus olhos viu a cúpula do palácio ruir inteira para dentro de onde estava situado o salão de banquetes – lugar onde estivera há questão de apenas alguns segundos.

Quando chegou lá, encontrou tudo em ruínas e, em meio aos destroços, o corpo dilacerado e esmagado do vaidoso Escopas. Entre os seus dentes havia uma moeda – o óbolo dos mortos – e junto dele estava o seu baú, inteiramente vazio. Em volta dele jaziam os corpos de todos os demais convidados, sepultados sob pilhas de escombros ensanguentados. Ao se informar sobre a aparência dos jovens que o haviam procurado, Simônides não teve dúvida nenhuma de que não eram outros senão os próprios Castor e Pólux, que tinham vindo para receber do rei a sua parte.

O CAVALO DE TROIA

Quase dez longos anos haviam se passado desde que principiara o cerco à cidade de Troia. Já ia longe o dia funesto em que a bela Helena, rainha de Argos, fora raptada por Páris, filho do rei troiano, dando início àquela terrível guerra.

Muitos guerreiros famosos e de inexcedível valor já haviam perecido desde então, a começar por Aquiles, filho de Tétis e Peleu, o maior de todos os combatentes. O grego Ájax, terror dos inimigos, também já não existia mais. Do lado troiano, por sua vez, já haviam sucumbido Heitor, filho do rei Príamo – o maior dos heróis que Troia sagrada conhecera –, além de Páris, irmão de Heitor e causador de toda a guerra.

Mas ainda restavam muitos homens de valor em ambos os lados, e a guerra dava sinais de que ainda poderia se estender por longos anos. Um desses homens era o solerte Ulisses, célebre por sua audácia e esperteza. O filho de Laertes, obtivera sucesso em sua mais recente façanha: raptara, junto com seu companheiro Diomedes, de dentro das próprias muralhas da cidade sitiada, o Paládio (uma estátua de Minerva que os oráculos diziam ser a garantia de que Troia jamais seria vencida, enquanto permanecesse em seu pedestal). Agora ele imaginava um meio de pôr um fim definitivo àquela estafante disputa. O desfecho, entretanto, só poderia ser um: a invasão de Troia e o saque completo da cidade.

– O ânimo de nossos homens chegou ao ponto mais baixo desde que aportamos nestas praias – disse Agamenon, chefe dos gregos, ao avistar Ulisses sentado e pensativo diante de uma fogueira. – Muitos já falam em negociar uma paz honrosa para ambos os lados, e outros, em simplesmente abandonar o cerco, voltando para seus países do modo como vieram.

– Fugir?! – exclamou Ulisses, incrédulo. – Como podem pensar nisto, depois de tantos sacrifícios e tantos companheiros mortos?

– E o pior é que logo, imagino, começarão as rebeliões... – disse Agamenon, apreensivo.

Ulisses voltou a observar a fogueira que ardia à sua frente: as labaredas, tocadas pelo vento forte que vinha do mar, erguiam muito alto as suas línguas de fogo. O relincho isolado de um dos cavalos presos no redil ali próximo acordou os demais, fazendo com que todo o acampamento ressoasse com aquele atordoante concerto equino; parecia que os próprios cavalos, insubmissos, ameaçavam rebelar-se para encetarem, também, a ansiada fuga.

De repente, porém, Ulisses pareceu hipnotizado; seus olhos fitavam as chamas elevadas, enquanto seus ouvidos, alertas, captavam os relinchos, misturando, aos poucos, as duas coisas numa só, até obter uma imagem nítida em sua mente.

– Fuga... labaredas... UM CAVALO!

Agamenon observou o amigo, assustado; estaria enlouquecendo, também, a exemplo do que acontecera com o infeliz Ájax, que acabara morto pelas próprias mãos, num terrível acesso de loucura?

– O que disseste? – falou Agamenon.

– Um cavalo, Agamenon, eis a solução! – bradou Ulisses, pondo-se imediatamente em pé. Seus olhos luziam, mas não eram produto do reflexo das labaredas. – Chame Epeus, o mais rápido possível.

Epeus era o mais hábil construtor que havia entre as hostes gregas, e apesar de já estar dormindo foi tirado às pressas de sua barraca por Agamenon e levado até o astuto Ulisses.

– Epeus, caberá a você a maior glória de toda esta guerra, caso obtenha sucesso em sua arte: derrubar as muralhas da invencível Troia!

Ulisses disse essas palavras ao construtor com um tal brilho de euforia nos olhos que Epeus ficou sem saber o que dizer.

– Vamos, homem, temos muito trabalho pela frente! – disse o filho de Laertes, tomando-o pelo ombro. – Vai construir para nós, a partir deste momento, um cavalo, um imenso cavalo de madeira! – e Ulisses abriu os braços como se pretendesse abarcar com eles o próprio mundo.

Os três – Ulisses, Epeus e Agamenon – entraram num bosque que havia nas proximidades de Troia. Ali, como obscuros conjurados, sentaram-se sobre alguns troncos caídos e puseram-se a confabular.

– Um cavalo oco – disse Ulisses, olhando fixamente nos olhos do construtor.

– Oco? – disse Epeus.

– Perfeitamente oco. Ali estarão guardados nossos homens, armados até os dentes, para quando o cavalo for introduzido dentro das muralhas da sagrada Troia.

Agamenon escutava a conversa, entre incrédulo e fascinado, sem saber ainda se estava diante da ideia luminosa de um gênio ou do delírio absurdo de um demente. Durante a noite inteira estiveram discutindo o plano, até que o dia amanheceu e Agamenon convocou grande parte da tropa para que fossem derrubar toda árvore que encontrassem até haverem juntado a lenha necessária para a construção do gigantesco engenho.

Epeus trabalhou ininterruptamente durante vários dias, até que no começo de certa noite chamou os comandantes para virem apreciar a obra concluída, que permanecia escondida dentro da própria floresta. Agamenon, Ulisses e uma multidão de curiosos seguiram atrás: no interior de uma clareira avistaram, à luz dos archotes, a assombrosa figura do cavalo

– imenso e terrível, do tamanho dos cedros e carvalhos que o cercavam.

– Um presente digno dos deuses! – murmurou Menelau, irmão de Agamenon.

Todos se aproximaram do cavalo, cuja madeira escura e polida resplandecia; mãos assustadas tocavam as pernas do equino, que descansavam na grande base sobre rodas, enquanto os olhares da maioria estavam voltados para os olhos do animal – sim, porque a arte perfeita de Epeus o levara ao requinte de dotar o cavalo de dois olhos gigantescos, onde ardiam dois faróis iluminados por uma miríade de velas, compondo um espetáculo ao mesmo tempo belo e aterrorizante.

– Epeus, você fez aquela parte tal qual lhe ordenei? – disse Ulisses, baixinho, ao construtor.

– Sim, não me esqueci deste detalhe, sagacíssimo filho de Laertes.

Ulisses sorriu, deliciado: acabara de dar o último arremate, que impediria o fracasso daquele golpe tão engenhosamente arquitetado.

◆◆◆

Mais um dia amanhecia na Troia sitiada. A grande cidade de Príamo jamais tivera um amanhecer calmo, desde que aquela guerra implacável começara. Mas naquela manhã algo diferente pairava no ar, a começar pelas fogueiras dos acampamentos dos sitiantes: estavam todas apagadas e não havia movimento algum entre os gregos do lado de fora das muralhas. Na verdade, não havia grego algum do lado de fora das muralhas.

Foi esta notícia, verdadeiramente espantosa, que uma das sentinelas foi correndo levar até o palácio onde o rei troiano ainda estava descansando.

– Grande Príamo, nutrido pelos deuses, algo de muito estranho acontece no acampamento dos aqueus soberbos!

– Vamos, diga logo o que há – disse o rei, enfadado. – Um homem que perdeu a quase totalidade de seus filhos dificilmente se espantará com mais alguma coisa...

– Majestade, os gregos... acho que partiram! – disse a sentinela, gaguejando.

– Vamos, levem este idiota daqui! – disse Príamo, fazendo um gesto com a mão. – Sua boca fede a vinho, como a de quem passou a noite libando aos deuses.

– É verdade, venham todos ver! – insistiu a sentinela.

Aos poucos foram chegando outras vozes, confirmando a primeira. De fato, as barracas gregas haviam sido desmontadas durante a noite, e os côncavos navios já haviam deixado a barra, não sendo avistados sequer em alto-mar. Não havia sinal de grego algum, pelo menos que se pudesse avistar do alto das intransponíveis muralhas erguidas por Netuno.

– Que uma patrulha de soldados vasculhe tudo ao redor – disse Príamo, cauteloso. – Deve se tratar, com certeza, de algum golpe tramado pelos gregos. Não se esqueçam de que aquele terrível Ulisses, mestre da perfídia, encontra-se entre eles.

Os soldados foram cumprir sua missão e retornaram já com o sol alto, dizendo que, de fato, não havia mais sinal algum dos gregos em terra firme, nem dos seus barcos em alto-mar. Eles haviam partido.

Logo uma voz explodiu do alto das muralhas.

– O cerco terminou!

Outra voz gritou a mesma coisa, e uma terceira reproduziu o mesmo, e logo por toda a cidade só se dizia a mesma coisa: "O cerco terminou! O cerco terminou!".

Mulheres e crianças saíram às ruas; homens carregando crateras cheias de vinho dançavam pelas vias públicas de Troia e toda a cidade era uma alegria só. Troia, enfim, era novamente uma cidade livre, livre para amar, para negociar, para odiar, para rir, para chorar – enfim, para viver outra vez, como todas as cidades.

As imensas e pesadas portas Ceias foram finalmente abertas, de par em par. Não havia mais perigo algum de invasão, e as pessoas podiam deixar os limites da cidade, sem qualquer receio. Todos acorreram para ver os restos do acampamento grego, rindo alegremente. Outros, mais judiciosos, saíam em busca dos cadáveres dos parentes e amigos mortos – ou do que pudesse restar deles –, pois ainda havia muitos corpos apodrecendo sob o sol inclemente.

Estava-se nisto, quando de repente surgiram alguns soldados troianos conduzindo, amarrado, um soldado grego.

Sim, era um "maldito soldado grego que não conseguira embarcar!", diziam todos.

– Vamos apedrejá-lo! – gritavam muitos, ávidos pela desforra.

– Maldito aqueu, matador de pais e maridos troianos! – gritavam as mulheres, chorando e cuspindo-lhe na face.

– Diga logo qual o seu nome, cão grego! – disse um dos captores, pegando o infeliz pelos cabelos.

– Não, não me matem! – gritava o desgraçado.

– Vamos, diga o nome! – disse o mesmo homem.

O homem estava nu e trazia o corpo coberto de vergões, pois havia apanhado muito no caminho até chegar às portas da muralha.

– Meu nome é Sínon – disse ele – e também tenho ódio aos traidores aqueus!

– Está mentindo! – disse uma voz irada.

– Deixem-no falar – ordenou Príamo, que estava curioso para saber por que somente aquele grego restara no acampamento.

– Sou primo do maldito Ulisses – disse Sínon, com rancor nos olhos. – Este cão, desde que aqui cheguei, não tem feito outra coisa senão me perseguir!

– Por que os gregos partiram, afinal?

– Minerva voltou-se contra nós, desde que o solerte Ulisses roubou o Paládio sagrado do santuário de Troia, matando covardemente os guardas da cidadela. Desde então os augúrios mostraram-se desfavoráveis para nós.

– E você, por que ainda está aqui?

– Fui escolhido para ser morto num sacrifício destinado a aplacar a ira de Minerva. Mas durante a noite consegui escapar, internando-me num bosque. Quando retornei os navios já haviam partido. Minerva ordenara que os gregos partissem imediatamente, sob pena de um tremendo castigo. Antes que partissem, entretanto, ordenou a deusa que lhe construíssem um imenso cavalo de madeira, a fim de que o Paládio sequestrado fosse substituído por esse novo monumento sagrado.

– Cavalo? – perguntou Príamo.

– Sim, um magnífico monumento construído para aplacar a ira de Minerva.

Neste momento um soldado troiano chegou correndo, justamente para avisar o rei da descoberta do monumento.

– Príamo, pai dos troianos, os gregos deixaram algo espantoso para nós! – disse o homem, esbaforido e com os olhos radiantes de quem viu algo inusitado.

Todos acorreram num tropel para o local onde o soldado apontara.

Ao chegarem numa parte mais afastada do antigo acampamento dos gregos, depararam-se com o majestoso cavalo erguido sobre as areias da praia – imenso e assustador, com o focinho proeminente apontado para a cidade de Troia. Seus dois olhos ardiam com as lanternas acesas, e na parte frontal dele havia apenas esta inscrição:

"OFERTA FEITA A MINERVA PARA QUE PROTEJA OS GREGOS EM SEU REGRESSO."

– O que faremos desta maravilha? – disse um dos soldados.

– Príamo, rei de Troia, é quem decidirá – disse Timoetes, um dos comandantes. – Vamos, soldados, postem-se atrás da estátua e levem-na até as portas da cidade.

Aos poucos o imenso cavalo de madeira, escuro e com os olhos flamejantes, avançou em direção às portas Ceias. O povo, ajuntado em frente e ao alto das muralhas, despediu um grande grito de espanto e admiração tão logo o avistou.

– É um presente! – gritavam todos.

As crianças, escapando das mãos de suas mães, acorreram para ver aquele magnífico prodígio. Seus olhos arregalados – onde errava aquele misto de delícia e medo, que faz o fascínio da infância – brilhavam infinitamente mais do que os imensos e dardejantes olhos do cavalo.

◆ ◆ ◆

Dentro do cavalo gigantesco o calor era infernal. Constatava-se, assim, já nos primeiros instantes, a primeira falha daquela ideia aparentemente genial: mais de quinhentos soldados apinhados dentro dos desvãos apertados de um grande engenho de madeira não era coisa, afinal, muito praticável. Nem confortável. Ulisses e os demais homens – entre os quais, Acamas, filho de Teseu, Neoptolemo, filho de Aquiles, Macaonte, médico e filho de Esculápio, Menelau, esposo de Helena, além do próprio construtor Epeus – estavam desde as primeiras horas da manhã encerrados no ventre bojudo do animal.

Epeus havia acoplado dentro algumas tiras de couro de boi em forma de agarradeiras para que os homens pudessem manter-se firmes e suportar os solavancos que inevitavelmente sobreviriam ao primeiro movimento do gigantesco móvel. Agarrados a elas, eles escutavam as conversas nervosas dos soldados que os empurravam.

– Ulisses, isto é uma loucura! – disse um dos homens, francamente apavorado.

– Silêncio, idiota! – disse o filho de Laertes. – Quer que nos ouçam do lado de fora e nos matem antes mesmo de chegarmos às portas de Troia?

Ulisses sabia que aquele era um caminho sem volta, uma desesperada tentativa de vencer a guerra, e que, uma vez fracassada, iria custar, de qualquer jeito, a sua própria cabeça. Por isto, em momento algum desgrudou a mão do punho de sua afiada espada, mantendo a orelha imprensada com toda a força contra a madeira para escutar melhor o que se passava lá fora, entre os soldados.

O gigantesco engenho avançava, aos trancos e barrancos. Os corpos suados dos gregos cheiravam mal, e aos poucos Epeus se dava conta de outra pequena falha: como fariam para liberar seus excrementos, uma vez encerrados ali dentro?

Graças ao ruído intenso das rodas e do vozerio dos soldados troianos, ninguém lá fora escutou o ruído das risadas esparsas. Mas na verdade a situação estava cada vez mais tensa e aflitiva no interior do cavalo, e Menelau, irmão de Agamenon, temia para muito breve um sério desentendimento entre os homens confinados. Pois havia dentro do cavalo um odor ainda pior do que o do suor e do excremento: o do medo avassalador.

Ulisses, espiando por uma pequena fresta do madeirame, viu as sólidas muralhas aproximarem-se. Uma multidão enorme ajuntava-se em frente às portas da cidade, com as pessoas, ainda muito pequenas, a distância, imiscuindo-se umas nas outras como num agitado formigueiro. Mas não havia somente inofensivos curiosos metidos na malta, os quais poderiam ser abatidos num piscar de olhos. Por toda parte estava, também, um número incalculável de soldados, todos de lanças enristadas e prontos a fazerem em pedaços o cavalo (e, consequentemente, os seus desgraçados ocupantes), tão logo tivessem a certeza de que estavam diante de uma terrível armadilha.

O cavalo de madeira parou diante das muralhas: apesar de imensas, no entanto, ele era quase duas vezes maior do que elas.

– Como faremos para colocá-lo para dentro? – perguntou alguém.

– Quem disse que este presente maldito alguma vez irá adentrar os muros da sagrada Troia? – disse outra voz, colérica.

Uma discussão acesa se estabeleceu entre os comandantes troianos. Príamo, rei dos teucros, ordenou, então, que todos silenciassem.

– Sínon – disse ele, voltando-se para o grego renegado. – Os aqueus pretendiam deixá-lo lá onde ele estava?

– Sim, majestade! – disse Sínon, sem vacilar. – Por isto o engenhoso Epeus o fez deste tamanho: para que não pudesse jamais franquear as portas da sagrada Troia. O oráculo que Calcas, nosso adivinho, fizera fora bem claro neste sentido: uma vez introduzido o cavalo sagrado dentro das muralhas da cidadela troiana, voltaria outra vez a cidade a estar protegida pela deusa, e força alguma poderia destruir a gloriosa cidade de Príamo.

– Ela tem, então, o poder de substituir o Paládio sagrado? – perguntou Príamo, tentado pela oferta.

– Sim, poderoso rei! – disse Sínon. – E como sou agora seu súdito extremado, só posso aconselhar que o leve para dentro destas sólidas muralhas, pois será sua mais sólida garantia contra os malditos gregos, caso resolvam retornar com mais homens e novos engenhos de guerra.

– Sim, alteza, não esqueça, eles têm agora em seu poder o nosso Paládio, estando assim o nosso templo inteiramente desprotegido – disse um dos comandantes. – Cedo ou tarde a deusa guerreira acabará por nos dar as costas, entregando-nos à fúria de nossos inimigos.

As vozes começavam a se tornar unânimes em favor de se fazer com que o cavalo adentrasse, de qualquer jeito, as intransponíveis muralhas.

"Enfim, os deuses começam a encaminhar as coisas a nosso favor!", pensou Ulisses, dentro do cavalo. Um sorriso de alívio iluminava as barbas hirsutas de todos os guerreiros amontoados uns por sobre os outros.

Os troianos já começavam a imaginar um meio de fazer derrubar parte da muralha para poder introduzir dentro da cidadela o cavalo sagrado, quando um grito rouco e repentino fez silenciar todas as vozes:

– Loucos! Malditos! O que pretendem aqui? Entregar Troia sagrada, de uma vez, à espada sangrenta de seus inimigos?

Quem dizia isto era Laocoonte, sacerdote supremo dos troianos. O velho adivinho surgira carregando uma grande lança numa das mãos e a brandia ameaçadoramente em direção ao robusto cavalo.

– Imaginam, então, loucos ingênuos, que os gregos partiram de verdade? É assim que, deveras, conhecem Ulisses, o solerte maquinador de enganos?

Laocoonte ergueu, então, a sua lança, e arremessou-a com todas as suas forças contra o flanco do cavalo. O comprido projétil encravou-se na madeira e ficou vibrando por um longo tempo, enquanto gritos horrorizados dos espectadores soavam a campo aberto.

– Sacerdote, não se precipite! – disse Príamo, temendo que aquela agressão à estátua pudesse atrair para os troianos a maldição eterna da filha de Júpiter.

Outra voz, no entanto, surgiu em apoio às palavras do adivinho.

– Basta de ponderações! Não podemos nos arriscar de modo tão infantil. Queimemos de uma vez este presente nefando, pois ele será nossa ruína!

Enquanto isso, no interior do cavalo, a situação chegara ao limite crítico. Um dos soldados, que se ferira com o bronze afiado da lança arremessada por Laocoonte – pois sua ponta atravessara a madeira, indo enterrar-se em seu flanco – queria, por todos os meios, escapar dali e começar logo o ataque. Ulisses, arremessando o braço, tentava impedir, por sua vez, que o louco denunciasse com seus gritos a presença de todos. Neste instante, porém, lembrou-se do seu último artifício, aquele que segredara a Epeus construtor, antes que o cavalo estivesse concluído.

– De nada adiantará tentar sair, insano, pois somente Epeus, sábio engenheiro, conhece o segredo que abre as portas deste cavalo – disse Ulisses, com a boca colada à orelha do soldado ferido.

Um calafrio de pânico alastrou-se por entre os homens, tão logo essa informação percorreu as entranhas do cavalo. Alguém neste instante arremessara uma tocha ardente que explodira de um dos lados do cavalo. Uma chuva de faíscas entrou pelas frestas, aclarando os rostos apavorados dos homens no interior daquela soberba armadilha – armadilha que ameaçava, agora, voltar-se contra os seus próprios urdidores. O sangue do soldado grego empapava o piso onde se aglomeravam outros companheiros, esvaindo-se junto com a sua vida.

Lá fora as tochas já estavam sendo dispostas embaixo do cavalo. Um odor forte de alcatrão subia, metendo-se pelas frinchas e sufocando os homens de Ulisses.

De repente, porém, escutou-se uma voz que bradava:

– Laocoonte, corra, pois seus filhos estão sendo atacados por terríveis serpentes junto ao altar sagrado!

Todos silenciaram. Em nome dos deuses, o que significava aquilo?

O adivinho correu até onde estavam seus filhos e ficou estarrecido quando enxergou aquela que era a cena mais terrível que seus olhos de pai já haviam presenciado: os dois jovens, cada qual enrodilhado pelo corpo escamoso e gelado, contorciam-se em pavorosa agonia.

– Pai, socorro! – dizia um deles, enquanto o outro, já morto, era feito em pedaços pelos dentes afiados de uma das serpentes.

Laocoonte lançou-se aos monstros com as mãos limpas, mas também foi imediatamente envolvido pelos anéis do corpo das duas serpentes. Aos poucos sua resistência foi diminuindo, até que, totalmente enrodilhado pelas sanguinárias pítons, o sacerdote troiano exalou, também, o seu último suspiro.

A notícia causou estupor em todos. Príamo, rei troiano, ordenou que cessassem imediatamente de vilipendiar a estátua.

– Realmente, esta estátua é sagrada... – bradou o velho de longas barbas, ao examinar a lança que o desgraçado Laocoonte arremessara, toda tinta de sangue. – Que ninguém ouse tocá-la novamente, sob pena de morte imediata.

No mesmo momento foram suspensas as fogueiras e os fachos recolhidos. Príamo ordenou que pusessem abaixo um pedaço da muralha, para que o portentoso cavalo pudesse franquear o interior da cidadela de Troia.

Gritos de euforia e alívio percorreram as fileiras do povo ajuntado quando o imenso cavalo começou a ser empurrado. Porém, se o tivessem feito com reverente silêncio, poderiam ter escutado o retinir das armas no interior do estômago do fingido animal quando ele trombou por quatro vezes contra a muralha arrebentada, arrancando grandes pedaços de pedra que despencaram sobre as pessoas, provocando uma correria e uma balbúrdia ainda maiores.

Assim adentrou as muralhas troianas o soberbo presente grego. Dentro dele iam algumas centenas de soldados inimigos e um homem morto – a vítima sacrificial que sem querer o fingido Sínon apregoara como necessária.

Uma grande festa se estabeleceu por todos os recantos da cidade. Música e bebida estavam presentes dentro e fora das casas.

– Meu pai, sabe qual é a nova forma de cumprimento que o povo, nas ruas, inventou? – disse Deífobo, um dos poucos filhos que ainda restara ao rei troiano.

— Não, meu filho, diga qual é... — respondeu o velho, com um sorriso ameno.

— "Troia livre!" — respondeu Deífobo. — Assim bradam homens, mulheres, velhos e crianças, uns aos outros, quando cruzam pelas ruas. Não é lindo, meu pai?

Sim, fez o rei, dando um assentimento tímido com a cabeça.

Logo em seguida, entretanto, deu as costas ao filho, querendo significar com isto que preferia ficar a sós. Momentos de felicidade, sabia ele, velho e calejado que estava pela dor da perda, não significavam muita coisa quando não podiam ser compartilhados por aqueles que já haviam partido.

— Heitor, meu adorado filho... — disse o velho, com os olhos marejados de lágrimas. — Que lástima que os deuses não permitissem que ainda pudesses estar entre nós para saborear o alegre dia da vitória.

Durante um longo tempo, Príamo, rei de Troia, semelhante aos deuses, esteve sentado em seu trono, escutando o ruído da euforia, que parecia inesgotável. Pela sua cabeça passava a imagem recorrente dos filhos que perdera — oh, Júpiter inclemente, quantos que eram! —, a maioria abatidos pelo braço cruel do perverso Aquiles. E ao lembrar-se dele, inevitavelmente lhe veio à mente, outra vez, a figura de Heitor, o preferido do seu coração. (Sim, havia o irresponsável e estouvado Páris, mas mesmo este não lhe falava tanto à alma quanto o nobre Heitor.) Como estar alegre, então, se iria levar para o resto da vida a imagem horrível do filho dileto sendo arrastado ao redor das muralhas de sua Troia amada pelos pés, amarrado de maneira indigna ao carro do selvagem filho de Peleu, que, graças aos deuses, já havia também descido à mansão dos mortos?

◆ ◆ ◆

A noite avançara, e agora o silêncio em toda Troia era quase completo.

Sínon, o falso amigo, depois de passar a noite inteira comemorando junto de uma bela troiana a sua nova condição de súdito de Príamo, esgueirou-se do leito, pronto para ganhar imediatamente a rua. Antes, porém, puxou seu afiado punhal e enterrou-o, de maneira vil e impiedosa, no pescoço da pobre moça. Depois, cosido com as paredes, percorreu as ruas, somente encontrando, vez por outra, algum bêbado caído pelas ruas, mergulhado numa poça de vinho misturado ao vômito. Sínon, enojado, dava uma cuspida em cada um desses que encontrava: estava chegando a hora de vingar-se dos insultos e bofetadas que recebera quando de sua fingida captura. Ao cruzar com o cavalo, que permanecia postado no centro da cidade, ele fez um sinal para o alto, indicando que a hora fatal se aproximava.

Sínon esgueirou-se para fora das muralhas quebradas, que, logicamente, ainda não haviam sido consertadas – pressa, agora, para quê? – e correu velozmente até alcançar o túmulo de Aquiles, que ficava no alto de um outeiro. Ali trepado, agitou, então, em direção à ilha próxima de Tenedos, um facho aceso. Lá estavam escondidas as tropas gregas, comandadas por Agamenon, o qual somente esperava o sinal prometido para embarcar seus homens e rumar a toda pressa para Troia. O dia ainda tardaria a romper, e teriam os gregos tempo de pegar os desavisados troianos ainda deitados, anestesiados pelo vinho.

Enquanto isto, no palácio real de Troia, Príamo, depois de ter ido abraçar sua esposa Hécuba, a nora Andrômaca, esposa de seu amado Heitor, e de ter dado mais uma amorosa olhadela em Astíanax, seu belo netinho, foi até a janela que dava para a praça central da sua amada cidade.

Sínon, o sagaz traidor, recém havia passado pela frente do cavalo e feito a sua senha, quando Príamo apontou na janela, que dava direto para o grande monumento. Mais uma vez as Parcas fatais conspiravam contra o rei troiano. Apoiando seus cansados cotovelos sobre o peitoril, Príamo esteve observando por algum tempo o cavalo. Negro, da cor da noite, ainda assim era terrível em sua beleza. Como era imenso! Sua cabeça perdia-se no alto, e apesar de o rei estar na torre do seu castelo, ainda assim estava quase face a face com o tremendo animal de madeira. Os fachos de seus olhos já haviam apagado, de há muito. Mas o clarão da lua, incidindo sobre eles, dava-lhes agora um outro aspecto – não mais ígneo e dourado, mas frio e metálico, que parecia torná-los ainda mais infinitamente ameaçadores.

◆◆◆

Príamo, vencido, afinal, pelo cansaço, foi dormir. Assim que Sínon retornou de sua missão, bateu três vezes com o cabo de sua espada nos pés do cavalo. O ruído ribombou até o estômago do animal.

– Companheiros, é agora! – disse Ulisses, erguendo-se e tomando suas armas.

Epeus, de posse das chaves que abriam o alçapão do ventre do animal, rumou para o local indicado. Num instante uma grande porta se abriu, e diversas cordas foram lançadas para baixo, como uma chuva de cascavéis que se espichavam até alcançar o solo. Agarrados nelas, iam descendo um a um os soldados, com os escudos presos aos ombros e as espadas desembainhadas.

Enquanto isto, lá fora, as tropas comandadas pelo audaz Agamenon já estavam a postos, em absoluto silêncio, aguardando apenas a hora do massacre começar. Pela primeira vez o punho da espada do chefe da expedição grega estava molhado, verdadeiramente encharcado de suor, e de tempos em tempos ele tinha de secá-lo com as vestes. Dez anos de longa espera para serem jogados numa única cartada!, pensava ele. Dentro em breve estaria, se Júpiter poderoso lhes fosse favorável, de volta à sua casa, para os braços de sua amada Clitemnestra. Este pensamento animava-o e fazia com que seus dedos se agarrassem com mais força e denodo ao punho da espada.

Agamenon estava entregue a estas divagações, quando percebeu um ruído – um assobio trinado. Era o sinal combinado.

– Soldados, chegou a hora da vingança! – bradou ele.

Um rumor espantoso de armas e de gritos ergueu-se. Todos os homens arremessaram-se às portas escancaradas – que os homens de Ulisses já haviam aberto de par em par –, enquanto outra coluna gigantesca ia em direção à brecha da muralha, como uma onda negra e invencível que absolutamente nada poderia deter.

Os soldados gregos entraram na cidade sem a menor cerimônia. Pequenos grupos de cem homens enveredaram em todas as direções, portando tochas, lanças e achas de dois gumes, prontos para abaterem qualquer coisa que quisesse lhes fazer frente.

Os primeiros soldados troianos, pobres sentinelas abatidas pelo vinho, acordaram, ainda tontos, apenas para receberem em seus ventres o bronze afiado das espadas e das lanças inimigas. Outros, mais felizes, nem tinham tempo de acordar, sendo abatidos ainda deitados com o peso das achas que desabavam sobre seus corpos.

As primeiras labaredas começaram a iluminar a noite, ofuscando a luz da lua. Pequenas casas e residências senhoris ardiam já incontrolavelmente. Homens deixavam as casas, sem saber direito o que estava ocorrendo, para serem abatidos impiedosamente, diante das esposas e dos filhos. A ordem que havia sido dada pelo cruel Agamenon era de que se poupassem somente as crianças do sexo feminino. Os meninos deveriam também ser mortos, tal como os pais.

Muito em breve toda a cidade despertara, finalmente, para a terrível verdade: Troia estava perdida – irremediavelmente perdida!

Os grupos de guerreiros invasores seguiam pelas ruas espalhando a morte e a destruição. As mulheres, únicas inocentes poupadas, ainda assim eram obrigadas a passar pelo flagelo da mais cruel violação. Muitas, vendo os esposos e filhos mortos, e depois de terem passado pela abjeta humilhação, não tinham outro pedido a fazer senão que as matassem também. Algumas lançavam-se de peito desnudo às pontas das espadas, lançando terríveis gritos de dor que varavam o céu.

A defesa troiana, pega de surpresa, não pode obrar muita coisa e se limitou a algumas poucas escaramuças, nas quais pereceram apenas alguns dos invasores. Dentre os defensores, havia um que não media esforços para levar adiante a vingança: era Eneias, filho de Anquises, um dos mais valorosos heróis das hostes de Príamo.

– Adiante, troianos, vendamos nossas vidas a um preço caro! – gritava ele, brandindo a sua acha de dois gumes sobre a cabeça dos invasores.

Eneias e os seus já haviam feito muitos mortos entre os gregos, quando se escutou um tremendo ruído partir do palácio de Príamo.

– Os assassinos vão em busca de nosso rei! – disse ele, arremessando-se com seus homens na direção do castelo.

Quando lá chegaram, assistiram a uma das cenas mais impressionantes que olhos humanos um dia já contemplaram. Postado à entrada do palácio, um grupo cerrado de defensores tentava barrar a entrada dos invasores com longas lanças e chuço afiados, enquanto os outros, empunhando também armas de igual tamanho, arremessavam-se em direção à porta. Dezenas de homens, já mortos, permaneciam espetados nos longos chuços, com as cabeças pendidas, enquanto os combatentes tentavam adiantar-se ou impedir o avanço uns dos outros.

Escadas são encostadas aos muros do castelo e gregos audazes as escalam sob uma chuva de dardos dos troianos. Vendo estes, no entanto, que são insuficientes as suas armas para deter os invasores, arrancam pedaços das vigas que dão sustentação ao teto e arremessam calhaus inteiros sobre os gregos.

O valoroso Eneias, vendo o insucesso da defesa, resolve subir por uma passagem secreta, junto com seus homens, até o topo da mais alta torre do castelo, de onde se avista toda a cidade e o mar adiante. Depois de escalar as centenas de degraus, chegam exaustos ao topo.

– Vamos, arranquemos todos os alicerces! – diz ele, agarrando uma alavanca e tirando pela base a sustentação do madeiramento.

Lá embaixo, os invasores chegam em grupos cada vez maiores, pois sabem que no palácio real estão guardadas as maiores riquezas, além de ser o local de refúgio do rei de Troia – e não há um só que não deseje ser o primeiro a trazer espetada em sua lança a cabeça do inimigo há tanto tempo odiado.

O processo de desmonte, no entanto, prossegue ao alto, comandado por Eneias. De repente, um fragoroso estrondo anuncia aos defensores que a torre vai desabar. Pulando para outros aposentos, os troianos escapam no último instante ao desabamento; a torre, desmanchando-se em uma miríade de pedaços, vem abaixo, agora cimentada pelo vento, que se imiscui por entre as tremendas pedras que descem assobiando. Eneias ainda tem tempo de assistir aos blocos esmagarem centenas de invasores, espirrando o sangue dos mortos para o alto e em todas as direções.

Mas já dentro, Neoptolemo, filho de Aquiles, e tão feroz quanto o pai, já invadiu com alguns homens a soleira do palácio. Com sua machadinha faz saltar longe os gonzos de bronze da porta que impedia o acesso dos invasores aos aposentos do rei. Um grito de triunfo escapa das gargantas dos invasores, enquanto um uivo de agonia é arremessado pelas gargantas das mulheres que estão presas lá dentro.

Andrômaca, esposa de Heitor, abraçada a seu filho Astíanax, está postada ao lado de sua sogra Hécuba, esposa de Príamo. Todas estão abraçadas ao altar de Minerva, deusa protetora da cidade, buscando nela um último refúgio à sanha dos gregos. Príamo, entretanto, que envergara sua velha armadura, trazia à mão a sua velha espada.

– Meu marido, que loucura pretende cometer? – diz sua esposa Hécuba. – Que proteção você pensa poder oferecer a nós todos com este pobre e cansado braço que mal pode empunhar a espada? Vamos, largue isto e venha buscar refúgio junto aos deuses, únicos que ainda podem mover à piedade o coração desses negros assassinos que aí já vêm.

Neste preciso instante, Polites, um dos filhos restantes de Príamo, tendo escapado à fúria dos inimigos, surgiu de espada em punho por uma entrada lateral. Mas atrás dele vem o cruel filho de Aquiles, que o persegue com denodo incansável. E assim, antes que possa encontrar refúgio junto aos seus, é abatido pela lança de Neoptolemo, que, cego pela fúria, a enfia diversas vezes no peito do jovem agonizante. O sangue encharca o chão, às vistas do pai e da mãe do jovem morto. Príamo, revoltado, brada, então, ao filho de Aquiles:

– Basta, selvagem! Mesmo o seu pai, de sangue ruim e perverso, demonstrou piedade diante de um pai que lhe foi pedir a devolução do corpo do filho morto. Por que demonstrar maior vileza do que ele, homem perverso?

Príamo arremessou sua espada na direção do filho de Aquiles, mas ela ricocheteou no sólido escudo deste, indo cair ao chão com um ruído metálico.

Neoptolemo ruma, então, na direção do velho. Seus dentes rilham e seus olhos não deixam a menor dúvida de que a piedade não encontra abrigo em sua alma.

– Vamos, velho, cale a boca e deixe para dizer todos esses insultos em pessoa a meu nobre pai, que seu filho Páris, mosca de cão, abateu diante das muralhas de Troia, com o auxílio de um deus.

Neoptolemo sacou, então, o seu punhal e depois de arrastar o velho sobre o sangue do próprio filho morto degolou-o diante da esposa e da nora. Mais tarde seu corpo decapitado foi ainda arrastado pelos pés, tal qual o do filho, pelas ruas de Troia, sendo entregue em seguida à voracidade dos cães e das aves de rapina.

As duas mulheres cobriram os rostos com as mãos, agarradas mais que nunca ao altar. Andrômaca, entretanto, sentiu, de repente, que lhe tiravam o filho dos braços.

– Não! Astíanax não! – gritava ela, agarrada aos joelhos do perverso Neoptolemo, que afastou-a com um repelão.

– Nenhum homem desta casa deve permanecer vivo – disse ele, intransigente. – O filho de Heitor deve ter o mesmo destino do pai.

Em seguida desapareceu em direção a uma das torres e lá do alto fez despencar para a morte o filho do glorioso Heitor.

Hécuba e Andrômaca foram amarradas. A rainha de Troia e sua nora eram agora escravas dos gregos.

❖ ❖ ❖

Eneias, a seu turno, estava entregue à defesa de sua família. Vênus, sua mãe, havia retirado o guerreiro daquele local onde a morte era soberana.

– Vamos, vá defender o seu velho pai, a sua esposa e o seu filho! – disse a deusa. – Lá estão os seus verdadeiros afetos.

Eneias chegou em casa a tempo de recolher todos e partir. Colocou o velho pai sobre as costas e pela outra mão conduziu seu pequenino Iulo em meios às labaredas dos incêndios.

– Vá, não volte os olhos para trás, pois aqui não há mais nada a ser feito! – disse a deusa, com ar severo. – O seu destino é reconstruir a sagrada Troia em outras terras, muito distantes daqui. Vá e cumpra sempre a sua missão.

Nenhum dos gregos ousou tocar em nenhum dos três – embora a esposa de Eneias tivesse se extraviado no caminho, pois os deuses não quiseram que ela se salvasse. Havia, entretanto, ao redor daqueles três – um homem, um velho, e uma criança – um halo quase divino (pois que ele próprio era filho de uma deusa), que nenhum soldado grego ousou vilipendiar com sua espada. Eneias, um homem maduro, levando pela mão uma criança e carregando nas costas um alquebrado velho, era o retrato mais perfeito e acabado da existência de todos os mortais – pobres seres que também sabiam ser, de vez em quando, imensamente nobres.

HELENA, A DEMÔNIA

Helena, o pivô da Guerra de Troia, estava escondida em seus aposentos quando os gregos finalmente invadiram a sagrada cidadela de Príamo. Em nenhum momento sentiu-se animada a tentar evitar o massacre dos seus novos patrícios troianos: votada exclusivamente a Vênus, Helena detestava violências.

Helena de Troia não era troiana; nunca se sentira como uma delas. Apesar de ter convivido diariamente com sua nova sogra, Hécuba, esposa do rei de Troia, e de ter sido íntima de Andrômaca, viúva do grande Heitor, consolando-a nos momentos de aflição, nunca pudera simpatizar com o jeito sisudo de ser daquelas mulheres, beatas em excesso e votadas exclusivamente ao dever, como a uma inescapável sina.

Mas enfim, como poderia, tendo chegado a Troia na condição de réproba e adúltera – aquela que abandonara um lar, um marido e um cetro na sua distante pátria por causa de um namorador inconsequente –, ser admitida entre as troianas como uma das suas? Alguma troiana de cepa, algum dia, teria admitido em seu coração essa pérfida companhia?

Na verdade, desde o dia em que pusera seus pés em Troia que o coração volúvel de Helena começara a ser minado pelo sentimento da saudade daquilo tudo que deixara para trás. Mas a saudade que sentia não era da pátria, mas da Argos ensolarada; não dos amigos e parentes, mas de seu cão de estimação; não das cerimônias sagradas, mas das chinelas macias que esquecera, na pressa da fuga.

Sentia saudades, também, da filhinha, a pequena Hermíone, que abandonara com apenas nove anos de idade. Mas isto fora bem depois, ela mesmo admitia; Helena não tinha, exatamente, a vocação de mãe, e remorso sempre lhe fora uma palavra absolutamente ininteligível. Contudo, nem por isto deixara, algumas vezes, de imaginar como Hermíone estaria agora. Nove anos mais dez... sim, dezenove anos ela teria. Uma mulher, portanto – pronta para o melhor e para o pior da vida. Pronta para o amor.

Helena sacudiu a cabeça; o ruído dos gritos aumentara a tal ponto que ficava cada vez mais impossível ignorá-los. A cidade inteira ardia. Os gregos, seus compatriotas, estavam tomando posse de Troia agonizante. Helena de Troia estava prestes a tornar-se novamente Helena de Argos.

Com qual nome passaria à História, afinal?, pensara ela muitas vezes em seus ociosos devaneios. "Helena *de Argos*... Helena *de Troia*...", repetia ela mentalmente, horas a fio, fechada em seu quarto.

Apesar de tudo, ela gostava de Páris. Pelo menos fora mais descontraído que o antigo marido, Menelau, o grande enfadonho.

– Helena de Argos... É, acho que acabarei conhecida por esse nome – disse ela, naquele mesmo momento, convicta de que tal denominação prevaleceria. Mas podia ser Helena do Aqueronte, também... sabe-se lá que espécie de medonha vingança estaria prestes a desabar sobre a sua cabeça?

Menelau devia estar à sua procura: o que estaria se passando em seu coração, dez anos depois? No primeiro ano, seguramente, sentira ódio. Exclusivamente ódio. Mas depois de mais nove anos de ausência da esposa – de seu corpo, de sua voz, de suas carícias, de seus maus-tratos –, alguma coisa certamente teria mudado. Se ele a amava de verdade, ela ainda teria uma boa chance de escapar desta confusão com a cabeça firme sobre os ombros.

Mas e se algum grego chegasse antes dele? Alguém disposto a vingar um amigo ou um parente morto? Não fora ela a causadora de tudo?

E se os próprios troianos se voltassem contra ela, dispostos a entregar seu corpo desfigurado ao marido, dizendo em seguida: "Toma, aí estão os restos da rameira, pelos quais tantos morreram inutilmente!"? Como seria, afinal, morrer estraçalhada? Que sabor belo-horrível guardaria o momento do martírio? O corpo perfurado por uma centena de punhais, a violação das suas entranhas mais secretas, quase exangues, pelas mãos rudes do agressor... que sabor teria tudo isto, e, principalmente, o de morrer por uma causa nobre?

"Causa nobre?" Helena deu um ligeiro sorriso com o canto do lábio esquerdo. Mas o ricto logo se desfez; Helena sabia que a hora não era para graças: pessoas morriam aos milhares ao seu redor; ela podia escutar seus gritos, e os guinchos ainda mais terríveis daqueles que as assistiam morrer de mil maneiras ignóbeis.

Uma morte ignóbil... Oh, Vênus sagrada, que ela a castigasse de todas as maneiras, mas que lhe evitasse sempre a morte ignóbil! Esta fora sempre a sua oração, que agora ela renovava, na aflitiva situação. Sim, porque Helena do Aqueronte só rezava em último caso, na última volta do parafuso. Na verdade, ela nunca tivera medo de morrer. Pedia aos deuses, apenas, que lhe dessem uma morte digna. Digna não, decente.

Limpa. Este era o termo: uma morte limpa.

Neste momento, entrou no quarto Deífobo, irmão de Páris, que morrera em combate, nas muralhas. Ele era o novo marido de Helena, desde então.

– Helena, tudo farei para protegê-la da ira do perverso Menelau – disse ele, descabelado, com várias feridas espalhadas pelo corpo.

Mal sabia que isto era tudo o que ela não queria. Helena sabia que se estivesse só poderia com muito mais facilidade mover à piedade o coração do ex-marido. Ela sabia muito bem como fazê-lo. Mas tendo Deífobo ao seu lado, isto só serviria para atiçar a cólera do ultrajado rei de Argos.

De novo Deífobo tentou acalmá-la, dizendo-lhe estas palavras inspiradas:

– Somente à custa de minha vida, meu amor, tornará este perverso a pôr as suas mãos imundas sobre você.

"Perverso?... mãos imundas?...", pensou Helena, olhando o atual marido com um princípio de desdém. Teve mesmo vontade de lhe dizer: "Como se atreve, imbecil, a falar nestes termos do pai de minha filha?".

Um galope de passos estrondejou no corredor. Eram Menelau e seus homens.

– Demônia maldita, abra logo esta porta! – disse ele, com uma voz esganiçada. Sua voz sempre ficava assim quando perdia as estribeiras.

Em outras circunstâncias, Helena teria sorrido – até de ternura – ao escutar de novo aquela voz de grilo. Mas e o que era isto de "demônia"? No fundo de sua alma abriu-se, então, com a rapidez de uma mola, um pequeno escaninho, onde ela guardou com amoroso cuidado aquela injúria: um dia, se saísse viva daquilo tudo, ainda iria lançar-lhe à face aquele insulto ridículo!

Um estrondo terrível abalou os gonzos da porta. Um pedaço de madeira saltou longe e Helena viu a mão do marido introduzir-se pela fenda aberta. Por um momento teve a vontade de tomar das mãos de Deífobo a pesada acha de dois gumes, correr até a porta e metê-la com toda a força na mão do pai de sua filha. Seria, quem sabe, a última chance de vingar-se, por antecipação, de um ultraje medonho.

Mas o bom-senso prevaleceu: ela ainda tinha um trunfo, afinal, um expediente solerte guardado em sua mente. Gregos – e mil vezes mais, as gregas – não eram especialistas em montar estratagemas?

Finalmente a porta cedeu, e Menelau entrou com mais três ou quatro homens.

– Fora, todos vocês! – disse ele aos companheiros, ao avistar somente Helena e Deífobo à sua frente.

Sim, lá estava ela, Helena, a vilã mal inspirada, a culpada de tudo. Seu ar, entretanto, ainda assim permanecia altivo – soberbo mesmo.

"Não, não me enganará mais com bravatas!", pensou ele, numa fração de segundos, enquanto estudava a situação. Depois, olhando-a melhor, sentiu-se surpreendido. "Oh, deuses, ela também tem medo, afinal! Seus joelhos tremem, e sua face está pálida!", observou, maravilhado.

Deífobo, entretanto, adiantou-se. Com a acha segura firmemente em suas mãos, brandiu-a na direção do oponente.

– Aqui está, cão dos aqueus, o que o espera, se ousar dar mais um passo adiante! – disse o filho de Príamo, que estava a esta altura disposto a vingar também a morte do próprio pai.

– Vai pagar, agora, canalha, por tudo o que fez a mim e ao meu povo! – rugiu Menelau, espumando pela boca.

Helena, então, ao ver que Deífobo dera um passo adiante para enfrentar o oponente, teve uma iluminação: sacando das dobras interiores de seu manto um afiado punhal, que trazia sempre consigo, enterrou-o nas costas do irmão de Príamo.

"Sim, Deífobo já estava morto, antes mesmo de avançar", pensou ela. Se não morresse pelas mãos de Menelau, pereceria pelas mãos dos outros soldados ali fora. E a morte de Menelau só iria servir para atiçar ainda mais a fúria dos seus homens, eliminando o último dos gregos que ainda poderia lhe salvar a vida.

Desta vez ela fora rigorosamente lógica: nada de piedade, nada de delírios febris ou de loucuras ditadas pelo coração. Era sua vida, agora, que estava em jogo: a sua vida.

Hermíone, a filha juvenil, então lhe apareceu na mente como um fugaz relâmpago: "Sim, ela precisa de uma mãe!". Mesmo após dez anos de ausência, sem dúvida que Hermíone precisava agora, mais do que nunca, de sua mãe.

O relâmpago se desvaneceu quando Helena escutou uma voz estranha dizer:

"– Menelau, aí está morto um dos que tantos o ultrajaram! Mate-me agora, também, para que a vingança seja completa e a sua honra, restaurada!"

Era a sua voz – a voz de Helena – quem proferia isto. Tão logo retomou consciência, Helena abriu a parte superior de suas vestes, descobrindo o peito para que Menelau enterrasse nele a sua lança. Seus dois seios libertos, ainda extraordinariamente firmes e empinados, saltaram livres para fora, em um mudo desafio.

Menelau arregalou os olhos ao ver outra vez os seios desnudos de sua amada – sim, ainda imensamente amada! – Helena. Somente que agora havia um novo detalhe: ao centro de cada um deles estavam plantados dois mamilos hipnóticos, maquiados a ouro, que o observavam num fascínio mágico.

Menelau não disse uma palavra. Largou a lança no chão, que rolou até o corpo do desafeto morto, e tomando-a pela mão passou com Helena pelos seus próprios soldados e levou-a até o seu grande barco.

Helena ainda viveu muito anos ao lado de seu marido, o generoso Menelau. Dizem que foi, desde então, esposa exemplar, e que até a morte do esposo se manteve fiel a ele, sendo amada por quase todos que privaram de sua companhia.

Quando Menelau morreu, entretanto, ela foi expulsa do reino por seu próprio filho, Nicóstrato, indo buscar refúgio em Rodes, junto à sua velha amiga Polixo.

Polixo, no entanto, não era mais sua velha amiga. Era apenas uma velha – uma velha engasgada de ódio. Tendo perdido seu marido na guerra provocada por Helena, começou a tramar um negro fim para a viúva de Menelau, que, apesar de velha, ainda permanecia com seus encantos perfeitamente resguardados.

Um dia, logo após ter tomado banho e lavado seus dourados mamilos pela última vez, foi morta por duas servas, que a enforcaram numa árvore.

Helena de Argos, de Troia e de Rodes teve, assim, a morte que sempre quis: limpa.

DIDO E ENEIAS

I – A fuga de Dido

Dido, filha de Belo, rei de Tiro, era casada com Siqueu, o homem mais rico de todo o reino. Ela o amava com todo o amor que Vênus pode inspirar a uma mulher. Os dois viveram felizes durante alguns anos, mas um dia os deuses decidiram que era hora de começarem as tribulações em sua, até então, amena vida.

Belo, rei de Tiro, faleceu e subiu ao trono seu filho Pigmalião, irmão de Dido. O novo rei era o mais perverso dos homens, e tão logo empunhou o cetro tratou de tramar a morte do marido de Dido, a fim de lhe tomar as riquezas.

Assim, planejou um dia um encontro com Siqueu num templo dedicado a Hércules. Ao chegar lá, encontrou o cunhado prosternado diante do altar. Sem dar-lhe qualquer chance de reação, cravou-lhe um punhal nas costas.

– Um rei não governa senão com muito ouro – disse o pérfido Pigmalião, justificando-se cinicamente perante os deuses.

Durante muito tempo este cruel assassinato permaneceu ignorado por Dido, até que um dia o espectro de seu marido Siqueu lhe apareceu num sonho, revelando o autor do seu assassínio e indicando a ela o lugar onde se ocultavam suas imensas riquezas.

– Vamos, querida esposa – disse a sombra esmaecida –, tome o tesouro e parta o quanto antes desta terra, pois o punhal do seu irmão já se apresta na sua direção.

A apavorada Dido acordou muito assustada e tratou logo de providenciar secretamente a sua fuga. Como houvesse também muitas outras pessoas fartas de suportar a tirania do cruel Pigmalião, juntaram-se elas à viúva de Siqueu e partiram todos da antiga pátria, que desde então se lhes tornara funesta.

II – A fuga de Eneias

Troia, a pátria de Eneias, estava em chamas. O herói, tomando a sua espada, acorreu até o palácio de Príamo para tentar defender o rei e sua pátria.

Ondas de gregos, sedentos das vidas e dos tesouros que a cidade ocultava, entravam pelas portas da muralha, que o próprio Netuno, deus dos mares, erguera por ocasião da fundação da cidade. Eneias, com a espada molhada do sangue inimigo, tentava inutilmente contê-los, mas a fúria dos homens de Agamenon era infinitamente maior, e o próprio rei Príamo acabou morto, junto com seus filhos.

De repente, porém, a deusa, sua mãe, lhe apareceu em meio ao combate.

– Vamos, meu filho, abandone esta luta inútil – disse-lhe Vênus, com ar severo. – Não há mais nada a ser feito aqui. Tome os seus deuses e a sua família e parta daqui o quanto antes. Um destino maior lhe está reservado em outras terras.

Em meio à confusão, o filho de Vênus colocou às costas seu velho pai Anquises, tomando também Iulo, seu pequeno filho, pela mão, e partiu em meio aos combates. A deusa protetora não permitiu que nenhuma mão se erguesse contra eles, e assim deixaram os três os limites da antiga pátria, que desde então se lhes tornara funesta.

III – DIDO E O COURO DE BOI

A jovem Dido chegou com os demais companheiros a uma região isolada, situada na costa da África. Ali fundou uma colônia de tírios, que passaria a se chamar Cartago. Tão logo desembarcou, a exilada Dido procurou os nativos do lugar e lhes dirigiu estas humílimas palavras:

– Eis aqui uma desvalida, perseguida pelo infortúnio, que vem pedir apenas um pedaço de terra para poder viver em paz com seus antigos súditos.

Depois de encetar demoradas negociações, conseguiu obter autorização dos donos do lugar para se apossar de uma estreita faixa de terra, "suficiente para abarcar um couro de boi".

Se os nativos tivessem um pouco mais de perspicácia teriam pensado melhor antes de atender a um pedido aparentemente tão singelo. Mas agora já era tarde: os exilados começavam a desembarcar animadamente, enquanto Dido, confiante, dirigia-se até os chefes locais.

– Eis aqui o couro de boi de que lhes falei – disse a rainha, depondo no chão a pele que, mesmo espichada, não era o bastante para abarcar mais que oito homens em pé, e muito bem espremidos.

Os nativos descerraram seus lábios escuros e seus dentes brancos faiscaram ao sol escaldante da inclemente Líbia.

Então a rainha chamou um de seus comandantes, estendendo-lhe o seu punhal de cabo de marfim com lindas incrustações a ouro. Ato contínuo, arrancou um fio comprido de seus dourados cabelos, que pendeu de seus dedos como um raio faiscante do grande astro que empresta ao dia a sua luz, e disse ao servidor:

– Agora corta este couro em tiras ainda mais finas que este fio de cabelo e depois estende-as por toda esta extensão que puderes, não esquecendo de as unir, por fim, num amplo quadrado.

Tais foram as ladinas palavras que partiram dos lábios de Dido, rainha dos tírios, e a partir daquele instante, rainha dos cartaginenses.

A nova cidade passou a se chamar Birsa (ou "couro"), em cujo centro estava erguida a cidadela de Cartago, que logo se tornou um dos lugares mais prósperos e florescentes de todo o mundo.

IV – Eneias chega a Cartago

Eneias, como todo homem predestinado, era perseguido por sonhos divinos. Após navegar por muitos anos, um destes lhe avisou que um lugar chamado Hespéria seria o local para onde deveria rumar para fundar a nova Troia.

Mas antes de chegar lá, teve de repetir as aventuras que Ulisses e os Argonautas já tinham vivido anteriormente: o ataque das odiosas Harpias, os sorvedouros fatais de Cila e Caríbdis e o ataque inesperado do gigante Polifemo, que mesmo cego quase destroçou a sua frota.

Quando chegou, finalmente, à costa africana, a frota troiana deparou-se com uma terrível borrasca, quase em frente a Cartago. Juno, rival de Vênus, que protegia Eneias, estava decidida a liquidar com ele, e eis por quê: sendo Juno padroeira de Cartago, sabia perfeitamente, na sua condição de deusa, que Eneias estava predestinado a fundar futuramente um grande império – o maior que o mundo veria – e que sua cidade amada estava destinada, cedo ou tarde, a ser subjugada por ele.

Mas Vênus, após muitas instâncias feitas a Júpiter, conseguiu salvar Eneias e fazer com que sua frota fosse dar nos costados da cidade de Dido.

V – DIDO CONHECE ENEIAS

Eneias e seus homens desembarcaram em Cartago. Após perambularem pelos arredores, foram finalmente recebidos pela rainha. Em momento algum Dido sentiu-se atraída pelo forasteiro. Ela só tinha olhos para seu marido morto, e era proverbial em todos os portos da região a sua fama de recato e puritanismo. Vários pedidos de casamento haviam sido feitos inutilmente àquela poderosa rainha, que havia expandido seu reino graças ao seu tirocínio e às inesgotáveis riquezas que havia trazido de Tiro, ao ponto de torná-lo a maior potência econômica e militar da região.

A rainha nem por isto deixou de tratar os hóspedes com toda a fidalguia que mereciam, pois lembrou-se que um dia, também, já tivera contra si os fados funestos, não passando, como aqueles que agora arribavam às suas costas, de uma miserável errante dos mares.

Durante o banquete que lhes serviu, teve Dido a oportunidade de conhecer melhor seus hóspedes, em especial o valoroso Eneias, que ocupou quase todo o tempo do encontro a relatar as suas desditas, passatempo insuperável que fazia as delícias de todas as cortes daquela época.

Sim, é inegável que o relato do herói troiano impressionou-a profundamente. Mais de uma vez as lágrimas lhe desceram pelo rosto como pérolas que deslizam por um tecido aveludado. Mas quem lhe provocou a paixão que a consumiria, desgraçando-a para toda a vida, foi não Eneias, mas seu filhinho, o pequeno Iulo.

VI – A Artimanha de Vênus

Vênus assistira à chegada à ilha do seu protegido com muito temor.

"Juno não descansará enquanto não destruir Eneias", pensou a deusa, roendo suas divinas unhas. "Talvez venha mesmo a instilar no coração da rainha, que até agora tem se mostrado uma soberana cordata e amável, um ódio funesto e profundo, a fim de levar Eneias, filho de Anquises, à mais negra ruína!"

Decidida, então, a impedir o pior, chamou logo seu filho Cupido.

– Cupido querido, preciso mais uma vez de seus préstimos.

O jovem rebento surgiu carregando suas flechas dentro da dourada aljava.

– Quero que alvejes sem piedade o coração de Dido, para que ela se tome de amores por meu favorito Eneias.

O divino garoto, de louros cachos, tomou, então, a forma de Iulo, o filho de Eneias, e postou-se perto da rainha durante o banquete do qual já falamos. Quando o grande troiano encerrou o longo excurso das suas desditas, o pequeno Iulo – na verdade, o solerte Cupido sob a forma daquele – pulou para os braços da rainha. Esta, encantada, como toda mulher, fez-lhe carícias de todo jeito, mas, ao descuidar-se um pouco, acabou alvejada pela seta que o moleque trazia oculta nas vestes.

Pronto! Eis aí Dido, a recatada rainha, tomada de amores pelo forasteiro e pronta para marchar rumo ao martírio.

– Agora precisamos quebrar sua última resistência – disse Vênus, entretendo seus macios e longilíneos dedos por entre os caracóis de seu eficiente rebento.

VII – Uma gruta sob o temporal

Na manhã seguinte, a rainha organizou uma grande caçada pelos arredores montanhosos de Cartago; conduzindo um grande cortejo, do qual faziam parte Eneias e alguns de seus próceres, chegou enfim aos cumes rochosos onde se desenrolaria a grande diversão.

– Aqui não faltará prazer a você nem a qualquer dos seus – disse Dido a Eneias, que procurava distrair com estes entretenimentos o amor que consumia seu peito com um furor cada vez maior.

Vênus, a este tempo, já havia feito um novo pedido a Júpiter, para que lançasse seus raios sobre toda a região bem no momento em que a caçada estivesse no auge. O senhor dos trovões, algo aborrecido, acabou cedendo a mais este capricho da volúvel divindade.

A tarde, de início tremendamente escaldante, fazia prever para breve uma tempestade: nuvens de uma cor azuladamente metálica surgiram de repente no horizonte, e logo Bóreas furioso começou a soprar com toda a força o alento de seus pulmões. Árvores foram derrubadas, galhos voaram para todos os lados, e um rumor de pés correndo para todos os lados precedeu o desabar da terrível tormenta. Logo a chuva descia dos céus. Tírios e troianos procuravam abrigo, e a rainha Dido, como que impulsionada por uma mão invisível, viu-se logo separada de todos.

– Oh, não, e esta agora! – disse ela, ávida por encontrar um abrigo.

Avistou, então, uma gruta salvadora, bem no topo do morro onde estava. Para lá rumou, escalando a íngreme subida cheia de barro molhado. Dido agarrava-se aos galhos das árvores para poder subir, mas sempre que estava para alcançar a entrada da gruta perdia o equilíbrio e descia rolando pelo barro encharcado até voltar ao ponto de onde saíra, qual uma desastrada Sísifo do sexo feminino.

Na quarta tentativa, entretanto, descobriu que suas vestes estavam em trapos e que seu corpo estava recoberto por uma capa de lama. Nem bem ergueu-se, porém, viu a chuva desnudar-lhe inteira daquela veste natural e pouco consistente, revelando a toda a natureza o seu corpo completo e irremediável.

– Oh, deuses! – clamou ela.

Seu lamento pareceu ter sido ouvido, pois logo alcançou o topo, desta vez sem perder o equilíbrio. Seu corpo, no entanto, estava, além de nu e encharcado, coberto de feridas provocadas pelos galhos e espinhos das árvores.

Descalça e nua, assim ela avançou até a entrada da gruta. Mas ao chegar lá encontrou já um habitante, que tratava de limpar do corpo a sujeira que se pegara à sua pele. Era, claro, Eneias, que ainda não dera pela presença da rainha.

Dido imediatamente recobriu com as mãos as suas vergonhas, mas, coisa estranha, não pôde mover os seus pés – e assim permaneceu parada diante daquele homem belo que prosseguia, diante de seus olhos, a fazer sua metódica higiene.

A chuva continuava a cair implacavelmente, e os ruídos dos trovões sacudiam a gruta inteira. Tudo começava a escurecer, tanto lá fora quanto ali dentro, e não foi sem uma pequena lástima que viu as formas do amado Eneias desaparecerem aos poucos, engolidas pela escuridão da gruta. Mas ainda havia um consolo: de vez em quando algum relâmpago, que não era tão raro que não iluminasse a gruta inteira por alguns segundos, fazia ver outra vez aquelas divinas formas, em sua inteira beleza. Dido decidiu, então, naquele misto de proteção e desvelamento que era a gruta sob os relâmpagos, simular uma chegada abrupta.

– Oh, há alguém aí? – perguntou, durante um intervalo de escuridão.

Um novo relâmpago iluminou o interior da gruta e ela viu o rosto de Eneias voltado para ela. Viu o espanto, ainda que por um brevíssimo momento, desenhado em seu rosto. Ele, por sua vez, também percebeu quem ela era. Dido, da primeira vez, deixou que seus braços pendessem livremente – havia decidido que daria ao amado apenas esta chance de vê-la tal como os deuses a haviam criado.

Tudo escureceu, e quando a luz brilhou novamente Eneias estava diante de si. Ela já tinha as mãos postas em guarda, mas o homem que ela amava permanecia despreocupado de tais coisas. E tão logo a escuridão se fez outra vez, sentiu que seus braços fortes envolviam seus ombros.

– Oh, forasteiro, como se atreve a agarrar uma rainha? – disse ela, com um tom de voz que autorizava o desejo dele e o seu próprio.

O ruído dos trovões e da chuva tornou-se tão intenso, e sua repreenda, de fato, fora tão pouco convincente, que em menos de um piscar de olhos estavam ambos entregues aos adoráveis exercícios prescritos por Vênus.

VIII - A viagem da fama

Na mesma noite – porque os amantes ficaram entregues a madrugada toda aos seus amores – a Fama, filha da Terra, saiu de sua caverna.

A Fama é uma deusa estranha: pequena, quando sai de casa, vai aumentando progressivamente de tamanho enquanto avança no cumprimento de sua missão. Por enquanto é apenas uma minúscula criatura, portando uma pequena trombeta em suas mãozinhas; uma menina, ainda. Mas é uma deusa veloz, por sua própria natureza; por isto não anda, mas voa, agitando graciosamente suas duas asas, que escondem uma miríade de olhos, feito o arguto Argos e o pavão espaventado.

A Fama é uma deusa de aparência encantadoramente bela, embora aos olhos dos amantes do pudor possa parecer às vezes extraordinariamente feia.

Com suas asas amplas ela fende os ares da ardente Líbia; o dardejante carro de Apolo apenas percorreu a metade do seu percurso e a núbil Fama já é agora uma moça crescida, de espantoso viço. Seu magnetismo e charme são inigualáveis: quase nenhum outro ser tem como ela o dom maravilhoso da persuasão. Por isto a sua estada em qualquer lugar é muito rápida; não precisa mais do que alguns instantes para transmitir a sua mensagem e ser acreditada imediatamente. Suas mensagens são quase sempre fidedignas e não têm nenhuma eiva de perversidade.

Ela está agora na corte do rei Jarbas, na Getúlia, e já fez soar pelos ares a sua divina trombeta – pois a Fama jamais desce à Terra para transmitir as suas novas – e já vai deixando aquele reino, pronta para levar adiante o seu ofício.

Entretanto, logo no seu encalço, vem outro ser, de natureza semelhante. É apenas um pouco mais discreto e tem a espantosa capacidade de dobrar de tamanho e volume a cada milímetro que avança. É, assim, um imenso ser alado, que rola com asas pelos céus, tendo uma aparência francamente repulsiva: gordo

– imensamente gordo –, com bochechas estufadas que fazem lembrar o velho Bóreas, o poderoso vento do norte. Sua boca, entretanto, é pequena, quase um orifício, pois este ser não fala, mas antes cicia as suas novas.

Quando chega, cercado sempre pela Calúnia e pela Maledicência, amigas inseparáveis, a primeira coisa que faz é dizer, baixinho, ao primeiro que encontra, com voz maviosa e infinitamente sedutora:

– Venha, incline agora seus ávidos ouvidos a meus discretos lábios.

Este deus é o Boato, irmão mais novo da graciosa Fama.

IX – Uma visita inoportuna

Eneias agora é o amante oficial da rainha. Seus amores já são públicos, e todos os reinos vizinhos estão informados do que se passa entre os dois.

– Dido, minha querida – diz-lhe um dia Ana, sua irmã. – Alguns viajantes que retornaram da corte do rei Jarbas dão conta de que esse soberano tem o coração tomado pela ira contra você, eis que rejeitou a mão dele sob o pretexto da castidade, para agora estar com esse que ele chama de "frígio errante e miserável".

Dido, apesar de ofendida com os termos do soberano, baixa os olhos. Depois, erguendo-os novamente, confessa:

– Ana, minha irmã e confidente. Não posso mais esconder: meu coração é todo de Eneias. Embora tenha jurado um dia permanecer fiel à memória de meu querido esposo Siqueu, não posso mais resistir a este sentimento que me avassala.

Ana, que era uma irmã compreensiva, tomou o partido de Dido.

– Realmente, minha irmã, você não pode mais ficar sem um rei ao lado, que dirija com mão forte os negócios do reino. Eneias é um homem forte, viril e corajoso, e tenho a certeza de que será um excelente rei para os cartaginenses.

Aos poucos todos foram se acostumando à ideia e achando perfeitamente natural que a rainha se consorciasse com aquele belo e valente forasteiro. Mas nos céus se pensava diferente, e assim, certa noite, Eneias recebeu a visita de um ser enviado com a missão de dissuadi-lo de tal ideia.

– Eneias, sou Mercúrio, mensageiro de Júpiter! – disse o deus dos pés ligeiros, com o semblante carregado. – Por que demora tanto neste lugar? Por que perde tempo construindo uma cidade para os outros, quando você ainda tem de partir para encontrar o seu verdadeiro país e, lá sim, construir uma cidade? Fugiu aos gregos, temendo a sujeição, para agora se tornar escravo de uma mulher?

Eneias não conseguiu responder a nenhuma dessas perguntas, pois ao seu lado estava Iulo, seu pequeno filho, a quem cabia dar um reino e uma descendência.

No mesmo dia Eneias começou a fazer os preparativos para a partida.

X – O desespero de Dido

Cedo Dido descobriu as intenções do agora esquivo Eneias – pois qual coração não está sempre atento aos menores gestos do ser amado?

– Eneias, planeja, então, abandonar-me? – perguntou ela, um dia, quando o viu em meio aos preparativos de sua partida.

– Os deuses exigem que eu parta rumo ao meu destino – disse Eneias, cabisbaixo. – Dido, eu amo você, mas tenho um dever, uma altíssima missão que os céus me confiaram, à qual não posso dar as costas...

– Mas dar as costas a mim você pode, depois de tudo o que fiz por você e pelos seus? – esbravejou a infeliz rainha.

– Eu não posso dar as costas, acima de tudo, a meu filho! – disse Eneias, resoluto.

– Oh, quanta ingratidão! Não pensa em mim, na minha situação? Que respeito poderei infundir, agora que me desfiz de minha castidade, dos meus votos de fidelidade, que eram o único pretexto para repelir os pretendentes que a todo instante me assediavam, buscando apenas minhas riquezas e meu reino? Não sabe que no dia seguinte ao que você partir verei entrar pela barra adentro a frota do rei Jarbas, que virá exigir a minha mão, chamando-me sabem os deuses por qual nome? E que meu odioso irmão Pigmalião espera apenas uma oportunidade para vir retomar as riquezas que julgava suas pelo direito vil do assassínio?

Eneias, sem poder responder a tão altas questões, deu as costas à rainha. Só Júpiter poderoso sabia o quanto lhe era agradável a ideia de permanecer na bela Cartago, na condição de rei, livre para sempre dos trabalhos que o mar impunha.

A voz dos deuses, contudo, era mais forte, e ele sabia que cedo ou tarde um terrível desastre se abateria sobre ambos caso ele decidisse permanecer ali, na condição de amante indolente da bela Dido.

XI - A pira funerária

Dido, a rainha infeliz, ainda guardou alguma esperança durante algum tempo, mas quando viu que Eneias já se instalara dentro do navio que o levaria embora, fazendo dali mesmo os preparativos finais para a sua partida, tomou a decisão extrema dos desesperados: matar-se-ia. Sim, porque não suportaria ver a frota de Eneias se afastar lentamente de suas águas, sabendo que nunca – nunca mais! – iria tornar a pôr os olhos no seu amado.

Ordenou, então, que construíssem uma imensa pira na parte mais alta da sua fortaleza. Ali pretendia consumir em ardente fogo o seu corpo que o amor já consumira inteiramente por dentro, pondo um fim definitivo ao seu sofrimento.

Mas para que sua irmã de nada desconfiasse, inventou-lhe um artifício.

– Ana, querida irmã – disse ela, acariciando o seu rosto –, estou prestes a me livrar de tão grande sofrimento! Eis que recebi o auxílio de uma famosa feiticeira, versada nas artes mágicas de Hécate, que me propôs a construção desta enorme pira. Ali deverei colocar as armas e a efígie do pérfido traidor que agora me abandona, desonrada e desprotegida, à sanha de meus inimigos. Tão logo as labaredas tenham destruído tudo, estarei livre, afinal, deste sentimento terrível que ameaça tragar-me, tão cedo, para as moradas sombrias de Plutão.

XII - A fuga de Eneias

Enquanto isso, Eneias dormia descansado na popa de seu navio. Eis que, de repente, Mercúrio alado lhe surge outra vez e diz com voz irada e semblante alterado:

– Ó filho imprevidente de uma deusa! Como pode dormir tão sossegado sem imaginar que um coração dilacerado e vencido não esteja a tramar a sua desgraça? É assim que pretende erguer e conduzir uma nova pátria? Ai dela, então, pois não durarão em pé seus muros mais que o curso de uma lua! Ande, levante e aponte de uma vez a proa de suas naus em direção ao mar, eis que Éolo, senhor dos ventos, já ordenou que o vento oeste sopre com altíssimo vigor.

Eneias, o homem dos mil sonhos, pôs-se logo em pé e, dando rijas vozes, ordenou aos seus homens que fizessem o que o deus lhe ordenara. Depois, voltando um último olhar para o castelo de sua amada Dido, lhe lançou estas aladas palavras:

– Dido, amada, perdoa a minha fuga, mas os deuses não quiseram que permanecêssemos juntos por muito tempo. Nos Campos Elíseos, quem sabe, haveremos de estar juntos algum dia. Ali saciaremos, então, de maneira infinita, todos os desejos que os fados agora não nos permitiram.

XIII - A fuga de Dido

A suave Aurora já abria as cortinas rosadas de um novo dia quando a sofrida Dido abriu seus olhos para o mar e recebeu a primeira punhalada do dia em seu coração: a frota de Eneias, já em alto-mar, singrava com as velas enfunadas pelo vento. No mesmo instante correu até a pira, pedindo antes à irmã que fosse providenciar algo na parte mais afastada do castelo. Assim que se viu sozinha, acendeu a flama, subindo em seguida até o alto da imensa pilha de carvalhos e pinheiros.

– Agora se despede desta vida, que deuses e fados funestos tornaram insuportável, a desgraçada Dido, rainha que um dia vingou a morte de seu amado Siqueu, embora – ai de mim! – não tenha sabido manter-se fiel; que fundou uma cidade maravilhosa e que teve a infelicidade de um dia ver aportar em suas praias aquele homem sem palavra e coração endurecido que agora foge de seus braços para todo o sempre!

Dido, sentindo as primeiras labaredas alcançarem os seus pés, ajoelhou-se e, tomando da espada que Eneias lhe deixara de presente, enterrou-a no peito.

Sua irmã, alertada pelo brilho da fogueira, acorreu para a pira, mas já era tarde demais: a alma de Dido, a infeliz rainha, já fugira, também, deixando entregue às chamas o seu corpo dilacerado, com a espada de Eneias enterrada ao peito.

NISO E EURÍALO

Lavínia, filha de Latino, rei do Lácio, estava prometida há muito tempo para Turno, rei dos rútulos. As coisas já estavam preparadas para este arranjo quando ocorreram alguns fatos agourentos que levaram o velho rei, pai de Lavínia, a inquirir os oráculos. Estes foram categóricos: Lavínia devia casar-se não com Turno, mas com um estrangeiro que muito em breve deveria aportar àquelas praias, fugido de uma grande desgraça em sua própria pátria.

Eneias era este homem, e Troia, sua antiga pátria. A partir de sua chegada os ânimos foram se acirrando até estourar a guerra definitiva entre o troiano Eneias e o rútulo Turno, passando ambos a disputar, pela força das armas, a mão de Lavínia e o controle do reino do pai desta. Os combates se acirraram, e num primeiro momento a vantagem pendeu para Turno.

Eneias, entretanto, viu-se obrigado a certa altura a se afastar dos acampamentos troianos, o que ensejou a audácia do audaz Turno a pôr um cerco sobre as muralhas troianas. Esta não era a primeira vez que os troianos viam-se sitiados atrás de muralhas, e a lembrança que guardavam da primeira ainda lhes era sobremaneira funesta, pois terminara com a ruína completa de sua pátria, a desgraçada Troia. Por esta razão, havia um sentimento de muita apreensão entre os sitiados: estaria prestes a desabar sobre os troianos uma segunda desgraça, tão ou mais horrível do que a primeira?

Uma medida, então, era imprescindível: furar o bloqueio e chamar Eneias de volta ao campo de batalha antes que a derrota troiana se desse sob as mãos do implacável Turno. E é neste instante que entram em cena dois jovens guerreiros predestinados à glória – embora votados, também, a uma funesta imortalidade.

Enquanto os chefes troianos discutiam em seus baluartes sobre o destino do acampamento, Niso, guerreiro experiente, ainda que jovem, e Euríalo, um rapaz ainda inexperiente, mas muito admirado por suas qualidades de lealdade e valentia, montavam guarda no acampamento. De repente Niso voltou-se para o amigo e disse, como quem tem uma boa ideia:

– Euríalo amigo, percebeu como a guarda inimiga parece descuidada? Não parecem acreditar muito que possamos escapar desta entalada.

– Sim, Niso, já havia percebido – respondeu Euríalo, animando-se.

– Pois bem, estive pensando numa coisa: já que eles demonstram tão pouco cuidado com a possibilidade de alguma artimanha nossa, pensei em romper suas fileiras durante a noite e, escondido pela negra escuridão, ir em busca de nosso comandante Eneias; é a única maneira que temos de aterrorizá-los, fazendo com que levantem imediatamente o cerco. O que acha disto?

Euríalo, inflamado pelo ímpeto juvenil, quis imediatamente associar-se ao projeto.

– Irei contigo! – disse ele, vermelho de excitação.

– Eu não disse isto – retrucou Niso. – Disse que eu irei; você deve permanecer aqui neste mesmo lugar, montando guarda.

– Nada disto, irei com você, já está decidido!

– Euríalo, afoito, você é muito jovem e inexperiente. Além do mais você tem uma mãe para cuidar, que deixamos em Acesta, está lembrado?

– Em vão você profere essas palavras: já disse que estou decidido e a todo argumento que você apresentar oporei sempre a mesma resolução.

Niso, arrependido já de ter revelado seu plano, não teve outro jeito senão ir junto com o amigo pedir licença aos chefes para tentarem a arriscada empresa.

A princípio, Iulo, filho de Eneias, recusara veementemente tal proposta, por julgá-la demasiado arriscada. Mas diante da insistência, acabou por ceder.

– Prezo mais a glória do que a própria vida – dissera Euríalo, confiante. – Apenas peço que deem toda proteção à minha mãe no caso de que um desastre ocorra, inviabilizando a missão.

– Não se preocupe – respondeu Iulo. – Sua mãe passará a ser a minha própria.

Desta forma Niso e Euríalo deixaram o acampamento ainda naquela mesma noite em demanda de Eneias. Quando chegaram à linha de frente dos rútulos, os encontraram ainda adormecidos, com as taças de vinho viradas sobre o chão.

Naquela época as leis da guerra não viam como infamante o ato de se tirar a vida de soldados adormecidos; por isto Niso e Euríalo não se envergonharam de ir enterrando suas espadas no peito dos soldados inimigos, tantos quantos fossem encontrando. Logo o chão estava coberto de cabeças cortadas, e um rio de sangue escorria dos pescoços dilacerados, ensopando a relva.

– Vamos Euríalo, já limpamos o caminho! – disse baixinho o seu amigo.

– Estou indo... – ciciou Euríalo, que em má hora tivera a ideia de levar consigo um elmo dourado e de altas plumas que havia retirado da tenda de Messapo, comandante dos rútulos.

Niso ia à frente, enquanto Euríalo seguia seus passos logo atrás; assim atravessaram as linhas inimigas sem serem incomodados, protegidos pelo manto escuro da noite, até que o dia começou a amanhecer. De repente, surgiu-lhes pela frente, de modo abrupto, uma coluna inimiga de trezentos homens, liderada por Volceno. Ainda assim não teriam sido avistados, não fora o elmo reluzente que o imprudente Euríalo havia posto sobre a cabeça.

– Alto lá, vocês dois! – gritou o comandante inimigo.

Niso e Euríalo, flagrados, dispararam bosque adentro. Mas, na corrida, acabaram por se separar. Niso conseguiu livrar-se da perseguição e já retornava feliz para o acampamento, quando se deu conta da ausência do amigo.

– Euríalo, cadê você? – gritava com as mãos em concha.

Não houve resposta. Niso, então, retornou para dentro do bosque à procura de Euríalo. Jamais seria capaz de abandoná-lo, mesmo sob o risco da própria vida.

Andou bastante até escutar o ruído de algumas vozes. Eram vozes iradas, e mais de uma vez ele percebeu, misturada a elas, o estalo inequívoco de uma bofetada.

Afastando as ramas de uma árvore, divisou, então, seu amigo Euríalo amarrado e cercado por diversos inimigos. À sua frente Volceno, ameaçador, repetia:

– Vamos, cão frígio, diga onde está o outro!

Outra bofetada atingiu a face de Euríalo. O jovem, embora deitando sangue abundante pelo nariz, permanecia de cabeça ereta, afrontando o inimigo.

– Basta, não temos mais tempo a perder! – disse Volceno, sacando sua espada.

Niso, neste momento, vendo que tudo estava perdido para Euríalo – e mesmo para si – remeteu uma prece para a Lua, dizendo:

– Diana, deusa da Lua, se alguma vez lhe foram agradáveis minhas ofertas, faz com que meus dardos atinjam com precisão o peito dos inimigos de Euríalo.

Sacando, então, do arco, arma e insígnia da deusa da Lua e da Caça, começou a disparar as suas setas com maravilhosa precisão. Um a um dos inimigos caíram, sem que os homens de Volceno pudessem identificar de onde partiam os certeiros dardos, pois Niso movimentava-se por entre o bosque com a rapidez de um felino.

Sulmon, um dos soldados inimigos, caiu do cavalo com um dardo espetado no coração, bem à frente de Volceno; da boca do moribundo escorreu um sangue negro e espesso. Logo em seguida outro soldado foi abatido diante dos olhos do atônito comandante: é Tago, que recebeu direto nas têmporas o dardo afiado de Niso. O desgraçado soldado também caiu no chão, quase em cima do outro, e como caiu, ficou, sem nunca mais poder levantar-se para a luta, com o dardo atravessado na cabeça.

Volceno, então, tomado pela ira, disse para Euríalo:

– Antes que eu pereça pela arte deste cão, você, maldito, pagará pelos dois!

Niso, vendo que a hora fatal de seu amigo chegara, lança-se, então, à frente da coluna, de espada em punho.

– Não, maldito, poupe-o! – gritou Niso, disposto a tudo. – Ele é inocente, não tem culpa de nada. Liberta-o e vem me enfrentar, você e quantos mais quiserem!

Volceno, vendo os dois troianos à sua mercê, ergueu sua espada e disse ao pobre Euríalo:

– Você primeiro – e lhe enterrou no peito, até o cabo, o gume afiado do seu bronze. A lâmina saiu pelas costas de Euríalo, cuja cabeça pendeu para a frente; seu grito de dor foi abafado pelo bronze que lhe perfurou os pulmões.

Volceno retirou em seguida a espada do peito de Euríalo, já caído morto ao chão. Niso, cego de ódio, investiu, então, contra os soldados – mas seus olhos estavam voltados apenas para o cruel Volceno, que protegido pelos seus, limpava a espada nas roupas da própria vítima.

O fiel amigo de Euríalo sabia que seu fim também estava próximo; ciente disto, arremessou-se para a frente com todo o ímpeto, pois sabia que não haveria meios de fugir. Seu corpo já estava recoberto de dardos e de feridas abertas, e um mar de homens abatidos estava já às suas costas quando finalmente alcançou o matador de seu amigo, num pulo surpreendentemente rápido para um homem em seu estado.

– Agora morra você também, canalha! – disse Niso, enterrando sua espada tinta de sangue na boca de Volceno, perfurando-lhe os lábios e os dentes, que saltaram em cacos para os lados. O fio da espada saiu na nuca de Volceno, e antes que ele tombasse sobre o chão, Niso retirou o ferro. Volceno caiu e ainda ficou um tempo escoicinhando o chão, até que finalmente sua alma exausta lhe abandonou o corpo para sempre.

Niso, crivado de dardos, aproveitou o estupor que a morte do comandante provocou em seus soldados e correu até onde estava o corpo de seu amigo morto.

– Euríalo, amigo... Aqui está a glória que juntos buscamos! – disse num fio de voz, e caiu de bruços sobre o corpo do amigo, já sem vida.

Os soldados de Volceno aproximaram-se, irados, e enfiaram suas lanças nas costas de Niso, unindo assim os corpos dos amigos numa mesma e gloriosa morte. A missão de Niso e Euríalo falhara; no dia seguinte Turno avançaria até as muralhas troianas com as cabeças dos dois infelizes jovens espetadas em compridos chuços. Eneias somente muito mais tarde chegaria de volta, pelo mar, para abater Turno e os inimigos dos troianos.

ENEIAS NOS INFERNOS

Diz o insigne Virgílio que após Eneias ter abandonado a sua amada Dido, em Cartago, foi levado de volta às praias da Sicília pela força dos ventos e do mar bravio;

E que tendo lá chegado por força do temporal, viu-se às voltas com a revolta das troianas, as quais, cansadas de errarem por Ceca e Meca, levantaram um motim;

E que deste motim feminino resultaram quatro navios queimados, eis que as ferozes mulheres pretendiam incendiar todas as naus e se estabelecer ali mesmo, na amena e cálida Sicília;

E que ali mesmo, na amena e cálida Sicília, Júpiter, a instâncias de Eneias, fez desabar sobre as naus incendiadas uma tremenda tempestade, consumindo as chamas e pondo um fim à funesta rebelião;

E que uma vez debelada a funesta rebelião, recebeu Eneias a visita noturna do espectro de seu falecido pai, o velho Anquises;

E que o espectro de seu falecido pai lhe disse, então, "Parte, filho meu, o quanto antes para a Itália, pois lá você fundará a nova Troia; antes, porém, procura a morada subterrânea de

Plutão, descendo as encostas do profundo Averno até atingir os Campos Elíseos, eis que desde minha morte minha sombra lá se encontra".

Tudo isto diz o insigne Virgílio, com maior beleza, e mais ainda:

Que Eneias, após ter tentado abraçar em vão o espectro do seu pai, deu a opção "àqueles corações que não anseiam pela glória" de permanecerem na amena e cálida Sicília, eis que muitas tribulações desabariam sobre aqueles que o seguissem;

E que partiu, enfim, com poucos mas valorosos companheiros;

E que Vênus, tendo pedido proteção a Júpiter para Eneias e seus barcos, ouviu deste que exigiria apenas uma vítima expiatória;

E que a escolha recaiu sobre o piloto, o infeliz Palinuro;

E que Palinuro, estando ao leme, e todos os demais adormecidos, recebeu a visita do próprio Sono, sob a forma do amigo Forbas;

E que o fingido Forbas disse a Palinuro: "Vai descansar, piloto, esteja tranquilo, eis que o tempo está bom e eu mesmo ficarei ao leme";

E que Palinuro, consciente do dever, disse: "Não, nada disso, é meu dever, não me fale em tempo brando ou vento amigo; sou experiente, nada disto me engana, deverei, então, expor Eneias à inconstância do tempo e do vento?";

E que tendo dispensado o auxílio do fingido Forbas, agarrou-se com mais força ainda ao leme, pensando: "Não, não delegarei a outro um dever que é apenas meu";

E que tendo teimado no cumprimento do seu dever, o Sono, sempre sob a falsa efígie do fingido Forbas, espargiu sobre sua cabeça um ramo com água do Letes, o rio do Esquecimento:

E que Palinuro, vencido por um invencível sono, ainda assim permaneceu firme no seu posto como um dois de paus;

E que o Sono, perdendo sua habitual compostura, empurrou Palinuro para fora do barco, dizendo: "Vai, anda, foi você o escolhido";

E que Palinuro, mesmo adormecido e caindo borda afora, levou consigo o leme, num último esforço de manter-se fiel ao cumprimento do dever;

E que Eneias, ao perceber que o barco ia à deriva e que Palinuro fora deitado ao mar, dirigiu-lhe estas tão famosas quanto injustas palavras: "Por ter confiado em demasia na serenidade do céu e do mar, ó Palinuro, seus ossos nus e solitários jazerão para sempre numa praia erma e desconhecida!"

Tudo isto diz o insigne Virgílio, com maior brilho, e mais ainda:

Que a frota seguiu em frente até arribar às costas da terra da promissão, uns a chamando Itália, outros, Hespéria, o que vem a dar tudo no mesmo;

E que Eneias correu logo a buscar o templo de Apolo e a caverna onde se ocultava a pavorosa Sibila, que proferia seus oráculos inspirada por aquele deus;

E que o herói troiano, vendo-se frente a frente com a Sibila, empalideceu ao vê-la tomada pelo espírito do deus;

E que ela dizia: "Vamos, é o deus! é o deus! interrogue agora e logo os fados...!"

E que a profetisa, diante das cem portas que dão acesso às cem entradas do sombrio covil, tresvariava feito louca, mudando a cor das faces, descabelando-se com furor, ofegando o peito opresso e dando à voz uma entonação que não era humana;

E que esta voz cuja entonação não era humana disse ao herói: "E então, não faz a sua oferta? Estas portas não se abrirão antes que você cumpra com a sua obrigação!";

E que Eneias, com os ossos congelados pelo medo, fez então um grande e soberbo arrazoado, invocando a proteção do deus;

E que a profetisa, dando ares de que nada escutara, prosseguia a cabriolar de lá para cá, feito uma bacante, tentando arrancar do coração o jugo do poderoso deus;

E que finalmente a Sibila principiou a fazer suas exatas predições;

E que elas diziam que Eneias chegaria à terra de Lavínia e que com ela casaria;

E que antes disto teria de enfrentar uma pavorosa guerra que deixaria o Tibre espumante de tanto sangue;

E que Eneias nem por isto deveria ceder ao infortúnio, mas antes avançar com coragem ainda maior.

Tudo isto diz o insigne Virgílio, com maior vigor, e mais ainda:

Que Eneias, findo o transe da poderosa Sibila, lhe pediu que o conduzisse até onde seu pai estava, nos amenos Campos onde sopra o eterno Elísio;

E que a Sibila lhe disse que as portas do reino de Plutão estavam sempre abertas, mas que retornar para a atmosfera superior é que eram elas, e que ali é que estava o trabalho, e que ali é que estava a dificuldade;

E que a Sibila lhe disse também que para ser admitido às regiões infernais (posto que antes de chegar aos Elísios deveria ele atravessar as regiões sombrias), precisaria o filho de Anquises colher num bosque sagrado um ramo de ouro que pende desde sempre de uma frondosa árvore, consagrada à Prosérpina infernal;

E que deveria não cortar, mas arrancar com a mão esse ramo mágico;

E que não poderia Eneias descer às regiões subterrâneas sem lhe levar esta sublime oferta;

E que depois disto deveria proceder aos ritos fúnebres de seu amigo morto, embora Eneias não soubesse de nenhum amigo morto;

E que depois disso tudo deveria sacrificar cordeiros pretos à sombria Hécate, e só então estaria apto a avistar os bosques sombrios do horrendo Estige;

E que depois de dizer isso tudo a Sibila cerrou os lábios;

E que, dando cumprimento às determinações, Eneias seguiu com seu fiel amigo Acates para procurar o ramo dourado;

E que ao retornar descobriu quem era o amigo morto citado pela profetisa;

E que o amigo morto não era outro senão o velho amigo Miseno, filho de Éolo;

E que este tivera uma morte ainda mais estúpida que a do pobre Palinuro;

E que estando Miseno a tocar sua tuba guerreira em alto-mar, Tritão, divindade marinha e mal-humorada, "se tal coisa se pode acreditar", sepultara-o sob as águas;

E que, então, foram todos para dentro da floresta cortar enormes troncos de freixos e carvalhos para que se procedessem aos ritos fúnebres de Miseno;

E que não sabia Eneias que jeito daria para encontrar a tal árvore do ramo dourado;

E que ao dizer isto não uma, mas duas pombas alvas surgiram sobre sua cabeça;

E que elas incontinenti o conduziram até a árvore maravilhosa, onde folhas verdes e douradas conviviam irmamente;

E que as folhas douradas, muito mais que uma, esbatiam-se suavemente entre si, produzindo um ruído metálico e cantante;

E que finalmente Eneias estendeu sua mão e arrancou um ramo, que foi logo substituído por outro do mesmo matiz e da mesma textura;

E que o herói, feliz, foi correndo levar à Sibila o maravilhoso ramo.

Tudo isto diz o insigne Virgílio, com maior talento, e mais ainda:

Que estando a pira pronta, Eneias procedeu aos ritos de sepultamento de Miseno desgraçado;

E que desde então o sopé do monte onde a fogueira ardeu leva o nome desgraçado de Miseno;

E que assim será pelos séculos dos séculos;

E que logo em seguida fizeram-se os sacrifícios dos cordeiros negros;

E que logo o chão sob os pés de Eneias começou a retumbar como se um deus irado sapateasse o teto do subterrâneo;

E que os cães começaram a latir desabrida e desordenadamente;

E que a Sibila disse, então: "Que os profanos se afastem, eis que a deusa chega!";

E que, voltando-se para Eneias, disse-lhe: "Agora saque da bainha a sua espada e guarde firmeza em seu coração";

E que Eneias, levando adiante a Sibila, adentrou as veredas sombrias e estéreis do reino de Plutão;

E que já no vestíbulo dos infernos deu de cara com seres pavorosos, dispostos um ao lado do outro, como num horrível mostruário;

E que dentre eles podia-se divisar o negro Luto, mais escuro que a própria escuridão; as Enfermidades, mais pálidas que o manto invernal; o Remorso, cuja cabeça, torcida várias vezes, olhava sempre para trás; a Velhice, encarquilhada a ponto de seus lábios roçarem os joelhos; o Medo, de olhos costurados e todo enrodilhado sobre si; a Fome, a comer os próprios membros; a Miséria agitando os trapos misturados aos fios de sua própria carne; a Fadiga, a arfar em longos haustos um alento que jamais lhe basta; a Gula estufada, com sua pele lustrosa a rachar e verter uma gosma podre por toda parte; a Guerra, coberta de dardos e com uma tiara ensanguentada posta sobre os olhos; e finalmente o Sono, o pobre!, ali injustamente aprisionado apenas por ser irmão da Morte.

Tudo isto diz o insigne Virgílio, com menos exagero, e ainda mais:

Que logo adiante estavam as estrebarias dos centauros, estes a escarvarem furiosamente a palha;

E que um passo além estavam ainda outros desaforos da Criação, tais como Cila, monstro de seis cabeças, com uma matilha de cães rosnadores presa ao redor da cintura; Briareu, gigante perdulário de cem braços e cinquenta cabeças; a hidra de Lerna, a silvar horrendamente; a Quimera, a botar flamas pelas ventas; as Górgonas de tranças de serpentes; as Harpias, a babarem uma gosma fétida sobre os alimentos;

E que Eneias, vendo avançar sobre si toda esta horrenda estirpe infernal, sacou de sua espada e preparou-se para o embate, mesmo tendo os pelos todos de seu braço arrepiados pelo medo;

E que a Sibila deteve o primeiro golpe, dizendo: "Guarda a coragem, nobre herói, eis que são espectros sem substância a esvoaçarem em vão pelas paredes!";

E que partindo dali os dois chegaram às margens do infernal Aqueronte, rio que leva à mansão dos mortos;

E que aos poucos foi se aproximando uma velha barca conduzida por um remador horrendo;

E que este era um velho chamado Caronte, cuja sujeira era indescritível;

E que sua barba absurdamente branca lhe descia até o umbigo enorme, nada menos que um infame depósito de larvas;

E que seus olhos despediam chispas, e a boca, impropérios;

E que tinha preso ao ombro apenas um manto pútrido, úmido e fedorento como a pele apodrecida dos afogados;

E que este sórdido barqueiro despedia impiedosos golpes de remo sobre todas as almas que se precipitavam para embarcar em sua nau da cor do ferro;

E que escolhia apenas alguns, afastando com o pé a chusma dos insistentes;

E que Eneias, aturdido, voltou-se para a Sibila e disse: "Virgem, diga o que significa todo este atropelo, e por que somente a alguns é dado embarcar para a outra margem?";

E que a Sibila teria respondido: "Veja, aqueles que ali ficam lançados sobre o chão a esmurrar a negra areia são espectros daquele cujos ossos não tiveram o favor de uma sepultura, e ali estarão durante cem anos, a vagar e a gemer sem socorro de deus algum nesta infernal soledade, e somente após cumprido o prazo fatal é que serão finalmente admitidos à barca do horrendo condutor";

E que Eneias, firmando melhor a vista, começou a enxergar velhos companheiros do malfadado sítio, que caíram retumbando sobre o solo com as suas armas, sem terem o descanso de uma sepultura.

Tudo isto diz o insigne Virgílio, com maior clareza, e ainda mais:

Que viu aproximar-se de si o infeliz piloto, Palinuro, aquele que ao observar os astros caíra da popa mar adentro;

E que Eneias, aproveitando a ocasião, perguntou ao desafortunado: "Que deus funesto houve por bem lançá-lo às ondas antes que você pudesse chegar conosco à terra da promissão?";

E que Palinuro, envergonhado, confessou que não fora deus algum, mas somente a sua imprevidência que o fizera adormecer sobre o leme, perdendo o equilíbrio e arrastando-o consigo para o mar;

E que Palinuro disse ainda que fora carregado pelas ondas durante três longos dias e três longas noites até ser lançado aos arrecifes das praias italianas, mas que homens pérfidos o mataram com seus ferros afiados, na esperança de uma presa, quando tentara subir aos rochedos e escapar à fúria das ondas;

E que Palinuro pediu, como último favor, ao comandante e amigo que o levasse consigo na barca, para que pudesse doravante ter sossego em sua alma;

E que a pitonisa, metendo-se na conversa, atalhou as palavras do infeliz, dizendo: "Acalme o seu desejo, Palinuro, e antes se acomode com o desejo dos deuses, eis que foi pela vontade deles que você chegou a este estado; nem com preces poderia agora mudar os decretos que as próprias Parcas já lavraram em definitivo";

E que a Sibila ofereceu, então, ao desgraçado, um consolo, afirmando que seu nome seria venerado doravante pelas populações com sacrifícios, tendo estabelecido um culto só para si, como se verdadeiro deus fora;

E que Palinuro, tendo ouvido estas aladas palavras, cobrou novo ânimo, tirando forças daí para suportar o prazo de seu amargo exílio;

E que Eneias e a Sibila, dando as costas, intentaram, então, embarcar na nau de Caronte imundo;

E que este, volvendo um olhar raiado de sangue ao piedoso Eneias, lhe disse: "Eia, esta é terra de sombras e de mortos, e não é lícito a um vivo pôr os pés em minha barca!";

E que a Sibila tratou de acalmar o irado condutor, dizendo: "Esteja descansado, Caronte, que estas armas que o forasteiro traz não carregam consigo a violência, eis que com elas pretende apenas avistar seu velho pai, nas profundezas do Erebo, para uma importante revelação; e se mesmo esta razão não o move à piedade, aqui está a passagem que dará o salvo-conduto ao meu companheiro";

E que a profetisa estendeu, então, o ramo dourado até o barqueiro, que o tomou com grata satisfação nos furibundos olhos.

Tudo isto diz o insigne Virgílio, com maior elegância, e ainda mais:

Que Caronte esvaziou a barca das almas que já estavam assentadas, admitindo nela exclusivamente Eneias e a Sibila;

E que a barca rangeu quando Eneias nela entrou, botando água dentro;

E que assim chegaram os dois até a outra margem do pavoroso rio;

E que na outra margem do pavoroso rio rugiu o troar das três bocas de Cérbero, cão de guarda infernal que estava deitado na caverna em frente;

E que a Sibila lançou-lhe um bolo soporífero feito de mel e de escolhidos grãos;

E que Cérbero, abocanhado o petisco, caiu adormecido, facilitando a passagem de Eneias e da Sibila esperta;

E que após escutarem o choro e o lamento de crianças que um dia foram arrancadas dos braços das suas mães para a acerba morte, avistaram Minos, a agitar a urna do sorteio, a fim de proceder ao julgamento das almas réprobas;

E que não distante dali avistava-se o Campo das Lágrimas, bosque umbroso onde buscam refúgio aqueles que o amor fez perecer em um langor cruel, onde entre outros se divisavam claramente Fedra, a infeliz amante, e Prócris, ninfa vitimada por seu próprio ciúme;

E que Eneias, para grande surpresa sua, ali também encontrou Dido, a amante que ele abandonara por uma ordem divina, desgraçando-a;

E que a infeliz Dido vagava por ali, trazendo ainda no peito a ferida aberta;

E que o piedoso Eneias, molhando de lágrimas seu próprio rosto, disse-lhe: "Desventurada Dido, é verdade então que você tomou uma resolução fatal depois de minha partida?";

E que jurou à infeliz amante ter sido obrigado a partir, embora sua vontade lhe dissesse mil vezes para ficar, e não partir, e estar com ela, e não deixá-la, e amá-la sem nunca e jamais abandoná-la;

E que Dido, imperturbável como os penhascos da Marpésia, não se movia ou comovia com coisa alguma que o antigo amante lhe dizia, limitando-se a manter os olhos pendidos sobre o pó do chão;

E que depois, perdendo de vez a paciência, foi buscar refúgio no sombrio bosque, onde seu marido, Siqueu, a esperava, sem dirigir ao amante mais um único olhar ou lhe dizer uma única palavra;

E que Eneias, pesaroso, afastou-se dali para nunca mais ver a sua amante;

E que logo encontrou os antigos companheiros da funesta campanha de Troia;

E que Eneias não pôde conter um suspiro ao vê-los desfilar diante de si em uma longa e miseranda coluna;

E que as falanges inimigas de Agamenon fugiram espavoridas ao enxergarem de novo entre eles o valente inimigo, de armas em punho;

E que do rebanho das sombras se destacou Deífobo, filho do rei troiano, com o rosto todo desfigurado, eis que lhe faltavam à máscara da face o nariz e as orelhas;

E que Deífobo, ocultando com as mãos as negras feridas, foi perguntado por Eneias da razão de se encontrar em tão mau estado, posto que este não pudera encontrar o corpo do amigo no dia fatal da derrocada da soberba Troia;

E que Deífobo lhe respondera dizendo que Helena pérfida fora a causa do seu negro fim, pois estando casado com ela após a morte de Páris fora traído pela infame, a qual pôs para dentro das suas portas o marido ultrajado, retirando da cabeceira de sua cama a sua fidelíssima espada, única defesa que poderia opor diante do invasor enfurecido.

Tudo isto diz o insigne Virgílio, com muito mais colorido, e ainda mais:

Que a Sibila apressou Eneias, dizendo, impaciente: "Eia, Eneias, eis que a noite se aproxima e já perdemos muitas horas a chorar. Saiba que daqui por diante o caminho se bifurca: o da direita conduz ao ameno Elísio, enquanto que o da esquerda leva ao tenebroso Tártaro";

E que Eneias enxergou no caminho da esquerda grandes casas circundadas por uma sólida e tríplice muralha rodeada pelas águas em chamas do Flegeton sinistro, as quais rolam consigo, sem cessar, enormes pedregulhos ressonantes;

E que ao centro da cidadela erguia-se nos ares uma imensa torre de ferro, morada de Tisífone, a Fúria vingadora, que do alto, de túnica sangrenta e arregaçada, vigiava noite e dia os seus tétricos domínios;

E que de dentro da torre de ferro ecoava o ruído de ásperas chibatadas, e o grito estertorado dos flagelados, e o retinir das ásperas correntes, e o roncar maldito da castigadora;

E que Eneias, querendo saber quem habitava aquelas horrendas moradas, recebeu da Sibila esta resposta: "Deixa estar a sua curiosidade, que a nenhum inocente é permitido transpor o limiar do crime; apenas digo que ali está o horripilante reino de Radamente, onde são interrogados e torturados os autores dos crimes execrandos";

E que a Sibila ainda disse: "Ouve este silvo, também, que supera mesmo ao do açoite da Fúria vingativa? É o bafo monstruoso que se escapa das cinquenta goelas negras e escancaradas da pavorosa Hidra, que ali reside sempiterna";

E que disse ainda que mais para dentro, muito mais para dentro, o Tártaro se estendia num espaço duas vezes maior que o que leva do Olimpo até o céu, e que lá embaixo, rolando nos fundos deste medonho abismo, estavam os Titãs, primitivos habitantes da Terra, derrubados que foram pelo raio de Júpiter tonante;

E que depois da Sibila ter descrito, com muito mais detalhes, a situação dos outros supliciados, disse para Eneias que avançassem até a porta onde deveriam depor sua oferenda;

E que Eneias, depois de ter lavado o corpo de toda sujidade infernal, penetrou no pórtico e pendurou na soleira o ramo dourado, entrando assim nos sítios amenos e idílicos dos bosques afortunados.

Tudo isto diz o insigne Virgílio, com mais elevação, e ainda mais:

Que caía de um éter mais amplo uma luz purpúrea que banhava os campos;

E que os habitantes dos Elísios tinham um sol e variados astros que eram somente deles;

E que todos, guerreiros, sacerdotes, poetas, pastores, tendo as frontes cingidas por ramos, passavam o tempo todo em descanso ou em festejos, exercitando as armas ou a lira, conforme mandasse a sua vontade;

E que tendo encontrado entre eles Museu, aquele divino músico que chegava a curar com sua arte, lhe perguntou Eneias onde morava seu pai Anquises;

E que o poeta lhe dissera: "Não, engana-se, visitante, aqui ninguém possui morada, e todo lugar, bosque, arroio, vereda ou prado é morada bastante para nós";

E que mesmo assim, apontando o dedo, indicou-lhes o lugar, num bosque verdejante, onde poderia Eneias encontrar seu velho pai;

E que Anquises, com os olhos repletos de lágrimas, estendeu os braços para o filho tão logo o divisou por entre a chusma transparente das sombras que se interpunham entre ambos;

E que Eneias por três vezes tentou em vão abraçar seu velho pai, posto que sua figura tinha a mesma consistência da brisa, do fumo, do hálito e dos sonhos;

E que depois de trocar palavras afetuosas com seu pai, Eneias avistou um pouco mais adiante uma mata de caniços sonoros a margearem as águas silenciosas do Letes, o rio do Esquecimento;

E que tendo se espantado com a imensidão de sombras que enxameavam ao redor daquelas águas de coloração escura, perguntou ao pai: "Diga-me, pai saudoso, por que tantas almas revoluteiam ao redor daquele curso incessante, como abelhas frenéticas ao redor de um oloroso favo?";

E que Anquises lhe disse que aquelas eram almas purificadas, que depois de haverem expiado suas antigas faltas nas moradas infernais e terem tido o descanso das suas penas nos aprazíveis Elísios, agora preparavam, cumpridos mil anos de exílio, a sua volta para a morada dos vivos; antes, porém, deveriam beber daquelas águas para que, esquecidas de toda mácula ou réstia de passado, pudessem retornar ao convívio da carne, com todos seus tormentos, suas dúvidas, suas tristezas, seus sofrimentos, seus trabalhos, suas penas e suas maravilhosas tentações.

E que depois Anquises mostrou um por um os futuros descendentes de Eneias, os quais colhiam a mãos ambas a água do Letes, sorvendo-a com ansiosa sede;

E que um seria guerreiro inexcedível, outro, poeta mavioso, e o restante, reis, e reis, e reis, e infinitamente reis, eis que ser rei parecia ser a ambição da maioria daquelas sombras;

E que depois do velho Anquises ter feito o relato do futuro grandioso que aguardava a cada uma daquelas almas enfastiadas da Eternidade, conduziu, enfim, Eneias e a Sibila até a grande porta de marfim do Sono, saindo ambos outra vez para a luz do Dia e da Vida, a fim de que o piedoso herói pudesse outra vez ir ao encontro de seus companheiros que o aguardavam dentro dos navios, com as proas voltadas para o mar.

Tudo isto diz o insigne Virgílio, com maior inspiração, nos versos de seu poema imortal.

JASÃO E O GIGANTE DE BRONZE

Medeia, filha do rei Eetes, da Cólquida, apaixonara-se por Jasão e, traindo os interesses do próprio pai, ajudara o herói a resgatar o Velocino de Ouro, relíquia que até então era guardada no reino. Depois que Jasão, com o auxílio de suas artes de feiticeira, venceu o dragão que guardava o Velocino, Medeia pôs-se de joelhos à sua frente e implorou:

– Oh, meu amado, leve-me, pois não poderei permanecer sob o mesmo teto de meu pai tão logo ele descubra a minha traição!

Jasão, enternecido, ergueu-a suavemente do chão; depois de envolvê-la em seus braços, lhe disse estas meigas palavras:

– Nada tema, Medeia amada! Iremos juntos para a Grécia e lá seremos felizes para sempre!

A filha de Eetes quase desmaiou de emoção diante desta promessa.

"*Medeia amada... Medeia amada...*"

Estas palavras não saíram mais de sua cabeça, e a partir daí decidiu tomar partido, definitivamente, em favor de Jasão, para o que desse e viesse.

Entretanto, uma monstruosa serpente guardava o Tosão quando foram buscá-lo. Mas para Medeia serpente alguma era entrave: cantou uma canção sonífera para a fera, que em instantes adormeceu, possibilitando ao herói arrebatar do esconderijo o dourado velo e o levar a salvo para o seu navio. No mesmo instante todos partiram – inclusive Medeia, que ia feliz junto com seu amado Jasão. Diz a lenda, também, que junto dela ia seu irmão Absirto, que surgiu do nada para ajudar a sua irmã.

Importa muito, contudo, que guardemos este nome: Absirto, irmão de Medeia.

Durante a fuga, os dois amantes aproveitaram a oportunidade para ter a sua primeira experiência amorosa, justo em cima do dourado e cálido pelego. E tão carinhoso Jasão pareceu à apaixonada Medeia, que para ela ser acariciada pelos dedos delicados do amante ou pelos tufos compridos do velo macio foi tudo a mesma coisa: não sabia dizer quando era um e quando era o outro que percorria suas delicadas formas, arrancando de seus rubros lábios profundos suspiros de prazer.

Tudo corria bem, até que o rei Eetes surgiu no mar, em perseguição da veloz Argo, com uma nau repleta de guerreiros.

– Canalha, devolva já a relíquia e minha filha! – brada o rei, enfurecido.

Medeia sabe que sua vida corre perigo; a nau inimiga aproxima-se e está prestes a abordá-los. Já vibram nas mãos dos soldados as espadas e as lanças afiadas.

Medeia, então, tem uma ideia – macabra, é verdade, mas que lhe parece a única solução para defender o seu amor: volta-se para seu irmão Absirto e lhe diz em altos brados:

– Absirto, irmão meu, você disse que veio para me proteger em qualquer circunstância. Eu pergunto agora: continua a afirmar a mesma coisa?

– Sim, minha irmã, assim disse e assim farei! – brada o irmão, com firmeza.

– Ótimo – diz-lhe Medeia, serenamente – Nada terá de fazer.

Sacando, então, de suas vestes um punhal, enterra-o no coração do irmão.

Gritos de espanto soam por toda a tripulação do Argo. Medeia, encarando o piloto, lhe diz com um ar feroz, que até então ninguém vira:

– Imbecil, adiante com o navio! Pretende, então, que meu irmão morra em vão?

Uma onda de pavor varre todo o convés; Medeia, de posse de um machado, pica em pedaços os membros do irmão e os lança, ainda palpitantes, para o mar.

Gravíssima pena pesa sobre todo aquele que, podendo, não dá sepultura em terra a um morto em alto-mar; assim, o rei vê-se obrigado a parar para recolher os pedaços do filho, que Medeia joga de tempos em tempos nas ondas revoltas.

– Obrigado, querido irmão... Que Prosérpina piedosa lhe acolha em sua sombria morada! – diz Medeia, dando um beijo nos lábios ensanguentados da cabeça do irmão, antes de lançá-la rodopiando para o mar.

– Oh, mulher perversa... – bradam os homens de ambos os navios.

Jasão também se associa ao horror e censura asperamente a sua amante, embora só depois que todos já estão a salvo.

Mais tarde o herói esteve um longo tempo meditando sobre o caráter daquela criatura que levava consigo: afinal, estava prestes a se casar com uma mulher capaz de fazer em postas o próprio irmão!

– Fiz isto por amor a ti, meu adorado, compreende?! – disse Medeia a Jasão. – Percebe agora a imensidão do meu amor?

Por um instante chegou à barreira dos dentes do herói esta pergunta singular: "E qual seria, então, a imensidão do seu ódio, Medeia?".

Mas Jasão, além de herói, era também prudente, e por isso achou melhor calar.

Uma última aventura, no entanto, ainda estava reservada aos navegantes da maravilhosa nau; ao se aproximarem da ilha de Creta, foram advertidos por um grito de Medeia:

– Jasão, cuidado, não desembarque.

Ao longe viram surgir, então, uma figura sinistra, um monstro horrendo, todo feito de bronze, que caminhava a largos passos na direção da praia.

Talos – tal era o nome deste monstro infatigável, presente que Vulcano dera ao rei de Creta, e que estava encarregado de vigiar a ilha. Todas as noites dava três voltas inteiras ao redor da extensa muralha que cercava a cidade, de tal sorte que ninguém entrava sem sua aquiescência nem saía sem a sua permissão. E não adiantava aguardar que ele estivesse do outro lado da muralha para tentar uma fuga ou invasão, pois tão alta era esta medonha criatura que mesmo do outro lado podia enxergar perfeitamente o que se passava no outro extremo, por cima dos muros, bastando dar um pulo para estar diante do ingênuo infrator.

Sua arma preferida eram pedregulhos, que arrancava das montanhas com notável facilidade; mas quando a situação derivava para a guerra, e uma batalha se anunciava, aí é que se podia perceber todo o engenho da sua mente metálica: tão logo o rei lhe anunciava a proximidade do conflito, o autômato diabólico ia às pressas deitar o seu imenso corpanzil sobre uma prodigiosa fogueira de carvalhos e ali permanecia estirado até que todo o seu corpo flamejasse feito uma tocha. Depois, erguendo-se como um rubro e ígneo demônio de ferro, lançava-se, então, sobre o inimigo, abraçando exércitos inteiros que chiavam esbraseados ao contato de seu peito escarlate e fumegante.

A nau Argo estava, então, ao largo da ilha quando seus tripulantes avistaram o monstro; era fácil enxergá-lo por causa da sua estatura descomunal. A cada passada sua a terra sacudia, e as árvores choviam suas folhas.

– Vejam, ele vai arremessar um rochedo! – gritou um dos tripulantes da Argo.

O pedregulho veio cair bem ao lado do braço, erguendo uma onda que quase engoliu a todos.

Medeia, entretanto, chamou a si mais uma vez a tarefa de salvar seu amado Jasão: ajoelhada, orou a Hécate, deusa infernal, pedindo seu auxílio; num instante surgiram das profundezas da terra imensos cães da cor da noite, que passaram a atacar Talos.

Este monstro prodigioso tinha, no entanto, um ponto fraco: a exemplo de Aquiles, tinha um calcanhar vulnerável, dotado de um pino de bronze que lhe fechava uma veia essencial. Um dos cães deu uma mordida valente, arrancando o pino, e logo o monstro começou a esvair-se em sangue, até cair desconjuntado sobre a terra num fragor espantoso. Mais uma vez, Jasão devia a sua vida àquela mulher perversamente fabulosa.

E assim acabaram as aventuras dos Argonautas: enquanto os outros se dispersaram por todas as partes, Jasão e Medeia seguiram para Iolco, na Tessália, onde os aguardava seu tio Pélias, o rei que incumbira Jasão de trazer o Velocino.

Jasão imaginava que ao restituir o Tosão ao rei veria-se investido na condição de rei da sua terra, pois tal fora a promessa que lhe fizera o tio. Mas Pélias era um homem perverso, e durante a ausência do herói havia obrigado seu pai a se matar, enquanto sua mãe morrera de desgosto.

Pélias usurpara o poder e não pretendia devolvê-lo de maneira alguma.

– Pegue esta louca e desapareçam os dois da minha frente antes que eu mande esquartejá-los! – declarara brutalmente ao herói do Velocino.

A partir daí o exagero da lenda cede passo à crua realidade: Jasão, que havia derrotado gigantes de seis braços, as iradas Harpias, rochedos movediços, touros cuspidores de fogo, sereias ardilosas, exércitos de gigantes brotados dos dentes de um dragão, o próprio dragão e um gigante de bronze não foi, contudo, capaz de enfrentar um inimigo bem mais prosaico, porém infinitamente mais real: a tirania de um rei cruel e impiedoso.

OS FURORES DE MEDEIA

A princesa Medeia, após ter salvo seu amado Jasão dos perigos da temível expedição dos Argonautas, estava agora diante de um novo dilema: Jasão, seu amado herói, fora expulso de sua terra natal por seu perverso tio, o rei Pélias, o qual se recusara a lhe ceder o trono.

Jasão, sem meios de fazer valer o seu direito, dissera, cabisbaixo, à amante:

– Deixe estar, Medeia, os deuses assim decidiram. É melhor que partamos juntos para Corinto, pois aqui nossa vida estará sob risco constante.

Quem viu o Jasão da época dos Argonautas enfrentar todos os perigos estranhará que essas palavras melífluas tenham saído tão facilmente da mesma boca. Mas assim foi. De fato, a partir da chegada à sua terra natal, o herói parece abandonar seu antigo caráter para adquirir um outro, em tudo mais mesquinho que o anterior.

– Faremos como você quiser! – disse-lhe Medeia, disposta a seguir Jasão para onde quer que o destino os empurrasse.

Mas antes que partissem, Medeia deu um jeito de vingar-se de uma maneira verdadeiramente pavorosa do tirânico rei que os expulsara – pois é preciso que se diga que apesar de ser capaz das maiores abnegações em nome do seu amor, Medeia também era capaz das piores vilanias para proteger ou vingar o seu amado herói. Assim fora, por exemplo, quando fizera em pedaços o próprio irmão, para retardar a perseguição de seu odioso pai.

Medeia apresentou-se, então, diante das filhas de Pélias, para fazer-lhes uma pequena oferta.

– Queridas meninas, antes de partir quero mostrar-lhes uma coisa – disse ela com o ar mais doce deste mundo. – Estão vendo este velho cordeiro?

Medeia tomou um machado e abateu o carneiro diante dos seus olhos.

– Cuidado, irmãs! – disse uma das filhas do velho rei. – Esta mulher é uma temível feiticeira, versada nas artes de Hécate!

– Acalme-se, jovem princesa – disse Medeia com um sorriso reconfortante.

A feiticeira, então, cortou em pedaços o carneiro e colocou suas partes dentro de uma caldeira que trouxera consigo. Depois de ter espalhado ao redor do recipiente algumas libações de leite e vinho, colocou dentro as entranhas de corujas, morcegos e outros animais mortos, e o bico de um corvo, que segundo a crença resiste a nove gerações humanas. Em seguida mexeu tudo com um galho seco de oliveira, espargindo ervas mágicas e fazendo uma série de invocações extravagantes a Hebe, deusa da juventude, a Hécate, deusa infernal, e a Prosérpina, sinistra esposa de Plutão.

Passados alguns instantes, a panela da feiticeira começou a corcovear debaixo do fogo. As filhas de Pélias recuaram assustadas.

– O que é isto? – exclamou a mais medrosa.

– A Vida, minhas amiguinhas – respondeu Medeia, ainda em transe. – A Vida, simplesmente...

Então de dentro da caldeira de Medeia pulou um cordeiro muito novo, quase um recém-nascido, que saiu a cabriolar por toda parte.

– Viram? – disse Medeia, amavelmente. – Nada mais simples.

As irmãs entreolharam-se. Que mágica maravilhosa ela tinha em suas mãos!

– Você poderia fazer isto... com um ser humano? – perguntou uma das filhas de Pélias.

– Sim, minhas queridas – respondeu a feiticeira. – É justamente por isto que lhes fiz esta demonstração. Bem sei que o pai de vocês já está bastante velho, e talvez vocês gostassem de vê-lo jovem e forte outra vez.

As irmãs, infelizmente, não foram inteligentes o bastante para desconfiar daquela estranha oferta, vinda de uma mulher que acabava de ser expulsa do reino por uma ordem expressa do próprio rei.

– Está bem, queremos sim, o que devemos fazer? – disse logo a mais ingênua delas.

– Tudo o que deverão fazer é picar o pai de vocês e trazer os pedaços até mim.

– Oh, jamais poderíamos fazê-lo!

– Por que não? Não querem que ele esteja jovem e robusto outra vez?

– Sim, sim, queremos...

– Então mãos à obra, suas bobinhas!

As filhas foram, então, até o quarto do pai; era noite, e elas haviam tomado antes o cuidado de dar um sonífero ao velho Pélias. O rei ressonava de boca aberta. Ao vê-lo de perto, contudo, vacilaram.

– Vamos, suas tolas, o que esperam? – disse Medeia ao lado delas.

– Não temos coragem! – disse uma.

– Ora, vejam em que estado lamentável ele já se encontra! – disse Medeia, aproximando uma vela do rosto do idoso Pélias.

De fato, a expressão do rei era perfeitamente lamentável: Pélias era um velho de feições chupadas, com a boca deserta de dentes e os cabelos ralos e brancos.

– O pai de vocês está um caco – disse a feiticeira, com uma careta de repulsa. – Querem vê-lo definhar ainda mais a cada dia?

As irmãs, após terem observado as feições gastas do rei, se resolveram, afinal:

– Está bem, vamos lá! – disse uma delas, virando o rosto para o lado e vibrando um punhal na carcaça gasta sobre a cama.

As outras, voltando o rosto, também fizeram o mesmo, e logo Pélias, rei de Iolcos, estava morto.

– Agora cortem-no em pedaços – disse Medeia sombriamente.

As irmãs encontraram muita dificuldade em serrar os membros do próprio pai.

– Vamos, ele nada sente! – disse Medeia, descendo um machado sobre o pescoço do velho rei.

Depois de recolhidos os pedaços, foram lançados todos à caldeira de Medeia.

– Agora vão trocar as suas roupas – disse Medeia, enquanto mexia a mistura. – Depois descansem um pouco, enquanto termino isto.

As irmãs foram lavar o sangue do próprio pai, que ainda permanecia aderido aos seus cabelos. Mas quando voltaram encontraram o quarto vazio.

– Onde está a feiticeira? – disse uma das irmãs, desconfiada.

Outra correu logo, atarantada, para o tripé, onde o fogo ainda ardia.

Dentro da caldeira restavam apenas os ossos do velho Pélias, a borbulharem em meio à horrenda mistura. E do meio deles surgiu à tona, de repente, a caveira amarelada do velho rei: um sorriso – ainda desdentado – errava em sua ossuda face.

Todas – menos a que havia desmaiado – correram logo para a janela a tempo de verem Medeia, montada num carro puxado por serpentes aladas, afastar-se em direção à lua.

– Maldita! – bradou uma das filhas. – O que significa isto?

Apesar de afastada, a voz esganiçada de Medeia ainda se fez ouvir:

– A Morte, minhas amiguinhas. A Morte, simplesmente...

❖ ❖ ❖

Jasão e Medeia chegaram, depois da terrível vingança, a Corinto.

Medeia, exilada e longe de sua pátria – onde poderia ser ainda a filha do rei, com todo o conforto que isto acarretava –, ainda assim sentia-se feliz: vivia com o homem que amava e de quebra ainda ganhara dois lindos filhos deste amor. Mas foi justamente nessa ocasião que o caráter vil de seu esposo resolveu finalmente se manifestar.

Tendo Jasão recebido uma oferta irrecusável do rei de Corinto para que se casasse com sua filha, desde que repudiasse Medeia, não hesitou o crápula em aceitar integralmente os termos do vil acordo.

– Você não pode fazer isto! – lhe disse Medeia, traída em sua honra. – Não vê que é um ato monstruoso?

– Ato monstruoso? – respondeu Jasão, com um sorriso de mofa. – E não será monstruoso cortar em fatias o próprio irmão?

Medeia lançou-se de unhas afiadas para cima dele, que empalideceu, confundindo-se com a parede caiada às suas costas.

– Maldito vilão! Por que insiste em me jogar às faces um ato extremo que cometi apenas para salvá-lo das garras funestas de meu pai?

– Realmente, você é um anjo... – disse Jasão, com um sorriso amarelo cercado de arranhões escarlates. – O fato é que não há mais discussões acerca disto: você deverá deixar este reino junto com os seus dois garotos. É uma exigência do rei.

– *Meus* dois filhos? – rugiu Medeia, descabelada.

– Sim, eles poderiam futuramente reivindicar a posse da coroa – disse Jasão, abaixando os olhos.

– Você não vale nada, mesmo! Como pude me enganar? Por sua culpa atraí a inimizade de meu pai e de minha família!

– Ora, retorne para lá e viva eternamente com aquele bando de loucos naquele país atrasado! Você é ingrata, mesmo! Tirei-a daquele país miserável, dei-lhe filhos e posição, o que esperava mais? Mas agora acabou, tenho de seguir em frente: um reino está sendo posto em minhas mãos, compreenda!

– E por que não lutou pelo seu próprio reino, covarde? Por que não se vingou do assassino que matou seus próprios pais? Será que sua nova mulherzinha saberá defendê-lo das lacraias e escorpiões que andam pelo palácio?

Jasão fez menção de esbofetear a mulher, mas ao ver os olhos raiados de sangue e a boca espumante da esposa, pensou duas vezes e susteve a mão.

– Cale a boca e desapareça da minha frente; tem até amanhã para sair deste reino com os dois moleques.

– Canalha! Você sabe que uma mulher sozinha com dois filhos não tem meios de sobreviver em qualquer lugar de toda a Grécia!

Jasão, então, sacou da túnica uma bolsa de veludo, como se relutasse em se desfazer daquele último e pesado argumento.

– Tome, aqui está! – disse ele, lançando a bolsa aos pés de Medeia. – É ouro – mais ouro que o seu pai sovina daria a você em toda a sua vida! – para que você possa recomeçar a vida em qualquer parte da Grécia.

Medeia, muda de asco, abriu a porta para que Jasão saísse.

Antes de transpor a porta, porém, ele deu uma última olhadela na bolsa. Sim, lá estava ela, solitária, caída ao chão; algumas moedas douradas brilhavam sobre o piso do mármore, como se fossem benesses douradas a escorrerem da boca de uma macia cornucópia de veludo. – Não vai querer mesmo o ouro...? – disse ele, fazendo menção de voltar.

Medeia bateu a porta na sua cara.

◆ ◆ ◆

No mesmo dia Medeia trancou-se em seu quarto. Uma terrível decisão maturara durante a noite em sua mente. Ela estava perdida, desgraçada para sempre. Ela e seus filhos. Mas o desgraçado não ficaria em melhor estado, pensou a feiticeira.

Sim, Medeia voltara a ser a feiticeira. Tirando de sua arca um belíssimo vestido, embebeu-o em ervas mefíticas e mandou que seus filhos o levassem até à noiva, no palácio.

– Não esqueçam: digam que é um presente de uma súdita e admiradora – disse Medeia aos dois filhos. – E atenção: só saiam de lá quando ela o tiver provado.

Os garotos cumpriram a missão com muito gosto; algo em suas núbeis naturezas já se regalava com o gosto da vingança.

Creúsa, a filha do rei de Corinto, recebeu o presente e de nada desconfiou. Como poderia desconfiar de um presente trazido por duas crianças tão encantadoras?

– Vocês dois são muito queridos! – disse Creúsa, abaixando-se até eles.

Os dois garotos sorriram, deliciados: seus olhos apertaram-se de gozo, enquanto ofereciam cada qual as suas duas bochechas escarlates para o beijo da princesa.

– É o presente de uma súbita admiradora... – disseram ambos, sorridentes.

No mesmo instante Creúsa vestiu o maravilhoso vestido.

– Vejam só que corte, que maravilhoso caimento! – disse a aia da princesa.

Os dois garotos ergueram as cabeças e sorriram novamente, sacudindo com orgulho as suas bochechas.

Neste exato momento, no entanto, as vestes de Creúsa começaram a arder em seu próprio corpo. Uma flama ardente subiu desde a cauda e veio avançando até envolver a princesa numa labareda única. Aos gritos, ela saiu por todo o palácio e acabou não só por morrer, como por espalhar o incêndio pelo palácio inteiro, matando a todos, inclusive o próprio rei que lá estava.

Medeia, então, após receber a feliz notícia, aproximou-se dos dois filhos e lhes disse, com lágrimas nos olhos:

– Vocês dois foram perfeitos! Por isso, receberão o prêmio maior de um mortal.

Infelizmente ela sabia que jamais teria como criar os dois em segurança, e sua decisão já estava tomada. Deu-lhes assim um suco cheio de ervas soníferas e venenosas, de modo que num instante os dois estavam adormecidos para sempre.

Medeia acariciou-os, dando um beijo em cada um e dizendo com a voz petrificada pela dor:

– Não, não...! Jamais permitiria que fossem vilipendiados ou mortos pela mão de meus inimigos! Para onde vão, estarão seguros, ninguém jamais os magoará nem tirará sangrenta desforra de seus corpos! Sim, se eu lhes dei a vida, então que seja a minha mão, e não outra, a retirá-la.

Depois de consumado o terrível ato, Medeia subiu novamente, depois de tanto tempo, em seu carro puxado por aladas serpentes e fugiu pelos céus da tormentosa noite. Na mesma noite chegou ao reino de Plutão, levando pela mão as sombras dos dois garotos. A esposa do rei subterrâneo os recebeu alegremente.

— Deixo com você, Prosérpina, meus dois tesouros; sei que aqui estarão em segurança — disse Medeia à rainha infernal.

— Oh, que lindinhos! — disse Prosérpina, enquanto os dois estendiam suas bochechas. Ambos traziam no rosto aquele mesmo sorriso cerzido de sempre e pareciam bem contentes de estarem dispensados dos trabalhos e horrores deste mundo.

Medeia partiu, então, e ainda viveu muitas outras coisas — terríveis, na sua maioria, pois um negro fado a perseguia. Quanto a Jasão, desde então, levou uma vida errante e desgraçada. Um dia, bêbado e alquebrado, foi descansar numa praia deserta, ao abrigo dos restos da nau Argo, aquela mesma que o conduzira à aventura do Tosão de Ouro. De repente uma viga caiu do alto e rachou sua cabeça, matando na mesma hora o ex-herói.

ULISSES E POLIFEMO

— Muito bem, Ulisses, e agora? — disse-me Agamenon, chefe das forças gregas, logo após o saque sangrento da cidade de Troia.

A guerra havia terminado e os troianos haviam sido completamente derrotados. Fora eu, aliás, quem dera a Agamenon a ideia do cavalo de madeira para a invasão de Troia. Uma ideia nada má, como se viu. Mas tudo isto agora já era passado e chegara a hora de cada qual retornar para a sua casa.

— Quanto a mim, sigo para Ítaca, onde minha esposa Penélope me aguarda — falei ao comandante, embarcando em meus navios repletos de despojos.

– É o que também farei – disse-me Agamenon, esperançoso. – Tenho a certeza de que minha esposa Clitemnestra também aguarda, ansiosa, a minha volta.

Agamenon estava enganado: Clitemnestra não aguardava ansiosamente a sua volta, pois havia arranjado um amante durante a guerra, o cruel Egisto, junto de quem tramava já a sua morte. Quanto a mim, um destino parecido me esperava, pois os deuses haviam decretado que minha viagem de retorno seria muito longa, e que neste período minha adorada Penélope seria alvo do assédio de uma turba de pretendentes cruéis e arrogantes.

Após a partida de Troia, cheguei a Ismarus, onde me vi envolvido de cara em uma escaramuça com os habitantes, perdendo seis de meus homens. Depois desta parada desastrada, fui aportar na terra dos Lotófagos. Ali, após ter mandado um grupo de investigadores em terra, vi-me obrigado a ir em seu encalço e trazê-los à força de volta para as naus, pois tendo comido do lótus mágico foram todos acometidos por um desejo intenso de permanecer para sempre naquela ilha.

– Por Júpiter, o que mais ainda...? – disse eu, olhando para os céus.

"Há mais, muito mais, ainda, filho de Laertes", pareciam me dizer os fados.

Depois de navegar por alguns dias, avistei, afinal, um conjunto de ilhas.

– Será prudente aportarmos? – disse um de meus homens. – Se não me engano, esta é a famosa ilha dos Ciclopes.

– Prudente ou não, estamos sem água ou comida – respondi secamente. – Apesar de serem arredios, creio que não nos farão mal algum.

Na verdade eu estava ávido por conhecer os famosos Ciclopes, raça de gigantes que vivia na outra parte da ilha, afastada de todo o convívio humano.

Durante todo o dia estivemos caçando e observando as longas espirais de fumaça que subiam das suas cavernas; ao cair da noite, entretanto, decidi fazer uma visita à ilha, levando somente alguns de meus homens.

– Pode ser que nos presenteiem com algo valioso – falei aos marinheiros que ficaram cuidando dos barcos.

A lua estava oculta atrás das nuvens e uma pesada névoa envolvia o barco quando encostamos na praia. Afastada das outras cavernas havia uma, que era a residência de Polifemo – gigante de altura descomunal, com um único olho localizado no meio da testa. Este ser hediondo passava o dia inteiro a pastorear o seu rebanho de cabras e ao cair da noite retirava-se para o interior da caverna, onde gastava o resto do tempo tirando o leite dos animais e armazenando o queijo e a coalhada em tachos imensos. Devia ser – como de fato se comprovou mais tarde – o espécime mais detestável e arrogante de toda aquela raça miserável, visto os seus próprios pares não lhe suportarem a presença. Difícil acreditar que aquele ser repugnante pudesse ser filho do grande Netuno, deus dos mares.

O ponto de vista de Polifemo:

Deixem que lhes diga uma coisa: o relato que este solerte ladrão fez de nosso encontro ao rei Alcínoo, no país dos Feácios, é ignobilmente falso! Também, o que esperar de um sujeito cuja vida inteira é um tecido de mentiras? Meu pai é o grande Netuno, sim, e sou um digno filho dele. Agora vejamos: este trapaceiro é filho de quem? Será mesmo do velho Laertes, como dizem por aí? Não, todos sabem que ele é filho dos amores clandestinos do grande pilantra Sísifo, que uma noite antes do casamento do pobre Laertes deu um jeito de meter-se debaixo das cobertas do leito da bela noiva. Aí está! E sabem quem era o pai de Sísifo? Ninguém menos que Mercúrio, pai dos ladrões e embusteiros. E isto não é tudo: por parte da mãe, é neto ainda de Autólico, "o mais ardiloso dos homens", segundo a voz corrente. Que tal esta? Filho de um pilantra e neto de dois ladinos. Na verdade, Ulisses não passa de um crápula; todos aqueles que tiveram a infelicidade de cruzar o seu caminho tiveram motivo de sobra para lamentar este funesto encontro – eu que o diga! Que dizer, por exemplo, de um homem que fez o que ele fez com Palamedes, seu companheiro de armas na cruenta guerra, a troco de uma mesquinha vingança? A história vale a pena, e dará bem a medida deste homem vil. Diz-se que Ulisses ardiloso se inimizou com Palamedes e escreveu uma carta falsa e incriminatória no nome deste último, onde se lia: "Muito bem, troianos, estou com vocês, é só me darem o ouro e entrego o jogo!". Além disso, mandou esconder sob o leito do desgraçado inocente um monte de moedas, cunhadas com a efígie de Príamo, rei troiano, inimicíssimo dos gregos, o que levou Palamedes – inocente até a raiz dos cabelos – a sofrer a ignóbil morte por apedrejamento. E que tal lhes parece agora o caráter deste patife? Agora, quanto ao fato de eu não fazer visitas nem receber ninguém em minha casa, isto não quer dizer nada, é apenas um hábito pessoal, e cada qual tem o direito de viver como quiser. Na verdade isto foi fruto de um acordo selado e dedado por todos: nenhum de meus vizinhos me visitaria a partir de tal data e eu retribuiria suas hospitaleiras ausências não indo também hospitaleiramente visitá-los. Não é este um requinte extremo de civilidade, que só criaturas nobres como eu, filho de um deus, podem se dar ao luxo de praticar? O fato é que desde então vivemos todos na santa paz – isto é, vivíamos, até a chegada deste vilão de má estirpe à nossa ilha. E agora, por favor, ouçam o resto do relato com um pouco mais de precaução, enquanto vou trocar a atadura do meu pobre olho – oh, meu pobre e único olho, inútil para todo o sempre!

◆ ◆ ◆

Junto com os poucos homens que trouxera comigo, aproximei-me da caverna onde morava a criatura. Polifemo ainda não havia retornado de suas lides pastoris, e por isso resolvemos adentrar o seu covil. Embora fosse uma enorme caverna, ainda assim estava quase intransitável, atrolhada de baldes, tarros e cubas enormes transbordantes de leite, queijo, requeijão e coalhada. Nos servimos à vontade desses produtos – há muito tempo não os saboreávamos –, até que um de meus homens prudentemente me disse, com as barbas respingadas pelo mosto:

– Vamos embora, Ulisses, antes que o temível monstro retorne.

Mas eu estava decidido a travar relações com a criatura e arrancar dela, quem sabe, algum presente digno de nota. Por isto, recusei o pedido e dei ordem expressa – bem funesta, agora reconheço – para que ninguém tornasse atrás.

De repente escutamos o balir das cabras se aproximar da entrada da caverna. Era ele, Polifemo, que retornava com os animais. Corremos a nos esconder num canto da caverna, enquanto o rebanho das cabras entrava pela abertura da entrada.

A primeira coisa que o gigante fez ao entrar foi rolar um pedregulho imenso, que nem o próprio Hércules poderia arrastar, até a entrada da caverna, vedando-a completamente. Logo depois acendeu uma grande fogueira, que iluminou a gruta por inteiro, e foi sentar-se para fazer a sua refeição.

– Ugh! – fez a fera, alisando o estômago. – Queijo e leite outra vez...

Com uma das mãos tomou, então, um queijo enorme e o abocanhou inteiro, mastigando-o com seus dentes amarelos e pontiagudos. Depois tomou um jarro do tamanho de uma torre e verteu para dentro do estômago todo o seu conteúdo.

Ao depositar no chão o imenso jarro, entretanto, nos descobriu agachados ao canto. Suas feições permaneceram quase impassíveis, a não ser pelo fato do seu único olho, raiado de sangue, ter-se arregalado mais um pouco.

– Quem são vocês, pequenos estranhos, e o que querem em minha casa? – perguntou com sua voz que era quase um ronco.

Mas não havia entonação alguma de ameaça nela, o que me permitiu responder em tom ameno:

– Somos aqueus, da grande nação grega, ó Polifemo poderoso! Retornamos de Troia sagrada, onde demos o exemplo de nosso valor, destruindo a cidade até os alicerces e castigando seus habitantes, coniventes que foram com a quebra ignóbil das sagradas leis da hospitalidade.

Regozijei-me todo por ter trazido à baila aquele assunto; ciente de que não tolerávamos infrações ao mais sagrado de todos os deveres, o da hospitalidade, pensaria o monstro duas vezes – assim eu imaginava, ingenuamente – antes de nos tratar com violência.

– Continue – roncou a fera, permanecendo impassível.

– No caminho de volta, contudo, nos extraviamos de nossa frota – prossegui, usando sempre de escolhidos termos –, de modo que aqui estamos, delicado e generoso anfitrião, para rogar, em nome de Júpiter hospitaleiro, que nos acolha gentilmente, como se deve acolher a todo suplicante.

– E onde estão os seus barcos, homem dos mil adjetivos?

– Nossas naus afundaram – respondi sem pestanejar, regozijando-me outra vez pela engenhosidade da resposta pronta. – Somente restamos estes que aqui estão, nus e mal alimentados, dependentes em tudo da sua generosidade.

Depois de ter-lhe lembrado o seu dever, quis ainda me mostrar humilde diante do poder que ele detinha e por isto acrescentei estas formosas palavras:

– Polifemo, filho de Netuno, não há de lhe ser estranha, pois, a hospitalidade, eis que você é sobrinho de Júpiter, o próprio deus que a impõe como um dever. Mas certo estou, contudo, de que sendo nobre como é, bastará que você faça uso de seu caráter gentil e natural para que nos permita partir da sua aprazível morada com um pouco de alimento e algum outro presente que ainda, por bonomia, nos queira ofertar.

Polifemo, a menos formosa das criaturas, respondeu esticando um de seus poderosos braços, agarrando dois de meus homens pelas pernas. Depois de girá-los duas vezes no ar, arremessou-os de encontro à parede, esborrachando seus crânios e matando-os instantaneamente.

Polifemo, no entanto, sem se abalar com nada, partiu-os em pedaços, com os próprios dentes, e comeu-os tranquilamente, ao mesmo tempo em que tirava longos goles do seu leite para ajudar a descer os ossos mal mastigados de nossos companheiros. Depois de ter praticado este ato repugnante, o monstro estirou-se todo, entre as cabras, e ajeitou-se para dormir, sem ligar a mínima para o restante de nós, que estávamos de joelhos suplicando a Júpiter que nos livrasse daquela enrascada.

Para descrédito e infâmia eterna deste monstro abjeto, devo dizer ainda que ele caiu imediatamente em um sono profundo, tão logo pôs a cabeça sobre o musculoso braço, acordando somente na manhã seguinte, quando fatos semelhantes aos daquela pavorosa noite se repetiram, renovando o horror em nossas almas.

O ponto de vista de Polifemo:

Se é verdade o que este pérfido saqueador afirma? Sim, claro, é verdade. Eu comi, de fato, vários daqueles bucaneiros malditos – e os teria comido todos, caso não tivesse sido tão descuidado – ó imbecil que sou! Sim, o fato é verdadeiro, mas não a versão unilateral e mesquinhamente humana que o pirata grego apresenta. Vejam, vocês, imparcialmente, como são as coisas: eu, Polifemo, pela vontade dos deuses, nasci antropófago. É a minha natureza, compreendem? Todo ser deve se prover daquele alimento que lhe é específico; no meu caso, este alimento é a carne humana. Assim como uma cobra se alimenta de ratos, um cavalo, de pasto, e um tamanduá, de formigas, eu me alimento, preferencialmente – como naquele, até então, abençoado dia – de carne humana. Enganados, no entanto, pelo discurso hipócrita daquele saqueador barato, todos passam a ver este prosaico ato da gastronomia ciclópica como um feito horrendo e infamante. Infame, senhores, é invadir-se a casa de alguém durante a noite – alguém que se sabe, de antemão, que abomina visitas! –, consumir-se o seu queijo e o seu leite, sem a sua expressa permissão, e ainda querer ser recompensado por isto com mimos e presentes. Quanto ao fato de haver dormido logo em seguida ao saboroso repasto, é claro que dormi – como dormem todos os gregos barrigudos (ou julgam, porventura, que são todos esbeltos como Apolo?) depois de comerem um boi inteiro a cada refeição. Se duvidam, peguem aquele relato sujo, A Ilíada, e contem quantas vezes aqueles selvagens comedores de bois se sentam, nos intervalos de suas matanças repulsivas, para se empanturrar de carne bovina e ainda fazer oferendas aos deuses com seus restos, sem demonstrar piedade alguma para com os pobres animais.

❖ ❖ ❖

Nem bem o dia amanhecera, quando vimos o gigante cruel erguer-se das palhas, fazer um gargarejo com um gole de leite e ir a um canto para expulsar os dejetos do dia anterior. Trêmulos de horror, ainda assim nos foi impossível deixar de imaginar que os restos de nossos antigos companheiros estavam naquele instante sendo restituídos ao mundo de maneira tão vil e repugnante. "Oh, se eles pudessem imaginar, no dia anterior, o negro destino que os aguardava!", dizíamos uns aos outros, mal podendo suportar os odores infectos que se espalhavam por toda a caverna.

Nem bem o monstrengo havia acabado de desobrigar o seu ventre monstruoso, quando o vimos caminhar rapidamente em nossa direção. Depois de abaixar um pouco sua carantonha horrenda até nós e nos estudar detidamente, um por um, com seu meticuloso olho, agarrou mais dois dos nossos e os esmagou entre os próprios dedos.

Outra vez gritos pavorosos ecoaram por toda a caverna, acordando as cabras, que se puseram a gritar junto conosco.

Depois de ter arrastado a pedra gigantesca com ridícula facilidade, o pérfido monstrengo levou as cabras para fora, repetindo pela milésima vez aquela que devia ser a sua rotina mansa de todos os dias.

Livres daquela presença diabólica, demos larga, então, à nossa revolta:

– Basta, temos de dar um fim neste canalha! – gritou um dos sobreviventes.

– Isto mesmo, vamos matar o miserável! – clamou outro, vesgo de ódio.

Minha opinião era igual à deles; só que em vez de ficar maldizendo, fui procurar logo os meios de levar a cabo a sangrenta desforra.

Encontrei, então, encostado a um canto da caverna o longo cajado do Ciclope; era uma vara verde de oliveira, espessa como um carvalho.

– Vamos, ajudem-me aqui! – gritei aos demais.

Juntos, arrastamo-la até o borralho da fogueira, que ainda ardia sob as cinzas.

– Antes de levarmos ao fogo, companheiros, vamos desbastar a ponta! – ordenei, com decisão.

Consumimos quase o dia todo a afiar a ponta, até que ela ficou quase perfeita. Depois de tê-la endurecido sob o fogo, a guardamos debaixo do estrume, único lugar, por certo, em que o gigante deixaria de procurar em toda a caverna.

Quase no final do dia o monstro retornou, cumprindo a mesma rotina de sempre: tangeu as cabras para dentro da caverna, retirou o leite, comeu dois dos nossos e preparou-se para dormir. Antes, porém, que o fizesse, aproximei-me dele com um copo cheio do rútilo vinho que havíamos trazido, dizendo:

– Toma, Polifemo, prova deste licor saboroso que trouxemos de nossa terra; servirá como excelente acompanhamento para a carne humana que devoraste tão sem piedade.

Ele saboreou o vinho, dando mostras de que jamais havia provado bebida tão deliciosa.

– Dê-me mais desta delícia – disse o Ciclope, enxugando a boca – e me diga o seu nome, estrangeiro.

– Meu nome é Ninguém – respondi, com presteza. – Assim me chamam todos aqueles que me conhecem.

– Então, Ninguém, por ter me ofertado este vinho saboroso, você será devorado por último; tal será a recompensa que vai obter de minha hospitalidade.

Não saberia dizer se suas palavras eram produto do seu senso de humor perverso ou se estava mesmo tentando ser gentil, lá à sua maneira primitiva.

Não, pensando bem, aquela fera era incapaz de qualquer sentimento próximo da generosidade; ele debochava, simplesmente, mas logo iria pagar bem caro por suas gracinhas.

Depois de ter tomado todo o nosso vinho, o maldito gigante tombou a cabeça para trás e caiu sobre os pelegos. Mal havia fechado os olhos e começou a expedir o seu ronco bestial; de sua boca entreaberta escorria um vômito pútrido, mistura de vinho, leite e pedaços maldigeridos de carne humana.

Aproveitamos, então, que o gigante adormecera para retirar do esconderijo a estaca afiada. Silenciosamente a arrastamos até a fogueira, que ainda ardia com força, e ali a deixamos até que o fogo deixou a extremidade pontiaguda rubra de calor, a ponto de quase inflamar-se.

– Agora, todos juntos! – falei, inspirando coragem nos meus camaradas.

Com a estaca erguida, cravamos, então, o instrumento com toda a força no olho do Ciclope, que estava entreaberto. Enquanto três dos nossos ajudavam a manter o instrumento fixo no redondo olho, eu, do alto, fazia-o girar, como um carpinteiro faz ao furar uma prancha do navio. O olho do gigante silvava, e um mar de sangue, misturado às lágrimas copiosas que desciam dele, evaporava quase no mesmo instante, devido ao fortíssimo calor do toro incandescido.

– Corram todos! – exclamei, pulando para o chão tão logo a criatura bestial lançou o seu horroroso grito de dor.

A caverna inteira reboou, como se um trovão tivesse explodido no seu interior. A fera, erguendo-se num salto, pôs-se a berrar em desespero pelos seus confrades:

– Socorro, amigos, socorro!

Num instante os outros Ciclopes estavam ajuntados do lado de fora da caverna.

– O que foi, Polifemo, quem o está atacando? – gritaram, assustados.

– Ninguém! Ninguém! – bradou Polifemo, com a mão espalmada sobre o olho ensanguentado. – Ninguém está me atacando!

– Ora, se ninguém o ataca, então você está certamente sonhando! – disse um dos Ciclopes, e logo todos retornaram para suas cavernas.

Polifemo saiu tateando até a entrada da caverna e, após arrastar o tremendo pedregulho, ficou sentado, de sentinela, para que nenhum de nós pudesse escapar.

Após pensar muito em como faríamos para escapar daquela terrível sentinela, cheguei a bolar o seguinte plano, que me pareceu nada menos que perfeito: cada qual de nós sairia agarrado ao ventre de uma ovelha, cercado por outras duas.

E assim foi feito: quando a Aurora surgiu, colorindo a entrada da caverna de uma luz rosada – espetáculo que o infeliz monstrengo nunca mais poderia avistar –, partimos em direção à saída. Polifemo, torturado por dores excruciantes, passava a mão pelas costas lanosas das reses, sem perceber que íamos agarrados ao ventre das ovelhas do meio. Quando nos vimos do lado de fora da nossa funesta prisão, demos graça aos deuses e corremos com quantas pernas tínhamos para o nosso barco, que graças a Netuno ainda estava ancorado no mesmo lugar.

Num pulo pusemo-nos para dentro da embarcação e já íamos nos fazendo ao mar quando tive a infeliz ideia de tripudiar do gigante derrotado:

— E aí, criatura desgraçada, aprendeu a lição? – gritei, logo após a linha da arrebentação. – Isto é para você aprender a nunca mais infringir as sagradas leis da hospitalidade, devorando os seus hóspedes como fez tão cruelmente conosco.

A resposta de Polifemo foi agarrar uma rocha e arremessá-la em nossa direção, que descobriu graças à minha voz impertinente. A pedra foi cair bem ao lado de nosso barco, erguendo uma onda gigantesca que quase nos engoliu.

Meus companheiros, aterrados, não cessavam de me censurar a arrogância.

— Por que provocar desta forma a ira daquele monstro? – disse um deles, lutando para manter o remo dentro da água revolta.

Surdo, no entanto, às suas advertências, ergui novamente a minha voz em direção à praia, cego pela afronta feita a mim e a meus companheiros mortos.

— Quando alguém perguntar quem foi que cegou o seu olho, não esqueça, Polifemo maldito, de dizer que foi Ulisses, rei de Ítaca!

— Deixa estar, saqueador maldito! – respondeu o Ciclope, enfurecido. – Tão logo este tal de Alguém pise aqui, farei com que conheça a força de minha ira!

Depois, voltando para o mar o olho vazado e repleto de remela, clamou a Netuno, seu pai divino:

— Ó Netuno, senhor das profundezas marítimas, se tem amor por seu filho Polifemo, que aqui clama por vingança, faz com que este perverso Ulisses receba o justo castigo por seus atos infames e que não chegue jamais à sua casa, ou, caso chegue, que encontre lá tamanha confusão que lamentará, por fim, o próprio dia da chegada!

Graças a esta maldição proferida pelo perverso Polifemo, tive de enfrentar, de fato, muitas tribulações até o meu retorno, perdendo no caminho todos os meus companheiros e chegando à minha pátria apenas com a roupa do corpo.

O ponto de vista de Polifemo:

Muito bem, aí está o vilão em toda a sua vileza! Não satisfeito em me infligir cruel castigo, desce ainda ao tripúdio, último argumento dos patifes! O problema deste pirata, como o de todos os da sua perversa laia, é que são simplesmente incapazes de ver as coisas senão de um único ângulo: o da sua estrita conveniência. Vejam, por exemplo, a maneira simplista pela qual se desvencilha, num de seus raros momentos de lucidez e isenção, de um argumento que me poderia ser sobremaneira favorável, poupando-me, quem sabe, da sua vingança torpe. Apenas por um brevíssimo instante foi capaz de enxergar o lado gentil de minha natureza, quando lhe afirmei que deixaria para comê-lo por último, em retribuição ao seu gesto de ter-me ofertado o saboroso vinho. Vejam, um prisioneiro que está na aflitiva situação de ser devorado vivo (sim, aflitiva, reconheço, pois sou perfeitamente capaz de enxergar todos os ângulos de uma situação!) deveria ao menos ser grato pela oportunidade que lhe dei de ter mais alguns instantes de vida do que os outros. É pouco, dirão. Admito; mas quem disse que minhas gentilezas acabariam por aí? Quem cede um pouco, cede mais além; o cruel vilão deveria saber perfeitamente disto. Mas a sua natureza implacável desconhece a soberana e divina arte da compaixão. Sim, quem foi capaz de atrair por meio de um torpe estratagema uma jovem virgem e indefesa para a armadilha de um sacrifício sórdido, como ele fez em Áulis com a infeliz Ifigênia, não tem mesmo um pingo de compaixão na alma! E por que não me matou logo de uma vez, como fiz piedosamente com seus colegas de rapinagem, em vez de me condenar a uma vida votada à mais negra escuridão? (Oh, nunca mais poder enxergar a lã branquinha de meus carneiros e o pelo alvíssimo de minhas cabras... Nunca mais *poder ver o leite brilhar dentro dos tarros, como pequenos e espumantes oceanos... Nunca mais poder ver o sol do lado de fora da caverna e meus queridos camaradas lá, bem longe, entregues às suas atividades...) Oh, perverso filho de um ladrão! Bem me advertira Telemo, o adivinho, há muitos anos atrás, que um dia chegaria a esta ilha um homem diabólico, saqueador de cidades, e que me faria perder a vista num gesto inaudito de crueldade. Infelizmente sempre imaginei que seria alguém do meu tamanho, capaz de me fazer frente, e assim levei a vida descuidadamente, até que chegou, enfim, o negro dia – oh, imprevidência maldita! Mas Netuno, meu poderoso pai, há de remeter-lhe tamanha maldição, que ele preferirá morrer do que chegar à própria casa. E quanto a este Alguém que ele me prometeu que aqui virá, já sei bem de quem se trata! Telemo também me alertou, e desta vez não cairei diante dele, de uma maneira tão bisonha e infantil, vencido por um ridículo joguinho de palavras. Simbad, tal é o seu nome, e pertence à estirpe dos arábicos de pele escura. Desde o dia funesto em que o ladrão de Ítaca retirou seus pés imundos de minha ilha que aguardo a sua chegada.* Oh, infeliz errante e esfomeado, mal sabe o mal que o aguarda quando aqui chegar com as suas sandálias rotas e os seus colegas de infortúnio!*

ULISSES E AS SEREIAS

Ulisses, o engenhoso filho de Laertes,
Que retornando estava da sangrenta Troia,
No rumo de sua casa, a saudosa Ítaca,
Havia passado antes pela ilha de Circe,
Feiticeira poderosa e cheia de sortilégios.

"Ó soldados que minha ilha ora visitam,
De coração e alma leve adentrem esta morada!"
Assim dissera a solerte encantadora,

---

* Alusão a um episódio parecido com o de Ulisses e Polifemo que consta em *Simbad, o Marujo*. (N.A.)

Ocultando já no manto a vara maldita,
Ao primeiro homem que dela se aproximara.

Euríloco era o nome do guerreiro que chefiava
A um grupo viril de vinte marinheiros fortes;
Outro grupo, chefiado pelo filho de Laertes,
Em alto-mar ficara alerta e estacionado,
Pois boa tripulação nunca expõe-se por inteiro.
"Saibam que esta é a ilha Eeia, de sólido renome,
E eu, Circe, filha do luzente Sol e da sombria Hécate.
Sou irmã de Eetes, guardião do dourado velocino,
Que a Jasão audaz, trabalhos infinitos rendeu,
Vencidos pelas artes de Medeia, feiticeira feito eu!"

"Tendo envenenado meu marido tirânico e cruel,
Fugi para cá em busca de refúgio ameno,
Para aprender em paz as minhas artes mágicas,
De como criar filtros e poções de toda sorte,
E fazer descer do céu os próprios astros luminosos!"

Euríloco, entretanto, mais que todos olha atento
Ao redor da casa onde a temível Circe mora;
Lobos monteses e leões enfeitiçados os olhos veem,
A vagarem por perto, com ar desorientado,
De quem, surpreso, nem sempre teve aquela forma.

Assustados, os fortes homens de Euríloco
Eriçam sem querer as cerdas das espessas barbas,
Ao verem perto tantas feras sonambúlicas,
De cabeça baixa, com o ar de quem implora
Socorro e auxílio urgente a toda aquela gente.

Circe, enquanto isto, já canta dentro em seu tear,
A tecer uma grande trama, digna de perfeita deusa.
Os visitantes, contudo, sem poder lhe dizer não,
Levados são a se servirem de estranhos alimentos,
Menos Euríloco, que de longe observa tudo a salvo.

Nem bem terminam de comer sua maldita refeição,
Eis que os homens em porcos ficam convertidos,
Por força de um soberbo encanto da ladina Circe,
Pelo qual basta encostar em cada qual a sua vara,
E tê-los virados em suínos com ilesa mente humana.

"Eia, já para o redil!", brada a solerte Circe,
À vara de homens, meio gente, meio porcos,
Os quais grunhindo palavras sem sentido,
Marcham com as patas de fendidos cascos
No rumo terrível de um negro e fétido covil.
Euríloco, de olhos arregalados que tudo viram,
Dá volta e meia e para a nau corre estertorado,
A bradar a cada passo: "Ó ilha de maldição!"
Ulisses, entretanto, de espada pronta logo surge,
A indagar do soldado a razão de tanto alarde.

Informado pelo único e infeliz sobrevivente
(Eis que um ser virado em porco não pode ser mais gente),
Conclama a todos os demais da sua embarcação,
Para que tomando armas, escudos e pesadas achas
Rumem com ele para enfrentar a terrível situação.

"Oh, fujamos todos, filho de Laertes!", clama Euríloco,
"Pois esta mulher também não é humana, não!"
Ulisses, então, temendo pela vida dos remeiros,
Decide ir sozinho, auxiliado pelo braço e pela astúcia,
A enfrentar a bruxa que vira gente em bicho fossador.

Mas no caminho Mercúrio, deus de pés ligeiros,
Surge dos céus aladamente para precavido lhe alertar:
"Eis uma droga benéfica que o livrará de qualquer feitiço,
Mas se ela ainda assim pretender tocá-lo com sua vara,
Saque, então, a sua espada e lhe encoste o gládio ao peito!"

Ulisses o conselho segue e deste modo vence a feiticeira,
A qual, prostrada a seus pés, lhe abraça forte os joelhos
A clamar: "Piedade, ó guerreiro, a sua força é bem maior!

Pois que, além de si, ainda tem o socorro de um deus!"
Domada, então, a bruxa, rumam ambos para o brando leito.

Por sugestão da feiticeira assim estiveram juntos,
Para que ambos criassem confiança um no outro,
Mas como confiar numa criatura esquiva e traiçoeira?
Ulisses então lhe diz, tomando o peso da palavra:
"Bruxa solerte, livre antes meus amigos do feitiço!"

Circe feiticeira, decidida a provar a sua lealdade,
Ruma, então, para a pocilga a passos firmes,
Onde estão amontoados os porcos de Ulisses,
E lá lhes toca, um por um, com sua vara mágica,
Devolvendo-lhes a antiga e saudosa forma humana.
E tão satisfeitos ficaram todos naquela ilha,
Que hóspedes da feiticeira se tornaram desde então,
Recusando-se a partir no rumo da saudosa Ítaca,
Comendo e bebendo fosse dia ou fosse noite,
Enquanto Ulisses fruía dos prazeres do seu leito.

Um ano, entretanto, passado em descanso e vida mansa,
Bastou para acordar nos soldados o sentimento do dever;
Então o filho de Laertes, tomando as mãos da sedutora,
Disse-lhe com voz chorosa estas súplices palavras:
"Circe, deixa que partamos no curso de nossa casa!"

Ela, tornada agora amiga e compreensiva,
Cede aos rogos insistentes do audaz guerreiro,
Não sem antes adverti-lo do perigo que os espera,
Nos rochedos onde pousam as sereias fascinantes,
Cujo canto doce traz delícia, mas também a morte.

Ainda assim, as naus já se aprestam a partir,
Quando se ouve um grito alto e pavoroso,
Como o barulho de algo pesado que se racha;
Correm todos pressurosos a ver que grita é esta,
Para encontrar caído ao chão um pobre corpo!

Oh! é o desastrado Elpenor que subido ao telhado
Para melhor gozar das delícias do zéfiro suave
De lá despencou, com o caco cheio de vinho,
Ao escutar o chamado para retornar às naus,
Sem lembrar antes de colher auxílio à escada!

Assim entrou o pobre Elpenor, de ponta-cabeça,
Na escura mansão de Hades, talvez ainda cantando,
Enquanto os homens de Ulisses cortavam os mares,
Em busca da doce pátria há tanto tempo almejada,
Levando n'alma os avisos da ajuizada Circe.

Empurrado por um vento veloz e favorável,
Singravam assim as naus do astuto Ulisses,
Por entre as vagas cortadas por agudas proas,
Até que súbito um mormaço aquietou as ondas,
Fazendo silenciar todo vento e toda brisa.
Ulisses, avisado de antemão, eleva forte a voz:
"Marujos, me prendam ao mastro a toda pressa,
Eis que a perigosa ilha das sereias se avizinha!
Depois, tomando da espessa cera que lhes dei,
Cerrem os ouvidos e não escutem mais um pio!"

"E se eu clamar que os laços meus afrouxem,
Surdos estejam, renovando duplamente os nós,
Pois doutro modo mergulharei às águas turvas,
Sedento do canto, dos beijos e das carícias mil,
Que as pérfidas criaturas aladas me prometerão!"

Neste instante avistou-se nos rochedos escarpados
Uma montanha de ossos desfiados e espalhados,
A maioria eram alvos feito a neve e refulgindo ao sol,
Mas a outros recobria um resto de imunda pele
Com o sangue da medula a gotejar de volta ao mar.

"São as malditas sereias!", bradam as vozes em coro,
Enquanto elas do alto se despencam aladamente,
Eis que são metade pássaros e metade fêmeas,

E não raça de peixe como erradamente afirmam
Aqueles que só em sonhos navegaram estas águas!

Suas cabeças nada devem à mais bela das mulheres,
Eis que são Helenas e Afrodites de aladas asas,
De busto liso ornado por dois botões rosados,
Mas que no lugar dos braços duas asas alvas têm,
Das quais se valem para se suspender aos céus.

O seu canto mavioso fala de amores impossíveis,
E de mil prazeres nunca dados aos mortais,
Um canto ardiloso que mistura o amor e a morte,
Capaz de tornar a mente humana leve e alada
Livre doravante do pesado encargo do dever.

Um siflar sinistro roça por sobre as cabeças
Dos homens surdos, que remam a toda brida,
Mas Ulisses, de ouvidos destapados e mãos presas,
Pode ouvi-las perfeitamente e então clama:
"Oh, malditos, desamarrem logo as minhas mãos!"
Uma das sereias, entretanto, ousada avança,
Roçando os rubros lábios ao corpo rijo do herói,
"Vem, homem, que mesmo a dor eu te farei prazer!",
Diz a criatura percorrendo-o com os dedos lisos,
Enquanto adeja as asas, lhe refrescando a fronte.

Mas os marujos, de semblante pétreo e mãos ao remo,
As ondas fendem com toda a força dos seus braços,
E desta forma vão ganhando mais e mais distância,
Do canto perverso e agora inútil das sereias,
Que já se despencam derrotadas sobre o mar.

Tão logo seus alados corpos tombam sobre a água,
Conformação nova vão todos adquirindo,
Eis que as alvas penas se espalhando sobre o leito,
Em negros rochedos vão se transformando,
Até formarem um pequeno grupo de novas ilhas.

Diante do promontório da Lucânia, desde então,
Estão à vista de todos as rochosas Sirenusas,
Formadas pelos ossos de antigas e belas sereias,
Que ainda dizem àqueles que cruzam suas águas:
"Cuidado! Mesmo as pedras escondem um desejo!"

O MASSACRE DOS PRETENDENTES

Ulisses, herói da Guerra de Troia, após infinitos trabalhos por mares revoltos, chegara finalmente de volta à sua casa, a saudosa Ítaca; trazido por um barco dos feácios, povo que o acolhera em sua última aventura, Ulisses desembarcou adormecido na praia, ainda durante a noite.

O herói, entretanto, avisado anteriormente por Minerva, sua deusa protetora, já sabia de tudo quanto se passava em sua terra: um grupo de sórdidos pretendentes havia tomado conta de sua casa e de seu reino, na esperança de tomar-lhe a esposa em casamento, a infeliz Penélope, que em vão aguardava, há mais de vinte anos, o regresso de seu amado Ulisses.

– Ainda lembra, por certo, de Eumeu, o guardador de porcos de seu palácio? – perguntou Minerva a Ulisses, tão logo este acordou.

– Por certo, prestimosa deusa – respondeu o filho de Laertes. – Foi sempre meu mais fiel servidor, até o dia em que me vi obrigado a partir para a terrível guerra. Oh, parece mentira, mas já lá vão mais de vinte anos!

– Procure-o imediatamente – disse a deusa.

– Mas e os solertes pretendentes? – indagou Ulisses. – Se souberem que estou de volta à ilha certamente darão um jeito de me matar antes mesmo que possa escorraçá-los de minha casa.

– Você não irá escorraçá-los – interrompeu Minerva, com o sobrolho carregado. – Todos eles sairão mortos do palácio, e pela sua mão.

Ulisses sorriu, satisfeito.

– Consigo ao meu lado, deusa invencível, não duvido nada disto.

– Mas antes você deverá chegar disfarçado à sua casa, para que ninguém o reconheça, nem mesmo a sua esposa Penélope ou o seu filho Telêmaco.

– Telêmaco... – disse Ulisses, angustiado. – Como está meu filho?

– Ele foi à terra de Menelau, na distante Argos, para colher notícias suas junto ao marido de Helena.

– Faça com que retorne, poderosa deusa!

– Acalme-se, tudo será feito a seu tempo. Em breve ele estará de volta. Mas antes você deve fazer o que primeiro falei: procura Eumeu, o guardador de porcos; ali, em sua cabana, que continua afastada do palácio, vocês poderão tramar em silêncio a vingança, até o momento em que eu der o sinal para que você retorne definitivamente ao palácio.

Ulisses ergueu-se e já ia rumando para a cabana de Eumeu, quando Minerva o chamou outra vez.

– Aonde pensa que vai deste jeito?

– Deste jeito, como? – disse Ulisses, sem entender.

– Vamos, onde está a sua argúcia? Perdeu-a no mar?

Minerva aproximou-se do herói e no mesmo instante retirou de seu corpo os trajes finos e caros que Alcínoo, rei dos feácios, dera a ele. Depois a deusa tocou-o com sua vara e fez com que seu corpo, antes robusto e viril, começasse a murchar: seu rosto, antes cheio, agora encovava-se; seus dentes lhe caíam aos pés; seu peito encarquilhava e os ombros curvavam-se tanto que quase ameaçavam se tocar.

– Acho que agora está bem! – disse a deusa, dando dois passos para trás para enxergá-lo melhor. E completou o arranjo lançando sobre as costas do velho um trapo imundo e um alforje esburacado com um velho pedaço de pão duro e escuro aparecendo pelos furos.

◆ ◆ ◆

O dia já ia alto quando Ulisses, travestido de mendigo, aproximou-se da cabana onde vivia seu velho criado. Um fiapo solitário de fumaça subia pela chaminé. Ao redor da pequena construção havia doze pocilgas para a guarda dos porcos.

— Ó de casa! — disse Ulisses, batendo com o bordão na parede rústica.

— Devagar, devagar! — disse uma voz roufenha lá dentro.

O velho Eumeu surgiu à porta; seu aspecto, apesar de alquebrado, era o de um homem ainda pronto para os embates da vida.

— Quer derrubar o casebre? — acrescentou o guardador de porcos.

Ulisses reconheceu imediatamente o criado, embora este não pudesse fazer o mesmo, tal a diferença do antigo rei e amo.

— Bom dia, guardador, que o senhor do trovão o abençoe! — disse Ulisses, procurando elevar o tom de voz para disfarçar a emoção que sentia.

Algo na figura do mendigo fez com que Eumeu não lhe perguntasse nada e simplesmente o fizesse entrar, acostumado que estava, aliás, a receber quase todos os dias estes errantes que vagavam sem remo nem rumo por toda a Grécia.

Depois de trocarem algumas palavras, estiveram contando episódios de suas vidas. Ulisses inventara uma longa história acerca de suas desventuras imaginárias — como se as suas reais já não lhe bastassem —, afirmando ter avistado o rei de Ítaca numa de suas andanças.

— Ora, bobagem! — disse Eumeu, enfadado. — Por esta parte pode passar por alto, estrangeiro, se com isso pretende me agradar ou a alguém no palácio, para onde os seus pés descalços logo o levarão a exercer com mais sucesso o seu ofício. Não há dia em que não chegue aqui alguém com uma história ou recado de Ulisses, esperando ser bem tratado por causa do embuste. Comigo, entretanto, você não precisa perder tempo; antes, acabe logo a sua história, pois a noite já vem vindo e devo ainda recolher os porcos e separar quatro deles para levar ao palácio.

— Então há festa hoje por lá? — disse fingidamente Ulisses, arreganhando as gengivas rosadas que sua língua ressequida percorria de cima a baixo.

— Hoje?! — exclamou Eumeu, divertido. — Ora, não se passa um dia desde a partida do rei que não haja um banquete dentro das portas daquele palácio. São três porcos ou mais que levo para lá por dia, e temo já que nos faltem animais para daqui a muito pouco...

– E quem são esses que se instalam com tanta liberdade em minha cas... digo, na casa do rei desaparecido?

– São príncipes e nobres de pouca monta, na maioria; eles vêm em bandos de todos os cantos da Grécia para se apossar do trono que julgam vago para sempre. Não passam de comilões e beberrões que não têm outro objetivo senão viver às custas das riquezas do rei morto.

– Mas e a esposa de Ulisses, o que faz diante disto tudo?

– Penélope se defende do jeito que pode! O que mais poderia fazer, sozinha e com apenas um filho, incapaz de expulsar todos estes rufiões?

– Mas ela já escolheu o tal pretendente?

– Não, ela tem protelado o mais que pode a decisão. A propósito, tem feito isto de uma maneira tal que a torna digna esposa do solerte Ulisses.

– Por quê? Vamos, conte-me a astúcia de Penélope!

– Até aqui a rainha vinha se utilizando do seguinte estratagema: fechada em seus aposentos, ela passava o dia inteiro a costurar numa tela um imenso manto. "Quando ele estiver terminado, somente então farei minha escolha", dizia ela aos arrogantes pretendentes, sempre que estes lhe cobravam o término do trabalho. Durante a noite, entretanto, ela desfazia toda a trama, para que no dia seguinte os pretendentes malditos a encontrassem com o manto quase no começo.

– Oh, adorável mulher! – disse Ulisses, enlevado com a astúcia da esposa.

– Bem, mas amanhã cedo levarei estes porcos àqueles salafrários! – disse Eumeu, erguendo-se com dificuldade. – Atualmente são eles os patrões por aqui, e o peso da mão de um patrão irado é algo ruim em toda parte.

Ulisses, revoltado com aquele estado de coisas, deitou-se num enxerga que ali estava à disposição dos viajantes – pois o guardador de porcos era devoto sincero de Júpiter hospitaleiro e cumpria à risca a obrigação de tratar bem a todo forasteiro. Ao mesmo tempo, o marido de Penélope sentia-se feliz e orgulhoso da esposa, que com esperteza e inteligência ia ludibriando a ganância dos invasores enquanto não se dava o momento do seu retorno.

❖ ❖ ❖

Na manhã seguinte, amanheceu cedo. O porqueiro, acostumado à lida dos animais, levantava-se sempre junto com a Aurora de rosados dedos.

– Oh, mais um dia sem meu rei... – gemeu Eumeu, como sempre fazia, numa espécie de oração desanimada, em que errava apenas um fio de esperança.

Neste instante, porém, avistou alguém que se aproximava, quase à sua frente.

– Ora vejam, é o jovem de volta à casa! – disse Eumeu, largando a vassoura.

Sim, era Telêmaco, filho de Ulisses, que acabava de retornar de suas andanças pelas ilhas próximas em busca de notícias de seu saudoso pai.

– E então, filho de Ulisses, nenhuma notícia de seu pai? – perguntou Eumeu, cujos olhos brilhavam de expectativa.

– Não, bom servo, nada pude descobrir, infelizmente – disse Telêmaco, que parecia afoito por dar logo a má notícia e livrar-se da lembrança do desgosto.

Eumeu recolheu em silêncio a pequena bagagem de Telêmaco e levou-a para dentro.

– Vamos comer algo, jovem príncipe.

Eumeu meteu logo nos espetos alguns pedaços de carne revestida de copiosa gordura, enquanto retirava de um pequeno forno de pedra dois grandes pães para acompanhar a primeira refeição. Depois temperou numa cratera de pau o vinho para que juntos libassem a Júpiter supremo.

– Temos visita, como de hábito – cochichou o guardador a Telêmaco, apontando para o mendigo, que ainda ressonava, exausto da longa viagem do dia anterior.

Telêmaco já estava acostumado àquelas benfeitorias do servo do palácio; sem se importar com o estrangeiro, sentou-se à mesa com Eumeu. Assim estiveram trocando ideias, enquanto Eumeu se regozijava com o retorno, ao menos, do filho.

– Telêmaco, é preciso que você saiba que durante a sua ausência os solertes pretendentes tramaram contra a sua vida, postando um grupo de assassinos à espera na entrada do arquipélago – disse Eumeu, com a revolta estampada nos olhos.

– Sei disto tudo – respondeu o filho de Ulisses. – Minerva acompanhou meus passos desde a minha partida e me alertou do perigo, fazendo com que retornasse por outro caminho, enganando desta forma estes patifes.

A este tempo Ulisses já tinha acordado, embora permanecesse enrolado em sua manta. Mesmo de costas, pelo tom e conteúdo da conversa soube quem tinha atrás de si. Aos poucos sentiu crescer dentro de si um sentimento avassalador e esteve prestes a arrojar para longe a manta furada e lançar-se aos braços do filho, num ímpeto feroz. Mas foi detido pela lembrança de que aos olhos do filho ele não passava de um velho malcheiroso. Sentando em sua esteira, procurou, então, o apoio do bordão para colocar-se em pé.

– Deixe que eu o ajudo, forasteiro – disse Telêmaco, apoiando o braço do velho junto ao seu.

Ulisses deixou que Telêmaco o conduzisse até um banco e ali ficou, observando o filho dos pés à cabeça.

"Oh, deuses, como está forte e nutrido!", pensou, com orgulho. Ulisses sentiu crescer no peito um sentimento de gratidão em relação ao porqueiro, velho servo e súdito, que de alguma maneira havia contribuído para tornar o seu filho aquele jovem robusto e saudável que tinha agora diante de si.

Depois de estar longo tempo conversando, Telêmaco decidiu que já era hora de tirar sua mãe da aflição em que a deixara.

– Eumeu, largue tudo e vá direto ao palácio de meu pai para levar à desditosa Penélope a notícia de meu regresso.

Nem bem o velho tinha saído para cumprir a sua missão, Ulisses viu que Minerva, do lado de fora da casa, o chamava com sinais.

– Pois não, deusa? – disse o mendigo.

– Ulisses, protegido dos deuses, chegou a hora de se revelar ao seu filho – disse a deusa, tocando em Ulisses com sua vara e restituindo a sua antiga forma. – Vá e mostre-se a Telêmaco tal como é!

Ulisses voltara a ser o antigo rei e herói: o peito outra vez largo, as barbas negras e luzidias, os braços musculosos e os dentes firmes.

Quando Telêmaco o viu retornar, tomou um susto:

– Velho mendigo, você é, então, um deus, como imaginei desde o começo? – disse o jovem, que pressentira desde o início estar diante de um ser que não era deste mundo.

– Não sou deus algum, mas apenas Ulisses, o seu pai! – disse o homem que entrava.

Telêmaco relutou durante muito tempo em acreditar que tal milagre fosse possível, até que Ulisses, perdendo a paciência, visto estar ávido por abraçar o filho que não via há mais de vinte anos, envolveu-o em seus braços, retirando da alma de Telêmaco toda dúvida.

Depois de aliviarem do peito as lágrimas há tanto tempo represadas, Ulisses e Telêmaco sentaram-se para conversar sobre o estado aflitivo em que se encontrava o infeliz reino de Ítaca.

– Meu pai, como fará para aparecer diante de toda aquela gente e vingar as afrontas que lhe fizeram durante a sua ausência? – disse Telêmaco.

– Esteja calmo – respondeu Ulisses, encarando o jovem com firmeza. – Já assentei tudo o que haverá de ser feito junto com Minerva, a deusa que me assiste em todos os perigos. Ela também está sedenta de grande morticínio, tal como a minha alma. Mas é preciso que façamos a coisa com maior astúcia do que a deles próprios, pois caso contrário estaremos nos expondo a uma derrota humilhante dentro de nossa própria casa.

– Sim, mas e Penélope, minha mãe?

– Por enquanto ela não deverá ser informada de nada, nem sequer de meu regresso. Aliás, nem o próprio Eumeu, guardador de porcos, deve saber de minha volta, ao menos por enquanto, pois bem sabemos que servos dóceis têm o coração mais mole do que o das próprias mulheres.

Telêmaco sorriu alegremente: aquele era de fato o seu velho pai!

– Fico grato aos deuses por saber que você continua exatamente o mesmo – disse ele, dando um novo abraço ao pai.

Mas para Ulisses o capítulo curto, embora sincero, das ternuras já terminara; suas energias já haviam outra vez se transferido inteiras para o cérebro, e era ali que ele acomodava com verdadeiro regalo a sua alma.

– Vamos trabalhar, garoto – disse Ulisses, tocando a testa de Telêmaco com o dedo. – Se não me engano, temos outra vez pela frente a melhor diversão deste mundo: enganar os enganadores.

◆ ◆ ◆

Penélope, a rainha de Ítaca, reencontrara finalmente o filho, depois de alguns meses de ausência; ela sabia que os pretendentes não iriam desperdiçar a chance de atentar contra a vida de Telêmaco assim que ele tentasse regressar de seu périplo inútil, mas foi com infinito alívio que soube do truque que Minerva usara para despistar os traiçoeiros que haviam armado a emboscada.

Enquanto isto, Antínoo, chefe dos pretendentes instalados no palácio de Ulisses, homem cúpido e violento que havia tramado a morte de Telêmaco, mordia a mão de raiva e frustração.

– Eis o moleque de volta à casa! – disse ele a Anfínomo, outro dos solertes pretendentes. – Não é bom para nós que Telêmaco esteja o tempo todo a procurar pelo pai.

– Calma, Antínoo – respondeu o outro, levantando um grande copo, cheio de vinho até às bordas. – Não faltará ocasião para que também a este os deuses deem um jeito de fazer apodrecer os brancos ossos numa praia deserta, tal como ao pai certamente o fizeram.

Neste instante chegavam ao palácio Ulisses, outra vez na condição de mendigo, e Eumeu, o guardador de porcos, ainda ignorante da verdadeira identidade do seu companheiro. Quando Ulisses passou pela soleira, percebeu que um cão coberto de sarna erguera a cabeça para encará-lo. Estava preso num pequeno redil, sem espaço sequer para se movimentar – o que aliás, nem podia mais fazer, devido ao seu estado de fraqueza e desnutrição –, e não tinha forças nem ânimo para manter erguida a cabeça. Desde a partida de seu amo, o rei de Ítaca, companheiro inseparável de viagens e caçadas, que sua vida passara a ser um tecido de maus-tratos e violências, até que se vira reduzido, afinal, àquele triste estado.

Ulisses também reconheceu imediatamente o velho Argos – pois tal era o nome do cão – e deixou que uma lágrima rolasse disfarçadamente. Sem que ninguém percebesse, retirou o velho cão da gaiola opressiva e imunda. Argos, sem forças para correr e agradecer ao amo, agachou-se ainda mais, erguendo apenas seus olhos úmidos e ganindo baixinho para o dono – sim, não havia dúvida, o seu velho dono estava de volta!

A alegria extrema, entretanto, foi fatal para o seu organismo debilitado, como se Argos apenas esperasse pelo retorno de Ulisses para dar o último suspiro: sua alma combalida desceu em seguida para a mansão de Plutão, indo fazer companhia a Cérbero de três cabeças, o mais famoso de todos os cães, com assento ao lado do próprio rei do mundo subterrâneo. Ulisses não teve o desgosto de ver a morte do pobre cão, pois já tinha entrado com o guardador de porcos no enorme pátio do palácio, onde Telêmaco os aguardava. Vendo o pai chegar, o filho de Ulisses se aproximou e estendeu a ele um pão e um naco de carne recém-assada.

– Toma, mendigo, acalme a indigência do seu estômago e tão logo estiver refeito corra a passar a sacola pelos pretendentes que lá dentro estão saciando de carne as suas almas desde que o carro de Apolo despontou no céu.

– Faça logo isto – disse Eumeu, corroborando as palavras de Telêmaco. – Como diz o cego aedo, "não é bom o acanhamento num necessitado".

Ulisses, erguendo-se, empunhou então sua tigela e foi mendigar uma migalha de cada um dos pretendentes.

– Vejamos agora quais são os justos e quais têm a alma negra.

Antínoo, o chefe dos pretendentes, que levava a palma da ruindade sobre qualquer outro ali dentro do palácio, logo ergueu a sua voz perversa:

– Eia, guardador de porcos, quem deu autorização para trazer até cá este mendigo sujo e repulsivo?

Ulisses, fazendo ouvidos moucos, prosseguiu a fazer a roda, recolhendo muitos bons pedaços de pão e deliciosa carne recoberta por fina manta de gordura.

Depois de ter passado por todos e enchido seu alforje de um bom farnel, retornou a Antínoo para testar-lhe mais uma vez o caráter infame.

– Que nume maldito nos enviou esta assombração para que nos estrague desta forma tão ameno banquete? – bradou Antínoo, o mais perverso dentro daquela casa.

– Pobre de Júpiter soberano se viesse à sua casa mendigar, só como teste, como fez a Baucis e Filemon! – disse Ulisses, tentando despertar a compaixão naquele peito endurecido.

Mas esta observação levou a cólera a crescer tanto no peito de Antínoo, que este, de um pulo, agarrou de um banco e meteu nas costas do velho mendigo.

– Isto é para você aprender a ver quem manda aqui.

Ulisses abanou a cabeça, controlando os seus nervos. Sabia que podia reduzir a um monte de ossos e de sangue aquele desgraçado, mas preferiu ficar em silêncio, pois a hora da vingança ainda não soara. Mas em seu íntimo maquinava terríveis desgraças.

Nisso, outro dos pretendentes ergueu-se, então, dizendo:

– Vai mal este banquete se vamos permitir que um mísero mendigo nos estrague a festa. Esqueça o molambo, Antínoo, e passemos a coisas melhores.

Decerto se referia a uma imensa cratera de ouro repleta de vinho açucarado com oloroso mel, cristalino feito o âmbar, que brilhava a poucos passos dos seus olhos.

Neste instante surgiu Penélope diante de todos. Nunca estivera tão bela, e seus olhos traíam um ar de obstinada decisão.

– Pretendentes, vocês todos venceram, se queriam me impelir a uma decisão – disse ela, alçando a fronte. – Eis que amanhã se fará aqui um grande concurso entre todos aqueles que disputam a minha mão.

Penélope ergueu diante de todos os olhos um arco de madeira encerada, o mais belo e sólido que olhos humanos já haviam visto.

– Eis aqui o arco de Ulisses. Amanhã faremos um concurso no qual o vencedor será aquele que conseguir acertar com uma única flecha doze anéis enfileirados. Quem acertar primeiro receberá a minha mão e passará a ser rei de Ítaca, gozando para sempre de todos os privilégios que esta condição acarreta.

Mal terminara de dar esta bombástica notícia, Penélope retirou-se. Havia cumprido perfeitamente as instruções que seu filho Telêmaco lhe dera.

– Eumeu, temos um trabalho secreto a fazer durante a noite – disse o filho de Ulisses ao guardador de porcos. – Posso contar com você?

– É claro, meu patrão e senhor! – respondeu Eumeu, cujas velhas narinas começavam a farejar de novo aquele odor que tanto o excitava na juventude: o odor de armas prestes a serem empunhadas contra a vilania.

◆ ◆ ◆

Durante a noite, Telêmaco e Eumeu recolheram, no grande salão onde se daria a disputa do arco e flecha, todas as armas ali guardadas e que ficavam sempre à mostra: escudos, lanças, arcos, gládios, achas e machados.

– Não esqueça, Eumeu, se alguém perguntar o motivo de tal retirada, diga que é para a limpeza, pois que estão todas encardidas da fumaça, e é bom que estejam todas reluzentes para o dia do banquete do casamento de minha mãe com o vencedor do torneio que ora se fará, entendeu? – disse Telêmaco ao velho, momentos antes de começar a competição.

– Sim, Telêmaco, tudo isto eu compreendo – disse o guardador de porcos. – A única coisa que não entendo é por que me oculta o que verdadeiramente está para acontecer dentro destas altas paredes.

Eumeu parecia magoado com aquela desconfiança; por isto Telêmaco resolveu logo lhe contar o que se passava.

– Eumeu, vou lhe contar um segredo, ao preço da sua vida! – disse. – Ulisses, rei de Ítaca, já está entre nós, e de hoje não passará o dia do seu ajuste de contas...

O guardador de porcos perdeu a fala diante de tamanha surpresa. Dali a pouco começaram a adentrar o salão os pretendentes, vestidos em suas melhores vestes, mas trajando na alma ainda a mesma soberba e arrogância. Cada qual já se considerava o vencedor e se preparava para as homenagens que receberia de todos os outros derrotados concorrentes.

Apoiado a um fino escabelo estava o arco de Ulisses, tendo ao lado uma aljava dourada repleta de aceradas flechas com pontas prateadas. Penélope, radiosa, surgiu logo em seguida.

– Atenção vocês todos, chegou o momento em que deverão fazer o tremendo esforço de deixarem de comer e beber por um instante para que possamos dar início a isto.

O primeiro dos pretendentes chamado a empunhar o arco foi, claro, o infame Antínoo, chefe daquela turba insaciável. Tomando do arco, estudou-o e sopesou-o durante um bom tempo, gozando do prazer de ser o primeiro – e único, imaginava – a tentar o arremesso. Depois de ter visto a frustração desenhada no rosto de cada um dos adversários, Antínoo tomou a primeira flecha, passou a língua escura de vinho nas delicadas cerdas da extremidade e tentou encaixar a seta no arco.

Mas para seu desgosto e vergonha supremas, não foi capaz de armar o arco nem de retesar as cordas. Seu rosto inteiro suava, inclusive seus globos oculares, arregalados, parecendo prestes a lhe cair da cara. Risinhos começaram a soar por todo o salão, a princípio tímidos, mas logo em seguida se transformaram num coro divertido e aberto.

– Basta, Antínoo, falta-lhe tutano nos ossos! – disse uma voz.

– É, entrega o arco de volta à rainha, ela armará melhor! – disse outra.

Antínoo, frustrado, viu-se obrigado a passar a arma para outro competidor. A cabeça baixa era a denúncia cabal da sua derrota.

Mas o segundo não foi menos infeliz: não conseguiu retesar nem por um milímetro o arco. O terceiro foi pior, ao fazer saltar para cima o arco e as flechas, provocando um coro de risos que subiu à abóbada do salão e foi retumbar no alto como um trovão. Cinco, dez, quinze, quarenta pretendentes, nenhum foi capaz de levar a cabo a tarefa de armar o arco fatal.

– Basta, é uma maldita trapaça! – gritou Antínoo, feliz por ter descoberto a causa de seu inexplicável fracasso.

Neste momento, o mendigo surgiu por entre os pretendentes e tomou das mãos de Penélope o arco, dizendo:

– Rainha, com a sua augusta permissão, eu tentarei o que estes fracos senhores nem sequer puderam iniciar.

– O que este maldito mendigo está fazendo aqui outra vez? – bradou Antínoo, no último limite da exasperação.

O mendigo, sem dar ouvido às vaias, tomou então do arco e, após armá-lo com infinita facilidade, assestou a mira para os doze anéis, do outro lado da sala. O ruído gemente da seta cortou o salão inteiro e a seta foi cravar-se no alvo indicado, após haver atravessado ilesa os doze anéis.

Um grito de espanto saiu da boca dos pretendentes. Telêmaco fez um sinal para que Penélope fosse retirada da sala, na surdina. Quando ela já havia se recolhido ao seu quarto, cercada por soldados de sua confiança, Telêmaco retornou para o salão.

– Pode trancar as portas – disse ele a Filécio, um ajudante que haviam cooptado na última hora. – Que estas portas só se abram outra vez para a recolha dos cadáveres dos pretendentes, entendido?

O jovem assentiu, orgulhoso por poder tomar parte naquele episódio que a história haveria de gravar em letras de ouro.

Depois de retornar, Telêmaco ergueu os olhos ao pai, fazendo um sinal indicativo de que a matança podia começar.

Ulisses, ainda travestido de mendigo, dirigiu-se até o outro lado do salão, afastado de toda a malta dos pretendentes, levando consigo o filho e o guardador de porcos. Um temporal tremendo começara a desabar lá fora, e o ruído dos trovões, junto à penumbra que se fizera dentro do enorme salão, começou a encher de apreensão o coração dos usurpadores. Uma vez instalado em seu lugar, Ulisses desfez-se dos seus andrajos e trepando à grande mesa que havia à sua frente bradou à escória ajuntada no outro extremo do salão:

— A primeira competição está acabada e sou eu o vencedor — disse Ulisses, de arco em punho. — Vejamos agora como me sairei da segunda, com o auxílio de Apolo, do dourado arco.

Uma segunda seta partiu de seu arco com um silvo apavorante e foi enterrar-se direto na garganta de Antínoo. O chefe dos pretendentes, que tinha o pescoço erguido para entornar para o estômago mais um gole de vinho, perdeu a respiração; a ponta da flecha saiu-lhe pela nuca, e no mesmo instante a sua boca expeliu um jato escuro de sangue numa golfada hedionda. Antínoo, caído de quatro, ainda rastejou alguns metros antes de tombar sobre o solo.

— O mendigo está louco! — gritou um dos pretendentes. — Às armas, companheiros, às armas!

Mas não havia arma alguma ali dentro: de repente todos se deram conta de que estavam metidos dentro de uma terrível armadilha. Minerva fizera com que Ulisses retomasse sua antiga forma, resplandecendo agora aos olhos de todos quase como um deus — um apavorante deus que vinha para exercer vingança.

Os olhos dos pretendentes percorriam as paredes e recantos em busca de armas, mas não havia nenhuma. As portas que davam para as saídas estavam trancadas.

— Estamos encurralados! — bradou um deles.

Eurímaco, um dos pretendentes, tentou dissuadir Ulisses com meigas palavras:

— Está bem, se você é mesmo o rei que está de volta, filho de Laertes e protegido dos deuses, reconhecemos que tinha o direito de matar Antínoo, o mais arrogante de todos nós e aquele que mais desonrou o seu nome e a sua casa. Mas agora basta, valoroso Ulisses, sentemo-nos para negociar uma rendição digna e uma indenização generosa, eis que estamos, desde já, dispostos a pagar-lhe por tudo aquilo que consumimos na sua ausência. Vamos, deponha o arco e cesse a sua ira!

— Nem que me oferecessem todo o produto de suas heranças e demais riquezas eu titubearia em levar até o fim a matança a que me propus. O negócio para vocês, agora, é lutar ou fugir, porém não creio que qualquer de vocês possa fugir à morte que lhes tenho preparada.

Um suor gelado cobriu a raiz dos cabelos de todos os pretendentes amontoados do outro lado da sala, pois era a própria morte quem lhes falava pela boca de Ulisses.

– Já que o vingativo filho de Laertes quer nos matar um a um, companheiros, tratemos de lutar por nossas vidas! – bradou Eurímaco, sacando um punhal que trazia metido nas vestes, avançando resoluto para Ulisses.

O protegido de Minerva, no entanto, assestou no arco outra seta com a rapidez do raio e a disparou na direção de Eurímaco, que recebeu a flecha no peito e se estatelou sobre a mesa, espalhando pelo chão o vinho e os pedaços de carne. Depois seu corpo escorregou até o chão, onde ficou por algum tempo escoicinhando até largar a alma junto com o sangue copioso que deitava pela boca.

Os demais, aterrados, viraram de lado a enorme mesa e se ocultaram atrás dela, como numa trincheira. Anfínomo, outro dos pretendentes, de gládio em punho avançou por sobre os destroços, mas foi atingido pela lança de Telêmaco, que o prostrou de borco no chão, com os dedos em garra raspando o mármore gelado.

– Aguente firme, meu pai, que vou à sala de armas buscar lanças, escudos e elmos brilhantes para que possamos proteger nossos corpos da ira destes cães! – disse Telêmaco, rompendo por uma saída que, dali de onde estavam, mantinham estrategicamente aberta.

Enquanto isto, Ulisses, ajustando as setas velozes ao arco, ia despedindo-as uma a uma, sempre certeiras, no peito e nas cabeças dos inimigos entrincheirados do outro lado do salão. Os corpos já estavam se empilhando, e um rio de sangue fumegava, saído de seus corpos sem vida, fazendo os pretendentes patinarem no chão grudento com cheiro de morte.

Entretanto, o guardador de cabras Melântio, que tomara o partido dos pretendentes desde a chegada destes e que sabia que seria punido com a morte tão logo acabasse o massacre ali dentro, decidiu, de fora, ajudar os inimigos de Ulisses, subindo ao depósito de armas e trazendo de lá um monte de lanças, escudos e elmos de bronze para eles.

– Telêmaco, veja! – disse Ulisses ao filho, que já havia retornado. – Os malditos estão recebendo ajuda de fora e já trazem ao peito armaduras e portam aos braços lanças e escudos!

O traidor Melântio foi aprisionado dentro do próprio depósito por Eumeu, guardador de porcos, quando lá retornara para nova remessa de armas aos pérfidos usurpadores.

Mas o mal estava feito: os pretendentes, empunhando suas lanças, prepararam-se para arremessá-las na direção de Ulisses e Telêmaco.

– Atiremos os primeiros seis dardos! – ordenou um dos canalhas.

As lanças voaram, cruzando todo o amplo salão, mas Minerva fez com que se desviassem do alvo, ferindo apenas levemente a mão de Telêmaco e o ombro de Eumeu, que se juntara aos dois na renhida luta.

Ulisses, então, ordenou também o ataque: as lanças dele, de Telêmaco e Eumeu partiram silvando e todas acertaram seus alvos, prostrando ao chão três dos pretendentes, que foram juntar-se ao enorme grupo dos cadáveres empilhados. O bando dos remanescentes aterrado, recuou, ainda mais para o fundo do salão. Alguns ganiam, tentando de rastos retirar do corpo dos mortos as lanças empapadas de sangue.

Minerva, então, decidiu acabar com a audácia daqueles usurpadores e surgiu ao alto do salão, portando sua assustadora égide – a sua couraça franjada de serpentes, que tinha ao centro a terrível cabeça da Górgona. O bando dos sobreviventes arremessou-se como uma boiada apavorada, saltando por cima das mesas e dos corpos pisados, acossado pelas lanças e dardos que o rei de Ítaca e seus ajudantes desferiam sem cessar.

Muito tempo ainda se passou quando do lado de fora a ama de Ulisses escutou a voz do filho de Laertes, soberano de Ítaca, ordenar com voz saciada:

– Podem abrir as portas.

A ama perdeu a voz quando as portas se abriram de par em par: todos os pretendentes estavam mortos, seus corpos empilhados sobre uma piscina de sangue.

– A justiça está feita e a justiça completa – disse Ulisses, que estava coberto de suor, de sangue e de pó.

Melântio, o guardador de cabras que traíra a confiança ao dar acesso ao depósito para os pretendentes, foi desamarrado e levado à presença de Ulisses. Diante de todos, recebeu uma morte impiedosa: teve o nariz e as orelhas cortadas, o sexo extirpado e dado aos cães para que o comessem, e as mãos e os pés decepados.

Quanto a Penélope, finalmente reencontrou o marido, após vinte anos de longa ausência, e ambos tiveram uma longa noite de amor no mesmo leito onde tantas vezes tinham provado das delícias que Vênus reserva aos amantes.

ÓRION

— Por Júpiter, meu pai! Quem é aquele ser belo e gigantesco que passeia sobre a superfície das águas? – perguntou Diana, a deusa da caça, ao seu irmão Apolo.

– É Órion, filho de Netuno, não o conhece?

– Não, meu irmão, confesso que não.

– Seu pai lhe deu o poder de andar por sobre as águas. Parece que é um exímio caçador, também.

– Um exímio caçador! – repetiu ela, surpresa. – O que mais lhe concedeu o benevolente destino?

– Pouca coisa; às vezes, a beleza nem sempre é indício certo de sucesso no amor. Quer escutar a história de seu infeliz amor?

– Vamos lá!

– Órion certa vez apaixonou-se por Mérope, filha de Eunápio, rei de Quios; por amor a ela acabou com os animais selvagens da ilha, levando os despojos à amada. O pai dela, parecendo satisfeito com o pretendente, concordou em dá-la em casamento, embora ficasse sempre adiando a data. Um dia, entretanto, Órion perdeu a paciência e entrou nos aposentos da bela noiva. Ali, tentou possuí-la à força. O pai da jovem, indignado com tamanha afronta, foi até Baco e exigiu que este o punisse. O deus do vinho embriagou Órion durante o sono enquanto o pai ultrajado privou-o da visão.

– Cego? Mas ele anda com tanta segurança sobre as águas!

– Ah, minha irmã, você anda sempre tão envolvida com caçadas que não sabe de nada do que se passa entre os deuses e os homens. Falou-se muito neste caso. Órion ficou sabendo através de um oráculo que voltaria a enxergar caso partisse para o Oriente e lá deixasse que o Sol nascente lhe banhasse os olhos. Dito e feito: pôs-se imediatamente a caminho de Lemmos, acompanhando o ruído dos martelos dos Ciclopes, os fuliginosos ajudantes de Vulcano. Lá chegando, o deus, compadecendo-se dele, cedeu-lhe então um de seus ajudantes para que lhe servisse de guia até a morada do Sol. Órion colocou o guia nos ombros e caminhou com ele rumo ao nascente até encontrar o Sol, que lhe restabeleceu instantaneamente a visão. Quando retornou a Quios, para se vingar do rei Eunápio, no entanto, este havia desaparecido, e não houve jeito de encontrá-lo.

– Fascinante! – disse Diana, que já não ouvia o irmão, mas tinha os olhos fixos na figura máscula que saía da água, vindo em sua direção, com o passo elástico de gigante.

Diana, curiosa, convidou Órion para fazer parte de seu grupo de caça.

– É uma honra que nunca imaginei merecer um dia, ó filha de Latona! – respondeu o surpreso Órion, encantado com o convite e com a beleza da deusa. "Ó divino Sol, obrigado por ter me devolvido a possibilidade de poder admirar outra vez a beleza de uma tal divindade!", pensou ele, erguendo os olhos uma vez mais para o grande e universal astro.

Desde então, tão logo a Aurora se espalhava pelos céus com seu rosados véus, saíam os dois caçadores, Diana e Órion, com suas aljavas e arcos nas costas, a se embrenharem bosque adentro, seguidos pelos ruidosos cães de caça. Subiam montes e vales, perseguindo os gamos e os cervos velozes, despistando os terríveis javalis e transpassando-os com suas aceradas flechas.

Certa feita, entretanto, quando Órion caminhava sozinho pelo bosque, enxergou as sete belas Plêiades, filhas de Atlas.

Elas eram ninfas do séquito de Diana e estavam se banhando no rio. Tão logo pôs os olhos sobre elas, viu-se perdidamente apaixonado por todas.

– Um gigante! Vamos, fujam! – gritou uma das Plêiades, fazendo com que todas lançassem seus belos corpos para dentro da água, transformando o rio num improvisado chafariz devido aos seus mergulhos.

– Por que fogem, adoráveis ninfas? – gritava o gigante, quase agarrando-as com as mãos descomunais. – Não pretendo fazer-lhes mal algum; sou Órion, não me reconhecem?

Desde este dia as sete Plêiades nunca mais tiveram paz: o importuno gigante passava os dias a espreitá-las e a persegui-las, onde quer que estivessem, seja banhando-se nuas nas águas do cristalino rio, seja caçando nos frondosos bosques.

Um dia, contudo, cansadas de não terem mais sossego, as ninfas imploraram a Júpiter que as metamorfoseasse em pombas. Júpiter atendeu ao pedido, e quando o imenso Órion pensou ter agarrado uma delas viu uma pomba sair voando de entre seus dedos, acompanhada de outras seis, deixando em suas mãos apenas um punhado de penas alvas e lisas.

Mais tarde Júpiter transformou-as em uma linda constelação.

Quem, entretanto, não andava nada satisfeito com Órion era o irmão de Diana, Apolo de douradas setas.

– Desde o surgimento deste desgraçado que Diana do arco de marfim tem desprezado a minha companhia – reclamava ele, com ciúmes da irmã. – Já é hora de expulsá-lo daqui.

Durante vários dias Apolo esteve procurando uma forma de desfazer-se do intruso, até que uma bela manhã surgiu a ocasião. Observando que Órion caminhava pelo mar apenas com a cabeça acima da água, como costumava fazer, esperou que ele se afastasse a uma boa distância e então chamou com um grito a irmã que estava um pouco mais afastada.

– Diana, vamos, veja se é capaz de alvejar aquele ponto negro sobre o mar.

A deusa, que adorava desafios, assestou a sua seta ao arco e disparou-a incontinenti. O ponto negro, acertado em cheio pela flecha, afundou repentinamente.

– Aí está! – disse Diana ao irmão, agitando o arco no ar.

Dali a instantes as ondas trouxeram para a praia o lívido corpo de Órion.

– Oh, não! – gritou Diana. – Eu o matei! Meu irmão, eu o matei!

Diana, percebendo que tal fora o propósito de Apolo, desesperou-se.

– Nunca mais quero vê-lo! – disse ela, olhando com fúria para seu irmão.

Mas como eram ambos muito apegados, logo se reconciliaram. Apolo e Diana, com efeito, além de serem muito unidos tinham um estranho senso de moral que não os fazia sentir remorsos, mesmo que cometessem alguns crimes francamente repreensíveis, como da vez em que haviam matado todos os filhos da pobre Níobe, só porque esta rainha ousara dizer-se mais bela que a própria deusa.

Vendo que não havia mais remédio que pudesse trazer Órion de volta à vida, pediu então a Júpiter, seu pai, que o colocasse entre as estrelas. Júpiter atendeu ao pedido, e desde então Órion aparece nos céus como um gigante, dotado de um cinto, uma espada, uma grande pele de leão e uma clava. Sírius, seu cão, o acompanha, e as Plêiades, lá em cima, voltaram outra vez a fugir de sua molesta presença.

ARISTEU, O APICULTOR

Aristeu, o apicultor, caminhava um dia às margens de um rio, em um local longe de suas terras, quando se admirou com a produção de mel:

– Impressionante como nesta floresta as abelhas produzem abundantemente o seu néctar! – disse, olhando admirado para o mel que transbordava generosamente da cavidade de uma árvore tombada. – Sem dúvida, as ninfas dos bosques devem protegê-las.

O jovem apicultor raspou com sua faca um pouco do líquido dourado que parecia brotar da própria madeira. Parecia ouro puro e liquefeito!

– Enquanto as minhas abelhas pereceram todas por força de alguma maldição divina, estas daqui parecem ter o dom da imortalidade! – disse Aristeu, desapontado. – Aí estão a voar ilesas, apesar da tormenta e do raio que lhes derrubou a árvore ainda esta madrugada.

O apicultor estava mergulhado neste desgosto desde que suas abelhas haviam morrido sem motivo aparente. Um belo dia simplesmente haviam amanhecido todas mortas, diante dos favos.

Aristeu sentou-se sobre a relva, desacorçoado; com sua faca retirou um pouco do mel, que escorria grosso e cristalino feito uma corda do próprio sol, e pôs-se a lambê-lo na beira do rio.

O apicultor era filho da ninfa Cirene, que por haver domado sozinha os leões selvagens que atacavam o rebanho de seu pai, Hipseu, rei dos Lápitas, ganhara o amor do deus Apolo. Desta união surgira Aristeu. Cirene estava sentada em seu palácio no fundo do rio, rindo gostosamente das histórias que as ninfas contavam, enquanto brincavam e mergulhavam à sua volta. De repente uma das ninfas surgiu apressada.

– Cirene, o seu belo filho está lá em cima! – disse ela. – Está a se lastimar, prostrado às margens, e mais parece um Narciso que tivesse visto sua imagem deformada no espelho das águas.

– Traga-o já até mim! – ordenou a mãe de Aristeu.

As águas imediatamente se abriram, como se duas mãos invisíveis tivessem apartado em dois o curso da água, e o jovem passou por entre as liquefeitas cortinas até chegar à região onde ficam as nascentes do grande rio, que depois se separam para correr em várias direções.

– Finalmente você faz uma visita à sua mãe, meu querido! – disse Cirene, alegre, a receber o seu filho. – Que boas-novas me traz?

– Oh, minha mãe, ando muito desanimado! – disse Aristeu, de cabeça baixa. – Você mais que ninguém sabe do esforço e prazer que sempre dediquei às minhas abelhas. Sempre as preferi aos rebanhos, à caça e à agricultura. Levantava ao raiar do dia para acompanhar suas entradas e saídas dos favos e seus voos para libar o néctar das flores, plantadas por minhas próprias mãos, e falava-lhes como se falasse com meus próprios filhos. Elas, por sua vez, me retribuíam com seu dourado e perfumado mel, que me proporcionavam com tal abundância que me trouxeram a fama de ser o mais hábil apicultor de que já se teve memória. De repente, minha mãe, da manhã para a noite elas me foram arrebatadas dos dedos como a areia sob o golpe de um vendaval! O trabalho de uma vida inteira foi-se por água abaixo, e você, minha mãe, nada fez para me poupar desse golpe do destino.

– Em nome de Netuno, senhor do tridente! Só pode ser praga das ninfas das florestas, meu filho! Dê-se por satisfeito de que não fizeram as abelhas voltar os seus esporões contra você ou produzirem um mel envenenado.

– Por que diz tudo isto, minha mãe?

– Ora, elas vingam ainda o infortúnio de Eurídice!

Aristeu parecia não entender; aquele era um fato tão distante!

– Além do mais eu não tive culpa alguma de sua morte – defendeu-se o apicultor. – Eu apenas a perseguia, cego pela paixão, quando ela desastradamente pisou sobre uma cobra, que a picou no mesmo instante. Ah, Eurídice! Sempre você, mesmo depois de morta? Não basta ter arrebatado minha alma, minha vontade, meu orgulho, enquanto era viva?

– Meu filho, esqueça Eurídice, ela está morta – disse Cirene, impositiva. – Sei, no entanto, de uma maneira para recuperar a sua criação de abelhas.

– Uma maneira? – exclamou Aristeu, ganhando alma nova.

– Você conhece, por certo, Proteu, o velho deus do mar.

– Claro, minha mãe. Ele apascenta o rebanho de focas e os grandes peixes de seu pai Netuno, não é isto?

– Exatamente. Nós, as ninfas dos rios, temos por este sábio deus uma imensa consideração e respeito, eis que ele conhece todas as coisas passadas, presentes e futuras.

Cirene interrompeu-se ao ver que as ninfas haviam trazido uma deliciosa refeição para os dois saborearem, à base de... mel!

— Comamos um pouco, meu querido.

— Continue falando, minha mãe, quero saber logo o que Proteu tem a me dizer – pediu Aristeu, olhando de soslaio para toda aquela abundância de mel, que se espalhava farto em todos seus tons dourados e consistentes.

— Como eu ia dizendo, meu filho, somente o divino Proteu poderá explicar a razão pela qual morreram as suas abelhas e como você pode fazer para que isso não volte a acontecer. Foi este mesmo deus, aliás, que indicou a Menelau, rei de Esparta, o caminho para casa quando este esteve perdido nos mares do Egito com sua Helena recém-resgatada das mãos dos pérfidos troianos. Entretanto, Proteu jamais o ajudará por livre e espontânea vontade, por mais que você implore. Por isso, precisará obrigá-lo a falar pela força.

— Obrigar um deus pela força? Como posso obrigar um deus a fazer o que quero?

— Calma, meu querido, na verdade é tudo muito simples: quando ele estiver dormindo seu breve sono do meio-dia, você aproveitará para agarrá-lo e acorrentá-lo com firmeza. Quando ele se sentir irremediavelmente aprisionado, recorrerá ao poder que possui de transformar-se repentinamente nas mais terríveis e amedrontadoras criaturas ou, então, produzirá um ruído semelhante ao crepitar das chamas ou ao barulho da água corrente. Mas você deverá ignorá-los e se preocupar apenas em mantê-lo bem preso ao longo de todas estas transformações. Quando ele perceber finalmente que todos os seus artifícios foram inúteis, voltará à sua antiga forma e estará pronto a responder a todas perguntas, a troco apenas da sua liberdade. Fique tranquilo, meu filho: vai dar tudo certo.

Cirene ergueu-se, então, e conduziu o filho até a gruta de Proteu, localizada na ilha de Cárpatos, e escondeu-o entre as falhas dos rochedos.

Ao meio-dia, a hora em que o deus saía das águas para buscar repouso junto às sombras das grutas, Proteu saiu da água, deixando espalhado ao largo da praia o seu imenso rebanho de focas, e refugiou-se sob a sombra amena, no chão da gruta, adormecendo. Sem perda de tempo, Aristeu correu e o agarrou, acorrentando-o imediatamente.

– Perdão, divino Proteu, mas preciso da sua ajuda! – disse Aristeu, agarrado com toda força ao corpo do deus marinho.

Proteu, ao ver-se irremediavelmente preso, resolveu recorrer às suas artes, transformando-se primeiro num leopardo, depois num javali, depois numa leoa, e assim sucessivamente, mas sempre sem sucesso. Vendo, porém, a inutilidade de seus esforços, recuperou sua própria forma e disse, impaciente, ao apicultor:

– Diga de uma vez a que veio, jovem inoportuno!

– Você é profeta, sabe muito bem o que quero. Sabe também que vim sob a proteção dos deuses para descobrir a causa de minhas desgraças.

O deus marinho arregalou os olhos aquosos e penetrantes e disse:

– A causa dos seus infortúnios você já sabe! Por ter provocado a morte de Eurídice, recebe a justa punição das ninfas Dríades, companheiras de Eurídice, que lançaram a destruição às suas abelhas. Terá agora que apaziguar o ódio delas, o que não é pouca coisa. E se continuar a me apertar deste jeito, ganhará logo também a minha inimizade.

– E o que devo fazer para evitar outra calamidade parecida? – perguntou Aristeu mais calmo, mas sem jamais afrouxar as correntes.

– Você deve sacrificar aos deuses quatro belíssimos touros e deixar as suas carcaças apodrecerem no local do sacrifício. Nove dias depois voltará para examinar as carcaças e verá, então, o que aconteceu. A Orfeu e Eurídice você deverá render honras fúnebres suficientes para acalmar a ira deles.

Aristeu fez exatamente o que Proteu lhe havia prescrito e, voltando, ao nono dia, examinou as carcaças dos animais abatidos. Dentro delas escutou o zumbido querido das suas abelhas – sim, eram elas outra vez! –, como se mil demoniozinhos estivessem a conspirar dentro das ossadas.

– Oh, que maravilha! As abelhas brotaram das entranhas dos animais e ali estão a trabalhar como numa colmeia! – exclamou o apicultor, feliz da vida.

De dentro da carcaça retirou, então, com a própria mão, um punhado de mel da cor do âmbar, que ofereceu à sua mãe, Cirene, e a Proteu, o deus das mutações.

GLAUCO E CILA

Glauco era um pescador na cidade de Antédon, na Beócia. Um dia estava sentado num penhasco à beira-mar, exercendo descansadamente o seu ofício, como costumava fazer todos os dias. Sua pescaria estava indo muito bem, obrigado, e os peixes prateados empilhavam-se a seu lado sobre a relva.

– Mais alguns e já posso ir para casa – disse o pescador, lançando outra vez a resistente rede para o mar.

Neste instante, porém, percebeu que algo estranho ocorria com os peixes ao seu redor: apesar de estarem quase mortos, readquiriam novo vigor após mastigarem um pouco da relva fresca. Um deles pulou de repente para dentro da água com um ímpeto renovado; outro seguiu logo atrás; em breve todos os demais também estavam outra vez dentro das ondas, tão dispostos e ágeis como antes.

Glauco tomou um punhado da relva entre os dedos.

– Que virtude mágica terá ela? – perguntou-se, aproximando do nariz a misteriosa erva.

Mastigou algumas folhas. Imediatamente sentiu algo estranho agitar-se em suas entranhas: um desejo frenético, na verdade, de também lançar-se ao mar!

O pescador, esquecendo para sempre da sua rede, tirou a roupa e lançou-se com um mergulho voraz às ondas revoltas.

Oceano e Tétis, as duas divindades marinhas que o observavam, resolveram no mesmo instante adotá-lo.

– Façamos dele um deus! – sugeriu Tétis, encantada com a beleza do jovem.

As águas de todos os rios do mundo acorreram, então, num turbilhão que envolveu o jovem, fazendo-o rodopiar loucamente, como se estivesse a flutuar numa poderosa linfa vital. Glauco não sabia, mas estava prestes a sofrer um novo nascimento.

O antigo pescador havia perdido a consciência em meio ao turbilhão revolto. Enquanto estivera imerso nas profundezas, seu corpo sofrera uma transformação surpreendente: suas pernas haviam amalgamado-se num único membro, uma longa cauda repleta de escamas prateadas que refulgiam sob o reflexo dos raios do sol. Da cintura para cima, entretanto, Glauco permanecia quase o mesmo, à exceção dos seus cabelos, que, antes claros e lisos, haviam ficado agora revoltos e tomado uma coloração escura e esverdeada como a das algas.

– Que lindo ser ele se tornou! – disseram todas as criaturas do mar.

Esta, pelo menos, era a opinião dos seus semelhantes. O próprio Glauco, embora a princípio tivesse ficado francamente espantado – e mesmo horrorizado – com sua nova condição, aos poucos foi se acostumando com sua nova aparência.

– É... para um homem-peixe não estou nada mal! – disse ele, com um sorriso, ao mirar-se embevecido, qual novo Narciso, nas águas esmeraldinas.

Desde então Glauco passou a viver entre as ondas, nadando e mergulhando o dia inteiro, feliz como o mais feliz dos peixes.

Um dia, ao surgir de um mergulho que dera às profundezas do mar, retornara à superfície e fora recostar-se um pouco sobre as pedras de um alto promontório. Não vira, entretanto, que bem ao alto também estava descansando uma bela ninfa, chamada Cila. Ela estava envolta apenas por um véu diáfano e tão fino como se fosse a própria espuma do mar a envolver seu corpo bronzeado.

Cila, assustara-se com a aparência daquele ser – para ela, apesar de ele ser um jovem metade humano, ainda assim era assustador com sua repulsiva cauda, que ele mantinha dentro da água, mas cuja barbatana erguia-se de tempos em tempos para dar um grande tapa nas ondas espumantes.

De repente Glauco ergueu os olhos para o alto e enxergou a ninfa. Imediatamente sentiu-se tomado por uma paixão fulminante.

– Ó ninfa encantadora, desça até mim e me diga quem você é, tão bela assim!

Cila, tomada de um medo repentino, ergueu-se e desceu para a floresta, embrenhando-se dentro da mata fechada. Glauco ainda tentou segui-la, mas percebeu pela primeira vez a desvantagem de sua nova condição: suas antigas pernas, agora convertidas em uma grossa cauda, eram inúteis para encetar qualquer perseguição terrestre.

– Oh, maldição! – disse o jovem, arrastando-se pela relva, como um peixe que quisesse viver doravante em terra firme.

Glauco logo desistiu; seu peito estava machucado pelo esforço de rastejar pelo gramado e pelo cascalho pontiagudo. Chegou mesmo a tomar de novo um pouco da relva entre os dedos e mastigá-la agoniadamente, na esperança de que o mesmo sortilégio que o convertera em peixe pudesse transformá-lo outra vez em homem. Mas foi tudo em vão: sua longa cauda permanecia estirada por vários metros, incapaz sequer de mantê-lo em pé.

– Linda ninfa, não fuja de mim, pois não sou nenhum monstro! – gritou, desesperado.

Mas nenhuma voz lhe respondeu de dentro da mata. E desde então Glauco não conseguiu mais colocar os olhos sobre ela. Sua vida tornara-se triste e amarga. Deitado o dia inteiro sobre aquelas mesmas pedras, passava o dia a aguardar o reaparecimento de sua amada Cila. Mas sempre em vão.

Um dia, no último limite do desespero, resolveu procurar a feiticeira Circe – a mesma que eternizara sua fama ao converter em porcos os homens de Ulisses, na ilha Eeia. E foi para lá que Glauco dirigiu a sua longa cauda.

– Poderosa Circe, preciso de um filtro amoroso para conquistar o amor de uma ninfa, a mais adorável de quantas possam existir em todo o mundo! – disse Glauco, com os olhos rasos de lágrimas.

Durante um longo tempo o deus esteve tentando convencer a feiticeira a lhe ceder a tal poção. Mas mal sabia ele que a cada palavra sua a feiticeira sentia o coração tomado por um desejo imenso de compartilhar do afeto daquele jovem. "Que belo espécime!", pensava Circe, surda aos rogos e súplicas do jovem.

Mas tanto Glauco insistiu em falar de Cila – e só de Cila – que a feiticeira sentiu crescer dentro do peito o ódio por aquela que agora ela já via como a sua rival.

– Está bem, acalme-se! – disse Circe, fingindo ceder aos seus apelos. – Vamos ver o que posso fazer.

A feiticeira meteu-se dentro de sua casa e lá começou a preparar um filtro, mas muito diferente daquele que Glauco poderia esperar.

– Tome, leve até ela esta poção – disse Circe. – Vou lhe mostrar onde ela está. Quando lá chegar, derrame todo o conteúdo deste frasco na baía onde ela se banha. No mesmo instante ambos terão uma surpresa.

E assim fez o pobre Glauco, sem desconfiar de que a bruxa tramava a desgraça de sua amada e a sua própria infelicidade.

Glauco avistou Cila banhando-se no local indicado. Era um lugar retirado, onde dificilmente embarcação alguma atravessava. Cila estava inteiramente nua, deitada sobre as pedras. Assim esteve durante um bom tempo, adormecida. Glauco, pé ante pé, foi por dentro da água e liberou o conteúdo do frasco bem no local onde a bela Cila estava prestes a mergulhar outra vez.

– Pronto – disse Glauco, baixinho. – Logo você estará rendida aos meus amores!

Cila, com efeito, não demorou a erguer-se; os poucos e dourados pelos do seu corpo estavam recobertos por uma fina camada de sal, que ela espanejou com a mão antes de mergulhar novamente na refrescante água.

Tão logo seu corpo dourado havia entrado na água, contudo, começou a ser alvo de uma transformação, a exemplo do que muitos anos antes ocorrera com Glauco. Mas – oh! – quanta diferença havia entre as duas metamorfoses! Enquanto o jovem havia se transformado num elegante misto de homem e peixe, Cila se transformava num verdadeiro monstro. De sua cintura brotaram cabeças enormes de cães e uma ninhada de serpentes, que ela tentou afastar com a mão inutilmente, pois estas criaturas agora faziam parte do seu próprio corpo. Suas pernas, a exemplo das de Glauco, também haviam se tornado uma única cauda, mas infinitamente mais horrível, recoberta de escamas ásperas como as de uma serpente, terminando num longo feixe de espinhos gotejantes de veneno.

– Oh, deuses, que castigo é este que recai sobre mim? – clamou a pobre ninfa.

Cila, que desdenhara a feiúra do deus-peixe, agora se transformara num ser aos seus próprios olhos muito mais horrendo, pois não participava de nenhuma natureza, fosse humana ou marítima.

Seu caráter, acompanhando também a degeneração de seu corpo, tornou-se tão ou mais detestável do que o seu horrível aspecto. Envergonhada de sua nova forma, a criatura bestial correu a refugiar-se numa escura caverna e desde então não fez outra coisa senão atacar e estraçalhar toda criatura que lhe passou perto, como, por exemplo, seis dos marinheiros de Ulisses, quando este cruzava aquelas nefastas águas a caminho de sua casa.

Glauco, infeliz no amor, ainda tentou mais tarde conquistar Ariadne, abandonada por Teseu na ilha de Naxos, porém também sem sucesso. Seu destino parecia ser apenas o de nadar – nadar para sempre, livre e desimpedido, porém sem nunca encontrar o afeto sincero de uma mulher.

CADMO E HARMONIA

— Se a vida de uma serpente é tão valiosa aos deuses, ó querida Harmonia, então mais vale ser uma serpente do que um homem.

Foi com esta praga infeliz que Cadmo, ex-rei de Tebas, deu sua entrada no reino dos ofídios. O velho Cadmo mal havia pronunciado tais palavras quando sentiu seu corpo começar a recobrir-se de escamas e seus membros desaparecerem, até que num instante só restava do antigo soberano uma serpente de grande cabeça chata e olhos de pupilas horizontais.

Harmonia, sua esposa, ao ver o que estava acontecendo com o marido, gritou desesperada:

– Oh, Cadmo, querido! O que fizeram com você os perversos deuses?

Um sibilo foi a única resposta que Cadmo pôde dar naquele momento. Harmonia, desacorçoada, vendo que a metamorfose era definitiva, abanou a cabeça.

– Era esta, então, a última desgraça que nos faltava acontecer, não bastassem todas as outras que nos desabaram! – disse a velha, esmurrando os peitos. – Oh, mas vocês, deuses coléricos, não serão tão cruéis a ponto de me abandonar aqui, velha e sozinha, sem meu querido Cadmo! Façam com que ao menos eu compartilhe do destino dele, pois uma miséria compartilhada já não parece tão funesta a um mortal!

Os deuses não hesitaram em atender logo aos rogos da velha Harmonia: num instante estava também, a pobre, transformada numa comprida serpente, que foi logo juntar-se à outra, que parecia satisfeita, a chacoalhar os guizos. Logo as duas deslizaram pela relva, sumindo-se pelo bosque adentro.

Passado o primeiro choque da transformação, Cadmo e Harmonia foram aos poucos se acostumando com a sua nova condição de ofídios – pois a que o ser humano não se adapta, quando não há outra solução? Em poucos dias estavam plenamente habituados ao seu novo estilo de vida, bem como ao novo habitat: Cadmo e Harmonia eram agora duas ágeis serpentes, a infiltrar-se na mata espessa e virgem, livres dos incômodos da velhice, que nos últimos tempos os afligiam seriamente. Entretanto, com o passar do tempo, chegaram a se aborrecer com a sua nova rotina e também com o seu novo estado – pois a que o ser humano não toma logo tédio, uma vez acabada a novidade?

Assim, todas as vezes que as tardes ensolaradas se prolongavam demais, Harmonia não resistia e com seus olhos úmidos de serpente punha-se a relembrar seus tempos de glória.

– Não há tarde quente como esta – disse Harmonia, observando de esguelha um pequeno pássaro que piava num galho acima – que não me faça relembrar os saudosos dias em que minhas servas me banhavam com ervas perfumadas e eu ia repousar sobre o meu divã dourado, com a mesa, ao lado, farta das mais saborosas iguarias. Por que tinha você, afinal, que ir provocar os deuses? Por sua causa, agora, eu, a filha de dois deuses, estou condenada a rastejar ignobilmente nesta floresta infestada de mosquitos e a aturar o canto infindável destas malditas cigarras!

— Tem razão, minha querida! — disse Cadmo, sem coragem para afrontar a ira da mulher. — O que eu fiz não tem perdão! Se quiser amaldiçoar também o dia do nosso casamento, pode fazê-lo sem remorso, pois foi neste funesto dia que uni meu destino ao seu, arrastando-a para um negro destino!

— Ah, o nosso casamento... — disse Harmonia, dando um novo brilho ao olhar de suas verdes pupilas. — Que festa memorável! Todos os deuses abalaram-se do Olimpo — menos, é claro, aquela invejosa da Juno — para assistir às nossas festejadas núpcias. "As Núpcias de Cadmo e Harmonia!" Quem não ouviu falar, desde então, desta maravilhosa festa? Que mortal ou imortal a ela permaneceu alheio? Lembra do meu colar maravilhoso, Cadmo, aquele que Vulcano me presenteou, confeccionado por suas próprias mãos? Por causa dele um reino inteiro foi à guerra! E dizer que agora está nas mãos daquela mulher pérfida e mesquinha, a odiosa Erifila.

Harmonia sibilava de ódio incontido.

— Sim, minha amada, também me recordo perfeitamente — disse Cadmo, concordando. — Mas veja, nem tudo era harmonia naquele tempo! Se, de fato, não temos mais aquela antiga felicidade, tampouco amargamos hoje as desgraças que então tivemos de suportar.

— Oh, nem me fale destes horrores outra vez! — disse Harmonia, voltando a cabeça para o lado.

Mas Cadmo precisava falar, repisar de novo o começo das suas desgraças, pois lhe parecia que se não falasse acabaria envenenado por suas próprias palavras.

— Sim, a desgraça começou para nossa família desde o dia em que abati aquela maldita serpente consagrada a Marte, o seu funesto pai.

— Por que não a deixou quieta, então? — resmungou Harmonia.

— Como? Esqueceu da maneira como se deu o nosso encontro?

"Ah, lá vem ele de novo com a história do duelo com a serpente!", pensou a esposa de Cadmo. "E logo depois a dos mirmidões, eu poderia apostar."

Então cresceu na alma de Harmonia a certeza de que não existia coisa mais enfadonha à paciência humana do que o homem de um único feito – ou mesmo de dois ou três.

– Deixar em paz aquela maldita serpente, que devorou meus homens! É a isto que você se refere quando censura a atitude que tomei em relação a ela?

– Cadmo, apesar de transformada em serpente, estou velha demais para fingir que não sei aonde você pretende chegar. Desenrole logo o fio do seu novelo e chegue logo à narrativa do seu glorioso duelo com a maldita serpente! Bem sei que é a primeira vez como serpente que deverei escutá-la, mas aviso já que será a primeira e a última!

Não, não era a última, pois assim como Cadmo jurava que repetiria sua história pela última vez, assim Harmonia jurava de pés juntos que a escutaria pela derradeira vez, e assim iam distraindo suas miseráveis existências.

Cadmo, a esta altura, já estava surdo às palavras da esposa; à sua frente tinha uma interlocutora inteiramente nova: aquele rosto ofídico nunca tinha ouvido o seu relato, e agora Cadmo iria observar pela primeira vez as reações faciais dele diante do seu espantoso relato.

– Aquela serpente era um monstro – um monstro horrendo e assassino! –, e fiz um favor à humanidade ao limpar a Terra da sua presença.

O transe começara, e Harmonia sabia que uma vez iniciado só havia um jeito de fazê-lo terminar logo: conduzir o relato por meio de perguntas objetivas, tal como um vaqueiro tange o gado, para que chegasse o mais breve possível ao seu destino.

– Vamos lá, o que você andava fazendo em Tebas? – disse Harmonia, como num jogral.

– Minha irmã Europa, você sabe, havia sido raptada por Júpiter, que se disfarçara em um touro para alcançar seu fim; Agenor, nosso pai, ordenou, então, que nós todos, seus irmãos, saíssemos à sua procura – o louco! – e assim fui eu errar por terras que nunca vira, sem jamais ter encontrado a pobre Europa. Receando, contudo, retornar para casa de mãos abanando, decidi ficar pelo mundo e fazer meu próprio destino.

— Adiante, Cadmo.

— Consultei, então, o oráculo de Apolo, o qual foi claro ao me dizer: "Pega a primeira vaca que aparecer pelo caminho e a siga até onde ela quiser; onde suas patas empacarem, ali construirás uma cidade a que darás o nome de Tebas".

— Muito bem, você encontrou a vaca e ela andou, andou, andou, até empacar num tal lugar, e ali você disse: "Aqui construirei, então, Tebas sagrada!".

— Agora percebo por que você tem uma língua fendida: é, por certo, para que fale por nós dois... — retrucou Cadmo, mal-humorado.

— Adiante, Cadmo, adiante.

— Mandei, então, que meus criados fossem procurar água pura para que fizéssemos a libação aos deuses. Como eles demorassem, fui à sua procura. Ao entrar no bosque onde eles haviam se internado, dei de cara com uma gruta. Do lado de fora havia muitas poças de sangue e alguns pedaços das roupas dos meus pobres servos.

— A serpente os havia devorado e aguardava somente a sua chegada para devorá-lo também... — disse Harmonia de modo corrido, como quem recita um texto pela milésima vez.

— Exatamente. Oh, jamais esquecerei aquela serpente terrível, com os maxilares ensanguentados, tendo ainda nos dentes alguns bocados de meus homens! Que ódio insano se apoderou de mim naquele momento, Harmonia!

— Lá vamos nós.

— Primeiro atirei uma grande rocha contra ela, que teria sido capaz de abalar as próprias muralhas de Troia, erguidas por Netuno, mas ela nem se abalou. Lancei-lhe, então, com mais felicidade, uma lança, a qual penetrou entre sua casca asquerosa, dilacerando sua carne imunda. Ela se contorceu de dor, tentando arrancar, em vão, a flecha mortífera, mas a ponta de ferro ficou lá cravada, dentro de sua carne. Ela veio, então, em minha direção, com a boca escancarada cheia de riscos de sua saliva podre misturada ao veneno, enquanto eu recuava, prudentemente. Assim estivemos durante longo tempo, ela cuspindo em minha direção sua baba asquerosa e pestífera, e eu escolhendo o momento certo para enterrar meu dardo em sua goela hedionda, até que consegui encurralá-la junto ao tronco de uma árvore, prendendo-a firmemente pelo flanco. Aproveitei, é claro, para enterrar minha lança com toda a força em sua garganta, e o fiz com tanta força que o peso dela curvou a árvore, indo cair ambas ao solo, extenuadas e sem vida.

Cadmo fez uma pausa para retomar o fôlego.

– Agora deixe-me contar a propósito...

–... dos mirmidões, é claro... – completou Harmonia, feliz, apesar de tudo, por ter sido tão misericordiosamente curta a narrativa da serpente.

– Estava com o monstro abatido a meus pés quando escutei uma voz bem nítida que assim dizia: "Cadmo heroico, toma agora os dentes desta fera e os semeia sobre a terra!". Claro que segui à risca o que a voz dizia – só podia ser a de um deus! – e dali a pouco vi brotar do próprio chão, para meu indizível espanto, um exército inteiro de soldados armados já de lanças e escudos! Uma colheita de soldados!

– E o que eles fizeram?

– Estranhamente, nem bem haviam se livrado da sujeira da terra, começaram a brigar uns com os outros. Mas não era uma briguinha qualquer, não. Aquele era um exército portentoso, de milhares de homens armados até os dentes, e a briga pavorosa se estendeu pela noite inteira, sob o brilho das estrelas. E apesar de ter tentado intervir por mais de uma vez, fui sempre rechaçado por uma voz que me dizia: "Refreia a sua mão, eis que esta é uma luta entre irmãos!".

– E como terminou este massacre?

– "Massacre", bem o diz, cara Harmonia, pois ao cabo da luta restavam somente cinco deles vivos e em pé no meio de um mar de mortos. Então os cinco disseram, a uma só voz: "Armas fora, companheiros, e vivamos doravante em paz!". Juntei-me, então, a estes valorosos soldados, e juntos construímos a cidade de Tebas, glória de toda a Grécia.

A noite já vinha caindo, e as duas serpentes já estavam cansadas de relembrar, e de sorrir, e de chorar, e de sofrer, e de se aborrecer, enfim, de tudo isto. Para felicidade delas não foram obrigadas a relembrar os fatos que se seguiram muito depois, e a terrível maldição que se abateu sobre a casa de

Cadmo por conta da serpente – ou do dragão, como querem outros – que ele matou naquele terrível dia. Seus filhos e netos foram extremamente infelizes, e o casal foi obrigado a partir de Tebas, indo reinar no país dos enquelianos, que, parece, souberam dar mais valor ao dois velhos monarcas do que o próprio povo destes.

Neste momento uma luz brilhou diante das duas serpentes: era Mercúrio quem vinha, a mando de Júpiter, para conduzir até os Campos Elísios as duas serpentes.

– Eis que os deuses apiedaram-se de vocês, e é chegada a hora de passarem ambos aos amenos campos – disse o deus dos pés alados.

Cadmo e Harmonia deram entrada, naquela mesma noite, nos Campos Elísios, e esta foi, seguramente, a primeira vez que duas serpentes adentraram um paraíso.

O MITO DE SÍSIFO

A lenda de Sísifo está marcada para sempre pela imagem do homem condenado a arrastar uma imensa rocha morro acima, que sempre despenca tão logo ele chega ao topo. Mas este é apenas o fim da curiosa vida de Sísifo, personagem dos mais famosos.

Sísifo era filho de Éolo, deus dos ventos e descendente direto de Prometeu. Importa muito saber isso, pois Prometeu é o primeiro de uma linhagem de notórios embusteiros (foi ele quem furtou o fogo dos deuses) que proliferarão por toda a mitologia. Sísifo, assim, não por nada, chegará a ser conhecido como o mais astucioso de todos os mortais. Antes que alcançasse este importante galardão, porém, fundou a cidade de Corinto – então chamada de Éfira – e dela tornou-se rei. Diz Homero que por ter sido um rei justo e pacífico teria acorrentado a própria Morte, despovoando o reino de Plutão e atraindo para si a ira daquele deus.

Mas isto veremos logo a seguir.

Antes disto, diremos que este personagem intrigante reivindica para si a glória de ser o verdadeiro pai de Ulisses, retirando assim esta honra das mãos de Laertes, seu presumido progenitor. A lenda parece ter merecido algum crédito, pois toda vez que algum inimigo pretendia ofender o célebre herói, recorria ao baixo expediente de chamá-lo de "filho de Sísifo".

Mas como se teria dado tal fato? A versão mais autorizada afirma que Sísifo, tendo chegado na véspera do casamento de Laertes com Anticleia (ela própria filha de Autólico, outro notório farsante), adiantara-se ao noivo e gerara Ulisses, desaparecendo em seguida, deixando a Laertes o encargo de criá-lo.

Sísifo, tal como seu ilustre antepassado Prometeu, não tinha pudor algum de se meter nos assuntos divinos. Um dia estava em meio a um passeio quando observou a águia de Júpiter passar ao alto carregando Egina, filha de Asopo, em direção ao Olimpo. Esperando tirar algum proveito desta indiscrição, Sísifo correu logo até a corte do desesperado rei.

– Asopo, vou ajudá-lo a encontrar sua bela filha – disse o temerário Sísifo –, mas em troca quero sua palavra de que fornecerá a Corinto uma fonte límpida de água.

– Está bem, farei brotar uma nascente na sua cidade! – respondeu o angustiado rei. – Mas isto somente se você der um jeito de encontrar a minha filha.

– Sua filha foi raptada pela águia de Júpiter e levada para uma distante ilha.

Júpiter, que tudo via lá do Olimpo, não tardou a descarregar sobre Sísifo sua fúria implacável e ordenou que a própria Morte fosse no encalço do intrometido.

A Morte foi dar cumprimento imediato à ordem do deus supremo, porém, quando chegou para agarrar Sísifo, este não só conseguiu fugir dela como fez dela sua prisioneira, fazendo jus desta forma à sua fama de mais ardiloso dos mortais. Foi daí, decerto, que surgiu a lenda de que Sísifo teria despovoado os infernos. Mas Júpiter, a instâncias de Plutão, acabou por resgatar a Morte das mãos de Sísifo por intermédio de Marte, o belicoso deus da guerra.

Tão logo a Morte viu-se libertada de sua vexatória sujeição, Júpiter precipitou Sísifo no Tártaro, a masmorra dos infernos. Mas Sísifo não seria Sísifo se não tivesse dado um jeito de escapar desta, também. Assim, antes de ser levado para o Tártaro sombrio, deu um jeito de planejar um truque com sua esposa.

– Prometa que não irá me prestar as devidas honras fúnebres – dissera ele à esposa antes de descer às regiões infernais.

Assim, quando Sísifo se viu nos infernos, foi imediatamente ter com Plutão:

– Oh, Plutão, senhor da mansão subterrânea! Não pode calcular o quanto me arrependo por ter interferido nos atos do pai dos deuses! Mas, veja, como poderei permanecer aqui se minha desgraçada mulher fez a mim uma afronta muito maior do que qualquer uma que eu tenha feito aos deuses? Como estarei aqui em paz se ela não me prestar as devidas honras fúnebres? Por favor, deixe-me voltar lá para cima e ajeitar as coisas neste sentido; prometo que, tão logo tenha resolvido tudo, estarei aqui de volta.

– Está bem, está bem... – disse Plutão, coçando a cabeça. – Mas não demore a voltar, pois do contrário o trarei de volta, e da maneira mais vexatória possível.

Sísifo, feliz, retornou ao convívio dos vivos e, sem ligar a mínima para a promessa, ainda esteve neste mundo até a mais avançada velhice. Quanto ao deus dos infernos, ocupado em repovoar os seus domínios, acabou por esquecê-lo.

Mas o enganador, cedo ou tarde, também acaba enganado. Um dia Sísifo descobriu que seu vizinho Autólico, filho de Hermes – a quem já nos referimos antes – vinha furtando o seu gado.

– Estranho! Enquanto meu rebanho diminui, o de Autólico aumenta! – dizia o rei de Corinto, encafifado.

Depois de muito matutar, Sísifo teve, afinal, uma brilhante ideia: a de marcar os cascos de cada animal com letras, de modo que, à medida que o gado se afastasse de seu curral, iria deixando impressa no chão a frase "Autólico me furtou"...

Autólico, entretanto, tão logo se viu flagrado, tratou de devolver as reses.

– Sísifo, você é o maior! – disse o ladrão de gado, encantado com a astúcia do rival, pois Autólico era, antes de mais nada, a exemplo de Sísifo, um amante do belo logro.

Assim ficaram ambos amigos. E foi daí que Sísifo, dizem as más línguas, deve ter tido acesso ao leito da filha de Autólico, a bela Anticleia, o que resultou no nascimento de Ulisses, conforme já dissemos.

Um dia, entretanto, a vida de Sísifo chegou ao seu termo, como chegam a de todos os mortais. Júpiter resolvera pôr um fim às suas velhacarias e puni-lo pelas suas afrontas. Sísifo foi então precipitado ao Tártaro – desta vez em definitivo – e condenado a rolar uma enorme rocha até o alto de uma escarpada montanha. Tão logo chega ao cume, despenca, obrigando Sísifo a recomeçar o estafante trabalho, o qual se repete para todo o sempre.

CALISTO

A ninfa Calisto era uma virgem que fez voto de castidade para seguir a deusa Diana e era a companhia preferida da divindade. Todas as manhãs as duas embrenhavam-se mata adentro para caçar, com suas aljavas prateadas penduradas às belas costas, e seus resistentes coturnos de couro a lhes protegerem os seus delicados pés.

Quando exaustas, banhavam as duas os seus corpos nus e suados nas águas transparentes do rio que manava da própria rocha, ou descansavam na relva verde e macia. As outras ninfas, contudo, sempre invejaram a preferência que a deusa dava à bela Calisto.

Júpiter, entretanto, também a viu lá do Olimpo e logo estava loucamente apaixonado por ela. Sabedor de que Diana a havia alertado sobre os ardis dos deuses e dos homens para conquistar as mulheres, Júpiter astutamente se disfarçou de Diana e seduziu Calisto, a qual lhe deu um filho chamado Arcas. As despeitadas ninfas logo trataram de fazer essa novidade chegar aos ouvidos de Diana, que a afastou imediatamente do seu séquito de ninfas virgens.

Mas havia mais alguém visando à pobre Calisto lá de cima do Olimpo: era a ciumenta Juno, esposa de Júpiter, a qual, tão logo soube da traição do marido, disse:

– Vou acabar logo com sua beleza e fascínio, transformando-a numa ursa horrenda e desajeitada.

– Céus, o que está havendo comigo? – exclamou Calisto, ao sentir seu corpo começar a cobrir-se de um espesso e amarronzado pelo.

A pobre ninfa olhou, aterrorizada, para os seus membros peludos, sentindo que sua própria boca aumentava de tamanho, enchendo-se de presas enormes.

"Oh, se ao menos tivesse me transformado num elegante felino!", pensou ela, tentando dar alguns saltos ágeis; mas um urso pode ser tudo menos elegante, e por isto caiu logo de quatro sobre a relva, com todo o seu imenso peso.

Seu espírito, contudo, permanecera ileso. Andava pelos mesmos lugares em que antes caçava, olhando as ninfas se divertirem no bosque com Diana.

Às vezes Calisto vagava noites inteiras ao redor de sua casa, esperando ver seu filho, ou mesmo para fugir da escuridão que assolava a floresta na noite apavorante e ruidosa. Mas ela agora não podia mais conviver no meio dos homens, e seu espírito não admitia a possibilidade de ter de conviver com as embrutecidas feras.

O tempo passou, e seu filho Arcas cresceu, transformando-se num belo jovem. Um dia resolveu caçar – afinal, já tinha idade para tanto, pensava ele – e entrou na floresta onde sua mãe vivia escondida. A vingativa Juno, entretanto, que ainda guardava rancor no coração, esfregou as mãos.

– Chegou a hora da realização do último ato da tragédia!

Arcas estava de arco em punho quando viu surgir detrás de uma árvore a ursa gigantesca, que nem desconfiava, é claro, tratar-se de sua própria mãe.

– Meu filho querido, enfim você veio me encontrar! – tentou dizer Calisto, mas o que saiu de sua boca foi apenas um terrível rugido que encheu o jovem de pavor.

Retesando, então, a corda de seu arco, o jovem despediu a sua velocíssima seta.

Tudo teria terminado da pior maneira possível se Júpiter, penalizado, não tivesse interferido no último instante, arrebatando Calisto e seu filho daquele cenário e colocando-os nos céus, como as constelações da Ursa Maior e da Ursa Menor.

O ódio de Juno não conheceu limites diante de tal afronta. Enfurecida, resolveu ir se queixar a seus pais adotivos, Tétis e Netuno.

– Já não posso mais viver com dignidade entre os deuses, eis que meu marido me afronta de maneira vil, fazendo com que eu seja suplantada pela amante de meu marido e, ainda, o seu filho!

– Não podemos acreditar em tamanha afronta! – exclamaram Tétis e Netuno.

– Então olhem para o céu durante a noite – respondeu Juno, lavada em pranto – e verão meus dois inimigos límpidos e brilhantes lá no alto, a debocharem de minha honra ultrajada! Quem hesitará em me vilipendiar daqui por diante, quando é este o prêmio de todo aquele que ousa me afrontar? Não a considerei digna de se revestir da forma humana, e agora ela é exaltada entre as estrelas.

Infelizmente para Juno, desta vez a sua ira teve de se satisfazer com uma bem pequena recompensa, pois a única providência que Netuno pôde tomar foi a de nunca permitir que as constelações da Ursa Maior e Ursa Menor pudessem submergir no oceano, tal como acontece com as demais estrelas, sendo obrigadas a fazer seu curso em círculos ininterruptos sobre os céus.

A MORTE DE HÉRCULES

I – O IDÍLIO DO HERÓI

– Hércules, querido, não esqueça de passar uma vassoura no palácio depois de terminar o seu bordado.

Ônfale, rainha da Lídia, estava descansando em uma cadeira de encosto na balaustrada do seu palácio; fazia frio e ela vestia a pele do leão de Nemeia, que Hércules, seu marido, abatera em um de seus famosos "trabalhos".

– Varrer todo o palácio de novo?! – disse uma voz rouca vinda lá de dentro.

– Uma vez por semana é muito para você? – disse a rainha, erguendo levemente a cabeça. – Para quem limpou os estábulos de Áugias – e você sabe em que estado eles estavam! –, o que é passar uma vassourinha por aqui, uma vez por semana?

Ônfale estava ligeiramente irritada: nos últimos tempos seu marido estava se tornando cada vez mais preguiçoso e resmungão.

Escutaram-se ainda alguns resmungos inaudíveis vindos do interior, e depois seguiu-se um silêncio. Ônfale passou a mecha para trás da orelha e apurou o ouvido.

"Sim, ainda está fiando o linho...", pensou, relaxando um pouco.

Hércules, com efeito, fora obrigado a casar-se com a rainha por conta de uma punição que recebera por ter matado o seu amigo Ifítus. Tal sentença lhe fora dada em Delfos, onde fora lavar-se desse crime. O oráculo de Apolo condenou-o à escravidão por três anos, e Hércules foi vendido por Mercúrio a Ônfale. Agora, passava dias inteiros diante da roca, lidando com o fuso e os fios, como uma criança lida com seu brinquedo – ou como uma mulher lida com suas tarefas.

"Como o maior herói da Grécia pôde ter-se afeiçoado tanto a esta distração?", pensou ainda a rainha.

Ônfale ergueu-se. Depois de ajeitar melhor a pele sobre os ombros, rumou para o quarto do casal. Tão logo entrou na peça avistou a pesada maça do esposo largada a um canto. Por que será que, por mais que a escondesse, ela sempre estava à vista? Seria um signo, um sinal de algo que permanecia latente – a virilidade de seu esposo, quem sabe, que a qualquer momento poderia retornar?

A jovem, entretanto, referia-se aqui a outra espécie de virilidade. Hércules não deixara nunca de cumprir com seus deveres conjugais; na condição de escravo da rainha, ele se mostrara bastante dócil quanto a esta parte do acordo, entendendo que ela era a parte mais agradável do rol de suas obrigações.

Esta, aliás, era outra coisa que também sempre a intrigara: por que Hércules, o homem mais forte do Universo, páreo até mesmo para os deuses, tinha tamanha facilidade em *servir*? Um homem com aquela força descomunal, aquela ira tão fácil de explodir, e que, no entanto, não contestava nunca quando alguém vinha pôr-lhe a canga no pescoço! Com que facilidade, por exemplo, mostrara-se disposto a cumprir as ordens de Euristeu, seu sórdido primo, um sujeito tão covarde que jamais recebia pessoalmente o herói, mantendo sempre preparado um jarro de bronze onde pudesse se refugiar, caso este resolvesse atacá-lo! Será que o divertia o fato ter de obedecer a alguém sabidamente inferior? Ou era apenas um senso de dever que os deuses haviam instilado em si para contrabalançar o seu primitivismo anárquico e feroz?

Ônfale pensava em todas estas coisas enquanto observava o marido sentado diante da roca. Hércules vestia roupas femininas e parecia não se importar nem um pouco com isto. Quem se atreveria a debochar dele, afinal?

– Hércules, tenho notado em você uma certa inquietação, agora que o prazo final de nosso casamento se aproxima – disse a rainha, que não sabia dizer, sinceramente, se lamentava que tal fim estivesse próximo.

O herói largou por um momento o fio que enganchara no fuso e comentou:

– De fato, acho que ando cansado disto tudo.

– Espero que eu não esteja incluída no seu nisto tudo – disse Ônfale, fingidamente magoada.

– De forma alguma! – disse Hércules, erguendo-se. As pregas do seu manto liberaram-se e o tecido de seu vestido lhe desceu até os pés. – Você tem sido uma esposa – e uma ama – maravilhosa!

Hércules, vestido de mulher, estreitou nos braços a rainha envolta em sua pele de leão.

– E diversão não lhe faltou aqui – disse a esposa. – Você liquidou dois malfeitores que aterrorizavam este país e enfrentou até uma serpente monstruosa.

– Pois é, mas acabou, e agora estou, pela primeira vez, me sentindo um homem preso.

Ônfale sabia que ao vencer o prazo Hércules lhe daria as costas. E quem era ela para manter seguro um homem daqueles, uma vez que ele decidisse que era hora de ir embora?

– Muito bem, então que seja assim! – disse a rainha.

Ônfale foi até o canto onde estava a poderosa maça do herói e, pegando-a, aproximou-se de Hércules.

– Para que isto? – perguntou ele, com um sorriso.

– Em nome dos deuses, a partir deste instante eu lhe devolvo a liberdade! – disse ela, batendo levemente com o porrete, primeiro no ombro esquerdo e depois no direito do herói.

– Já é hora de deixar de usar isto, também – disse ela, despregando as vestes femininas de Hércules e conduzindo-o para o leito do casal.

– Desde que você me devolva isto – disse Hércules, arrancando num puxão a pele de leão que envolvia os ombros frágeis da rainha. Ônfale deu uma volta sobre si mesma e foi cair estatelada sobre o leito de macias penas.

Um sorriso satisfeito brilhou, afinal, nos lábios da rainha: Hércules voltara a ser o mesmo, outra vez.

II – O duelo de Hércules e Aquelóo

Durante o tempo em que estivera servindo à rainha da Lídia, Hércules havia se lembrado muitas vezes de uma promessa que havia feito ao herói grego Meleagro, quando de sua visita aos infernos para trazer à superfície Cérbero, o temível cão de três cabeças. Ele havia prometido à sombra de Meleagro morto que se casaria com sua irmã Dejanira, filha do rei de Calidon, tão logo retornasse à Terra.

Uma vez liberto, Hércules, premido por mais esta missão – mais uma, com efeito, em sua vida –, partiu logo para Calidon. Entretanto, ao chegar lá descobriu que Dejanira já tinha um pretendente – um grande pretendente.

– Oh, lamento, grande Hércules, mas Aquelóo, filho do Oceano e de Tétis, já pediu a minha mão em casamento! – disse Dejanira, sinceramente decepcionada.

"Lamento, grande Aquelóo, filho do Oceano e de Tétis, mas a mão da adorável Dejanira será minha!", pensou Hércules, já pronto para mais uma disputa.

Empunhando sua maça e envergando seu traje característico, o herói foi em busca do seu rival.

Aquelóo, o mais célebre de todos os rios que banham a Grécia, ficou furioso ao saber das pretensões de Hércules.

– Como você se atreve a pretender tirar de mim a minha noiva? – disse o rio, espumando de raiva.

– Lamento, poderoso rio – disse Hércules, raspando sua clava sobre o solo –, mas se trata de uma promessa feita a uma sombra, e promessas desta natureza devem ser cumpridas custe o que custar.

– Não custará menos do que a sua vida! – disse, num rugido, Aquelóo. – Mas não se preocupe, logo estará diante do irmão de Dejanira e então você poderá se explicar melhor.

Imediatamente os dois adversários lançaram-se ao ataque. Era tudo o que Hércules mais queria: poder empunhar outra vez a sua maça e desferir a torto e a direito os seus poderosos golpes.

Aquelóo, sentindo o poderio do adversário, transmudou-se em uma serpente gigantesca.

– Serpente, senhor rio? – disse Hércules, com ar de mofa. – Ora, se estrangulei uma no próprio berço...

Hércules agarrou a cabeça da víbora colossal e deu-lhe um nó tão forte que Aquelóo viu-se obrigado a desvencilhar-se daquela forma e assumir a de um grande touro de ventas negras como a noite.

– Agora verás o poder do meu arremesso! – disse o touro, escarvando o chão e levantando atrás de si uma nuvem de poeira que sufocou a cidade inteira.

– Venha, então! – disse Hércules, lançando longe a sua clava e esfregando as duas mãos, que mais pareciam dois potentes malhos.

Nem bem o touro monstruoso havia se arremessado, cego de ódio, quando Hércules, dando um pulo ágil para o lado, agarrou-se aos cornos do animal, seguindo montado em suas costas. O touro correu alguns metros, mas foi obrigado a parar e ajoelhar-se logo em seguida, tão logo Hércules ameaçou quebrar-lhe os chifres.

– Está bem, você venceu, você venceu! – gritou Aquelóo, agoniado.

– Não, ainda não – gritou Hércules, arrancando com um golpe violento um dos cornos do animal.

Aquelóo despediu um urro formidável e terminou de cair ao solo, enquanto Hércules pulava para o chão, de posse do precioso chifre.

– Aqui está, podem levá-lo consigo! – disse Hércules às Náiades, ninfas dos regatos, que assistiam aterradas ao pavoroso embate.

As ninfas correram logo a se apoderar do corno e o encheram de frutos e flores, dando origem assim à cornucópia – símbolo da fertilidade, riqueza e abundância – ou pelo menos a uma delas, já que havia uma outra, segundo a tradição, feita do chifre de Amalteia, a vaca que amamentara a Júpiter.

E foi desta maneira que Hércules conquistou a mão de Dejanira.

III – O centauro Nesso

Infelizmente, o gênio irritadiço de Hércules não permitiu que pudesse ter uma vida calma com a sua nova esposa, eis que um dia, estando à mesa, matou num acesso brusco de cólera o pajem, filho de um amigo do rei de Calidon, simplesmente porque este lhe derramara em cima um pouco de vinho.

Hércules foi obrigado, então, a se exilar para expiar este desastrado crime, levando consigo a infeliz princesa.

– Não importa, amado Hércules – disse Dejanira, confiante –, para onde você for eu também irei!

Partiram, e um dia, chegando à beira do rio Aveno, não tiveram outro jeito senão atravessá-lo.

– Veja, Hércules, há um barco lá no meio do rio! – disse Dejanira, abanando a mão para o barqueiro.

– Eu conheço aquele sujeito – disse Hércules, com a mão em pala sobre os olhos, avistando a figura que conduzia o barco. – É o centauro Nesso, já nos defrontamos numa de minhas inúmeras batalhas contra os centauros; eu o expulsei para esta região.

O centauro aproximou-se lentamente com sua barca; parecia temeroso de seu reencontro com o velho inimigo.

– Pode encostar, viemos em paz! – disse o herói ao barqueiro.

Hércules, querendo testar a força dos seus braços, preferiu ir a nado, cometendo, no entanto, a imprudência de deixar que o antigo desafeto ficasse encarregado de transportar sua esposa até a outra margem.

Nem bem havia chegado lá quando escutou os gritos de Dejanira.

– Socorro, Hércules, me salve! – dizia ela, no meio do rio, lutando para se desvencilhar dos braços de Nesso, que, dez vezes mais imprudente, tentava violentar a esposa do herói, talvez para se desforrar da antiga derrota.

Hércules, então, sacando com toda a rapidez o seu arco e enganchando nela uma flecha embebida no veneno da hidra de Lerna, disparou a seta, que foi cravar-se no peito do agressor.

Nesso tombou ainda sobre a barca, mas antes de morrer disse a Dejanira:

– Dejanira, perdoe minha atitude! Estava louco de desejo pela sua maravilhosa beleza. Quero também que Hércules perdoe tudo o que lhe fiz: aqui está algo que lhes poderá ser útil.

Tomou, então, um pouco do seu sangue envenenado e, colocando-o num pequeno recipiente, entregou-o a Dejanira, dizendo:

– Tome, guarde esta pequena porção de meu sangue. Quando você estiver em grave risco de perder o seu amado Hércules, basta que embeba neste líquido qualquer peça de roupa e faça com que ele a vista em seguida. Desta forma terá garantido para sempre o amor do seu marido.

Nesso morreu antes que a barca encostasse na outra margem, e fez bem, pois Hércules estava pronto a dar cabo do seu último alento de vida tão logo tivesse o centauro em suas mãos.

IV – A TÚNICA DE DEJANIRA

Hércules e Dejanira instalaram-se na Tessália. Ali, o herói foi encarregado de chefiar diversas expedições pelas redondezas, e numa delas conseguiu trazer como despojo a princesa Íole, filha do rei Êurito, que este recusara certa feita a lhe entregar por esposa, mesmo tendo Hércules se saído vencedor de um concurso de tiro ao alvo cujo prêmio era a mão da bela princesa.

– Aí está como se dão as coisas neste mundo! – disse Hércules, carregando em triunfo a assustada Íole. – Seu pai, àquela época, não quis me dá-la para esposa; pois agora matei-o e tomo-a como minha concubina.

Hércules, no dia seguinte, resolveu parar num determinado santuário para agradecer aos deuses por mais esta vitória.

– Licas, venha cá! – disse ele, chamando seu fiel companheiro. – Vá até Dejanira e peça-lhe que me mande uma túnica limpa para que possa me apresentar com dignidade diante dos deuses e lhes oferecer a minha olorosa hecatombe.

Dejanira, entretanto, temerosa da rival, lembrou-se do remédio que Nesso lhe dera antes de morrer. Deu, então, a Licas, uma túnica embebida no sangue do centauro Nesso.

– Vá, corra até o meu esposo e dê-lhe isto para vestir! – disse Dejanira, esperançosa.

Tão logo Licas chegou onde Hércules estava, lhe estendeu a túnica, que o herói vestiu no mesmo instante.

Nem bem havia feito isto, porém, quando começou a sentir que a veste lhe picava por todo o corpo.

– Que raio de roupa é esta? – perguntou o herói para o servo.

– É a túnica de Dejanira – disse Licas, confuso.

Hércules lutou para se desvencilhar daquela veste incômoda, mas quanto mais tentava desapertá-la, mais ela grudava-se às suas carnes.

– Oh, que dor terrível é esta? – disse o herói, dando um grande grito que atroou as montanhas ao redor.

Licas, apavorado, tentava ajudar o amo, mas de nada adiantava. Hércules, então, no seu último assomo de cólera, agarrou Licas pelo pé e lançou-o contra o maciço rochoso, matando-o na hora.

– Aí está, traidor, o preço da sua perfídia! – disse ele, imaginando que se tratasse de alguma armadilha urdida por Licas e Dejanira para liquidá-lo.

Mas as dores nem por isso diminuíram ou cessaram, tornando-se cada vez mais excruciantes. Um fogo interno queimava o corpo de Hércules, que deitado sobre o pó rolava de um lado para o outro, ganindo como um Titã em chamas.

– Oh, dor horrível que me consome os ossos! – gritava ele, enterrando as unhas para tentar arrancar a túnica envenenada. Entretanto, estava ela tão aderida ao seu corpo, que junto com os pedaços do tecido vinham pedaços ensanguentados da sua própria pele.

Hércules compreendeu, então, que era o seu fim. Julgando-se vítima da vingança de sua mulher, o herói tomou as suas coisas e, acompanhado de seu amigo Filoctetes, subiu até o monte Eta.

– Filoctetes, amigo meu, deixo a você o encargo de construir agora a minha pira funerária, pois que meu corpo não tem força mais nem para suster-se em pé.

De fato, do antigo Hércules não restava quase nada. Seu corpo estava reduzido a um pobre feixe de ossos, e foi uma caveira barbada quem pediu este favor a Filoctetes, não um rosto humano.

– Em paga deste último favor que você me faz, Filoctetes amigo – disse Hércules, já deitado em sua pira –, deixo-lhe meu arco e minhas flechas; guarde-as em segredo e jamais revele a ninguém o local onde agora arderá a minha pira.

Filoctetes tomou a tocha e chegou-a até a pilha de madeira. No mesmo instante um raio reboou nos céus e desceu até a pira, fazendo com que a fogueira ardesse instantaneamente, de sorte que em pouquíssimos instantes nada mais havia do corpo de Hércules.

Dejanira, ao saber da desgraça, suicidou-se, vencida pelo remorso. Quanto ao espírito de Hércules, este deu entrada no Olimpo no mesmo dia e foi alçado à condição de deus por seu pai, Júpiter, e recebeu dele Hebe, deusa da juventude, por sua nova esposa.

GLOSSÁRIO

Absirto: irmão de Medeia; foi despedaçado por ela quando da fuga dos Argonautas, para retardar a perseguição por parte do pai dos dois, Eetes.

Acamas: filho de Teseu e de Fedra. Teve papel de destaque na tomada de Troia, sendo um dos soldados gregos que estavam ocultos dentro do famoso cavalo de madeira.

Acetes: timoneiro do navio de piratas que sequestrou o jovem Baco e que, por tê-lo ajudado, foi por isso poupado da ira do deus, o qual transformou os demais em golfinhos.

Acrísio: rei de Argos e pai de Danaé. Foi morto acidentalmente por seu neto Perseu.

Acteão: filho de Aristeu e neto de Cadmo. Caçador que Diana castigou transformando em veado.

Admeto: rei de Feres, na Tessália, marido de Alceste. Pediu que sua mulher morresse em seu lugar. Hércules, no entanto, lutou contra a Morte e a trouxe de volta dos infernos.

Adônis: filho incestuoso de Mirra e de seu próprio pai, Ciniras, rei de Chipre, Adônis foi o primeiro amante de Vênus. Morreu durante uma caçada, mas Vênus conseguiu fazer com que o jovem passasse dois terços do ano em sua companhia e o outro terço no mundo dos mortos.

Adrastos: antigo rei de Argos, que ajudou seu genro Polinice a armar a famosa expedição dos Sete contra Tebas, guerra esta que Polinice travou contra seu irmão Etéocles.

Afrodite: denominação grega de Vênus, a deusa do amor.

Agamedes: célebre arquiteto grego que ergueu, junto com Trofônio, algumas das mais famosas construções da Grécia antiga. Sem saber como recompensá-lo por haver construído o seu templo, Apolo premiou a ele e ao amigo com a morte; segundo ele, o bem maior a que poderia aspirar um mortal.

Agamenon: filho de Atreu. Foi rei de Argos e comandou a expedição dos gregos contra os troianos no mais famoso embate da história, a Guerra de Troia. Marido de Clitemnestra, foi traído e morto por ela e seu amante, Egisto, após o retorno de Troia.

Agelau: pastor que criou Páris após este ser sido abandonado, ainda bebê, pelos pais, os reis troianos Príamo e Hécuba.

Agenor: pai de Europa, raptada por Júpiter, que se metamorfoseou em touro para levar a cabo o rapto. Agenor ordenou que seus filhos, entre os quais estava Cadmo, que se tornaria o mais famoso deles, saíssem à procura dela,

Ájax: filho de Télamon, conhecido por "Grande Ájax", para se diferenciar de outro herói homônimo. Rei de Salamina, destacou-se nas fileiras gregas durante a Guerra de Troia pela incrível força e rapidez. Teve um final trágico: quando Aquiles morreu, decidiu-se que sua armadura seria dada ao mais valente dos gregos. Como fosse Ulisses, e não Ájax, o escolhido, este sofreu um acesso de loucura que o levou a matar-se logo em seguida.

Alceste: filha de Pélias, rei de Iolco, esposa de Admeto. Amava tanto seu marido que consentiu em morrer em seu lugar. Foi salva da Morte, no entanto, por Hércules.

Alcidamo: pai de Ctésila. Recusou-se a dar sua filha em casamento a Hermócares, mesmo depois de já ter dado a permissão. Ctésila fugiu e casou-se secretamente com o amado, morrendo logo depois.

Alcínoo: rei dos feácios, povo que recebeu Ulisses no seu regresso de Troia, a caminho de sua Ítaca natal.

Alcíone: filha de Éolo, deus dos ventos. Era casada com Ceix, até este morrer em um naufrágio. Advertida por um sonho deste acontecimento, sofreu tanto que acabou por se metamorfosear em uma ave marinha, a exemplo do marido.

Alcmena: esposa de Anfitrião, rei de Tebas, tornou-se mãe de Hércules. O pai foi Júpiter, que se apresentou a ela disfarçado em seu marido.

Alexandre: outra denominação de Páris, filho de Príamo, rei troiano.

Aleto: uma das três Fúrias, considerada a mais vingativa.

Alfeu: rio grego que leva este nome. Apaixonou-se pela ninfa Aretusa e a perseguiu até a Sicília, por dentro da terra, acabando por unir-se a ela, que fora metamorfoseada em uma fonte.

Aloeu: pai dos gigantes Oto e Efialtes, que tentaram escalar o Olimpo.

Aloídas: denominação dada aos irmãos Oto e Efialtes, filhos de Aloeu, dois gigantes perversos que tentaram escalar o Olimpo e foram mortos por isso.

Alteia: mãe de Meleagro, provocou a morte do próprio filho numa crise de ira.

Amalteia: cabra ou vaca que amamentou o recém-nascido Júpiter. De um chifre seu teria surgido a cornucópia (ou "corno da abundância"), que se enchia de todos os bens que uma pessoa pudesse desejar.

Amazonas: povo de mulheres guerreiras, filhas de Marte, provindas da Trácia, que mais tarde se instalaram na Capadócia. Diz-se que amputavam, na juventude, um de seus seios, para facilitar o manejo do arco.

Amico: gigante, filho de Netuno, que duelou com Pólux, sendo derrotado por este.

Ana: irmã de Dido, rainha de Cartago. Auxiliou sua irmã nos amores infelizes que teve com Eneias, o troiano.

Andrômaca: esposa de Heitor, príncipe troiano e mãe de Astíanax. Esteve sempre ao lado do marido, até a sua morte. Depois que Troia foi destruída, foi levada pelos gregos na condição de escrava.

Anfiarus: adivinho da corte de Argos. Era casado com Erifila, irmã do rei Adrastos. Sabedor de que a guerra que o cunhado pretendia mover contra Tebas redundaria em sua própria morte, tentou dissuadi-lo, em vão, por meio de Erifila. Morreu quando seu carro foi tragado num abismo aberto por Júpiter, durante a guerra.

Anfínomo: um dos pretendentes à mão de Penélope. Acabou morto por Ulisses.

Anfitrião: marido de Alcmena, mãe de Hércules. Durante sua ausência na guerra de Tebas, Júpiter tomou a sua forma e enganou sua esposa, gerando nela o herói Hércules. Anfitrião tentou vingar-se dela colocando-a em uma fogueira, mas Júpiter fez chover na hora do sacrifício, salvando-a da morte. Anfitrião morreu muitos anos depois, combatendo ao lado de Hércules, em defesa de Tebas.

Anfitrite: filha de Dóris, esposa de Netuno e uma das Nereidas, as filhas de Nereu, antiga divindade do mar. A princípio recusou-se a unir-se ao deus dos mares, porém mais tarde cedeu, tornando-se mãe de Tritão.

Anquises: pai de Eneias, que foi fruto de seus amores com Vênus. Esteve ao lado dos troianos, e uma vez derrotado teve de ser levado às costas pelo filho para fugir ao massacre dos gregos. Depois de morto, reencontrou o filho nos Campos Elísios.

Anteia: mulher de Preto, rei de Argos. Anteia apaixonou-se pelo jovem herói Belerofonte quando este chegou à corte de seu marido.

Anticleia: filha de Autólico, dito o mais rapace dos homens. Casou-se com Laertes e com ele gerou Ulisses. Outras versões dão conta de que Ulisses seria fruto de um breve romance que teve com Sísifo, antes de casar-se com Laertes. Morreu de desgosto após esperar inutilmente que o filho regressasse de Troia. Ulisses reencontrou-a nos infernos, quando lá esteve para consultar-se com a sombra do mago Tirésias.

Antígona: filha incestuosa de Édipo e Jocasta. Seguiu junto com o pai, cego e doente, quando este foi exilado pelos próprios filhos, Etéocles e Polinice. Mais tarde, após a morte do pai, retornou para Tebas, onde se indispôs com seu tio e novo rei, Creonte, o qual mandou matá-la por haver desobedecido às suas ordens de não permitir o sepultamento de Polinice em sua pátria, em razão deste ter se aliado a um rei estrangeiro para atacar Tebas.

Antíloco: filho de Nestor, acabou morto pela lança de Mêmnon, príncipe aliado dos troianos. Aquiles, furioso com a morte deste que era seu segundo melhor amigo, depois de Pátroclo, vingou a sua morte ao matar o gigantesco Mêmnon.

Antínoo: chefe dos pretendentes a desposar a esposa de Ulisses durante a sua ausência. Foi o primeiro a ser morto pelo disparo das flechas certeiras de Ulisses que liquidaram com todos os pretendentes num concurso de tiro ao alvo.

Apolo: deus do sol, filho de Júpiter e Latona e irmão de Diana, deusa da caça. Frequentemente confundido com outras divindades solares, como Hélios ou o Sol, Febo (como também é chamado) é a personificação da beleza e da luz, sendo imensa a quantidade de lendas que se lhe atribuem.

Aquelóo: filho do Oceano e de Tétis, era um dos rios mais venerados da Grécia. Tinha o dom da metamorfose, que usou para enfrentar Hércules. Foi, no entanto, derrotado por este quando ambos disputaram a mão de Dejanira, irmã de Meleagro e filha de Eneu, o rei de Calidon.

Aquiles: o maior dos combatentes da Guerra de Troia. Era filho de Peleu e de Tétis, deusa marinha. Quando pequeno foi mergulhado por sua mãe nas águas do Estige para se tornar invulnerável; porém, como ela se esquecesse de mergulhar também o calcanhar do herói, acabou sendo morto justamente por uma flecha que lhe lançaram no seu ponto fraco. De gênio temperamental, indispôs-se com o próprio chefe da expedição grega, Agamenon, por causa de uma escrava. Amarrou o cadáver de Heitor, príncipe troiano, às rodas de seu carro e desfilou-o ao redor das muralhas de Troia sitiada.

Aracne: jovem líbia de extraordinária habilidade na arte de bordar. Desafiou Minerva, a qual ficou tão furiosa com a petulância que a transformou em uma aranha.

Arcas: filho de Júpiter e da ninfa Calisto. Quase matou a própria mãe, transformada em uma ursa, ao alvejá-la com uma seta. Foi transportado junto com ela para o céu, transformados ambos nas constelações da Ursa Maior e da Ursa Menor.

Ares: denominação grega de Marte, deus da guerra.

Aretusa: ninfa do Peloponeso. Transformada em fonte, ao fugir de Alfeu, um rio da Grécia, foi surgir na Sicília, após percorrer um caminho subterrâneo.

Argonautas: grupo de aventureiros liderados por Jasão que partiram em busca do Velocino de Ouro, famosa relíquia guardada por um dragão nas terras do rei Eetes, na Cólquida. Desta famosa expedição participaram alguns dos maiores heróis da Antiguidade, como Orfeu, os gêmeos Castor e Pólux, Peleu, Autólico, Meleagro, Hércules e outros.

Argos: filho de Arestor, tinha cem olhos. Juno encarregou-o de vigiar a ninfa Io, que fora metamorfoseada em uma vaca. Mercúrio, no entanto, matou-o, conforme ordem de Júpiter, cortando-lhe a cabeça enquanto dormia. Juno, para homenageá-lo, espalhou seus cem olhos sobre a cauda do pavão, sua ave de estimação. Argos também era o nome do cachorro de estimação de Ulisses, que reconheceu o herói quando este voltou, disfarçado em velho mendigo, para Ítaca.

Ariadne: filha do rei Minos, auxiliou Teseu quando este foi encerrado no labirinto do Minotauro, dando-lhe um novelo de lã para que encontrasse o caminho de volta. Sua recompensa foi a ingratidão, pois foi abandonada pelo herói na ilha de Naxos, enquanto dormia. Mais tarde, Baco, deus do vinho, desposou-a, levando-a para o Olimpo.

Árion: músico da corte de Periandro, rei de Corinto. Foi lançado ao mar por piratas e salvo das águas por um golfinho.

Aristeu: filho de Apolo e da ninfa Cirene, era apicultor. Todas as suas abelhas foram mortas por Aristeu ter provocado a morte de Eurídice, esposa de Orfeu. Após consultar-se com o deus marinho Proteu, obteve deste o meio de readquirir as suas abelhas.

Ascânio: outra denominação de Iulo, filho dos troianos Eneias e Creusa. Fundou Alba-Longa, a cidade-mãe de Roma.

Asopo: deus-rio da Grécia, era pai de Egina, jovem raptada por Júpiter. Asopo tentou reaver a filha, mas foi fulminado por um dos temíveis raios do raptor. Sísifo, que também o ajudara na busca, foi parar nos infernos. Egina, por sua vez, deu nome a uma famosa ilha.

Astíanax: neto de Príamo, rei de Troia, e filho de Heitor e Andrômaca. Ainda garoto, foi morto por Neoptolemo, filho de Aquiles, durante a tomada de Troia, sendo lançado do alto de uma das torres do palácio do avô. Uma tradição pouco conhecida diz, no entanto, que ele se salvou e que teria fundado uma nova Troia.

Atamas: rei da Beócia, casado com Néfele, com quem teve um casal de filhos: Frixo e Hele. Sua esposa, ciumenta dos filhos, que eram só dele, forjou um oráculo no qual se dizia que ambos deveriam ser mortos para que cessassem as calamidades que assolavam o reino.

Atlas: um dos Titãs, irmão de Prometeu e filho do Céu e da Terra.

Lutou contra Júpiter na Guerra dos Gigantes, sendo derrotado junto com os demais revoltosos. Foi punido com o castigo de ter de carregar sobre os ombros toda a abóbada celeste. É representado carregando o globo terrestre. Hércules aliviou um pouco o seu sofrimento, ao tomar por algum tempo o seu lugar enquanto Atlas ia atrás das maçãs das Hespérides, um dos doze trabalhos daquele famoso herói.

Áugias: rei da Elida, cujas estrebarias Hércules limpou, num dos seus doze trabalhos.

Aurora: deusa da manhã, é encarregada de abrir o dia com seus dedos rosados. Foi casada com Titono, a favor de quem pediu que os deuses concedessem a imortalidade. Júpiter concedeu, mas não a juventude eterna, e desta forma o marido de Aurora transformou-se num velho decrépito, sem nunca, no entanto, morrer. Era mãe de Mêmnon, guerreiro morto por Aquiles.

Autólico: filho de Mercúrio e avô materno de Ulisses. Era tido como o mais ladino dos homens. Esteve na expedição dos Argonautas e tentou, certa feita, roubar o gado de Sísifo, mas foi surpreendido por este. Diz-se que daí nasceu a amizade de ambos, que teria levado Autólico a permitir que Sísifo cortejasse sua filha Anticleia, tornando-se, destarte, pai suposto de Ulisses.

Automedonte: era o condutor do carro de Aquiles. Bateu-se contra o próprio Heitor, chefe das hostes troianas, e outros guerreiros que defendiam a cidadela de Príamo.

Bacantes: sacerdotisas de Baco. Na celebração das bacanais, elas corriam ao acaso, vestidas de pele de tigre, desgrenhadas, aos gritos, trazendo na fronte uma coroa de heras ou de ramos de vinha e empunhando tirso, tocha ou archote.

Baco: o Dioniso dos gregos, filho de Júpiter e Sêmele. É o deus do vinho e da alegria. Passou a parte final de sua gestação dentro da coxa de Júpiter, porque sua mãe morreu antes de ele nascer. É acompanhado sempre por um ruidoso cortejo de faunos, sátiros e bacantes, que levou consigo quando da sua conquista da Índia.

Bálios: um dos cavalos falantes e imortais presenteados a Peleu, pai de Aquiles, por Netuno, por ocasião de seu casamento. O outro se chamava Xantos. Aquiles levou-os consigo na Guerra de Troia. Predisse, junto a Xantos, a morte de Aquiles.

Baucis: esposa de Filemon. Compõe com ele uma espécie de casal primordial da mitologia grega. Devido à impiedade dos homens, Júpiter fez com que uma enchente alagasse o mundo, escapando apenas o casal, o qual repovoou o mundo, vivendo até longa idade. Ao morrerem, viraram árvores gêmeas.

Belerofonte: filho de Glauco e de Niso, era neto de Sísifo. Após matar acidentalmente o tirano de Corinto, teve de se asilar em Tirinto, onde acabou se envolvendo com Anteia, mulher do rei. Enfrentou a Quimera montado em Pégaso, seu cavalo alado. Ao tentar entrar no Olimpo, foi precipitado sobre a Terra por Júpiter, morrendo em consequência dos ferimentos.

Belo: rei de Tiro e pai de Dido, a rainha que se apaixonou por Eneias.

Béroe: ama de Sêmele, mãe de Baco. Juno, esposa de Júpiter, tomou o lugar de Béroe para enganar Sêmele e levá-la à morte.

Bóreas: deus do vento norte. É filho de Aurora. Celebrizou-se por ter raptado Orítia, filha de Erecteu, rei de Atenas.

Briareu: um dos Hecatônquiros, gigantes de cem braços e cinquenta cabeças, filhos do Céu e da Terra. Combateu ao lado de Júpiter na Guerra dos Titãs.

Caco: filho de Vulcano, era um gigante monstruoso e famoso ladrão. Segundo a lenda, se escondia em uma caverna do monte Aventino e cuspia turbilhões de fumo e fogo.

Cadmo: filho de Agenor, rei de Tiro ou Sídon. Quando sua irmã Europa foi raptada por Júpiter, saiu a procurá-la por toda parte. Não a encontrou, mas acabou fundando a cidade de Tebas. Matou o dragão, filho de Marte, e dos dentes deste fez surgir o famoso exército dos mirmidões. Casou-se com Harmonia, mas os filhos e netos de seu casamento foram todos infelizes. Foi transformado em serpente, junto com sua esposa, no final da vida.

Calcas: um dos mais célebres adivinhos da Antiguidade. Teve papel de destaque na Guerra de Troia: foi o autor do oráculo que exigiu o sacrifício de Ifigênia como condição para que os exércitos gregos pudessem partir de Áulis rumo a Troia. Matou-se por despeito, após ter sido derrotado por Mopso, um adivinho rival.

Calisto: ninfa dos bosques, companheira de Diana, a deusa da caça. Teve um filho de Júpiter, chamado Arcas. Enciumada, Juno, a esposa de Júpiter, transformou-a em uma ursa.

Caos: o estado primordial do mundo, quando os elementos que compõem o Universo ainda estavam em estado de confusão. As fontes divergem sobre se este personagem deve ou não ser considerado uma divindade. Gerou a Noite e o Erebo, personificação das trevas infernais.

Caronte: o barqueiro dos infernos, filho do Erebo e da Noite. Sua função é transportar as almas dos mortos pelo rio Aqueronte até alcançar a outra margem. É descrito como um velho de longas barbas, irascível e imundo.

Cassandra: filha de Príamo, rei de Troia. Tinha o dom da profecia, mas não o da persuasão, por culpa de ter desprezado o amor de Apolo. Predisse toda a ruína de Troia, mas ninguém lhe deu ouvidos. Foi capturada por Agamenon e também predisse a morte deste e a sua própria, pelas mãos de Clitemnestra, esposa do chefe grego.

Castor: filho de Leda e de Júpiter, é irmão gêmeo de Pólux. Quando morreu, seu irmão, que era imortal, pediu a Júpiter que ambos pudessem permanecer juntos. Assim, passavam um dia nos infernos e outro entre os vivos, alternadamente.

Catreu: avô de Menelau, era filho de Minos e Pasífae. Foi morto pelo próprio filho Altêmenes, acidentalmente. Foi durante os seus funerais que Helena foi raptada em Argos por Páris.

Ceix: rei da Tessália e esposo de Alcíone. Pereceu em um naufrágio quando ia consultar um oráculo. Foi transformado em pássaro, a exemplo de sua esposa.

Celanor: rei que recebeu Danao e suas cinquenta filhas, expulsos do Egito pelo rei Belo. Em paga, foi destronado.

Centauros: filhos monstruosos de Íxion e uma nuvem, metade homens, metade cavalos. De gênio turbulento, provocavam sempre confusão por onde apareciam. Seguidas vezes se defrontaram com Hércules, sendo sempre vencidos. O mais famoso deles, no entanto, era um sábio chamado Quíron, que foi preceptor de vários heróis da mitologia, como Aquiles e Jasão.

Cérbero: cão de guarda dos infernos. Tinha três cabeças e uma cauda de serpentes.

Ceres: filha de Saturno e da Terra, é a divindade da terra e da agricultura. Teve sua filha Prosérpina raptada por Plutão, o que fez Ceres percorrer o mundo todo até reencontrá-la nos infernos.

Céu: filho da Terra, uniu-se à própria mãe para gerar os Titãs. Um destes, Saturno, cortou-lhe os testículos com uma foice que sua mãe, Terra, lhe dera. Dos testículos extirpados, que caíram ao mar, nasceu Vênus, a deusa do amor.

Ciana: ninfa que Plutão transformou em fonte, por ter tentado impedir que ele raptasse Prosérpina.

Cibele: uma das Titânidas, filha do Céu e da Terra. Casou-se com seu irmão Saturno e com ele gerou a estirpe dos deuses olímpicos, entre os quais Júpiter, o pai dos deuses.

Ciclopes: há três espécies. Os filhos do Céu e da Terra, que participaram da Guerra dos Titãs, ferreiros hábeis, que serviam nas forjas de Vulcano; os sicilianos, da estirpe de Polifemo, gigante de um único olho que se defrontou com Ulisses; e os chamados "construtores", gigantes que teriam erguido algumas das principais construções da Pré-História.

CICNO: célebre ladrão de estradas, filho de Marte. Hércules matou-o e feriu Marte, quando este pretendeu vingá-lo.

CILA: ninfa por quem Glauco, deus marinho, se apaixonou e que não lhe correspondeu. Circe metamorfoseou-a em uma horrenda criatura, cuja parte inferior do corpo era composta por seis cães ferozes. Escondida numa gruta, atacava todas as embarcações que passavam por perto. Ulisses defrontou-se com ela em seu regresso de Troia.

CIRCE: filha do Sol e de Hécate, divindade noturna. Feiticeira, transformou em porcos os companheiros de Ulisses, quando este passou por sua ilha.

CIRENE: mãe de Aristeu, o apicultor. Foi raptada por Apolo, que se apaixonou por ela ao vê-la enfrentar à unha um leão que atacava os rebanhos de seu pai, Hipseu, rei dos lápitas.

CLIA: filha do rei Deioneu. Íxion jogou-a, juntamente com o pai, num fosso cheio de carvões ardentes.

CLIMENE: filha do Oceano e de Tétis, era mãe de Faetonte, o jovem que guiou o carro do Sol até ser derrubado por Júpiter.

CREONTE (1): rei de Corinto, ofereceu a mão de sua filha a Jasão, quando este foi expulso da Cólquida junto com Medeia. Morreu no incêndio que Medeia fez atear no seu palácio.

CREONTE (2): irmão de Jocasta, rainha tebana. Tornou-se monarca da cidade após a desgraça de Édipo e a morte dos filhos deste, Etéocles e Polinice. Remeteu a sobrinha Antígona à morte, por ela ter dado sepultura ao irmão Polinice.

CREUSA: esposa de Eneias, foi morta pelos gregos durante a fuga de Troia.

CREÚSA: filha do rei Erecteu, foi violada por Apolo. Desta união nasceu Íon.

CTÉSILA: filha de Alcidamo, fugiu para casar-se com Hermócares, sem o consentimento do pai. Depois de ter um filho com ele, morreu e virou uma pomba.

CUPIDO: o Eros, dos gregos, é o deus do amor. Filho de Vênus, anda sempre com seu arco, pronto a disparar sobre os corações de homens e deuses. Teve um romance muito famoso com Psiquê, a personificação da alma.

DAFNE: ninfa, filha do rio Peneu e companheira de Diana. Perseguida por Apolo, pediu à deusa que a transformassem em um loureiro.

DÁFNIS: filho de Mercúrio, era um pastor que se apaixonou pela ninfa Lice. Traiu-a e por ela foi cegado. Morreu ao despencar de uma montanha.

DANAE: filha de Acrísio, rei de Argos, e de Eurídice. Foi encerrada numa torre, por seu pai, pois um oráculo previu que seu filho tiraria um dia a coroa e a vida de Acrísio.

Danaides: denominação genérica das cinquenta filhas do rei Danao. À exceção de uma (Hipermnestra), assassinaram os respectivos esposos na noite de núpcias.

Danao: filho de Belo, rei do Egito, mais tarde de Argos. Pai das cinquenta Danaides, que mataram seus esposos na noite de núpcias.

Dédalo: escultor ateniense, construtor do labirinto de Creta, onde foi encerrado com seu filho Ícaro, por haver se desentendido com o rei.

Deidâmia: filha do rei de Ciros, apaixonou-se por Aquiles quando este lá esteve disfarçado de mulher. Deu-lhe um filho chamado Neoptolemo.

Deífobo: filho de Príamo, rei de Troia, casou-se com Helena após a morte de Páris. Foi morto após a tomada de Troia.

Deioneu: pai de Clia, morreu junto com ela em uma armadilha patrocinada por Íxion.

Dejanira: filha do rei de Calidon, casou-se com Hércules. Enganada por Nesso, um centauro inimigo do herói, enviou ao marido uma túnica envenenada, o que lhe provocou a morte. Desesperada, Dejanira suicidou-se.

Deucalião: filho de Prometeu e Pandora. O único sobrevivente, junto com sua esposa Pirra, de um dilúvio mandado por Júpiter.

Diana: Ártemis, em grego, é filha de Júpiter e Latona e irmã de Apolo. É considerada a deusa da caça. Era muito ciosa de sua virgindade. Na mais famosa de suas aventuras, transformou em um cervo o caçador Acteão, que a viu nua durante o banho.

Dice: junto com Eunomia e Irene, compunha as Horas, divindades que representavam as Estações.

Dido: filha de Belo, rei de Tiro. Apaixonou-se por Eneias, quando já era rainha de Cartago. Este a rejeitou e ela suicidou-se no alto de uma pira.

Diomedes: herói da Etólia e companheiro constante de Ulisses em Troia. Feriu Vênus durante uma refrega. Por isso, a deusa inspirou a infidelidade em sua mulher Egialeia. Foi morto pelo rei Dauno, da Itália, após um desentendimento.

Dióscuros: denominação grega dada aos gêmeos Castor e Pólux que significa "filhos de Zeus".

Discórdia: Éris, em grego. Irmã de Marte, é a divindade das guerras e dos desentendimentos. Seus cabelos são feitos de serpentes e presos por uma tiara ensanguentada. Originou a Guerra de Troia, ao lançar o Pomo da Discórdia entre as deusas Juno, Vênus e Minerva.

Dóris: filha do Oceano, era mãe de Anfitrite e das demais Nereidas. Opôs-se, a princípio, ao casamento de sua filha com

Netuno, o deus dos mares, mas acabou concordando. Era casada com Nereu, outra divindade marinha.

Dríades: eram as ninfas das árvores e das florestas.

Eco: ninfa do séquito de Diana, deusa da caça. Favorecia as infidelidades de Júpiter, distraindo Juno com longas conversas. Foi punida por Juno e desde então só pôde falar repetindo as últimas palavras do que escutava. Apaixonou-se por Narciso, mas este só tinha olhos para si mesmo.

Édipo: filho de Laio e Jocasta, o mais trágico de todos os personagens da mitologia. Sem saber, matou o pai numa discussão de beira de estrada. Decifrou o célebre enigma da Esfinge, tornou-se rei de Tebas e, inocentemente, casou-se com a própria mãe, com quem teve dois filhos, Etéocles e Polinice, e duas filhas, Antígona e Ismênia. Ao saber de tudo, arrancou os próprios olhos e se exilou de Tebas. Jocasta suicidou-se.

Eetes: rei da Cólquida, país onde estava escondido o Velocino de Ouro. Pai de Medeia, feiticeira que ajudou Jasão e os Argonautas a se apossarem da famosa relíquia.

Efialtes: filho de Netuno e Ifimedia. Gigante feroz, a exemplo de seu irmão Oto. Ambos tentaram escalar o Olimpo, mas acabaram vítimas de um ardil engendrado por Diana, deusa da caça.

Egina: filha do rio Asopo, foi sequestrada por Júpiter. Levada para uma ilha que recebeu o seu nome, deu à luz a Éaco, considerado o mais piedoso dos gregos.

Egisto: produto de um incesto, Egisto era filho de Tiestes e da própria filha deste, Pélops. Era amante de Clitemnestra, esposa de Agamenon, e com ela tramou a morte do comandante grego. Foi morto por Orestes, filho de Agamenon e Clitemnestra.

Egito: filho de Netuno e de Líbia, teve cinquenta filhos que se uniram às cinquenta Danaides, filhas de seu irmão Danao.

Electra: a filha de Agamenon e Clitemnestra que salvou o seu irmão, Orestes, e o instigou a vingar a morte do pai, assassinado por Clitemnestra e seu amante Egisto.

Eneias: herói troiano, filho de Anquises e de Vênus. Quando Troia foi derrotada, fugiu da cidade em chamas levando o pai nas costas e seu filho Iulo (ou Ascânio) pela mão. Teve um romance infeliz com a rainha Dido, de Cartago, e envolveu-se numa sangrenta guerra para se estabelecer na Itália. Morreu afogado durante uma batalha no rio Numício. Ancestral de Rômulo, o fundador de Roma.

Enone: uma das ninfas do monte Ida e esposa de Páris. Foi trocada por Helena e recusou-se a tratar do antigo marido quando este foi ferido pelas flechas envenenadas de Filoctetes.

ÉOLO: deus dos ventos, filho de Netuno. Ulisses visitou-o e recebeu dele um saco cheio de ventos; como seus homens o abriram inadvertidamente no meio da jornada, retrocederam de volta à ilha. Éolo, irritado, expulsou-os de lá.

EPAFO: filho de Io e de Júpiter. Instigou o jovem Faetonte a guiar o carro do Sol a fim de provar que era mesmo filho desta divindade.

EPEUS: o construtor do Cavalo de Troia. Estava entre os guerreiros que se esconderam dentro do engenho e somente ele sabia abrir a porta de saída.

EPICASTA: outra denominação para a mãe de Édipo, Jocasta.

EPIMETEU: irmão de Prometeu e pai de Pirra. Aceitou como presentes de Júpiter a figura de Pandora e a caixa que escondia todos os males.

ERECTEU: rei ateniense e pai de Creúsa, que fora violada por Apolo.

ERESICTÃO: filho de Triopas, destruiu um bosque consagrado à deusa Ceres, que em castigo lhe enviou uma fome insaciável.

ERIFILA: irmã de Adrastos, rei de Argos, era casada com Anfiarus, um famoso adivinho da corte. Um colar que pertencera a Harmonia e que lhe foi ofertado por Polinice, pretendente ao trono de Tebas, a fez convencer Adrastos a se lançar à guerra contra Tebas, mesmo sabendo que Anfiarus nela morreria.

ESON: irmão de Pélias e pai de Jasão. Quando velho, foi rejuvenescido pela feiticeira Medeia, amante do seu filho. Outra versão diz que foi obrigado a matar-se por ordem de seu irmão, que lhe usurpara o trono.

ESCAMANDRO: rio que passava perto de Troia, também chamado de Xanto. Sua nascente teria sido escavada pelas mãos de Hércules. Durante a Guerra de Troia, rebelou-se contra Aquiles, farto de receber em seu leito tantos cadáveres das mãos do herói grego. O rio lançou sobre Aquiles as suas águas revoltas, sendo este salvo por intervenção de Vulcano, que arremessou sobre o leito do rio o fogo de suas forjas.

ESCOPAS: rei da Tessália. Pediu ao poeta Simônides que lhe fizesse um poema laudatório; como este não lhe agradou, pagou-lhe somente a metade do preço ajustado. Morreu no desabamento de uma sala do palácio.

ESCULÁPIO: em grego, Asclépio. Filho de Apolo e da ninfa Corônis, era o deus da medicina. Ressuscitava mortos, o que fez com que Júpiter o fulminasse com um raio.

ESFINGE: criatura com cabeça de mulher, asas de águia e corpo de leão que desgraçava Tebas, devorando todos que não resolviam os seus enigmas. Foi derrotada por

Édipo e suicidou-se atirando-se de um precipício.

Esteno: uma das Górgonas.

Estige: ninfa, filha de Tétis e do Oceano. Ajudou Júpiter na luta contra os Titãs e foi recompensada com uma fonte de águas mágicas que desaguavam nos infernos. Quando um juramento era feito em nome do Estige, nem mesmo os deuses podiam quebrá-lo. Tétis tornou seu filho Aquiles invencível mergulhando-o em suas águas.

Estrófio: filho de Crisos, rei de Crisa. Em sua casa foi criado Orestes, seu sobrinho, que fugira da casa materna por temer por sua própria vida.

Eumeu: guardador de porcos e servo fiel de Ulisses. Ajudou este último a liquidar com os pretendentes que assediavam a sua esposa Penélope.

Eunápio: rei de Quios, que não quis dar a sua filha em casamento a Órion.

Eunomia: uma das três Horas, divindades das Estações.

Eurialo: amigo de Niso. Ambos tentaram furar o bloqueio das tropas de Turno, inimigo de Eneias, para levar a este um recado. Foram mortos por uma patrulha inimiga.

Eurídice: uma dríade, ninfa das florestas. Casou-se com Orfeu, mas, picada por uma cobra, baixou aos infernos. Orfeu tentou resgatá-la, mas não foi feliz.

Euríloco: o único dos companheiros de Ulisses a escapar de ser metamorfoseado em porco pela feiticeira Circe. Após nova transformação, aconselhou os demais a comerem os bois do Sol, o que acarretou um naufrágio, do qual somente escapou Ulisses.

Eurímaco: um dos pretendentes de Penélope, que Ulisses abateu com um tiro de flecha.

Euristeu: primo de Hércules, encarregou-o de realizar os famosos Doze Trabalhos. Tinha tanto medo de Hércules que se enfiou dentro de um jarro de bronze quando este veio lhe intimar.

Euritião: um dos argonautas que participaram, ao lado de Jasão, da caça ao Velocino de Ouro.

Europa: filha de Agenor, rei de Sídon, foi raptada por Júpiter, que se metamorfoseou em um touro branco para levar a cabo seu plano. Era irmã de Cadmo, que a procurou inutilmente.

Etéocles: filho mais novo de Édipo, envolveu-se numa disputa com o irmão Polinice pelo trono de Tebas. Os dois mataram-se reciprocamente em um duelo às portas de Tebas.

Euríala: uma das Górgonas.

Eurínome: filha do Oceano e de Tétis, era uma Titânida. Junto com a mãe acolheu Vulcano quando este, recém-nascido, foi arremessado ao mar por sua mãe, Juno.

Faetonte: filho do Sol e de Climene, foi arrojado dos céus por

Júpiter quando tentava conduzir desastradamente o carro do pai.

FAMA: deusa alegórica, venerada em especial pelos atenienses. Traz uma trombeta na mão e diz-se que tem cem bocas e cem ouvidos.

FAUNOS: divindades campestres dos romanos, descendentes de Fauno, terceiro rei da Itália. Embora tivessem uma existência longuíssima, não eram imortais. Assemelham-se aos silvanos romanos e aos sátiros gregos.

FEBE: irmã de Hilária, junto a quem foi alvo da tentativa de rapto por parte dos Dióscuros.

FEBO: apelido de Apolo, que não raro é confundido com o Sol (Hélios).

FEDRA: esposa de Teseu, filha de Minos e Pasífae. Apaixonou-se por Hipólito, filho que Teseu tivera da amazona Hipólita. Repudiada, matou-se, não sem antes armar uma intriga na qual aparecia como vítima. Hipólito morreu num acidente provocado por Netuno, a pedido de Teseu, que acreditara no logro.

FILÉCIO: servo de Ulisses que, como Eumeu, ajudou-o a eliminar os pretendentes que se assenhorearam de seu palácio.

FILEMON: velho camponês marido de Baucis, recebeu junto com esta a visita de Júpiter em sua própria casa. Por tê-lo recebido bem, foram ambos poupados de um terrível dilúvio.

FILOCTETES: amigo de Hércules. Recebeu do grande herói seu arco e suas flechas como presente, momentos antes que o corpo de Hércules ardesse na pira fúnebre. Como quebrou o juramento de jamais revelar a ninguém onde ficava o túmulo do herói, foi punido com uma horrível ferida no pé.

FÍLON: um dos caçadores de Acteão, que o acompanhava quando este foi transformado por Diana em um alce.

FINEU: adivinho que trocou os olhos pela longevidade. O Sol, indignado por este desprezo à sua luz, mandou que as Harpias o castigassem, emporcalhando toda comida que ele tocasse.

FLORA: ninfa das Ilhas Afortunadas. Esposa de Zéfiro e deusa das flores.

FORBAS: amigo de Palinuro, o piloto de Eneias que caiu ao mar, derrubado pelo Sono. O deus assumiu a forma de Forbas para induzi-lo ao descumprimento do dever.

FÓRCIS: divindade marinha, filha do Mar e da Terra. Casou-se com sua irmã Ceto, que deu à luz as Górgonas e o dragão que guardava as maçãs das Hespérides.

FRIXO: filho de Atamas, rei da Beócia. Fugiu da casa de seu pai por este haver decretado, com base em um falso oráculo, que tanto ele quanto a sua irmã Hele deveriam ser sacrificados. Foram transportados pelos ares por um carneiro de lã dourada. Sua irmã, contudo, caiu e morreu afogada no mar que passou a receber o seu nome: Helesponto ("Mar de Hele").

FÚRIAS: Erínias ou Eumênides dos gregos, eram a personificação do remorso e da ira vingativa. Eram três: Aleto, Tisífone e Megera. Foram elas que atormentaram Orestes, após este ter assassinado a sua mãe, Clitemnestra.

GALATEIA (1): ninfa que foi amada por Ácis. Polifemo, entretanto, esmagou-o numa crise de ciúmes ao lançar sobre ele um gigantesco penedo.

GALATEIA (2): estátua de marfim esculpida por Pigmalião, que ganhou vida depois que o seu autor implorou a Vênus que a transformasse em gente.

GANIMEDES: filho do rei Trós, era um jovem de admirável beleza. Foi raptado por Júpiter para servir de escanção aos deuses do Olimpo.

GERIÃO: gigante de três corpos que apascentava em sua ilha o seu rebanho. Hércules recebeu como um de seus Doze Trabalhos a missão de roubar o gado de Gerião, o que fez após matar o gigante com sua clava.

GIGANTES: forma latina de Titãs, filhos da Terra e do Céu. Combateram contra Júpiter e os demais deuses olímpicos na chamada "Gigantomaquia", ou "Titanomaquia", a Guerra dos Gigantes. O corpo destes seres terminava em uma longa cauda de serpente. Alguns autores, entretanto, consideram os gigantes não tanto como filhos da Terra e do Céu, mas como monstros, tal como os Ciclopes, as Erínias, os Hecatônquiros (gigantes de cem braços).

GLAUCO (1): filho de Hipoloco, combateu contra os gregos na Guerra de Troia, ao lado do primo Sarpédon. Foi morto por Ájax, filho de Telamon.

GLAUCO (2): pescador da Beócia que ao comer de uma erva mágica transmutou-se em um deus marinho. Tinha o dom da profecia e teve um infeliz romance com a ninfa Cila, que a feiticeira Circe transformou em um monstro.

GÓRGONAS: Esteno, Euríale e Medusa eram filhas de duas divindades marinhas obscuras. Das três, Medusa é de longe a mais famosa. Foi morta por Perseu, que lhe cortou fora a cabeça. Seu olhar tinha o poder de converter as pessoas em pedra.

GRAÇAS: Cárites, em grego, eram filhas de Júpiter e Eurínome e inspiravam as coisas boas da vida. Eram três: Aglae, Eufrosina e Tália. A primeira trazia o brilho, a segunda, a alegria da alma, e a terceira, o verdor da juventude.

GRIFO: animal fabuloso representado com corpo de leão, cabeça e asas de águia, orelhas de cavalo. Sua missão era a de guardar os tesouros da Terra.

HADES: o Plutão dos gregos. Por esta denominação também se entendem, em sentido amplo, as regiões infernais, ou o mundo dos mortos.

HARMONIA: filha de Marte e Vênus, casou-se com Cadmo, fundador de Tebas. Foi metamorfoseada em serpente no fim da vida.

HARPIAS: mulheres aladas e monstruosas que envenenavam toda comida que tocavam. Tinham cara de velhas e corpo de abutre. Eram mães dos dois cavalos imortais de Aquiles.

HARPÓCRATES: deus do silêncio entre os gregos e romanos, filho de Ísis e de Osíris. É o Horus dos egípcios.

HEBE: filha de Júpiter e Juno, personificava a juventude. Era ela quem servia o néctar no céu, até o dia em que resvalou, provocando o riso de todo o Olimpo. Foi substituída por Ganimedes, que Júpiter mandou a sua águia raptar. Casou-se no céu com Hércules.

HÉCATE: deusa noturna e infernal, tomava a forma de animais noturnos e surgia em encruzilhadas. Filha de Astéria e Perseu e frequentemente associada à Diana.

HECATÔNQUIROS: filhos do Céu e da Terra, eram gigantes monstruosos de cem braços e cinquenta cabeças, que Saturno encerrara no Tártaro por ter medo deles. Júpiter os libertou e por isso ajudaram-no na sua luta contra Saturno e os demais Titãs.

HÉCUBA: esposa de Príamo, rei de Troia. Mãe de Heitor, Páris e Cassandra, entre outros. Atribuem-lhe a maternidade de até cinquenta filhos. Foi levada como escrava por Ulisses após a queda de Troia. Morreu apedrejada durante o regresso por ter arrancado os olhos de um de seus captores. Teria virado uma cadela de olhos de fogo.

HEITOR: filho de Príamo, rei de Troia, e de Hécuba. O maior dos troianos, morto por Aquiles diante das muralhas da cidade de Troia. Seu corpo foi arrastado por Aquiles até o próprio rei Príamo implorar-lhe pessoalmente que o devolvesse, para que se pudesse proceder aos funerais.

HELE: filha de Atamas, rei da Beócia. Perseguida pela ira da madrasta Néfele, acabou morrendo afogada no Helesponto.

HELENA: filha de Leda e de Júpiter. Casada com Menelau, fugiu com Páris para Troia, o que provocou a Guerra de Troia. Posteriormente foi perdoada pelo marido e levada de volta para Argos. A tradição mais aceita diz que morreu enforcada na ilha de Rodes.

HÉRCULES: o maior dos heróis e semideuses gregos, filho de Júpiter e Alcmena. A seu respeito há uma infinidade de lendas, a mais famosa das quais é o ciclo de aventuras que recebeu o nome de Doze Trabalhos. Morreu envenenado por uma túnica que sua mulher Dejanira lhe mandou inadvertidamente. Casou-se no céu com Hebe, a deusa da juventude.

Hermafrodita: também conhecido como Hermafrodito, era filho de Mercúrio e Vênus. Apaixonado pela ninfa Salmácis, acabou fundindo-se com ela num único ser.

Hermíone: filha de Helena e Menelau. Casou-se com Neoptolemo, filho de Aquiles, e mais tarde com Orestes.

Hermócares: apaixonou-se por Ctésila, filha de Alcidamo. Fugiu para casar-se com ela, tendo um filho desta união.

Hero: sacerdotisa de Vênus, morava às margens do Helesponto. Teve um romance com Leandro que terminou com a morte de ambos.

Hespérides: filhas de Júpiter e Têmis, viviam próximas à ilha dos Bem-Aventurados. Estavam encarregadas de vigiar as maçãs douradas que Hércules foi encarregado de raptar. Ajudaram a criar Juno, esposa de Júpiter.

Hidra: monstro de nove cabeças que vivia no lago de Lerna. Hércules matou-a cortando todas as suas cabeças e embebendo suas flechas no veneno que lhe escapava das feridas.

Hilária: irmã de Febe, foram ambas vítimas de uma tentativa de rapto por parte dos irmãos Castor e Pólux.

Hilas: jovem de grande beleza que Hércules raptou após ter assassinado o rei dos dríopes, levando-o consigo na expedição dos Argonautas. Perdeu-o, entretanto, quando as ninfas de um lago o raptaram. O másculo herói ficou tão triste com a perda que abandonou a expedição.

Hipermnestra: mulher de Linceu. A única das Danaides que se recusou a matar o marido na noite de núpcias.

Hipólita: rainha das amazonas morta por Hércules após ele ter conquistado o seu cinturão, neste que foi um de seus Doze Trabalhos.

Hipólito: filho de Teseu e da amazona Hipólita. Foi alvo da paixão de Fedra, sua madrasta, que acabou por provocar a morte de ambos.

Hipomene: filho de Megareu, venceu Atalanta numa corrida pedestre, ganhando a sua mão em recompensa. Cibele transformou ambos em leões, atrelando-os ao seu carro.

Horas: divindades que representam as Estações. São três: Eunomia, Dique e Irene.

Ícaro: filho de Dédalo, foi encerrado junto com seu pai no labirinto de Creta, por ordem do rei Minos. Após construírem asas coladas com cera, escaparam da prisão. Mas Ícaro, voando perto demais do sol, acabou caindo e morrendo no mar.

Idoteia: segunda mulher do rei cego Fineu e irmã de Cadmo.

Ificles: filho de Alcmena e Anfitrião, era irmão gêmeo de Hércules, que, no entanto, era filho de Júpiter.

Ifigênia: filha de Agamenon e Clitemnestra, foi sacrificada, segundo determinação de um oráculo, para que as tropas gregas de Agamenon pudessem partir para Troia. Clitemnestra não perdoou a atitude do marido e passou a tramar, desde então, a sua morte.

Ifimedia: mãe dos irmãos aloídas. Seduziu Netuno, indo todos os dias à praia, até que este lhe deu os filhos Oto e Efialtes.

Ilícia: deusa que preside aos partos. Filha de Júpiter e Juno.

Iobates: rei da Lícia, que usou do subterfúgio de mandar seu hóspede Belerofonte matar a Quimera para alcançar desta forma a sua morte, a pedido do rei Preto.

Io: jovem sacerdotisa que o ciúme de Juno metamorfoseou em vaca para subtraí-la aos desejos de seu marido Júpiter.

Íon: filho de Creúsa e Apolo.

Irene: uma das três Horas, conhecidas como "as porteiras do céu".

Íris: irmã das Harpias, não tinha, no entanto, nada da feiúra daquelas. Representa o arco-íris e era a mensageira de Juno, assim como Mercúrio o era de Júpiter.

Ismênia: irmã de Antígona, filha incestuosa de Édipo e Jocasta. Tentou defender a irmã da ira de Creonte, sem sucesso.

Iulo: também conhecido como Ascânio, era filho de Eneias e Creusa. Fundou a cidade de Alba-Longa, da qual se originou Roma.

Íxion: rei da Tessália, desposou Clia. Porém, mais tarde, matou ela e o seu pai Deioneu. É pai dos centauros, nascidos dele e de uma nuvem. Por ter tentado violar Juno, esposa de Júpiter, foi parar no inferno, onde gira numa roda de fogo por toda a eternidade.

Japeto: um dos Titãs, filho do Céu e da Terra. Pai de Atlas e de Prometeu.

Jarbas: rei da Getúlia. Havia pedido em vão a mão de Dido, rainha de Cartago, em casamento. Encolerizou-se por ela ceder, depois, aos amores de Eneias.

Jasão: célebre herói grego que liderou a busca dos Argonautas pelo Velocino de Ouro. Casou-se com Medeia, mas se separou dela posteriormente, com funestas consequências.

Juno: a Hera dos gregos. Era filha de Saturno e da Terra. Casou-se com Júpiter, seu próprio irmão. Celebrizou-se pelo ciúme que tinha do marido infiel, perturbando com isto a vida de deusas e mortais.

Júpiter: o pai dos deuses, filho de Saturno e da Terra. É o mais importante e poderoso dos deuses olímpicos. Tomou o poder do pai ao obrigá-lo a ingerir uma poção mágica que o fez regurgitar os seus próprios filhos que ele havia engolido. Marido de Juno, com quem teve vários filhos, dentre os quais Mercúrio era o mais fiel e dedicado.

LAERTES: pai de Ulisses, casado com Anticleia.

LAIO: pai de Édipo, foi morto por este numa discussão de estrada.

LAOCOONTE: sacerdote troiano, foi morto por serpentes, junto com seus filhos, após ter advertido o rei Príamo de que o cavalo de madeira que os gregos haviam deixado como presente era uma armadilha.

LAOMEDONTE: pai de Príamo, rei de Troia. Mandou que Apolo e Netuno construíssem as muralhas de Troia, embora se recusasse posteriormente a pagar-lhes o serviço, atraindo para o reino grandes devastações. Foi morto por Hércules também por ter se recusado a pagar-lhe por um serviço prestado.

LAQUESIS: uma das três Parcas; a que girava o fuso para fiar o destino do homem.

LATINO: rei do Lácio, recusou-se a dar a mão de sua filha Lavínia ao troiano Eneias, por esta já estar prometida a Turno, rei dos rútulos, gerando a guerra que deu a vitória, por fim, a Eneias.

LATONA: ou Leto, era a mãe de Apolo e Diana. Quando engravidou dos dois, por obra de Júpiter, teve de fugir da ira de Juno, a ciumenta esposa do deus supremo. Deu à luz na ilha Ortígia, após fugir da serpente Píton, que Apolo mataria mais tarde com suas setas.

LAVÍNIA: filha de Latino, rei do Lácio e de Amata. A disputa pela sua mão, entre o troiano Eneias e o rútulo Turno, deu ensejo à guerra que seria vencida pelo primeiro.

LEANDRO: jovem grego de Ábidos que atravessava a nado, todas as noites, o Helesponto, para ver sua amada Hero, até que um dia morreu afogado durante uma tempestade. Hero, inconsolada, suicidou-se em seguida.

LEDA: esposa de Tíndaro, teve de Júpiter, que se metamorfoseara em cisne para engravidá-la, quatro filhos nascidos de dois ovos: do primeiro surgiram Pólux e Clitemnestra, e do segundo, Castor e Helena.

LÍCABAS: chefe dos piratas que raptaram o jovem Baco. Foi transformado em um golfinho.

LICAS: companheiro de Hércules, levou até o herói a túnica que sua esposa lhe remetera, sem saber que era envenenada. Nem por isso deixou de ser punido: Hércules matou-o, jogando-o para o alto. Terminou convertido em uma montanha.

LICE: ninfa que se apaixonou pelo pastor Dáfnis, filho de Mercúrio. Numa crise de ciúmes, cegou o pastor, por este tê-la traído com a filha do rei da Sicília.

LICOMEDES: rei de Ciros, acolheu o jovem Aquiles quando este, aconselhado pela mãe, Tétis, foi lá se esconder para não ter de ir a Troia, uma vez que um oráculo predissera a sua morte caso participasse daquela guerra. Teseu também se refugiou em sua corte.

Linceu: um dos Argonautas. Ficou famoso por sua notável visão.

Lua: Selene, em grego. Frequentemente confundida com Diana. Apaixonou-se pelo pastor Endimião, visitando-o todas as noites durante o sono.

Macaonte: filho de Esculápio, esteve em Troia como médico e soldado dos gregos. Foi um dos homens a se esconderem dentro do cavalo de madeira que levou a ruína a Troia (embora também se afirme que tenha morrido antes, vítima das flechas da amazona Pentesileia).

Maia: ninfa do monte Cilene, era filha de Atlas e mãe de Mercúrio.

Marte: Ares, em grego. Filho de Júpiter e Juno. Considerado o deus da guerra, era malvisto por todos os deuses, à exceção de Vênus, que teve dele um filho, Cupido, o deus do amor. Apesar de belicoso, saía-se mal todas as vezes em que se envolvia pessoalmente em alguma disputa, tendo sido ferido até por Diomedes, um simples mortal.

Medeia: filha do rei Eetes, da Cólquida, era temível feiticeira e ajudou Jasão a conquistar o Velocino de Ouro. Mais tarde foi traída por ele, o que a fez matar em represália sua rival e seus próprios filhos. Diz-se que jamais morreu, pois mesmo a Morte tinha medo de se aproximar dela.

Medusa: uma das três Górgonas, tinha o poder de converter as pessoas em pedra somente com seu olhar. Perseu abateu-a, e do seu sangue nasceu Pégaso, o cavalo alado.

Megara: filha de Creonte, rei de Tebas, casou-se com Hércules. Foi morta, bem como seus filhos, durante um acesso de loucura que se abateu sobre Hércules.

Megera: uma das três Fúrias, personificação da vingança e do remorso.

Melântio: cabreiro justiçado por Ulisses, durante o massacre dos pretendentes, por haver tomado o partido destes quando da volta de Ulisses a Ítaca.

Meleagro: filho do rei de Calidon e de Alteia, participou da caçada ao javali de Calidon junto com Atalanta, por quem se apaixonou. Sua mãe, entretanto, o condenou à morte, por ele haver matado seu tio, irmão dela, ao final da caçada.

Mêmnon: filho de Titono e Aurora, ajudou Príamo, rei troiano, a combater os gregos. Foi morto por Aquiles em um duelo às portas de Troia.

Menelau: filho de Atreu, marido de Helena. Depois que ela fugiu com o troiano Páris, Menelau saiu em seu encalço junto com as tropas de seu irmão Agamenon. Terminada a guerra, retornou com ela para Argos. Diz-se que não morreu e que foi transportado diretamente para os Campos Elíseos pelo próprio Júpiter, seu sogro presumido.

Menesteu: rival de Teseu pela disputa do poder em Atenas. Esteve em Troia e foi um dos ocupantes do traiçoeiro cavalo de madeira que os gregos deram de presente aos troianos.

Menoceu: filho de Creonte, que foi sacrificado para que Tebas saísse vitoriosa na Guerra dos Sete contra Tebas.

Mercúrio: o Hermes dos gregos, era filho de Júpiter e de Maia. Deus dos comerciantes e dos ladrões e o mais esperto dos deuses. É também o mensageiro das divindades, a exemplo de Íris, sua contrapartida feminina.

Messapo: comandante dos rútulos, que Niso e Euríalo, soldados de Eneias, abateram enquanto dormia.

Métis: a personificação da Prudência, filha do Oceano e de Tétis. Foi a primeira esposa de Júpiter e quem forneceu a ele a beberagem que fez com que Saturno regurgitasse os filhos que havia engolido anteriormente.

Metra: filha de Eresictão. Foi vendida pelo próprio pai para poder saciar sua fome inesgotável, castigo que lhe aplicou Ceres após este haver profanado seu bosque sagrado.

Midas: célebre rei da Frígia, que obteve de Baco o dom de converter em ouro tudo quanto tocasse.

Minerva: Atena, para os gregos. Filha de Métis e Júpiter, que engoliu a mulher e a filha. Minerva nasceu da cabeça do pai, armada dos pés à cabeça. Era deusa da sabedoria e, secundariamente, da guerra.

Minos: rei de Creta, filho de Júpiter e Europa. Por ter sido um grande legislador, foi colocado nos infernos para julgar os mortos, junto com seu irmão Radamanto.

Minotauro: monstro com cabeça de touro e corpo de homem que vivia no labirinto de Creta e que Teseu abateu com o auxílio de Ariadne.

Mirmidões: eram os soldados de Aquiles durante a Guerra de Troia. Teriam nascido das formigas, daí o nome grego myrmex.

Miseno: um dos companheiros de Eneias. Morreu nas costas da Itália, lançado ao mar por Tritão, que lhe invejou a arte de assoprar a tuba guerreira.

Moiras: ver Parcas.

Momo: personificação do Sarcasmo. Entre os gregos é uma divindade feminina, filha da Noite e irmã das Hespérides. Entre os romanos, é o deus da alegria e dos festejos.

Morfeu: deus dos sonhos, filho de Hipno.

Morte: Tanatos, para os gregos, irmã do Sono e filha da Noite. Tinha o coração de ferro e as entranhas de bronze. Hércules venceu-a num duelo, para resgatar Alceste de suas garras. Diz-se que Sísifo também ludibriou-a, quando esta veio buscá-lo.

Náiades: ninfas dos córregos e das fontes.

Narciso: filho do rio Cefiso, apaixonou-se pela sua própria imagem refletida num espelho d'água. Acabou morrendo afogado ao mergulhar no rio para abraçar-se.

Néfele: mãe adotiva de Frixo e de Hebe, e esposa de Atamas, que tudo fez para matá-los, obrigando-os a fugir montados em um carneiro dourado.

Neoptolemo: filho de Aquiles e Deidâmia. Foi o assassino de Astíanax, o jovem filho de Heitor, que ele jogou do alto de uma torre após a queda de Troia. Ficou com Andrômaca, a viúva de Heitor, na condição de escrava, e dela teve três filhos. Foi morto por Orestes, a mando de Hermíone, sua esposa, que tinha ciúmes de Andrômaca.

Nereidas: filhas de Nereu e de Dóris. São ninfas marinhas. As mais famosas são Tétis, mãe de Aquiles, e Anfitrite, esposa de Netuno.

Nereu: filho do Mar e da Terra, era uma das mais antigas divindades marinhas, anterior ao próprio Netuno, sendo conhecido como "O Velho do Mar". Tinha o dom da metamorfose.

Nestor: rei de Pilos, foi um dos homens que tiveram a vida mais longa em seu tempo, pois dizia-se que vivia dos anos roubados aos seus parentes, mortos por Hércules. Participou de quase todas as grandes aventuras da Antiguidade, como a caçada ao javali de Calidon, a expedição dos Argonautas e a Guerra de Troia.

Netuno: o Poseidon (ou Posídon) dos gregos. Filho de Saturno e de Cibele, era irmão de Júpiter e Plutão e com eles dividiu o governo do mundo após o destronamento de Saturno. Coube a Netuno o governo dos mares, que ele exerce ao lado de Anfitrite, uma das nereidas, filhas de Nereu.

Nicóstrato: filho de Helena, que a expulsou de sua pátria após a morte de Menelau.

Níobe: filha de Tântalo, atraiu a ira de Diana, a deusa da caça, quando ousou comparar-se à deusa, julgando-se mais bela que ela. Diana e seu irmão Apolo mataram, a flechadas, os seus quatorze filhos –, sete homens e sete mulheres. Níobe, petrificada pela dor, converteu-se em um rochedo, do qual mana uma fonte.

Nesso: centauro que tentou violar Dejanira, a esposa de Hércules, sendo por isso morto pelas flechas envenenadas do herói. Antes de morrer, no entanto, deixou um pouco de seu sangue para que Dejanira o embebesse em uma túnica que deveria ser dada de presente a seu esposo. Dejanira, acreditando que o sangue tinha propriedades miraculosas, assim o fez, o que provocou a morte do herói e a sua própria.

Ninfas: divindades femininas que habitam a natureza.

Niso: amigo de Euríalo, tentou com ele furar o bloqueio dos rútulos e levar uma mensagem até seu comandante, Eneias. Ambos morreram sem levar a cabo a missão.

Nisso: um dos pretendentes à mão de Penélope, esposa de Ulisses, que acabou, a exemplo dos demais, abatido pelas flechas do rei de Ítaca.

Noite: filha do Caos, irmã do Erebo, a escuridão infernal. É mãe das Moiras, ou Parcas.

Oceano: um dos Titãs, Oceano era um rio imenso que circundava o mundo, segundo a concepção dos gregos. Era esposo de Tétis, também filha do Céu e da Terra.

Ônfale: rainha da Lídia, teve Hércules como escravo durante três anos (ou apenas um, conforme outros). Usou durante este tempo a pele de leão de Hércules, enquanto este trajava suas roupas femininas, fiando o linho aos seus pés.

Orfeu: filho de Calíope, uma das nove Musas, foi o maior poeta grego. Casou-se com Eurídice, quando esta morreu tentou retirá-la dos infernos, porém sem sucesso. Morreu despedaçado pelas bacantes, sacerdotisas de Baco.

Órion: caçador e filho de Netuno, foi morto acidentalmente por Diana e transformado posteriormente em uma constelação.

Orítia: filha de Erecteu, rei de Atenas, foi raptada por Bóreas, deus do vento norte.

Oto: um dos Aloídas, era irmão de Efialtes. Ambos tentaram escalar o Olimpo e foram mortos pela audácia.

Pã: filho de Mercúrio e da ninfa Dríope, era o deus dos bosques, sendo representado com pés de bode e o corpo peludo, com dois chifres na cabeça.

Palamedes: companheiro de Agamenon e dos gregos na guerra contra Troia, foi acusado injustamente, por uma tramoia de Ulisses, de ser espião dos troianos, o que lhe valeu a morte por apedrejamento.

Palinuro: piloto de Eneias, morreu antes de desembarcar na Itália, ao cair do leme, durante a noite. Eneias o reencontrou nos infernos.

Pandora: a primeira mulher, segundo a mitologia. Foi modelada por Vulcano e animada por Minerva. Recebeu de Júpiter uma caixa contendo todos os males. Como fosse muito curiosa, logo a abriu e escaparam-se todos, levando ao mundo a desgraça e o sofrimento.

Parcas: as Moiras dos gregos. Eram três deusas que personificavam o destino humano: Átropos, Cloto e Laquesis. A primeira carde o fio da vida de uma pessoa, a segunda o enrola e a última o corta, significando com isto que sua vida chegou ao fim.

Páris: filho de Príamo, rei de Troia, e de Hécuba. Raptou Helena aos gregos, o que deu origem à Guerra de Troia. Matou Aquiles com um flechada no calcanhar e morreu atingido por uma flecha envenenada de Filoctetes.

Pátroclo: companheiro de Aquiles, combateu no lugar deste, envergando a sua armadura, o que lhe valeu a morte pelas mãos de Heitor.

Pégaso: cavalo alado nascido do sangue de Medusa, após esta ter sido decapitada por Perseu. Belerofonte montou-o quando de sua caçada a Quimera.

Peleu: rei de Ftia e pai de Aquiles, o maior dos gregos. Casou-se com a ninfa Tétis. Durante a Guerra de Troia foi destronado, indo morrer em Cós.

Pélias: filho da ninfa Tiro e de Netuno, era meio-irmão de Aéson, pai de Jasão. Apossou-se do trono em Iolco, expulsando Jasão do reino, o que deu origem à célebre aventura dos Argonautas. Foi assassinado por suas próprias filhas, por instigação da feiticeira Medeia.

Pélope: ou Pélops, era neto de Júpiter e filho de Tântalo, rei da Lídia. Quando menino foi feito em pedaços pelo pai e oferecido como alimento aos deuses. Após ser ressuscitado por Júpiter, casou-se com Hipodâmia e com ela teve vários filhos, dos quais os mais famosos são Atreu e Tiestes, que, a exemplo de seus descendentes, cometeram as piores vilanias.

Penélope: esposa de Ulisses, foi requestada por diversos pretendentes durante a ausência do marido, que lutava em Troia. Celebrizou-se pelo expediente do manto, que costurava de dia e descosturava à noite para protelar a escolha do novo marido.

Pentesileia: rainha das Amazonas, filha de Marte. Tentou ajudar Príamo, rei de Troia, a repelir os gregos, porém sem sucesso, e foi morta pelas mãos de Aquiles.

Periandro: rei de Corinto, tentou evitar que Árion, músico favorito da corte, partisse em uma viagem desastrada para a Sicília.

Perseu: herói grego nascido de uma chuva de ouro que Júpiter fez cair sobre Danae, aprisionada pelo próprio pai em uma torre. Enfrentou as Górgonas, tendo cortado a cabeça da temível Medusa. Matou inadvertidamente o avô Acrísio durante uma disputa de arremesso de disco, tal como estava predito num antigo oráculo.

Pigmalião (1): rei de Tiro e irmão de Dido, matou o cunhado Siqueu para se apoderar do trono.

Foi estrangulado por sua mulher, Astebe.

PIGMALIÃO (2): escultor da ilha de Chipre que se apaixonou pela sua própria escultura, batizada de Galateia.

PÍLADES: fiel companheiro de Orestes, ajudou-o a vingar-se de sua mãe, Clitemnestra, e do amante, Egisto, que haviam matado Agamenon, pai do amigo. Casou-se mais tarde com Electra, irmã de Orestes.

PÍRAMO: jovem assírio que teve uma paixão proibida por Tisbe, podendo se comunicar com ela somente por meio de uma parede. Acabou se matando ao encontrar a amada morta.

PIRRA: filha de Epimeteu e Pandora, foi mulher de Deucalião. Ambos escaparam de um naufrágio após construírem um barco, aconselhados por Júpiter.

PIRRA: "ruiva", em grego, era o nome que Aquiles assumiu quando esteve disfarçado de mulher na corte do rei Licomedes.

PÍTIA: o mesmo que Pitonisa. Era a sacerdotisa do oráculo de Apolo, em Delfos.

PÍTON: serpente monstruosa que perseguiu Latona, quando esta esteve grávida de Apolo e Diana. Apolo matou-a com suas flechas.

PLÊIADES: eram filhas de Atlas. Cansadas de serem perseguidas pelo caçador Órion, pediram a Júpiter que as transformasse em uma constelação.

PLUTÃO: deus dos infernos e dos mortos, é irmão de Júpiter e filho de Saturno. Casou-se com Prosérpina, filha de Ceres, após um rapto bem-sucedido.

POLIDECTO: rei da ilha de Sérifo, o qual acolheu Danae e seu filho Perseu, que tinham sido colocados em um baú em alto-mar por Acrísio, pai de Danae. Apaixonou-se pela mãe de Perseu e tentou se desvencilhar deste mandando-o enfrentar as temíveis Górgonas. Foi transformado em uma estátua de pedra após tentar se apoderar à força de Danae.

POLIFEMO: Ciclope, filho de Netuno, vivia isolado em sua caverna, até que Ulisses chegou à ilha onde habitava. Teve o único olho perfurado após ter comido vários companheiros do herói de Ítaca.

POLINICE: filho primogênito de Édipo, foi expulso de Tebas pelo irmão Etéocles, o que deu origem à guerra civil que culminou com a morte de ambos.

POLITES: um dos tantos filhos de Príamo, rei de Troia. Foi morto por Neoptolemo às vistas do próprio pai, durante a tomada de Troia.

POLIXO: mulher de Tlepólemo, vingou a morte do marido, que morrera às portas de Troia, mandando matar Helena.

PÓLUX: um dos Dióscuros, era filho de Leda e irmão de Castor. Recusou a imortalidade enquanto o irmão permanecesse nos infernos.

Pomona: ninfa de admirável beleza, deusa dos frutos e dos jardins, tornou-se mulher de Vertuno, outra divindade dos pomares.

Príamo: filho de Laomedonte, foi o último dos reis de Troia, tendo sido morto por Neoptolemo, filho de Aquiles, também conhecido como Pirro, após a tomada da cidade pelos gregos. Era casado com Hécuba, com quem teve inúmeros filhos, dos quais os mais famosos eram Heitor, Páris e Cassandra.

Prócris: filha de Erecteu, rei de Atenas, casou-se com Céfalo. Seus ciúmes levaram-no à morte.

Procusto: bandido de estrada que torturava os passantes lançando-os em dois leitos, conforme o tamanho da vítima. Se era pequena, lançava-a sobre o leito grande e lhe espichava os membros até a morte; caso fosse grande, lançava-a sobre o leito pequeno e lhe cortava o excesso dos membros. Foi morto por Teseu.

Preto: rei de Argos, deu asilo a Belerofonte após este haver matado um dos mais ilustres cidadãos de Corinto.

Prometeu: filho do Titã Japeto e da oceânide Climene. É considerado o criador da raça humana, a quem modelou do barro. Roubou o fogo dos deuses, razão pela qual foi punido, sendo encadeado ao monte Cáucaso, onde uma águia lhe bicava eternamente o fígado. Hércules libertou-o mais tarde do suplício, com a concordância de Júpiter.

Prosérpina: Perséfone dos gregos. Era filha de Ceres e Júpiter. Foi raptada por Plutão, tornando-se rainha dos infernos.

Proteu: divindade marinha, filha do Oceano e de Tétis, tinha o dom da metamorfose.

Psiquê: jovem de grande beleza, foi amada por Cupido. Personificava a alma.

Quelone: ninfa que Juno metamorfoseou em tartaruga, por não ter comparecido ao seu casamento com Júpiter.

Queres: divindades cruéis do cortejo de Marte, eram enviadas às batalhas para recolher a alma dos mortos às moradas sombrias. Eram chamadas de "as cadelas de Plutão".

Quimera: monstro fabuloso, mistura de cabra e leão, que Belerofonte enfrentou e matou montado em seu cavalo alado Pégaso.

Quíron: o mais sábio dos centauros, foi preceptor de diversos personagens importantes da mitologia, como Aquiles, Esculápio, Jasão e até do próprio Apolo.

Salmácis: ninfa que se apaixonou por Hermafrodito. Amavam-se tanto que se uniram em um só corpo.

Sarpédon: filho de Júpiter, combateu ao lado dos troianos na Guerra de Troia. Foi morto por Pátroclo.

Sátiros: divindades dos bosques e dos montes, companheiros do séquito de Baco. Eram criaturas rudes e libidinosas, que viviam a perseguir as ninfas pelas florestas.

Saturno: Cronos, para os gregos. Era um dos Titãs, filho do Céu e da Terra. Com uma foice mutilou o pai, tomando o poder entre os deuses. Foi destronado, por sua vez, por seu filho Júpiter.

Selene: divindade grega que personifica a Lua, frequentemente confundida com Diana.

Sêmele: filha de Cadmo e Harmonia. Quando grávida de Baco, Júpiter apareceu para ela em todo o seu esplendor de deus, matando-a queimada. Antes, porém, que ela morresse, Júpiter lhe retirou o filho do ventre e colocou-o em sua coxa, onde foi gerado até seu nascimento. Baco, mais tarde, desceu aos infernos e retirou sua mãe de lá, levando-a para morar no Olimpo, na condição de deusa.

Sereias: seres fantásticos, metade mulheres, metade pássaros, atacavam as embarcações que passavam entre a ilha de Capri e as costas da Itália, levando os marinheiros à morte com seu belo canto. Despeitadas por terem sido ignoradas por Ulisses, lançaram-se ao mar, transformando-se em rochedos.

Sibila: profetisa que proferia oráculos. Eneias foi conduzido pela Sibila quando errava nas regiões infernais, em busca da sombra de seu pai, Anquises.

Silêncio: em grego, Muda, deusa do Silêncio. O mesmo que Lara ou Tácita, era uma náiade de Almon, regato que deságua no Tibre.

Sileno: filho de Pã, era um sátiro e pai de criação de Baco. Andava sempre embriagado e montado em seu burrico, do qual caía frequentemente.

Simônides: célebre poeta grego. Encarregado de fazer o elogio de Escopas, rei da Tessália, acabou se desentendendo com ele na hora de receber o pagamento. Escapou na última hora de morrer esmagado junto com o rei, após o desabamento do salão onde a corte se reunira para escutar o poema.

Sínis: temível bandoleiro, filho de Netuno, que foi morto por Teseu. Amarrava as extremidades de suas vítimas às copas vergadas de dois pinheiros e depois as largava, despedaçando, com isto, a vítima.

Sínon: espião grego que convenceu os troianos a admitirem a entrada do cavalo fatídico no interior das muralhas de Troia.

Sísifo: filho de Éolo, era considerado o mais astucioso dos mortais. Recebeu no inferno o castigo de ter de empurrar montanha acima uma rocha imensa, que sempre despenca para baixo tão logo alcança o cume. Passa por ser o pai verdadeiro de Ulisses, em vez de Laertes.

Siqueu: rei de Tiro e marido de Dido, foi morto por seu cunhado Pigmalião, o que obrigou Dido a se exilar, com medo de ser morta, também, pelo inescrupuloso irmão.

Siringe: era uma hamadríade (ninfa das árvores) da Arcádia. Perseguida por Pã, um sátiro das florestas, pediu aos deuses que a transformassem em um caniço. Pã, entristecido, tomou o caniço e fez dele uma flauta, dando origem, assim, à chamada "flauta de Pã".

Sírius: cão de Órion, caçador que Diana matou acidentalmente com uma flechada.

Sol: Hélios, em grego, era um dos Titãs. Frequentemente confundido com Apolo, era a personificação do Sol.

Sono: o Hipno dos gregos. Filho da Noite e do Erebo, o Sono é irmão da Morte.

Sulmon: soldado de Volceno, comandante dos rútulos que surpreendeu Niso e Euríalo quando tentavam furar o bloqueio imposto pelas suas tropas ao acampamento troiano.

Tago: soldado rútulo morto por Niso, companheiro de Euríalo.

Talos: gigante de bronze que protegia as muralhas de Creta. Foi morto graças a um feitiço de Medeia.

Tântalo: rei da Lídia, era filho de Júpiter. Por ter cortado o filho em pedaços para servi-lo aos deuses foi condenado ao Tártaro. Lá, está permanentemente mergulhado num lago cujas águas estão sempre fora do alcance dos seus lábios, tendo acima da cabeça uma árvore de saborosos frutos, que um vento sempre afasta de suas mãos quando ele tenta alcançá-los.

Telêmaco: filho de Ulisses e Penélope, ajudou o pai a expulsar de Ítaca os pretendentes à mão de sua mãe.

Telemo: adivinho que morava no país dos Ciclopes. Predisse a Polifemo que um dia este seria cegado por um viajante chamado Ulisses.

Têmis: filha de Urano e da Terra, foi a primeira esposa de Júpiter. Personifica a Justiça.

Terra: Geia, em grego. Filha do Caos, é um dos deuses primordiais, a exemplo do seu esposo, o Céu. Mãe dos Titãs, entre os quais Saturno, que a libertou da tirania do marido, cortando-lhe os testículos com uma foice que ela própria lhe dera.

Teseu: um dos principais heróis da mitologia, era filho de Netuno, segundo a versão mais aceita. Derrotou o Minotauro no labirinto de Creta e foi o responsável pela morte do filho Hipólito, por julgar que este havia traído sua confiança ao se aproximar de Fedra, sua esposa.

Tétis (1): filha do Céu e da Terra, era casada com o Oceano. Ajudou a criar Juno, filha de Cibele e Saturno.

Tétis (2): uma das Nereidas, era filha de Nereu e Dóris e mãe de Aquiles.

Tífis: foi o primeiro piloto do navio Argo, que conduziu os Argonautas até o Velocino de Ouro. Morreu antes de poder chegar ao destino.

Timoetes: um dos comandantes troianos que ajudaram a colocar para dentro das muralhas de Troia o fatídico cavalo de madeira.

Tíndaro: rei de Esparta, marido de Leda e pai suposto de Castor, Pólux, Clitemnestra e Helena. Era, a exemplo de Nestor, um símbolo de longevidade.

Tirésias: o mais famoso dos adivinhos gregos, ficou cego graças a Minerva, por ele tê-la flagrado nua durante o banho. Penalizada, a deusa lhe deu depois um bastão mágico, que o fazia movimentar-se com a mesma precisão de uma pessoa normal. São inúmeras as suas predições, que continuou a fazer mesmo depois de morto, nos infernos, quando recebeu a visita de Ulisses.

Tisbe: jovem princesa da Babilônia, que teve um romance infeliz com Píramo, aos moldes de Romeu e Julieta, com o mesmo desenlace trágico.

Tisífone: uma das três Fúrias (Erínias dos gregos), divindade vingativa, personificação do remorso. As outras duas eram Aleto e Megera.

Titão: príncipe troiano, era irmão de Príamo, último rei de Troia.

Titãs: a primeira geração dos deuses, filhos do Céu e da Terra. Eram seres monstruosos, os quais, à medida que iam nascendo, eram encerrados pelo pai no ventre da mãe Terra. Saturno, um deles, os libertou, ao mutilar o próprio pai com uma foice. Protagonizaram mais tarde a Guerra dos Titãs, para destruir Júpiter. Derrotados, foram encerrados pelo deus nas profundezas do Tártaro.

Titono: irmão mais velho de Príamo, rei de Troia. Aurora apaixonou-se por ele, mas cometeu o equívoco de pedir a Júpiter que lhe concedesse a imortalidade, sem lhe pedir também a eterna juventude. Titono envelheceu tanto que Aurora encerrou-o num quarto escuro, onde ele acabou por tornar-se uma cigarra.

Tmolo: deus das montanhas, foi um dos jurados da disputa musical entre Pã e Apolo.

Tritão: filho de Netuno e Anfitrite, era um semideus marinho. Tirava sons retumbantes de sua grande concha marinha. Algumas lendas afirmam que morreu decapitado.

Trofônio: célebre arquiteto construtor do templo de Delfos. Após construir um templo magnífico para Apolo, foi premiado por este com a morte, prêmio que também coube a Agamedes, companheiro de Trofônio e arquiteto como ele.

Turno: rei dos rútulos e inimigo de Eneias, foi morto por este durante a disputa pela mão de Lavínia, filha de Latino, rei do Lácio.

Ulisses: para alguns, filho de Laertes, para outros, filho de Sísifo. Um dos maiores heróis gregos e célebre pela engenhosidade e esperteza. Esteve na Guerra de Troia, tendo sido o autor do embuste do cavalo de madeira que pôs fim à guerra. No regresso, enfrentou uma série de percalços para poder chegar a salvo em sua Ítaca natal, onde teve ainda de enfrentar os pretendentes à mão de sua esposa Penélope, que por pouco não dilapidaram todos os seus bens.

Vênus: Afrodite, para os gregos, era a deusa do amor. Nasceu da espuma do Mar, que foi fecundada pelos testículos extirpados do Céu. Era mãe de Cupido. Esteve ao lado dos troianos na Guerra de Troia e teve um romance proibido com Marte, deus da guerra.

Vertuno: divindade romana, era o deus dos jardins e dos pomares. Casou-se com a ninfa Pomona.

Vesta: ou Héstia, para os gregos. Irmã mais velha dos deuses olímpicos, filhos de Saturno e Cibele, foi engolida como eles, pelo pai, tão logo nasceu. Júpiter a libertou junto com os demais. É a deusa dos lares, muito cultuada entre os romanos. Suas sacerdotisas, as vestais, eram castas e assim deviam permanecer por toda a vida.

Vésper: Héspero, em grego. Segundo a lenda, era filho de Atlas, e se transformou em uma estrela vespertina quando contemplava, um dia, do alto de uma montanha, os astros que brilhavam no céu.

Volceno: comandante rútulo que surpreendeu Niso e Euríalo, guerreiros de Eneias, após o massacre que estes patrocinaram nos acampamentos de Turno.

Vulcano: Hefestos, em grego. Filho de Júpiter e Juno, é o deus das forjas e dos artífices. Coxo, adquiriu este defeito ao ter sido lançado do céu, ainda bebê, pela sua mãe, que não podia admitir ter um filho tão horrível. Apesar disto, casou-se mais tarde com Vênus, a mais bela das deusas.

Xantos: um dos cavalos falantes e imortais presenteados por Netuno a Peleu por ocasião do seu casamento com Tétis (o outro se chamava Bálios). Conduziram o carro de Aquiles durante a Guerra de Troia e predisseram a morte deste, antes de uma batalha.

Xuto: estrangeiro que se casou com Creúsa, filha de Erecteu, rei de Atenas.

Zéfiro: filho de Éolo e de Aurora, personificava o vento oeste, brando e refrescante.

Zeus: ver Júpiter.

BIBLIOGRAFIA

BULFINCH, Thomas. *O livro de ouro da mitologia: histórias de deuses e heróis*. São Paulo: Ediouro, 1965.

COMMELIN, P. *Mitologia grega e romana*. 2. ed. São Paulo: Martins Fontes, 1997.

GANDON, Odile. *Deuses e heróis da mitologia grega e latina*. 1. ed. São Paulo: Martins Fontes, 2000.

GUIMARÃES, Ruth. *Dicionário da mitologia grega*. 1. ed. São Paulo: Cultrix, 1999.

HAMILTON, Edith. *Mitologia. 1*. ed. São Paulo: Martins Fontes, 1999.

HOMERO. *A Ilíada*. 11. ed. Rio de Janeiro: Ediouro, 2001.

_____ . *Odisseia*. 12. ed. São Paulo: Cultrix, 2002.

MENARD, Pierre. *Mitologia grega e romana*. São Paulo: Fittipaldi Editores Ltda., três volumes.

RIBEIRO, Joaquim Chaves. *Vocabulário e fabulário da mitologia*. 1. ed. São Paulo: Martins, 1962.

STEPHANIDES, Menelaos. *A Odisseia*. 1. ed. São Paulo: Odysseus, 2000.

_____ . *Ilíada: a guerra de Troia*. 1. ed. São Paulo: Odysseus, 2000.

_____ . *Os deuses do Olimpo*. 1. ed. São Paulo: Odysseus, 2001.

VERNANT, Jean-Pierre. *O universo, os deuses, os homens*. 3. ed. São Paulo: Companhia das Letras, 2001.

VIRGÍLIO. *Eneida*. 11. ed. São Paulo: Ediouro, s/d.

WILKINSON, Philip. *O livro ilustrado da mitologia:* lendas e histórias fabulosas sobre grandes heróis e deuses do mundo inteiro. 2. ed. São Paulo: Publifolha, 2001.

Coleção **L&PM** POCKET (Lançamentos mais recentes)

945. **Bidu: diversão em dobro!** – Mauricio de Sousa
946. **Fogo** – Anaïs Nin
947. **Rum: diário de um jornalista bêbado** – Hunter Thompson
948. **Persuasão** – Jane Austen
949. **Lágrimas na chuva** – Sergio Faraco
950. **Mulheres** – Bukowski
951. **Um pressentimento funesto** – Agatha Christie
952. **Cartas na mesa** – Agatha Christie
954. **O lobo do mar** – Jack London
955. **Os gatos** – Patricia Highsmith
956(22). **Jesus** – Christiane Rancé
957. **História da medicina** – William Bynum
958. **O Morro dos Ventos Uivantes** – Emily Brontë
959. **A filosofia na era trágica dos gregos** – Nietzsche
960. **Os treze problemas** – Agatha Christie
961. **A massagista japonesa** – Moacyr Scliar
963. **Humor do miserê** – Nani
964. **Todo o mundo tem dúvida, inclusive você** – Édison de Oliveira
965. **A dama do Bar Nevada** – Sergio Faraco
969. **A psicopata americana** – Bret Easton Ellis
970. **Ensaios de amor** – Alain de Botton
971. **O grande Gatsby** – F. Scott Fitzgerald
972. **Por que não sou cristão** – Bertrand Russell
973. **A Casa Torta** – Agatha Christie
974. **Encontro com a morte** – Agatha Christie
975(23). **Rimbaud** – Jean-Baptiste Baronian
976. **Cartas na rua** – Bukowski
977. **Memória** – Jonathan K. Foster
978. **A abadia de Northanger** – Jane Austen
979. **As pernas de Úrsula** – Claudia Tajes
980. **Retrato inacabado** – Agatha Christie
981. **Solanin (1)** – Inio Asano
982. **Solanin (2)** – Inio Asano
983. **Aventuras de menino** – Mitsuru Adachi
984(16). **Fatos & mitos sobre sua alimentação** – Dr. Fernando Lucchese
985. **Teoria quântica** – John Polkinghorne
986. **O eterno marido** – Fiódor Dostoiévski
987. **Um safado em Dublin** – J. P. Donleavy
988. **Mirinha** – Dalton Trevisan
989. **Akhenaton e Nefertiti** – Carmen Seganfredo e A. S. Franchini
990. **On the Road – o manuscrito original** – Jack Kerouac
991. **Relatividade** – Russell Stannard
992. **Abaixo de zero** – Bret Easton Ellis
993(24). **Andy Warhol** – Mériam Korichi
995. **Os últimos casos de Miss Marple** – Agatha Christie
996. **Nico Demo: Aí vem encrenca** – Mauricio de Sousa
998. **Rousseau** – Robert Wokler
999. **Noite sem fim** – Agatha Christie
1000. **Diários de Andy Warhol (1)** – Editado por Pat Hackett
1001. **Diários de Andy Warhol (2)** – Editado por Pat Hackett
1002. **Cartier-Bresson: o olhar do século** – Pierre Assouline
1003. **As melhores histórias da mitologia: vol. 1** – A.S. Franchini e Carmen Seganfredo
1004. **As melhores histórias da mitologia: vol. 2** – A.S. Franchini e Carmen Seganfredo
1005. **Assassinato no beco** – Agatha Christie
1006. **Convite para um homicídio** – Agatha Christie
1008. **História da vida** – Michael J. Benton
1009. **Jung** – Anthony Stevens
1010. **Arsène Lupin, ladrão de casaca** – Maurice Leblanc
1011. **Dublinenses** – James Joyce
1012. **120 tirinhas da Turma da Mônica** – Mauricio de Sousa
1013. **Antologia poética** – Fernando Pessoa
1014. **A aventura de um cliente ilustre** *seguido de* **O último adeus de Sherlock Holmes** – Sir Arthur Conan Doyle
1015. **Cenas de Nova York** – Jack Kerouac
1016. **A corista** – Anton Tchékhov
1017. **O diabo** – Leon Tolstói
1018. **Fábulas chinesas** – Sérgio Capparelli e Márcia Schmaltz
1019. **O gato do Brasil** – Sir Arthur Conan Doyle
1020. **Missa do Galo** – Machado de Assis
1021. **O mistério de Marie Rogêt** – Edgar Allan Poe
1022. **A mulher mais linda da cidade** – Bukowski
1023. **O retrato** – Nicolai Gogol
1024. **O conflito** – Agatha Christie
1025. **Os primeiros casos de Poirot** – Agatha Christie
1027(25). **Beethoven** – Bernard Fauconnier
1028. **Platão** – Julia Annas
1029. **Cleo e Daniel** – Roberto Freire
1030. **Til** – José de Alencar
1031. **Viagens na minha terra** – Almeida Garrett
1032. **Profissões para mulheres e outros artigos feministas** – Virginia Woolf
1033. **Mrs. Dalloway** – Virginia Woolf
1034. **O cão da morte** – Agatha Christie
1035. **Tragédia em três atos** – Agatha Christie
1037. **O fantasma da Ópera** – Gaston Leroux
1038. **Evolução** – Brian e Deborah Charlesworth
1039. **Medida por medida** – Shakespeare
1040. **Razão e sentimento** – Jane Austen
1041. **A obra-prima ignorada** *seguido de* **Um episódio durante o Terror** – Balzac
1042. **A fugitiva** – Anaïs Nin
1043. **As grandes histórias da mitologia greco--romana** – A. S. Franchini
1044. **O corno de si mesmo & outras historietas** – Marquês de Sade
1045. **Da felicidade** *seguido de* **Da vida retirada** – Sêneca
1046. **O horror em Red Hook e outras histórias** – H. P. Lovecraft
1047. **Noite em claro** – Martha Medeiros
1048. **Poemas clássicos chineses** – Li Bai, Du Fu e Wang Wei
1049. **A terceira moça** – Agatha Christie
1050. **Um destino ignorado** – Agatha Christie

1051(26).**Buda** – Sophie Royer
1052.**Guerra Fria** – Robert J. McMahon
1053.**Simons's Cat: as aventuras de um gato travesso e comilão – vol. 1** – Simon Tofield
1054.**Simons's Cat: as aventuras de um gato travesso e comilão – vol. 2** – Simon Tofield
1055.**Só as mulheres e as baratas sobreviverão** – Claudia Tajes
1057.**Pré-história** – Chris Gosden
1058.**Pintou sujeira!** – Mauricio de Sousa
1059.**Contos de Mamãe Gansa** – Charles Perrault
1060.**A interpretação dos sonhos: vol. 1** – Freud
1061.**A interpretação dos sonhos: vol. 2** – Freud
1062.**Frufru Rataplã Dolores** – Dalton Trevisan
1063.**As melhores histórias da mitologia egípcia** – Carmem Seganfredo e A.S. Franchini
1064.**Infância. Adolescência. Juventude** – Tolstói
1065.**As consolações da filosofia** – Alain de Botton
1066.**Diários de Jack Kerouac – 1947-1954**
1067.**Revolução Francesa – vol. 1** – Max Gallo
1068.**Revolução Francesa – vol. 2** – Max Gallo
1069.**O detetive Parker Pyne** – Agatha Christie
1070.**Memórias do esquecimento** – Flávio Tavares
1071.**Drogas** – Leslie Iversen
1072.**Manual de ecologia (vol.2)** – J. Lutzenberger
1073.**Como andar no labirinto** – Affonso Romano de Sant'Anna
1074.**A orquídea e o serial killer** – Juremir Machado da Silva
1075.**Amor nos tempos de fúria** – Lawrence Ferlinghetti
1076.**A aventura do pudim de Natal** – Agatha Christie
1078.**Amores que matam** – Patricia Faur
1079.**Histórias de pescador** – Mauricio de Sousa
1080.**Pedaços de um caderno manchado de vinho** – Bukowski
1081.**A ferro e fogo: tempo de solidão (vol.1)** – Josué Guimarães
1082.**A ferro e fogo: tempo de guerra (vol.2)** – Josué Guimarães
1084(17).**Desembarcando o Alzheimer** – Dr. Fernando Lucchese e Dra. Ana Hartmann
1085.**A maldição do espelho** – Agatha Christie
1086.**Uma breve história da filosofia** – Nigel Warburton
1088.**Heróis da História** – Will Durant
1089.**Concerto campestre** – L. A. de Assis Brasil
1090.**Morte nas nuvens** – Agatha Christie
1092.**Aventura em Bagdá** – Agatha Christie
1093.**O cavalo amarelo** – Agatha Christie
1094.**O método de interpretação dos sonhos** – Freud
1095.**Sonetos de amor e desamor** – Vários
1096.**120 tirinhas do Dilbert** – Scott Adams
1097.**200 fábulas de Esopo**
1098.**O curioso caso de Benjamin Button** – F. Scott Fitzgerald
1099.**Piadas para sempre: uma antologia para morrer de rir** – Visconde da Casa Verde
1100.**Hamlet (Mangá)** – Shakespeare
1101.**A arte da guerra (Mangá)** – Sun Tzu
1104.**As melhores histórias da Bíblia (vol.1)** – A. S. Franchini e Carmen Seganfredo
1105.**As melhores histórias da Bíblia (vol.2)** – A. S. Franchini e Carmen Seganfredo
1106.**Psicologia das massas e análise do eu** – Freud
1107.**Guerra Civil Espanhola** – Helen Graham
1108.**A autoestrada do sul e outras histórias** – Julio Cortázar
1109.**O mistério dos sete relógios** – Agatha Christie
1110.**Peanuts: Ninguém gosta de mim... (amor)** – Charles Schulz
1111.**Cadê o bolo?** – Mauricio de Sousa
1112.**O filósofo ignorante** – Voltaire
1113.**Totem e tabu** – Freud
1114.**Filosofia pré-socrática** – Catherine Osborne
1115.**Desejo de status** – Alain de Botton
1118.**Passageiro para Frankfurt** – Agatha Christie
1120.**Kill All Enemies** – Melvin Burgess
1121.**A morte da sra. McGinty** – Agatha Christie
1122.**Revolução Russa** – S. A. Smith
1123.**Até você, Capitu?** – Dalton Trevisan
1124.**O grande Gatsby (Mangá)** – F. S. Fitzgerald
1125.**Assim falou Zaratustra (Mangá)** – Nietzsche
1126.**Peanuts: É para isso que servem os amigos (amizade)** – Charles Schulz
1127(27).**Nietzsche** – Dorian Astor
1128.**Bidu: Hora do banho** – Mauricio de Sousa
1129.**O melhor do Macanudo Taurino** – Santiago
1130.**Radicci 30 anos** – Iotti
1131.**Show de sabores** – J.A. Pinheiro Machado
1132.**O prazer das palavras** – vol. 3 – Cláudio Moreno
1133.**Morte na praia** – Agatha Christie
1134.**O fardo** – Agatha Christie
1135.**Manifesto do Partido Comunista (Mangá)** – Marx & Engels
1136.**A metamorfose (Mangá)** – Franz Kafka
1137.**Por que você não se casou... ainda** – Tracy McMillan
1138.**Textos autobiográficos** – Bukowski
1139.**A importância de ser prudente** – Oscar Wilde
1140.**Sobre a vontade na natureza** – Arthur Schopenhauer
1141.**Dilbert (8)** – Scott Adams
1142.**Entre dois amores** – Agatha Christie
1143.**Cipreste triste** – Agatha Christie
1144.**Alguém viu uma assombração?** – Mauricio de Sousa
1145.**Mandela** – Elleke Boehmer
1146.**Retrato do artista quando jovem** – James Joyce
1147.**Zadig ou o destino** – Voltaire
1148.**O contrato social (Mangá)** – J.-J. Rousseau
1149.**Garfield fenomenal** – Jim Davis
1150.**A queda da América** – Allen Ginsberg
1151.**Música na noite & outros ensaios** – Aldous Huxley
1152.**Poesias inéditas & Poemas dramáticos** – Fernando Pessoa
1153.**Peanuts: Felicidade é...** – Charles M. Schulz
1154.**Mate-me por favor** – Legs McNeil e Gillian McCain
1155.**Assassinato no Expresso Oriente** – Agatha Christie
1156.**Um punhado de centeio** – Agatha Christie

1157. **A interpretação dos sonhos (Mangá)** – Freud
1158. **Peanuts: Você não entende o sentido da vida** – Charles M. Schulz
1159. **A dinastia Rothschild** – Herbert R. Lottman
1160. **A Mansão Hollow** – Agatha Christie
1161. **Nas montanhas da loucura** – H.P. Lovecraft
1162. (28).**Napoleão Bonaparte** – Pascale Fautrier
1163. **Um corpo na biblioteca** – Agatha Christie
1164. **Inovação** – Mark Dodgson e David Gann
1165. **O que toda mulher deve saber sobre os homens: a afetividade masculina** – Walter Riso
1166. **O amor está no ar** – Mauricio de Sousa
1167. **Testemunha de acusação & outras histórias** – Agatha Christie
1168. **Etiqueta de bolso** – Celia Ribeiro
1169. **Poesia reunida (volume 3)** – Affonso Romano de Sant'Anna
1170. **Emma** – Jane Austen
1171. **Que seja em segredo** – Ana Miranda
1172. **Garfield sem apetite** – Jim Davis
1173. **Garfield: Foi mal...** – Jim Davis
1174. **Os irmãos Karamázov (Mangá)** – Dostoiévski
1175. **O Pequeno Príncipe** – Antoine de Saint-Exupéry
1176. **Peanuts: Ninguém mais tem o espírito aventureiro** – Charles M. Schulz
1177. **Assim falou Zaratustra** – Nietzsche
1178. **Morte no Nilo** – Agatha Christie
1179. **Ê, soneca boa** – Mauricio de Sousa
1180. **Garfield a todo o vapor** – Jim Davis
1181. **Em busca do tempo perdido (Mangá)** – Proust
1182. **Cai o pano: o último caso de Poirot** – Agatha Christie
1183. **Livro para colorir e relaxar** – Livro 1
1184. **Para colorir sem parar**
1185. **Os elefantes não esquecem** – Agatha Christie
1186. **Teoria da relatividade** – Albert Einstein
1187. **Compêndio da psicanálise** – Freud
1188. **Visões de Gerard** – Jack Kerouac
1189. **Fim de verão** – Mohiro Kitoh
1190. **Procurando diversão** – Mauricio de Sousa
1191. **E não sobrou nenhum e outras peças** – Agatha Christie
1192. **Ansiedade** – Daniel Freeman & Jason Freeman
1193. **Garfield: pausa para o almoço** – Jim Davis
1194. **Contos do dia e da noite** – Guy de Maupassant
1195. **O melhor de Hagar 7** – Dik Browne
1196. (29).**Lou Andreas-Salomé** – Dorian Astor
1197. (30).**Pasolini** – René de Ceccatty
1198. **O caso do Hotel Bertram** – Agatha Christie
1199. **Crônicas de motel** – Sam Shepard
1200. **Pequena filosofia da paz interior** – Catherine Rambert
1201. **Os sertões** – Euclides da Cunha
1202. **Treze à mesa** – Agatha Christie
1203. **Bíblia** – John Riches
1204. **Anjos** – David Albert Jones
1205. **As tirinhas do Guri de Uruguaiana 1** – Jair Kobe
1206. **Entre aspas (vol.1)** – Fernando Eichenberg
1207. **Escrita** – Andrew Robinson
1208. **O spleen de Paris: pequenos poemas em prosa** – Charles Baudelaire
1209. **Satíricon** – Petrônio
1210. **O avarento** – Molière
1211. **Queimando na água, afogando-se na chama** – Bukowski
1212. **Miscelânea septuagenária: contos e poemas** – Bukowski
1213. **Que filosofar é aprender a morrer e outros ensaios** – Montaigne
1214. **Da amizade e outros ensaios** – Montaigne
1215. **O medo à espreita e outras histórias** – H.P. Lovecraft
1216. **A obra de arte na era de sua reprodutibilidade técnica** – Walter Benjamin
1217. **Sobre a liberdade** – John Stuart Mill
1218. **O segredo de Chimneys** – Agatha Christie
1219. **Morte na rua Hickory** – Agatha Christie
1220. **Ulisses (Mangá)** – James Joyce
1221. **Ateísmo** – Julian Baggini
1222. **Os melhores contos de Katherine Mansfield** – Katherine Mansfied
1223. (31).**Martin Luther King** – Alain Foix
1224. **Millôr Definitivo: uma antologia de *A Bíblia do Caos*** – Millôr Fernandes
1225. **O Clube das Terças-Feiras e outras histórias** – Agatha Christie
1226. **Por que sou tão sábio** – Nietzsche
1227. **Sobre a mentira** – Platão
1228. **Sobre a leitura *seguido do* Depoimento de Céleste Albaret** – Proust
1229. **O homem do terno marrom** – Agatha Christie
1230. (32).**Jimi Hendrix** – Franck Médioni
1231. **Amor e amizade e outras histórias** – Jane Austen
1232. **Lady Susan, Os Watson e Sanditon** – Jane Austen
1233. **Uma breve história da ciência** – William Bynum
1234. **Macunaíma: o herói sem nenhum caráter** – Mário de Andrade
1235. **A máquina do tempo** – H.G. Wells
1236. **O homem invisível** – H.G. Wells
1237. **Os 36 estratagemas: manual secreto da arte da guerra** – Anônimo
1238. **A mina de ouro e outras histórias** – Agatha Christie
1239. **Pic** – Jack Kerouac
1240. **O habitante da escuridão e outros contos** – H.P. Lovecraft
1241. **O chamado de Cthulhu e outros contos** – H.P. Lovecraft
1242. **O melhor de Meu reino por um cavalo!** – Edição de Ivan Pinheiro Machado
1243. **A guerra dos mundos** – H.G. Wells
1244. **O caso da criada perfeita e outras histórias** – Agatha Christie
1245. **Morte por afogamento e outras histórias** – Agatha Christie
1246. **Assassinato no Comitê Central** – Manuel Vázquez Montalbán

1247. **O papai é pop** – Marcos Piangers
1248. **O papai é pop 2** – Marcos Piangers
1249. **A mamãe é rock** – Ana Cardoso
1250. **Paris boêmia** – Dan Franck
1251. **Paris libertária** – Dan Franck
1252. **Paris ocupada** – Dan Franck
1253. **Uma anedota infame** – Dostoiévski
1254. **O último dia de um condenado** – Victor Hugo
1255. **Nem só de caviar vive o homem** – J.M. Simmel
1256. **Amanhã é outro dia** – J.M. Simmel
1257. **Mulherzinhas** – Louisa May Alcott
1258. **Reforma Protestante** – Peter Marshall
1259. **História econômica global** – Robert C. Allen
1260.(33). **Che Guevara** – Alain Foix
1261. **Câncer** – Nicholas James
1262. **Akhenaton** – Agatha Christie
1263. **Aforismos para a sabedoria de vida** – Arthur Schopenhauer
1264. **Uma história do mundo** – David Coimbra
1265. **Ame e não sofra** – Walter Riso
1266. **Desapegue-se!** – Walter Riso
1267. **Os Sousa: Uma família do barulho** – Mauricio de Sousa
1268. **Nico Demo: O rei da travessura** – Mauricio de Sousa
1269. **Testemunha de acusação e outras peças** – Agatha Christie
1270.(34). **Dostoiévski** – Virgil Tanase
1271. **O melhor de Hagar 8** – Dik Browne
1272. **O melhor de Hagar 9** – Dik Browne
1273. **O melhor de Hagar 10** – Dik e Chris Browne
1274. **Considerações sobre o governo representativo** – John Stuart Mill
1275. **O homem Moisés e a religião monoteísta** – Freud
1276. **Inibição, sintoma e medo** – Freud
1277. **Além do princípio de prazer** – Freud
1278. **O direito de dizer não!** – Walter Riso
1279. **A arte de ser flexível** – Walter Riso
1280. **Casados e descasados** – August Strindberg
1281. **Da Terra à Lua** – Júlio Verne
1282. **Minhas galerias e meus pintores** – Kahnweiler
1283. **A arte do romance** – Virginia Woolf
1284. **Teatro completo v. 1: As aves da noite** *seguido de* **O visitante** – Hilda Hilst
1285. **Teatro completo v. 2: O verdugo** *seguido de* **A morte do patriarca** – Hilda Hilst
1286. **Teatro completo v. 3: O rato no muro** *seguido de* **Auto da barca de Camiri** – Hilda Hilst
1287. **Teatro completo v. 4: A empresa** *seguido de* **O novo sistema** – Hilda Hilst
1289. **Fora de mim** – Martha Medeiros
1290. **Divã** – Martha Medeiros
1291. **Sobre a genealogia da moral: um escrito polêmico** – Nietzsche
1292. **A consciência de Zeno** – Italo Svevo
1293. **Células-tronco** – Jonathan Slack
1294. **O fim do ciúme e outros contos** – Proust
1295. **A jangada** – Júlio Verne
1296. **A ilha do dr. Moreau** – H.G. Wells
1297. **Ninho de fidalgos** – Ivan Turguêniev
1298. **Jane Eyre** – Charlotte Brontë
1299. **Sobre gatos** – Bukowski
1300. **Sobre o amor** – Bukowski
1301. **Escrever para não enlouquecer** – Bukowski
1302. **222 receitas** – J. A. Pinheiro Machado
1303. **Reinações de Narizinho** – Monteiro Lobato
1304. **O Saci** – Monteiro Lobato
1305. **Memórias da Emília** – Monteiro Lobato
1306. **O Picapau Amarelo** – Monteiro Lobato
1307. **A reforma da Natureza** – Monteiro Lobato
1308. **Fábulas** *seguido de* **Histórias diversas** – Monteiro Lobato
1309. **Aventuras de Hans Staden** – Monteiro Lobato
1310. **Peter Pan** – Monteiro Lobato
1311. **Dom Quixote das crianças** – Monteiro Lobato
1312. **O Minotauro** – Monteiro Lobato
1313. **Um quarto só seu** – Virginia Woolf
1314. **Sonetos** – Shakespeare
1315.(35). **Thoreau** – Marie Berthoumieu e Laura El Makki
1316. **Teoria da arte** – Cynthia Freeland
1317. **A arte da prudência** – Baltasar Gracián
1318. **O louco** *seguido de* **Areia e espuma** – Khalil Gibran
1319. **O profeta** *seguido de* **O jardim do profeta** – Khalil Gibran
1320. **Jesus, o Filho do Homem** – Khalil Gibran
1321. **A luta** – Norman Mailer
1322. **Sobre o sofrimento do mundo e outros ensaios** – Schopenhauer
1323. **Epidemiologia** – Rodolfo Saracci
1324. **Japão moderno** – Christopher Goto-Jones
1325. **A arte da meditação** – Matthieu Ricard
1326. **O adversário secreto** – Agatha Christie
1327. **Pollyanna** – Eleanor H. Porter
1328. **Espelhos** – Eduardo Galeano
1329. **A Vênus das peles** – Sacher-Masoch
1330. **O 18 de brumário de Luís Bonaparte** – Karl Marx
1331. **Um jogo para os vivos** – Patricia Highsmith
1332. **A tristeza pode esperar** – J.J. Camargo
1333. **Vinte poemas de amor e uma canção desesperada** – Pablo Neruda
1334. **Judaísmo** – Norman Solomon
1335. **Esquizofrenia** – Christopher Frith & Eve Johnstone
1336. **Seis personagens em busca de um autor** – Luigi Pirandello
1337. **A Fazenda dos Animais** – George Orwell
1338. **1984** – George Orwell
1339. **Ubu Rei** – Alfred Jarry
1340. **Sobre bêbados e bebidas** – Bukowski
1341. **Tempestade para os vivos e para os mortos** – Bukowski
1342. **Complicado** – Natsume Ono
1343. **Sobre o livre-arbítrio** – Schopenhauer
1344. **Uma breve história da literatura** – John Sutherland
1345. **Você fica tão sozinho às vezes que até faz sentido** – Bukowski

lepmeditores
www.lpm.com.br
o site que conta tudo

IMPRESSÃO:

PALLOTTI
GRÁFICA

Santa Maria - RS | Fone: (55) 3220.4500
www.graficapallotti.com.br